무
쇠
탈 上

한 국 의 번 안 소 설 · 9

우보 민태원 번안 소설
무쇠탈 上

편 자 박진영
펴낸곳 현실문화연구
펴낸이 김수기

편 집 좌세훈 강진홍
디자인 권 경
마케팅 오주형
제 작 이명혜

첫 번째 찍은 날 2008년 5월 20일
등록번호 제22-1533호
등록일자 1999년 4월 23일
주소 서울시 서대문구 충정로 2가 190-11 반석빌딩 4층
전화 02)393-1125
팩스 02)393-1128
전자우편 hyunsilbook@paran.com
값 12,500원
ISBN 978-89-92214-50-6 04810
       978-89-92214-13-1(세트)

* 이 도서의 국립중앙도서관 출판시도서목록(CIP)은 e-CIP 홈페이지
(http://www.nl.go.kr/cip.php)에서 이용하실 수 있습니다. (CIP제어번호:
CIP2008001007)

한 국 의 번 안 소 설 · 9
근대의 한국과 한국인 그리고 한국어의 역사적 연원

무쇠탈 上

우 보 민 태 원 번 안 소 설

박진영 편

현실
문화

한국 문학사에 이름을 남기지 못한
삼대 전문 번안 작가에게 이 책을 바친다.

일재(一齋) 조중환(趙重桓)
하몽(何夢) 이상협(李相協)
우보(牛步) 민태원(閔泰瑗)

그들은 '순 한글의 한국어 문장'으로
지금 우리 시대의 근대 소설을 향한 첫발을 내디뎠다.

추천의 글

김영민(연세대학교 국어국문학과 교수)

문화는 전통적 기반 위에 외래적 영향이 더해지면서 변화하고 발전한다. 따라서 한 나라의 문화를 올바로 이해하기 위해서는 전통의 계승과 외래의 영향이라는 두 측면을 모두 살펴보아야 한다. 번안 소설의 출현은 외래문화의 영향을 대표적으로 보여 주는 현상이다.

과거의 근대 문학 및 문화 연구에 비해 오늘날의 연구가 상대적으로 더 큰 주목을 받는 이유는 그것이 폭넓은 자료에 근거를 둔 연구이기 때문이다. 폭넓은 자료에 근거를 둔 연구는, 선입견을 바탕으로 목소리만 높이는 연구와는 근본적으로 구별된다. 선입견을 바탕으로 한 연구는 특정한 작가, 특정한 작품에 대한 논의만을 반복한다. 십여 년 전, 한국 근대 문학 혹은 문화에 대한 연구는 이제 일단락되었다는 것이 이른바 이 분야 전문가들의 견해였다. 이미 중요한 작가와 작품에 대한 논의는 대개 이루어졌고, 그것들의 문학사적 가치에 대한 결론 역시 합의에 도달했다는 것이 이들의 판단이었다. 이러한 합의는 새로운 시각의 연구를 불가능하게 만들었고, 한동안 한국 문학 및 문화 연구의 길을 가로막고 있었다.

출구가 없어 보이던 근대 문학 연구의 새 길을 연 것은 새로운 세대의 연구자들이었다. 이들이 새 길을 여는 데 결정적인 역할을 한 것은 새로운 영역의 자료들이다. 새로운 자료들을 한국 근대 문학 연구에 끌어들여 공감대를 형성해 나간 것이야말로, 의미 있는 새 작업을 위한 출발 신호가 아닐 수 없었다.

　　한국 근대 문학사에서 번안 소설이 차지하는 위치에 대해서는 아직 본격적으로 정리된 바가 없다. 다른 분야의 연구에 비한다면 이 분야에 대한 한국 학계의 반응과 연구의 진전 속도는 참으로 이해하기 힘든 것이 아닐 수 없다. 번안 소설에 대한 연구는 번역 소설에 대한 연구와도 영역이 구별된다. 번안은 창작의 요소가 중요하게 작용하는 작업이기 때문이다.

　　번안 소설은 번역 소설과 창작 소설의 특성을 함께 지니면서, 출현 당시에는 창작 소설과 경쟁하던 문학 양식이었다. 한국 근대 문학사에서 번안 소설의 출현은 '신소설'과의 경쟁 관계 속에서 이루어졌다. 1910년대의 유일한 중앙지였던 〈매일신보〉는 소설을 통해 대중 독자를 확보하는 일에 큰 관심을 보였다. 〈매일신보〉는 신소설을 대중들의 문자인 순 한글로 연재하면서 1면 중앙에 배치했고, 이들 작품의 연재를 광고를 통해 알렸다. 한 신문에 두 편의 소설을 연재한 점 등은 당시 〈매일신보〉가 지닌 소설에 대한 관심의 크기를 짐작하게 한다. 1912년 7월, 조중환이 번안 소설 《쌍옥루》의 연재를 시작할 무렵까지 한국 근대 문학사에서 가장 대중적 인기를 누리던 작가는 이해조였다. 이해조는 〈매일신보〉에 연재한 〈화세계〉, 〈월하가인〉, 〈구의산〉, 〈봉선화〉 등의 작품을 통해 커다란 대중적 인기를 얻었다.

　　그러나 조중환의 등장과 번안 소설의 성행으로 인해 이해조의 시대는 막을 내리게 된다. 〈매일신보〉가 번안 소설 《쌍옥루》를 1면에 배치하고, 이해조의 작품에 붙어 다니던 '신소설'이라는 표기를 삭제한 것은 우연한 일이 아니다. 〈매일신보〉에서 '신소설'이라는 용어는 독자들의 관심을 끌기 위한 수사(修辭)로 사용되던 것이었다. 〈매일신보〉의 편집자가 이해조의 소설에서 이러한 수사를 삭제한 것은 곧 편집진의 관심이 신소설에서 번안 소설로 옮겨 가고 있음을 보여 준 것이다. 〈매일신보〉는 《쌍옥루》를 연재하면서 이것이 독자들의 일시적 소일거리를 위한 가벼운 소설이 아니라 실제 사회를 다룬 것이며, 따라서 일반 사회의 풍속을 개량할 만한 좋은 매개체가 될 것이라고 주장한다.

이른바 한국 최초의 신소설 작가로 불리던 이인직의 퇴진 역시 번안 소설의 성행과 관련이 있다. 〈혈의루〉와 〈귀의성〉 그리고 〈은세계〉 등 일련의 작품으로 주목 받던 작가 이인직은 한일 병합과 더불어 창작 활동을 일시 중단한다. 그가 다시 작품 활동을 시작하게 되는 것은 1912년 3월 〈매일신보〉에 단편 〈빈선랑의 일미인〉을 발표하고, 이어서 1913년 2월 장편 〈모란봉〉을 연재하면서부터다. 이인직이 〈모란봉〉을 통해 추구했던 것은 대중적 흥미였다. 〈모란봉〉이 남녀의 삼각관계를 바탕으로 한 염정 소설류의 구성을 취하고 있는 것은 이 때문이다. 그러나 〈모란봉〉은 외형만 삼각관계를 취하고 있을 뿐 실제 등장인물 사이의 갈등 구조를 드러내는 일에는 실패한다. 〈모란봉〉이 대중들에게 외면당하고 있을 때 등장한 것이 조중환의 또 다른 번안 소설 《장한몽》이었다. 《장한몽》은 삼각관계의 소설이 어떠한 구성법을 취해야 하며 등장인물들 사이의 갈등 구조가 무엇인가 하는 점을 전형적으로 보여 주게 된다. 결국 《장한몽》의 성공은 〈모란봉〉의 연재 중단이라는 결과를 가져오게 되고, 이는 곧 이인직의 퇴진으로 이어진다.

한국 근대 소설사에서 번안 소설이 지니는 의미는 다양하다. 그것은 아직 장형 소설에 익숙하지 않은 당시의 작가와 독자들에게 긴 호흡의 소설에 대한 새로운 인식을 심어 주었다. 이를 통해 새로운 문화 창조의 기운이 생겨나고, 창작의 기법에 대한 이해가 넓어진 것도 사실이다. 그런가 하면 번안 소설의 성행이 근대 문학의 통속화를 부추겼다는 주장도 무시할 수 없다. 그러나 번안 소설에 대해 어떠한 입장을 취하건 이에 대한 객관적이고 종합적인 정리가 필요하다는 점에 대해서는 누구나 동의할 것으로 믿는다. '한국의 번안 소설' 간행을 매우 의미 있는 일로 생각하는 가장 큰 이유가 여기에 있다.

이른바 자료 작업의 어려움은 직접 해 보지 않은 사람은 알기 어렵다. 한국 근대 문학 관련 자료들은 여기저기 분산되어 있고, 열람의 절차도 까다로운 경우가 많다. 영인본의 상태도 그리 좋지 않아서 제대로 읽어 내는 일이 쉽지가 않다. 결국 대부분의 자료 작업은 영인본을 바탕으로 하면서 원본과의 보완 대조 작업을 거치게 마련인데, 이런 번거로운 절차는 상당한 시간과 노력을 필요로 한다. '한국의 번안 소설' 간행은 박진영 선생의 오랜 자료 작업의 성과물이다. '한국의 번안 소설' 간행을 통해 한국 근대 문학 및 문화에 대한 이해의 범위가 크게 확산될 수 있을 것이며, 근대 문학 연구의 영역 또한 확장될 수 있을 것이다. 박진영 선생의 이 작업에 감탄하며 아울러 반가운 마음을 표한다.

'한국의 번안 소설'을 펴내며

　　근대 문학 초창기의 번안 소설 가운데 수작을 가려 뽑아 '한국의 번안 소설'을 펴낸다. 지금 우리 시대의 장편 양식을 처음으로 맛보고 향유하기 시작한 것은 〈매일신보〉의 전문 번안 작가 일재 조중환, 하몽 이상협, 우보 민태원을 통해서였다. 그들은 '순 한글의 한국어 문장'으로 된 소설을 쓴다는 것과 읽는다는 것이 어떤 의미를 지니는지 투철하게 의식하고 있었다. 따라서 '한국의 번안 소설'은 일간지 연재 당시의 형질과 감각을 살리기 위해 각별히 힘을 쏟았다.

　　당대 최고의 인기 소설이었을 뿐만 아니라 그 뒤로도 오랫동안 대중의 정서를 대표해 온 번안 소설은 아직 객관적이고 공정하게 평가받지 못했으며 번안 작가의 이름 역시 말뜻 그대로 말끔히 지워져 있었다. 이를테면《혈의 누》는 이인직의《혈의 누》이고《무정》은 이광수의《무정》이되,《장한몽》은 오자키 고요의《장한몽》이거나《곤지키야샤》의《장한몽》인 식이다. 순수한 창작이 아니기 때문이라면 그나마 다행이라 하겠지만 식민지 점령 당국의 기관지에 연재되어 한국인의 감성을 오도하고 민족정신을 훼손시킨 싸구려 읽을거리라는 그릇된 선입관이 너무나도 강하게 자리 잡고 있었기 때문이다. 이런저런 이유로 주체로서도 주류로서도 인정받을 수 없었던 셈이다.

　　초창기의 전문 번안 작가들은 일본이나 서구의 소설을 번역하는 것이 아니라 번안함으로써만 자신들의 시대에 맞닥뜨린 문화적 동요

와 새로운 질서 수립의 역로를 드러낼 수 있다고 믿었다. 창조적인 상상력을 발판으로 근대의 한국과 한국인 그리고 한국어의 전망을 제시하는 것이야말로 그들에게 부여된 역사적 소명이었다. 실제로 그들이 펼쳐 보인 상상력의 지평은 결코 빈약하거나 초라하지 않았으며 그 나름의 고유한 가치와 시선을 무기로 삼고 있었다. 그래서 십여 년에 걸쳐 이어진 번안 소설의 시대는 명실상부한 번안의 시대이자 소설의 시대였다.

번안 소설을 다시 읽는다는 것은 근대 한국, 한국인, 한국어의 길지도 깊지도 않은 역사적 연원을 생생하게 드러내 줄 것이다. 그것은 통쾌할 수도 씁쓸할 수도 있으며 가지런하고 갈피가 설 수도 혹은 모순투성이일 수도 있다. 어느 쪽이냐는 그리 중요하지 않다. 다만 지금 이곳에서 펼쳐지는 우리의 삶과 언어를 되짚어볼 수 있다면 그보다 더 가치 있는 일은 없을 것이다. 엄격한 교열과 방대한 낱말 풀이를 덧붙인 비평적 정본이어야 하는 것은 그래서다. 이 원칙이 같으면서도 다른 두 시대의 독자들이 가장 행복하게 만날 수 있는 지름길이라는 점을 강조해 두고 싶다.

매일 아침 설레는 마음으로 신문을 펼쳐 들고 주인공이 밟는 길을 따라 나란히 걸으며 울고 웃는 독자들의 모습을 그려 본다. 바로 그런 장면을 떠올리면서 '한국의 번안 소설'을 펴낸다. 마지막으로 삼대 전문 번안 작가 일재, 하몽, 우보의 이름을 거듭 새겨 둔다. 잊혀 버린 그들의 자취를 비롯하여 숱한 한국 문학 번역가들의 고투와 공적이 지금 우리 시대의 말과 글에 스며 있다는 역사적 사실이 기억되기를 바란다.

이 책을 펴내는 데에는 겉에 드러나지 않는 많은 분들의 값진 품이 숨어 있다. 자료의 조사와 수집부터 사진 촬영에 이르기까지 갖은 도움을 아끼지 않은 여러 대학 도서관의 담당자 분들께 가장 먼저 감사의 뜻을 전한다. 특히 연세대학교 중앙 도서관 국학 자료실의 협조가 아니었다면 정교한 판본 비교와 삽화 수록이 대단히 어려웠을 것이다. 또한 편자가 오랫동안 공을 들일 수 있는 여력과 기회를 마련해 준 각종의 사회적 지원은 물론 '한국의 번안 소설'이 지닌 문화적 · 학술적 가치가 비로소 빛을 발할 수 있도록 힘을 한데 묶어 낸 현실문화연구에도 거듭 사의를 표한다.

2008년 5월
편자 박진영

차 례

일러두기

- 《무쇠탈》은 1922년 1월 1일부터 6월 20일까지 총 165회에 걸쳐 〈동아일보〉 4면에 연재되었다. 단행본으로는 1923년 동아일보사 출판부에서 처음 간행하였으며, 해방 후 덕흥 서림에서 재간행하여 판을 거듭하기도 했다.

- 이 책은 교열(校閱)과 이본 조합(異本照合)을 거친 '결정판'이자 '비평적 정본'으로서 〈동아일보〉에 연재된 최초의 판본을 저본으로 삼았다.

- 표기법과 띄어쓰기는 지금의 한글 맞춤법 및 표준어 규정에 맞게 바로잡았다.

- 옛말, 의성어와 의태어, 센말과 여린말 등은 될 수 있는 대로 살려서 원문의 어투와 어감을 잘 드러낼 수 있도록 하였다.

- 외래어는 지금의 외래어 표기법 규정에 맞게 고쳤다.

- 분명한 오류와 오식은 바로잡았으며, 그렇지 않은 경우에는 몇 종의 우리말 사전들을 참고하여 정확한 본딧말을 확인하고 이를 '낱말 풀이'에서 밝혔다.

- 말뜻의 풀이는 그 낱말의 어근만을 풀이하였다.

- 구두점과 문장 부호, 행갈이 등은 신문 연재본과 단행본을 두루 참고하여 결정하였으며, 특별한 경우가 아니라면 신문에 연재된 상태를 그대로 따랐다. 다만 큰따옴표와 작은따옴표로 처리된 대화, 속생각 등은 모두 독립된 문단으로 처리하였다.

- 한자 표기는 원문에 괄호 처리되어 있는 것을 그대로 따랐으며, 명백하게 잘못 표기된 경우에만 바로잡았다. 그 밖의 경우에는 모두 '낱말 풀이'에서 밝혀 주었다.

- 이 책의 삽화는 〈동아일보〉 원본에서 추려 따온 것이다. 〈동아일보〉 연재소설에 삽화가 함께 수록된 것은 《무쇠탈》이 처음이다. 다만 보존 상태가 좋지 않은 몇 장은 싣지 못했음을 밝혀 둔다.

1. 백작 안택승과 방월희 양 (1)

불란서 왕 루이 십사세라 하면 나파륜에 등대 나가게 위명이 혁혁하던 임금이라. 밖으로는 이웃 나라를 압제하고 안으로는 모든 신민을 구박하여 방자한 행동이 많았으매 그를 두려워하지 아니할 이 없었으며 중에는 깊이 원한을 품어서 혹 이웃 나라와 협력하여 그를 해치고자 하며 혹은 불평을 품은 황족과 공모하여 반정을 도모하는 등 음모의 끊일 새가 없었으나 다만 당시의 경시 총감 노봉화라 하는 사람이 허다한 비밀 정탐을 사용하여 엄밀히 단속하는 고로 대개는 성사치 못하고 스러져 버리는 것이었다. 이때 그러한 불평객들이 근거지를 삼고 다니는 곳은 대개 이웃 나라 백이의 국 서울 브뤼셀이니 이로부터는 파리를 쳐들어가기도 쉽고 파리에서 도망하여 나오기도 용이하여 모든 일에 편리한 까닭이었다.

때는 이제부터 이백이십 년 전 일이다. 일천육백칠십이년 이월 구일 눈 오는 저녁때에 브뤼셀 어떤 술집에서는 넓은 술청 안에 여기저기 의자를 타고 둘러앉아서 더운 김이 무럭무럭 오르는 전골 안주에 어한 술을 마시어 가면서 이야기장을 보는 여러 손님이 있었다. 여기서 이리저리 탁자 사이로 넘나들며 바쁘게 일을 보는 주인이 때때 한편 구석을 유심히 바라봄은 무슨 까닭인가 하고 눈여겨본즉 선술집에는 당치 아니한 무사들이 앉아 있다. 한 사람은 연기가 이십칠팔 세쯤 될는지 키는 크나 몸은 가냘픈 편이며 얼굴은 풍양에 걸어서 곱다 하기 어려우나 그린 듯한 눈썹과 실쭉한 봉의 눈은 정신이 돌돌하고 결곡한 입매는 검은 수염에 가리어 늠름한 중에도 인정이 있어 보이는 얼굴이다. 그와 마주 앉은 사람은 그보다도 나이 젊은 이십 내외의 미소년이다. 얼굴빛은 갓 핀 배꽃같이 희다 못하여 푸른빛을 띠었으며 나슬나슬한 머리털을 모자에 싸고도 남아 앞이마에 반월형을 그린다. 눈에는 무한한 교태를 갖추었으나 잠깐 슬픈 기색을 띠었음은 타고난 천성인가 혹은 염려되는 일이 있어 일시 그러함인가. 아무렇든지 이 슬픈 기색은 고운 용모의 험이 아니라 도리어 아리따운 자취를 더하는 것이었다. 주인이 가끔 눈여겨보는 것도 이 고운 인물을 이상히 여기는 까닭일 것이다. 만일 이 집 주인으로 하여금 그의 고운 손길과 가냘픈 발씨에 주의를 하였으면 그가 미소년이 아니라 실상은 남복한 미인인 줄을 알아보기가 어렵지 아니하였을 것이다. 미인은 때때 눈을 들어 무엇을 염려하는 듯 남자의 얼굴을 바라보나 남자는 따로이 생각하는 일이 있는지 미인의 사랑에는 눈도 떠 보지 아니하고 문간만 바라보며

"어찌 여태 아니 오나"

하고 혼잣말을 하는 것은 무어인지 소식을 기다리는 모양이다. 미인은 입을 열어

"대감, 무엇을 그렇게 기다리셔요"

대감이라는 군인은 좀 짜증을 내는 모양으로

"무엇이라니, 우편 마차를 기다리지. 이번 마차 편에 화란 신문이 올 터이니까"

"오—, 참, 화란 신문에"

하고 고개를 끄덕이매 그 군인은 인정 없는 말씨로

"월희! 요새 어찌 그리 정신이 없이 무엇을 모두 잊어버리오"

하고 나무라기 시작한다. 월희는 야속한 모양으로

"요새가 아니라 이왕부터도 대감으로 하여서 부모도 잊어버리고 집안도 잊어버리고 이 모양을 하고서"

하며 눈물을 머금고 남복한 자기 모양을 돌아보매 군인 역시도 가엾은 생각이 들었던지 그만 목소리를 낮추어

"아아, 이것도 신수 소관이지 할 수 있나. 응, 인제 화란 신문이 와서 우리 동지들의 암호 글자만 있고 보면"

하고 부지중에 목소리를 높였다가 깜짝 놀라 다시 말을 낮추며

"인제 미구에 내 운명이 작정될 것이다. 살든지 죽든지 간에"

"나도 일반이지요. 이 위험한 계획이 실패 되어서 대감 신상에 무슨 변이 있고 보면 나도 같이 죽어 버릴 터이여요"

군인은 사랑에 겨운 듯이 월희의 손길을 잡으며

"아무렴, 그 다 이를 말이겠소"

"그래, 대감은 언제까지든지 그만두실 생각은 없소. 지금에 다 집어 버리고 둘이서 고향으로 돌아가면 백작이여 백작 부인이여 하고 호강할"

"또 그런 쓸데없는 말을 하는구려"

"그렇지마는 많지도 아니한 동지들끼리 이러한 일을 하면 실패될 것은 물론인데요. 에그, 참, 나는—"

"아니, 시금은 동지가 얼마 아니 뇌지마는 우리가 거사를 하였다는 말만 들으면 각국에서 군사를 일으키기로 약속이 되었으니까 당장은 좀 단출할지라도 뒤를 받칠 사람은 넉넉하거든. 그러고저러고 간에 지금 그만둘 수는 없어. 루이 왕이라면 말만 들어도 이가 갈리는데. 나도 백작이라는 상당한 신분을 가진 군인인데 약혼한 여자와 서신 왕복을 하였다고 군대에서 내쫓는다, 갖은 욕을 다 보이다니. 그것만이 아니라 오늘날까지 고생하던 일을 생각하면 루이 왕의 간을 씹어도 시원치 않아. 또 루이 왕뿐인가. 그 아래에 있는 노붕화 놈까지 나 간 데 족족 정탐을 붙여 가지고…… 응, 인제 보아라. 화란 신문 셋째 기사에 '나마'라는 두 글자가 있으면 곧 불란서로 쳐들어가라는 대장의 명령이니까 동지 십오 명과 같이 파리로 들어가서 루이 왕과 노붕화에게 백작 아택숭이가 어떠한 사람인가를 좀 알리고 말 터이다. 오늘 밤은 정말 구라파 천지가 좌지우지되는 날이다"

하고 두 주먹을 불끈 쥐며 부르르 떨었다.

2. 백작 안택승과 방월희 양 (2)

백작 안택승은 지나간 고생과 앞길의 결심을 생각하고 골수에 맺힌 원한을 못 이기어 주먹을 불끈 쥐며 살을 떠는 중에도 다시 문 앞을 바라보니 이번에는 기다리던 효험이 헛되지 아니하여 우편 마차는 문 앞에 짐을 내려놓고 그중에서 신문 한 장을 분전하며 주인은 그것을 받아 가지고 이편으로 오는 길이었다. 안택승은 연래의 소원을 성취할 날이 왔다고 두 눈에 날카로운 빛을 띠우며 우선 손을 들먹들먹하는데 마침 이때에 문밖으로부터 들어오는 건장한 남자, 허리에는 삼척장검을 비껴 차고 방약무인한 태도로 휘젓고 들어오더니 제잡담하고 주인을 붙들며

"아아, 화란 신문인가. 어디 좀 보세"

하고 주인이 거절할 여가도 없이 어느덧 신문을 뺏어 가 버렸다.

"오늘 신문은 재미있는 말이 있음 직한걸"

하고 군복에 쌓인 눈을 툭툭 떨더니 옆에 있는 의자에 걸어앉아서 모조리 읽기 시작을 한다.

기다리고 기다리던 중대한 신문을 가로차는 놈이 그 누구인가 하고 안택승은 노기가 가득한 눈을 들어 본즉 몸집은 아름이 벌듯 하며 얼굴은 검고 입술은 두꺼운 데다가 솔잎 같은 수염이 두 뺨에 가득하여 얼핏 보기에도 행내기가 아닌 듯하며 또 그자의 친구인지 외양으로도 매우 약아 보이는 조그마한 신사가 그의 옆으로 붙어 앉았다. 이것만 보아도 위선 만만치 아니한 적수인 줄은 알겠으나 아직은 어떠한 위인인지도 알 수가 없으므로 안택승은 일부러 모르는 체하고 위선 주인을 불러서

"아까 부탁한 화란 신문은 어찌하였어. 얼핏 가져오게"

하고 재촉한즉 주인은 난처한 모양으로 머리를 득득 긁으며 안택승과 그 무사의 얼굴을 반 타서 바라보더니

"예, 그 신문을 지금 영감께 드릴 양으로 여기까지 오다가 고만"

"여기까지 가지고 오다가 고만 어찌하였단 말인고"

"예, 여기 이 영감께서 뺏어서 가셨어요"

이와 같이 대답을 하면서도 관계된 사람이 피차에 무사이고 본즉 응당 싸움이 되려니 하여 횡액에 걸리지 아니할 양으로 슬슬 꽁무니를 빼었다. 그 무사는 주인의 하는 말을 분명히 알아들었으련마는 본 체도 아니 하고 여전히 신문을 읽고 있는지라 안택승은 눈에서 불이 나는 것을 억지로 참고 그 무사에게 향하여

"실례입니다마는 이 사람의 말과 같이 영감께서 신문을 뺏어 계신지요"

하고 공손히 물은즉 그는 반듯이 고개를 돌려 안택승의 얼굴을

거만하게 바라보며 어깨를 두서너 번 으쓱거리더니 일언반사가 없이 도로 신문을 향하였다. 안택승은 북받쳐 오르는 노기에 얼굴빛을 변하여

"어어, 괴상한 일을 보겠고. 여보시오, 댁은 이면경계도 없소. 남이 말을 묻는데 어찌 대답이 없단 말이오"

그는 볼치를 떨고 싶도록 유들유들한 태도로

"맘이 내키면 대답도 하지마는 나는 하기 싫은 대답을 해 본 법이 없어. 어, 귀찮게 구는고"

"맘이 내키고 안 내키는 것은 다 무엇이오. 댁이 그 신문을 가로채지 아니하였소"

"그러한 것은 물어보지 않아도 눈으로 보면 알겠지. 가로채었기에 이렇게 보고 있겠지. 아아, 오늘은 재미있는 기사가 많은걸. 뜯어보기는 귀찮지마는 끝까지 보아야만 내 직성이 풀리겠는걸"

어디까지든지 무례하게 차리는지라 안택승은 참는 것도 이뿐이라고 칼자루에 손을 대며 두 발을 버티고 일어선즉 등 뒤로부터 방월희의 반은 우는 목소리가

"여보, 대감―"

하고 들린다. 안택승은 이 말에 정신이 나서 자기 몸에 중대한 책임이 있음을 생각한즉 이러한 세쇄한 일에 감정을 내어서 큰일을 그릇할 때가 아니라. 지금 이곳에서 시비를 하면 이 나라 경찰서에 붙들리어 어떠한 일을 당할는지도 모를 뿐 아니라 더욱이 불란서 경시 총감의 노붕화가 도처에 비밀 정탐을 놓아 내 몸을 찾는 이때인즉 어찌 이러한 위인과 시비를 다투어 내 몸을 위험케 하랴. 참을 수 있는 데까지는 참아 보리라 하고 다시 공손한 말로

"아니, 영감은 그 신문을 이 사람이 일부러 청구하여 온 줄은 모르시겠지. 벌써 한 시간 전부터 그 신문이 오기를 기다리고 있는 터이오"

"그것을 내가 아나. 기다리고 있던 신문이든지 기다리지 않던 신문이든지 재미만 있으면 집어 보는 것이 내 성미야"

안택승은 피가 나도록 입술을 악물며 칼날 같은 눈을 그자의 얼굴에 던졌으나 또 참고서

"예, 그러하시겠지요마는 잠깐만 빌려 주시면 곧 도로 드리겠습니다. 예, 안 되었지만 이것은 특별한 청입니다"

남에게 숙여 보지 못하던 고개를 경위 없이 숙이는 그의 가슴이 오죽하랴.

"오오, 사정이란 말이야. 그대가 그렇게 고분고분하게 하면 이편도 또 고분고분하게 거절할 뿐이지"

"그러하시겠지요. 그러면 다 보신 뒤에나 내게 빌려 주시지요"

"추근추근한 녀석이로고. 다 보고 난 뒤의 일을 누가 알고. 애초 모양으로 접어서 주머니에 넣었다가 집에 가서 다시 볼는지도 모르는 일이지"

이 안하무인의 태도에는 안택승도 참다가 못하여 월희 양의 말리는 손을 뿌리치고 그지의 앞으로 날려드니 이 광경을 본 여러 손들은 아아, 무사들끼리 싸움을 한다고 눈이 쌓인 문밖으로 몰려 나가며 주인까지도 얼굴빛을 변하고 지하실로 쫓겨 가 숨었다.

3. 백작 안택승과 방월희 양 (3)

안택승과 그 무사 사이에 필경 시비가 일어나매 모든 사람은 몸을 피하나 홀로 월희 양은 안택승의 등 뒤에 있어 안절부절을 못하면서 두 사람의 다투는 말을 듣고 있다.

"가만히 두고 보니까 무례한 말에도 분수가 있지. 자아, 마지막으로 한마디만 들어 봅시다. 대관절 그 신문을 내놓을 터이오 안 내놓을 터이오"

하고 종주먹을 대니 그 무사는 대답도 아니 하고 옆에 앉은 신사를 향하여

"여보게, 이런 시골에도 신문을 보겠다는 건방진 놈이 있는 것은 의외가 아닌가"

그 말을 들은 체소한 신사는 우습단 말인지 무섭다는 뜻인지도 알 수 없는 웃음을 띠며

"아니, 여보게, 이분은 꼭 이 신문을 보아야 할 일이 있는 모양이고 또 당초부터 이 분네의 신문일 것 같으면 달라는 것도 괴이치 않은 일이 아닌가"

한번 이렇게 하겠다는 결심을 한 뒤에는 한 걸음도 양보하지 않고 일 분이라도 참지 못하는 것이 안택승의 성미이라 이러한 딴 수작을 듣고 있을 까닭은 없다. 그 군인의 먹살을 움켜잡고

"자아, 이리 나오"

하며 번쩍 쳐드니 저렇듯이 건장한 무사도 이제는 할 수 없이 끌려 일어났으나 위선 안택승의 손길을 뿌리치고 뒤로 한 걸음 물러나서 몸단속을 함은 이러한 싸움 바탈에 매우 수 익은 사람인 줄을 알겠더라. 그는 노기가 등등한 안택승의 얼굴을 보고

"흐흥, 이것 또 재미있는 일인걸. 내 칼 맛을 좀 보겠다는 말이냐. 정 소원이고 보면 그만 한 청이야 못 듣겠니. 애, 시골뜨기 놈아, 후회는 하지 마라. 이 칼의 이름도 모르리라마는 '불란 보검'이란 말만 듣고도 천하의 무사가 벌벌 떠는 것은 이 칼이다. 일전에도 독일 사관 하나를 두 동강에 내었더니 오늘 또 피 칠을 할까 보다"

하고 큰소리를 하여 가면서 그 신문을 착착 개켜서 주머니에 집어넣었다. 만일 안택승으로 하여금 '불란 보검'이란 이름을 주의하여 들었으면 그 칼을 가신 사람이 누구인지도 이왕에 소문을 들었을 것이며 이롭지 못한 적수인 줄을 알고 후회도 하였으련마는 노기가 가슴에 북받친 계제이라 그러한 말에 주의할 여가도 없는 것이다.

그 무사는 신문을 접어서 주머니에 집어넣고 살기가 가득한 웃음을 띠면서

"자아, 이렇게 내 몸에 붙인 다음에는 나를 죽이기 전에는 뺏어

갈 도리가 없다. 어찌하여서 네가 그 신문을 그렇게 보고 싶어 하는지
는 모르겠다마는 뺏어 갈 수가 있거든 오냐, 주먹다짐으로 뺏어 가거
라"

안택승은 조급히 굴 때가 아니라고 생각하여 억지로 마음을 진정
하고자 위선 월희 양을 돌아보면서

"월희, 밖으로서 사람들이 들어오지 못하게 문을 꼭 닫치오"

월희 양은 얼굴빛이 파랗게 질려 가지고 간하는 듯한 눈으로 안
택승의 얼굴을 바라보나 벌써 벌인춤이라 도저히 중지하려는 기색이
없으매 시키는 말을 좇아 문을 닫았다. 이때는 모든 사람이 풍비박산
되고 남은 사람이라고는 그 무사의 친구인 체소한 신사와 자기의 장래
아내인 월희 양뿐이라. 안택승은 비로소 안심하고 허리에 찬 칼을 뽑
아 추수 같은 칼날을 훑어보니 그 무사는 조금도 황겁한 빛이 없이 위
선 외투를 벗어 놓고 다음에는 가죽 장갑을 뽑아 놓고 또 거치적거림
을 염려함인지 장화에 달았던 박차를 떼어 놓고 눈을 가리는 것이 없
도록 모자까지 벗어 놓았다. 이와 같이 침착한 태도를 보면 이왕에도
여러 번 전쟁을 겪은 숙련한 무사인 줄을 가히 알 것이다. 이윽고 삼 척
이 넘는 '불란 보검'을 선선히 빼어 들고 두서너 번 내둘러 본 뒤에 두
발을 버티고 서서 몸단속을 하더니

"자아, 오너라. 칼을 가진 채 용춤을 추게 할 터이니"

하는 그 모양은 과연 범연치 아니한 검객인 줄을 알겠더라. 이 모
양을 보고 동행하였던 신사는

"흥, 오늘은 재미있는 구경을 할까 보다"

하고 한 편짝 가에 놓인 탁자 위로 올라가고 월희 양은 간이 콩만
하여서 탁자 뒤에 가 숨어 섰는데 무서운 생각이 골똘하여 눈은 똑바

로 뜬 채로 깜짝이지도 못하였다. 이때에 안택승은 어떤 편으로 쳐들어갈까 하고 적수의 동작을 살피는 중에도 가슴속에는 한 가지 의심이 솟아 왔다. 만일 이자가 저 원수 놈 노붕화의 명령으로 나를 죽이기 위하여 불란서에서 온 자객이나 아닌가. 이자가 신문지를 가로채던 일로 하든지 무슨 혐의나 있는 것처럼 나를 욕 뵈던 일로 하든지 우연한 일은 아닐 것 같은데 내가 아직 연천한 소치로 그러한 일을 생각지 못하고 일시의 감정으로 이 싸움을 시작한 것은 그자의 계책에 빠진 것이다. 평일부터 대장군께서 나를 혈기지용이라고 경계한 것은 이러한 것을 이름인가 하고 깊이 후회하였으나 시기는 이미 늦었다.

4. 백작 안택승과 방월희 양 (4)

안택승이 가슴에 의심을 품고 주저하는 모양을 본 그 무사는

"하하, 내가 먼저 몸단속을 하고 본즉 감히 달려들 용기가 없는 모양이로구나. 기다려 달라면 또 기다려 주지"

하고 조롱을 하니 안택승은 또다시 노기가 충천하여 칼자루를 도슬러 쥐며 한 발을 뒤를 물러나와 잔뜩 벼르는 중에도 오히려 의심은 풀리지 아니한다.

'지금 내가 죽으면 이번 일이 낭패되는 것은 분하지마는 우리 동지의 성명은 노붕화도 알지 못할 것이니 그것은 염려 없다'

이와 같이 생각을 도른 뒤에는 얼마큼 맘이 진정되어 새로이 정신을 가다듬어 가지고 승부를 결단하고자 한다. 대개 이 시대의 결투

는 근래의 결투와 달라서 적수가 죽든지 이편이 죽든지 정말 목숨이
왔다 갔다 하는 것이다. 지금의 소위 결투 모양으로 피차에 칼 길이를
재어 본다, 구호인을 정한다, 미리 장소와 시간을 약속하여 싸움의 결
기가 다 식은 뒤에 싸우는 것은 아니다. 다 각기 칼을 찼은즉 자기 몸에
지닌 칼이 자기의 무기이라 적수의 칼이 길면 이편의 손이라고 단념을
할지며 성이 나면 그 자리가 곧 결투장이요 이때가 곧 목숨을 내놓는
때일다. 그런데 지금 안택승의 가진 칼은 저 '불란 보검'보다 분명히
일곱 치 이상이나 짧으며 입은 의복을 볼지라도 저편 무사는 전장에
나가는 사람같이 가죽 동옷을 입었으나 안택승은 보드라운 비단 나사
옷을 입었고 또 신장을 볼지라도 안택승은 두 치가량이나 작을 것이
다. 이러한 것을 비교하여 보면 안택승은 모든 것이 약하고 저편은 모
든 것이 강하여 아주 기우는 승부이나 안택승은 이러한 것도 생각할
여유가 없는지 꼭 한칼에 찔러 넘기려는 기세로 적수의 눈치를 주목하
면서 무릎을 굽히고 허리를 빼어 아래로 깔붙어 돌며 적수는 몸을 뒤

로 젖히고 두 팔을 앞으로 빼어 칼끝을 안 씨의 미간에 겨누었다. 적수의 친구 되는 신사는 안택승의 등 뒤로, 월희는 저편 무사의 등 뒤로 서 있게 된 고로 그 칼끝이 가장 위험한 곳을 향한 모양도 잘 알 수가 있었다. 개시의 한 칼은 칼과 칼이 마주쳐서 제꺽제꺽 소리가 나더니 잠시 동안은 소리도 없고 움직이지도 아니하며 피차에 계제만 엿보는 모양이었다. 이윽고 안택승은

"엑"

하고 소리를 치며 한 번 찌르고 번개같이 또 한 번 되짚어 찔렀으나 저편 무사는 태연자약하여 발 하나 움직이지 아니하고 받아 내는 모양이 마치 바위인 듯 산인 듯하다. 이것으로 보면 그는 위선 추근추근하게 차리어 안택승의 골을 올릴 계책이다. 안택승도 그러한 눈치를 짐작한지라 오래 두고 싸움은 이편의 이익이 아닌즉 어서 바삐 귀정을 내려고 충분히 겨냥을 대어 가지고 또 한 번 찌른다. 이로부터 약 이십분 동안은 위를 겨누다가 아래를 후리며 아래를 벼르다가 위를 엄습하여 가슴으로 얼굴로 번개같이 휘두르니 번쩍이는 칼 빛은 어지러운 눈 같으며 공중을 휘갈기는 칼끝의 울음은 바람같이 울려온다. 그러나 저 유명한 '불란 보검'은 한 번 옆으로 쏠리는 일도 없으며 안택승의 미간을 향한 대로 움직이지 않는다. 안택승의 칼끝이 점점 조급하여짐을 곤 그는 또 한 번 소롱을 한다.

"허허, 대장장이가 쇳조각을 놀리듯 하는구나. 내 칼을 서판으로 알아서는 안 된다"

"응, 인제도"

하고 또 한 번 내찌르는 안 씨의 칼끝은 지금까지 벼르고 벼르던 맺힌 기운이라 분명히 적수의 옆구리를 꿰뚫었는가 하였더니 역시 칼

끝이 짧은 까닭으로 허사가 되고 말았다.

"오오, 이번에는 어지간하다. 나니까 무사하였지 다른 사람 같으면 영락없이 찔릴 뻔하였는걸"

하고 한편으로는 칭찬을 하며 한편으로는 자랑을 하더니 인제는 자기가 손을 걸어도 좋을 때가 왔다고 생각하였던지 자기 말이 끝도 나기 전에 안택승의 미간을 향하고 한 번 내리 찌르니 그 칼끝은 빠르기가 번개 같다. 안 씨가 몸을 돌려 피하니 그는 좀 의외인 것같이

"흥, 제법이다. 너도 아주 맹물은 아니다마는 선생에게 배운 검술이 되어서 나 모양으로 전장에서 익힌 솜씨는 못 당할 것이다. 위선 네 이마에 흐르는 땀을 좀 보아라. 이 눈 오는 날에 김이 무럭무럭 오르는구나"

과연 그 말과 같았다. 안 씨도 처음에는 아무쪼록 성내지 아니하고자 주의를 하였으나 이제는 눈이 뒤집히며 땀이 흐르기 시작하였다.

저편에서는 조롱과 욕설로 안택승의 골을 올리고자 하나 이제는 그것이 계략인 줄도 생각지 아니하고 더욱더욱 조급히 구는 안택승의 위험은 말할 수가 없는지라. 아까부터 이러한 광경을 보고 있는 월희 양의 가슴이 과연 어떠할까. 이제는 무서운 생각도 잊어버리고 탁자 앞으로 나와서 허리에 찬 칼자루에 가냘픈 손길을 대었으나 차마 뽑지도 못하고 앉았다 섰다 하며 번고를 하였다. 이윽고 그는 견디다 못하여 입술에 손가락을 대어 '조용히' 하라는 군호를 하고 다시 탁자 뒤로 들어가니 이 군호에는 안택승도 깨달은 바가 있던지 번개같이 휘두르던 칼을 멈추고 불같은 숨결을 토하며 문칫문칫 적수의 옆으로 돌아가니 저편에서도 역시 돌기 시작을 하여 삽시간에 아주 자리를 바꾸어 섰다. 저편은 자기 친구를 등지고 서고 이편은 월희 양을 등지고 섰다.

5. 신사 나한욱, 남작 안시제, 음모당 괴수 김규복

월희 양의 주의로 인하여 두 사람은 서로 자리를 바꾸게 되었다. 이 모양으로 서로 숨을 돌리는 중에 안택승의 노기도 얼마큼 진정되어 기운이 회복되리라고 월희 양이 좀 기뻐하는 대신에 저편에서는 이리하여 안 되겠다고 이번에는 가장 안택승의 비위를 거스를 듯한 말로

"야, 이놈아, 네가 화란 신문에서 무슨 말을 보겠다고 그리 성화를 바치니. 애, 이놈아, 죽는 놈도 소원을 풀어 준다니 내가 생각나는 대로 이야기를 하여 주랴"

이 말을 듣고 안택승의 얼굴이 다시 변하기 시작하매 자기 말의 효험이 있는 것을 기뻐하는 저편은 다시 말을 이어

"첫째 기사에는 루이 십사세가 관병식을 거행한다고 씌었더라. 이것이냐. 이것이냐. 아니, 꿈쩍도 않는 것을 보면 그것은 아닌 모양이로구나. 그러면 둘째 기사인가. 옳지, 둘째 기사에는 경시 총감 노붕화가 새로 육군 대신을 겸임하였다고 씌어 있더라"

첫째나 둘째 기사에 어떠한 말이 씌었든지 그것이 무슨 상관이랴. 정말 중대한 군호는 셋째 기사에 있는 것이다. 그 셋째 기사에 만일 '나마'라는 두 자가 있으면 우리 동지들은 대장군으로부터 거사하라는 명령이 내린 것으로 알고 오늘 밤 안으로 불란서 국경을 들어서야 될 터인데 이러한 미친놈과 시비를 하고 있을 때가 아니라고 안택승의 가슴은 터질 것같이 끓어오른다. 아아, 셋째 기사에는 무엇이라고 씌었는가. 신문은 뺏겼을지라도 그것만 들으면 내 목적은 달하는 것이라고 칼자루를 도슬러 쥐며 숨도 쉬지 않고 기다리는 그 얼굴빛을 살펴

었던지

　"흥, 둘째 기사에도 일이 없나 보구나. 그러면 셋째 기사에는 무엇이 있던가. 옳지, 파리에 외국 사신이 왔다고 하였더라. 그 사신은 나마에서 왔다고"

　'나마에서' 라는 한 말에는 안택승의 가슴이 뜨끔하였다. 그러면 명령이 내렸는가. 다년 바라고 바라던 목적이 성취될 시기는 돌아왔는가. 우리 동지들은 벌써 이 군호를 보고 각기 길을 떠나겠구나. 이 몸이 홀로 뒤지면 여러 사람에게 무엇이라고 말을 할꼬. 이러한 생각이 일시에 번개같이 솟아오르니 안택승은 전후 관계를 다 잊어버리고 견디지 못할 형벌을 받는 것처럼

　"아아"

　하는 소리를 치니 이것이 실로 운명의 다하는 때였다. 이와 같이 놀라 소리를 지르는 계제에 그의 칼끝은 터럭만 한 빈틈을 나타내었다. 아까부터 무슨 계제가 있기만 엿보고 있던 저 무서운 '불란 보검'은 안택승의 옆구리를 부쩍 꿰뚫었다. 요해처에 이러한 중상을 당하였으니 어찌 무사할 수가 있으랴. 입으로 코로 붉은 선지를 토하면서 등 뒤로 넘어지니 등 뒤에 있던 방월희는 비조같이 달려들어 그를 껴안았다. 한번 독이 오르면 여자는 도리어 남자보다 강한 수가 있는 것이라. 월희 양은 솟아오르는 눈물을 가슴에 저축하여 한 방울도 흘리지 아니하고 분함에 찢어지는 두 눈을 들어서 불공대천의 저 원수를 눈 속에 새겨 두려는 듯이 저편 무사를 한번 훑어본 뒤에는 다시 돌아도 아니 보고 안택승의 몸에서 흐르는 피를 자기 살에서 나오는 피와 같이 손에 묻혀 가며 구원을 하나 아마도 이미 소용은 없을 것이다. 아아, 백작 안택승. 경천위지의 큰 뜻을 품은 몸으로서 이십팔 세를 일평생 삼아

이름도 없는 술집에 그 목숨을 떨어트리면 그 원한은 언제나 끝이 나랴.

호기가 등등한 저편 무사는 가석한 안택승과 가련한 방월희에게는 눈도 떠 보지 아니하고 수건을 꺼내어 칼에 묻은 핏발을 닦으면서

"어—, 유공한 놈이로고. 이 불란 보검은 어떠한 적수를 만나든지 져 본 일이 없어. 인제 오늘 할 일은 다 하였다. 오늘 밤은 칼집 이불을 덮고 잘 쉬어라"

하며 가장 유쾌한 듯이 웃는 모양은 참 가증하였다. 이때에 그의 친구인 자은 신기는 타지 위에서 내려와 그 무사의 손을 삽으니

"자아, 이런 데서 오래 있으면 무엇 하나. 어서 가세"

하고 재촉하여 데리고 나가니 문밖에는 눈이 이미 한 치나 쌓여서 일면이 은세계로 변하였다. 두 사람은 서로 말없이 백일 호텔을 향하여 일 마장가량이나 가다가 그 무사는 자기 공로를 자랑하려는 것처럼

"아아, 나한욱 군, 이번 적수는 참 무서운 적수인걸. 이약 내 수단으로도 한참은 몹시 부대꼈는데"

하고 말을 붙이니 나한욱이라는 사람은 별로 대단히 여기지도 않는 것처럼

"흥, 여보게, 안 남작, 자네는 중대한 정탐 사건을 노붕화에게"

하다가 뒤를 돌아보아 사람이 없는 것을 살핀 뒤에 다시 말을 이어

"경시 총감 노붕화에게 부탁 받고 이곳으로 출장을 오지 않았나. 술집에 다니며 결투나 하면 자네 직책이 잘되나"

안 남작이라는 사람은 또 사방을 돌라본 뒤에

"응, 염려 말게. 나는 이번에 음모당의 괴수 김규복을 정탐 겸 잡으러 왔고 자네는 이번 음모를 꾸미러 각국으로 돌아다니는 그 유명한 귀부인을 암살하러 오지 않았나"

"귀부인은 고사하고 황족이라네. 전 황후라네. 오늘 밤 내로 감쪽같이 처치를 할 터이니 보게"

"전 황후 폐하라도 루이 왕과 갈라선 담에는 귀부인이지. 그야 어찌 되었든지 자네 일과 내 일은 다 각각이니까 나야 술집에 가 결투를 하든지 어디 가 무엇을 하든지 자네가 참견할 것은 없네"

"그는 그렇다 할지라도 그따위 대단치 아니한 위인과"

하고 말을 꺼내매 안 남작은 큰 키를 더 좀 늘이면서

"이 사람 보게. 자네는 아까 그자를 무명지졸로만 아는가"

"응, 그자의 검술로 볼지라도 아주 무명지졸은 아니겠지마는 아무렇든지 괴수 김규복이 이외에 손을 대는 것은 자네의 직책이 아니란 말일세"

"자네도 참, 눈이 그렇게 어둡단 말인가. 지금 그자가 즉 김규복일세, 김규복이야"

"응, 무엇이야"

"놀랄 만도 하겠네. 파리에서는 김규복이라고 하고 여기서는 안택승으로 행세하는 것이 지금 죽이던 그자일세. 인제 음모고 무엇이고 다 스러졌네"

6. 전 왕비 오 부인, 왕비 한씨, 시녀 연녈이, 배종 이창수 (1)

무사와 신사의 문답하는 말을 듣건대 그 무사는 당시 장사 패 중의 일등 검객으로 선성이 높은 안시제 남작이며 신사는 경시 총감 겸 육군 대신 노봉화에게 사용되어 간교한 계책이 비길 데 없다 하는 경시 회계장의 나한욱인 줄을 알겠으며 또 이 두 사람이 이곳을 온 까닭도 대강 짐작할 수 있겠다.

나한욱은 지금 살해된 사람이 음모당의 괴수 김규복이란 말을 듣고 비상히 놀라면서

"그런 줄은 자네가 어떻게 알았는가"

"응, 화란 있는 저의 동류 중에 고발한 자가 있어서 안택승이가 오늘 저녁때에 아까 그 술집에서 암호 신문을 기다린다고 편지로 자세히 통지를 하였으니까 알았지. 그기에 그 모양으로 싸움을 걸어 가지고 죽어 버린 것일세. 자네는 늘 나를 보고 꾀가 없다고 하데마는 이

40

번 계책이 어떠한가"

나한욱은 칭찬은 고사하고 도리어 염려스러운 모양으로

"자네가 그자를 죽인 까닭에 우리 정부가 얼마나 손해를 당하는지 아는가"

"무엇이야, 음모당의 괴수를 죽였다고 도리어 말을 듣다니. 그따위 경위 없는 정부에서는 품팔이도 못 하여 먹겠네"

"그러기에 꾀가 없다는 것이지. 정부에서는 그자를 사로잡기 위하여 국경에다가 거미줄을 늘이고 있지 아니한가. 그자를 죽이기는 용이하지마는 지금 그자를 죽여 버리면 동류의 성명을 알 수가 있나. 동류를 다 아는 사람은 그자 하나뿐이고 그자가 동류들의 명부를 손궤에 담아 가지고 어디다가 감추었단 말은 내가 여러 달 신고를 하여 가지고 겨우 알았으나 그 손궤가 어디 있는 것은 그자밖에 아는 이가 없네. 그러기에 그자를 사로잡아 가지고 그 손궤의 있는 곳을 자백시키고자 정부도 애를 쓰는 것일세. 그것을 자네가 아주 죽여 버린 것은 정말 큰 실책이지"

"그렇지마는 괴수만 죽여 버리면"

"그런 것이 아니야. 그자가 괴수는 괴수지마는 그 위에는 더 큰 수령이 있거든. 노봉화의 추측으로는 아무렇든지 루이 왕과 자리다툼을 할 만한 지위 있는 사람이 그 수령일 것이니까 그것을 자백시키기 전에 그자를 죽여 버리면 지금까지 신고한 일이 다 허사가 되고 말 것일세"

하고 지금은 아주 맘 놓고 떠들며 간다. 그러나 그의 등 뒤에는 열 간쯤 뒤떨어져서 흰옷을 몸에 감은 수상한 자가 자취 없이 따라오는 줄을 그네는 아는지 모르는지.

남작 안시제는 유공한 줄로 생각하던 자기 활동이 도리어 실패인 줄을 알고 잠시 동안 낙담을 하는 모양이었으나 이윽고 단념을 하였는지

"에에, 죽여 버린 이상에 소용이 있느냐. 다른 칼과 달라서 이 불란 보검에 찔린 놈은 다시 살아난 법이 없거든. 죽인 것이 잘못되었다면 또 다른 공로로 보충을 하거나 면직을 당하거나 할 뿐이지 자네한테 이러니저러니 말을 들을 것은 없네. 자네도 남의 총찰은 그만두고 자기 일이나 실패하지 않도록 주의하소. 자네가 맡았다는 오 부인으로 말하면 이왕에는 국왕의 총애를 받고 만조백관에게 실을 시키던 여자이니까 여간 설다루다가는 아니 되리"

"그러기에 노봉화도 일부러 나를 출장시킨 것이지. 오 부인이 루이 왕을 원망하는 맘에 휴양하기 위하여 여행을 합네 하고 비밀히 각처 불평객들을 모아 가지고 여기까지 들어오는 길인즉 그를 잘 다룰 사람은 정말 나밖에 없네. 나는 다행히 오 부인의 맘에 들어서 비밀한 의논까지 같이하여 본 일이 있고 그 까닭으로 하여서 오늘 밤에도 우리 별장에 와 유숙하기로 하였으니까 인제는 그물에 든 고기지 갈 데가 있나"

"그러면 이번에 파리에서 마차로 실어 오던 큰 기계도 역시 오 부인을 접대할 제구일세그려"

"그렇지, 그것은 내가 연구하여 낸 백침대라는 것일세. 아무렇든지 노붕화도 나를 그 공로로 하여서 회계장에까지 승차를 시켰으니까 얼마나 교묘하게 되는가는 잠자코 내일 아침까지만 기다려 보게"

하고 자랑하는 말이 미처 끝나기 전에 백일 호텔의 옥상 시계는 밤 열 시를 치는지라. 나한욱은

"에그, 오 부인의 마차가 올 때가 되었는걸"

하고 깜짝 놀라면서 걸음을 재촉하여 별장 문 앞을 당도한즉 마침 오 부인의 마차는 눈길을 헤치고 당도한 즈음인데 제일 앞서서 나온 사람은 부인의 배종인 듯한데 아까 안 남작의 칼을 받던 안택승과 일반으로 역시 이십칠팔 세쯤 되어 보이는 미남자이라. 위선 말고삐를 잡고 서매 다음에 십팔 세쯤 되어 보이는 절묘한 시녀와 손길을 마주 잡고 조용히 내려서는 것은 곧 루이 십사세 때에 천하의 정권을 한 손에 잡고 좌지우지를 임의로 하던 오상국의 여식이며 루이 왕의 소년 시대에 깊이 맘을 두어 백년가약을 맺었으나 그 뒤에 왕의 맘은 다시 지금의 왕비 한씨에게로 옮아감을 골수에 맺히도록 원망하는 오 부인 이라. 얼굴에는 검정 망사를 썼으나 한 옛날에 루이 왕을 녹여 내던 별 같은 그 눈은 지금도 오히려 광채를 잃지 않고 망사를 격하여 빛이 난다.

7. 전 왕비 오 부인, 왕비 한씨, 시녀 연년이, 배종 이창수 (2)

나한욱은 전 왕비 오 부인의 행차를 맞아 코가 땅에 닿도록 몸을 굽히며 공손히 원로의 객고를 위로하고 손수 부인의 손길을 잡아 곧 별장 안으로 인도하니 오 부인은 가볍게 답례를 하며

"나한욱 씨, 첫째 일찍이 재워 주는 것이 내게는 제일 긴하겠소. 준비는 되었겠지요"

"예, 벌써 며칠 전부터 행차를 기다렸습니다. 그러한 준비는 다 되어 있사오니 지금 곧이라도 침실에 드시도록 하겠습니다. 위선 여기서 잠깐 쉬시지요"

부인은 뒤에 따르는 시녀를 향하여

"연년아, 먼저 가서 침실을 보아 두어라. 밤중에 또 문을 서슴게 되어도 안 되었으니"

하고 무심한 말과 같이 이르나 실상은 큰 희망을 품은 몸이라 어디를 가든지 적지에 들어간 것 같은 생각으로 만일의 사고를 염려하여 조심에 조심을 더하는 것이다. 연년이라는 시녀는 같이 섰던 배종의 미남자와 무슨 눈치를 하면서

"예"

하고 나한욱의 가리키는 침실을 향하고 갔다. 귀부인은 또 배종을 향하여

"창수야, 내일 아침 떠날 때에 군색하지 않도록 지금부터 마차 준비를"

하고 이르니 미남자 이창수는

"예, 벌써 그렇게 일러두었습니다"

하고 대답한다. 부인은 이 대답을 듣고 다시 저편을 향하고자 하다가 이때까지 이창수의 뒤에 험상스러운 안시제가 따른 것을 보고

"나한욱 씨, 저분은 누구시오"

하고 물었다. 그러나 나한욱은 남작 안시제라고는 대답지 아니하고

"예, 그것은 제 친구입니다"

하고 대답할 뿐이었다.

오 부인은 그 불분명한 대답에 만족하였는지 가볍게 고개를 끄떡이며 그대로 예비하여 놓은 좌석에 들어가 배종 이창수를 좌편에 세우고 침실로서 돌아온 시녀 연년을 우편에 앉힌 후 자기는 두 사람 사이에 앉으며

"아아, 피곤하다"

하고 모자와 망사를 벗으니 칠 빛같이 검은 머리는 일시에 풀어

져서 어깨에까지 떨어지며 해쓱한 얼굴빛과 서로 비치어 눈이 부시도록 곱다. 원래 이 부인의 부친 되는 오상국은 누구나 아는 바와 같이 이태리 사람이라. 부인은 그 혈통을 받은 터인즉 타국 여자에게 볼 수 없는 일종의 매서운 기운이 있으며 갸쭉한 얼굴에 눈은 옴폭하고 턱은 좀 앞으로 나온 편이나 입매는 결곡하게 다물어 정에 여리고 노염에 빠르며 맘속을 헤아리기 어려운 얼굴이다.

부인은 나한욱의 준비한 진수성찬에는 눈도 떠 보지 아니하고 다만 그 매몰한 눈으로 물끄러미 연년의 얼굴을 바라보다가 다시 또 이창수를 돌라보아 안온치 못한 기색으로 두 사람의 거동을 살필 뿐이다. 이에 잠깐 연년과 이창수의 내력을 기록하건대 연년은 이태리의 어떤 문벌 있는 집 딸로서 파리 궁중에 들어온 것을 부인이 자기 수하에 불러서 시녀를 삼은 것이요 이창수는 어떤 황족의 집 청지기로 있던 것을 부인이 특별히 사랑하여 일부러 자기 집으로 데려다 두고 애지중지하는 터이라 한다.

부인은 연년이와 이창수가 가끔 눈이 맞는 모양을 보고 매우 불쾌히 생각하여 속마음으로

'인제 그대로 둘 수가 없다. 혹 실수가 있어도'

하고 생각하면서 또 나한욱을 향하여

"나한욱 씨, 내게 딸린 사람은 어디서 재우나요"

"예, 다 각기 방을 치워 놓았습니다. 이창수 씨는 제 방에, 또 연년 씨는"

하고 말을 하자

"아니, 연년이는 아직 좀 시킬 일이 있소. 자아, 연년아, 침실로 가자"

이 명령을 좇아 연년은 부인의 벗어 버린 외투 등속을 한 손에 거두어 들고 한 손으로 부인을 부축하여 일어서며 다시 이창수와 눈치를 하고 이 층으로 올라가니 나한욱을 위시하여 그곳에 있던 여러 사람들은 이 층 침실 앞에까지 가서 공손히 인사하고 각기 물러갔다.

안시제 남작은 슬쩍 침실 안을 엿보아 그 백침대에 주목을 하며

"흥, 나한욱이가 만들었다는 백침대가 저것이로구나. 저기다가 부인을 재우면 어찌 될 것인고"

하며 혼잣말을 하였으나 연년과 부인은 그러한 말에 관계하지 않고 곧 침실로 들어가서 문을 닫치고 안으로 잠가 버렸다. 이로부터 부인은 곧 난로 앞으로 가서 놓여 있는 의자에 걸어앉으매 연년은 손에 들었던 의복붙이를 개켜 놓고 피곤한 모양으로 부인의 등 뒤에 와서

"마마, 주무실 터이면 머리를 좀 거두어 쪽 찔까요"

부인은 고개를 들어 얼굴에 가리는 긴 머리를 좌우로 흔들어 젖히며

"아니, 나는 아직 아니 자겠다"

"에그, 마마께서는 오늘 아침에도 일찍 떠나셔서 매우 곤하실 터인데"

부인은 쌀쌀스러운 말씨로

"아니, 피곤할지라도 인제부터 편지를 써야 할 터이니까…… 일찍 자고 싶지 아니하다는 것도 실상은 그 까닭이다"

연년은 '에구머니' 하고 속으로 놀라며 거의 울음소리인가 의심할 만한 한숨을 쉬었다.

"오오, 참, 너는 졸리겠구나"

하고 부인이 그 얼굴을 바라본즉 연년은 얼굴을 붉히면서도

"예, 마차가 너무 흔들리기 때문에 다른 때보다는 좀 지쳤어요. 그렇지마는 마마께서 볼일이 있으시면"

"아니, 그럴 것은 없다"

"그러면 황송하오나 저는 먼저 나가도 관계치 않을까요"

"나가다니. 너는 어디 가 잘 터이냐"

"예, 주인 영감께 말씀하여서 이 옆의 방을 치우게 하겠습니다. 시키실 일이 있으면 언제든지 일어납지요"

부인은 잠깐 눈살을 찌푸리며 탁자 위에 놓았던 손을 들어 앞이마에 대고 잠깐 생각하는 모양이더니

"아니, 옆의 방으로 갈 것 없이 그 침대에서 자거라. 나는 밤새도록 편지를 쓸 터이니"

"그래도, 황송스럽게 제가 여기서 어찌 자요"

부인은 좀 짜증스럽게

"내가 시키는데 무슨 상관이냐. 이르면 이르는 대로만 하려무나"

꾸지람을 듣고도 오히려 어려워서

"이런 훌륭한"

하고 난처한 모양으로 침대를 돌라보니 부인은 또

"아무리 훌륭하여도 하룻밤 소용으로 만든 것이니까 아까울 것은 없다. 사아, 어서 자거라"

하고 재촉하니 이제는 대답할 말이 없어 얼마 후에 자기 운명이 어찌 될 것을 알지 못하고

"그러면 용서하십시오"

하며 불감한 모양으로 침대에 오르더니 십 분이 지나지 못하여 쌔근쌔근하는 숨소리가 들렸다.

8. 전 왕비 오 부인, 왕비 한씨, 시녀 연년이, 배종 이창수 (3)

연년을 재운 뒤에 부인은 홀로 의자에 기대어 곰곰 생각을 한다.

'아아, 연년이 몸이 부럽다. 질투라는 속 썩이는 일도 알지 못하고 남을 원망하기를 할까 남에게 원망을 받을 일이 있을까. 참 맘이 편할 것이다. 그런데 이내 몸은 아아, 생각을 하지 말자—. 그렇지마는— 소박을 당한 지금까지의 고생도 앞길에 오는 고생에 비교하면—. 이러한 중에도 세월은 여류하여 얼굴조차 변할 터인데'

하고 생각하다가 깜짝 놀라서

'아니, 이것도 내 생각뿐이지. 실상은 지금에도 다 스러져 가는 후락한 꽃이 아닌가'

하면서 몸을 일어 체경 앞에 서더니

'호호, 아직도 눈매는 여전하다. 언제인가 루이 왕이 실없이 손끝에 감아쥐고 물 찬 제비라더니 머리 빛이야말로 물 찬 제비 깃 같다고 하던 때와 머리도 일반이다. 변하고 달라진 것은 루이 왕의 맘뿐이로구나—. 에에, 인제는 나도 이십 안팎의 철없는 터가 아닌즉 이번에는 꼭 루이 왕을 줌 안에 집어넣고 저 한가 년을, 호호호'

하고 혼자 웃으면서 한 걸음 두 걸음 물러나와 다시 의자에 몸을 싣고 이런 생각 저런 생각을 하는 중에 웃는 얼굴은 어느덧 다시 찌부러지며 전보다도 더한층 원망하는 빛이 깊어진다.

'믿을 사람이라고는 방월희의 남편 안택승 하나인데 그 역시도 소식이 돈절하고 천한 몸으로부터 끌어올리어 총애하여 주는 이창수까지도 어찌 요사이는 이 몸을 버리고 연년이와 수상한 눈치가 보인

다. 에에, 나도 참을 만치는 참았다. 지금 당장에 창수 놈을 불러서 문초를 받아야지'

하고 의자를 밀치며 벌떡 일어나 원한에 타오르는 불같은 눈으로 연년의 누워 있는 저편을 바라보니 이때에 정말 무서운 광경은 눈에 보였다. 그는 무엇인가. 연년의 누워 있는 백침대는 소리도 기척도 없이 차차차차 양편 갓을 말아 올려서 연년의 몸을 싸고자 한다. 원한에 어두운 눈이라 할지라도 이것을 잘못 볼 리는 만무하건마는 너무도 의외이며 이상한 일이 되어서 잠시 동안은 어찌할 바를 알지 못하고 덤덤히 서 있을 뿐이었다. 이대로 두고 보면 십 분이 지나기 전에 침대는 널과 같이 되어 연년은 그 안에서 숨이 막혀 죽고 말 것이다. 부인은 그것을 깨닫는 동시에 모든 원한과 모든 걱정을 일시에 잊어버리고 다만 순전한 양심으로 침대 옆에 달려가서 꿈속에 있는 연년의 어깨를 잡고

"연년아, 연년아"

부르니 연년은 아직까지도 밤중만 꿈속이라 눈도 뜨지 않고 한편 뺨에 웃음을 띠며

"으응, 창수 씨요"

하고 잠꼬대를 한다.

이 한 말에 부인은 벌이나 쏘인 것같이

"익"

소리를 치며 뒤로 물러서더니 별안간 그의 얼굴은 흙빛같이 변하였다. 잠꼬대에까지 창수의 이름을 부르며 웃음을 띨 때에는 다시 의심할 여지가 없다. 시녀의 몸을 생각지 않고 지금까지의 은혜도 잊어버리고 나의 총애하는 사내를 가로차면 그러고도 천벌이 없으랴고 오부인은 별안간에 얼굴이 푸르락붉으락하며 앞니를 복복 갈았다. 그러

한 중에도 저 무서운 백침대는 차츰차츰 욱여들어 연년의 목숨은 이제 오 분, 삼 분, 일 분도 남지 못하였다. 부인은 차마 보지를 못하여

"오오, 무서워라"

하고 소리를 지르며 두 손으로 얼굴을 가리었으나 아무리 원한이 탱중하였을지라도 가석 이팔청춘의 꽃 같은 목숨을 눈 뜨고 끊을 수야 있으랴. 위기일발의 급한 경우가 되매 부인은 별안간 뉘우치는 생각이 나서

'아니, 이대로 죽일 수 없다. 살려 놓고서 문초를 받아 창수 놈의 변심한 증거를 보아야 하지'

하고 다시 침대 앞으로 달려갔으나 이때에는 벌써 성복 후의 약 방문이었다. 욱여들어서 빠끔히 터져 있던 두 끝은 아주 흔적도 없이 들어맞아 바람도 통할 틈이 없게 되었은즉 어찌할 도리가 없다. 부인은 둥그렇게 뜬 눈을 깜짝이지도 못하고 한갓 기가 막히어 한숨만 쉬는데 이때 머리맡의 삼 층 방에서 누구인지 천천히 옮기는 발자취 소

리가 들린다. 그 모양은 마치 잠을 이루지 못하여 방 안을 거니는 소리 같다. 이것이 혹 이창수나 아닌가. 나한욱의 말에는 자기 방에다 재운다 하였는데 이 집은 삼층집이고 본즉 삼 층밖에는 침실을 꾸밀 곳이 없다. 옳다, 옳다, 삼 층이 침방이고 지금 거니는 것은 이창수일다. 이창수는 무슨 까닭으로 잠을 못 자고 방 안을 거니는가. 오늘은 낮부터도 피곤하다고 말을 하였는데 밤중에 잠이 덧들 까닭은 없다. 이와 같이 의심하여 온즉 자연 부인의 가슴에는 또 한 가지 재미없는 시기가 생긴다.

에에, 무정한 놈. 연년이와 장맞이를 하고서 이제나저제나 연년의 오기를 고대하는 것이다. 기다리겠으면 기다려 보아라. 해돋이까지라도 기다려 보아라. 다시 두 번 연년의 얼굴을 볼 수는 없으리라. 아아, 이것만 하여도 분풀이는 된다고 별안간 노하였다 별안간 원망하는 부인의 가슴은 과연 삼거웃같이 어지러울 것이다.

9. 전 왕비 오 부인, 왕비 한씨, 시녀 연년이, 배종 이창수 (4)

오 부인은 시녀 연년의 잠꼬대와 머리맡에 들리는 발자취로 하여서 노염과 원한에 어지러운 가슴을 부둥켜안고 저 무서운 백침대 앞에 뿌리를 박은 듯이 서 있었다. 이윽고 발자취가 사라지매 부인의 맘도 차차 진정되어 지금까지 생각 못 하던 일을 조금씩 생각하게 되었다. 대관절 이 백침대는 누구를 살해하기 위하여 방에 놓았는가. 연년이가 이 침대에 오를 것은 생각도 못 할 일인즉 내 몸을 죽이기 위하여 놓은 것이 분명하다. 그러면 친한 친구로 생각하던 나한욱까지도 나의 원수로구나. 이에 대하여 생각나는 것은 파리를 떠날 때에 내 신상이 위험하다 하며 심복 중에 가장 무서운 대적이 있다 하여 간절히 만류하던 나매신이야말로 유일한 친구이던가. 루이 왕에게 소박을 당한 뒤로 다시없는 심복으로 생각하고 세상에 없이 총애하던 이창수까지 내 몸을 저버리는 터인즉 기외의 사람들이 믿을 수 없는 것은 괴이할 것이 없다 할지라도 이렇게까지 의지할 곳이 없게 된다는 것은 과연 의외이라고 이약 부인의 기승한 성질로도 의자 위에 가 까라져 울어서 일어날 기운도 없는 것 같았다. 그러나 이대로 밤을 새면 어찌 될 것인가. 미구불원하여서 저 나한욱은 자기의 계책이 성공된 여부를 알아보기 위하여 이 방에 올 것은 물론이며 그때에 내 몸이 죽지 않고 연년이가 죽은 것을 보면 그는 자기 계책이 발각됨을 알고 어떠한 일을 할는지도 측량할 수 없다. 초저녁에도 본즉 험상스러운 무사가 그의 등 뒤를 따라 다님은 만일의 실수를 염려함인지도 알 수 없다. 설마 황족의 이름을 가진 내 몸을 잡아 가지고 함부로 옭아 죽일 리는 없겠지마는 만사에 민첩한 그자의 일이니까 또 무어이고 계책을 꾸며 내어 백침대의 실책을 회복하고자 할 것은 분명하다. 아무렇든지 이러한 곳에서 한 시각을 지냄은 한 시각의 위험을 무릅씀이라. 날이 밝기 전에 빠져나갈 수밖에 없다고 부인은 겨우 맘을 정하고 의자로부터 일어서 사면을 돌라보니 촛불은 다하여 빛이 어둡고 넓은 방 안은 적적히 소리가 없어 휘휘한 찬바람만 옷깃을 엄습한다. 더욱이 무서운 것은 저 백침대이라. 이미 연년의 목숨을 끊어 버리고 처음과 같이 소리도 기척도 없이 차차차차 펴지기 시작하여 이제는 연년의 시체를 이전과 같이 나타내고 천개 덮은 관과 같이 흉측하던 모양은 다시 흔적도 남기지 아니하였다. 아아, 어떻게 무서운 기계인가. 부인은 이 모양을 아니 보고자 하나 눈은 무엇에 끌리는 것같이 연년의 시체를 떠나지 못한다. 가련타, 연년의 시체는 잠든 때와 일반이나 운명 시의 고통은 그 얼굴에 역력히 나타나 감지 못한 두 눈은 야속스러이 부인의 얼굴을 바라보는 것 같다. 이 시체 옆에서 하룻밤을 지내는 것은 남자라도 할 수 없는 일이거든 하물며 여자의 몸이랴. 더욱이 도깨비 귀신의 무서운 이야기가 도처에 성행하던 때의 일이며 그뿐만 아니라 부인은 이태리 사람의 타고난 버릇으로 시체를 무서워하기 남보다 심한 터이라. 이제는 일분일초를 이 방에 머무르지 못하고 무서운 생각에 정신이 없어 창문을 열고 보니 여기는 이 층이라 땅 위로 두 길이 넘어 뛰어내리기 가망 없다. 그러면 방문으로밖에 나갈 수 없다고 그대로 들어서서 문 앞을 당도하매 여기는 굳게 자물쇠를 잠갔다. 열쇠는 없는가 하고 둘라보는 중에 열어 놓은 창문으로 바람이 들어와 촛불을 불어 끄니 가뜩이나 무섭던 방은 지옥과 같이 캄캄하여졌다. 그 캄캄한 가운데에서 부인은 문을 열고자 애를 쓰나 문은 굳게 닫히어 움직이지 아니하며 등 뒤에서는 죽은 사람이 일어 나와서 차디찬 손길로 목뒤를 더듬는 것 같은지라. 이제는 무서운 생각에 방문 손잡이만 붙들고 늘었으나 다시 생각을 헌즉 이 문은 밖에서 잠근 문이 아니요 안으로서 연년이가 잠근 것이라. 그러면 열쇠는 분명히 연년의 주머니에 있을 것이다. 이러한 것까지는 생각을 하였으나 어떻게 하여서 이 컴컴한 중에 시체의 주머니를 뒤어 볼까. 생각만 하여도 소름이 끼치는 터인즉 인제는 할 수 없다. 설령 목이 부러져 죽는다 할지라도 창문으로밖에 뛰어내릴 밖에 도리는 없다. 땅 위에 눈이 쌓인 것은 내 몸을 받는 방석이나 일반인즉 두꺼운 외투로 몸을 싸면 무사할 수도 있겠지 하고 죽을힘을 다하여 더듬더듬 더듬어 가지고 초저녁에 연년이가 개켜 놓은 외투를 집어 드니 무엇인지 달그락하고 의자 발에 부딪쳐 가지고 다시 방바닥에 떨어지는 소리가 난다. 혹시나 하고 몸을 굽히어 화문석 바닥을 더듬어 보니 천행 중의 천행으로 손에 거치는 것은 한 낱의 열쇠이다. 그러면 이는 연년이가 외투를 개켜 놓고 그 위에 얹어 놓았던 것이로구나. 이것만 있으면 창문으로 뛰어내릴 필요는 없다고 다시 문 앞으로 가서 열쇠를 넣고 틀어 보니 과연 방문은 힘들지 않게 열리는지라. 자취 없이 낭하에 나서 보니 여기는 장명등의 희미한 빛이 오히려 남아 있다. 겨우 소생된 듯한 생각이 들어 층계를 내리고자 한즉 아아, 이 일을 어찌하나. 간밤에 보던 험상궂은 무사는 넉 자가 푼푼한 큰 칼을 옆에 놓고 앞길의 낭하를 가로막고 누워 있다. 이것은 의심할 것도 없이 주인 나한옥이 이러한 일이 있을까 염려하여 나의 방을 지키게 한 것이다. 이야말로 부인은 호랑이를 피하다가 다시 이리를 만난 격이다.

10. 전 왕비 오 부인, 왕비 한씨,
시녀 연년이, 배종 이창수 (5)

　무서운 방 안을 벗어난 오 부인은 낭하에 험상스러운 무사가 가로누워 있는 것을 보고 정신이 아득하여 발을 머물렀으나 또 생각하여 본즉 이 추운 밤에 금침도 없이 이러한 곳에 누워 있는 것을 보면 술이 몹시 취하여 정신을 모를 것은 물론인즉 그자의 잠을 깨지 않도록 살그머니 지나가 보리라 하고 그 발치로 돌아가서 가만가만히 발끝을 밀어 디디며 간신히 저편으로 넘어가서 인제는 살았다고 맘을 놓을 여가도 없이 무사의 손길은 부인의 치맛자락을 덥석 잡으며

　"으응, 어디를 가려고. 아무리 술은 취하였을지라도 발자취를 못 알아들을 나는 아니다"

　하고 술내를 물큰물큰 피우며 머리를 들고자 한다. 부인은 영영 죽을 땅에 들어갔다. 뿌리치고 가자 하니 기운은 없고 벌렁벌렁 떨면서 속절없이 고개만 외면을 하니 그 무사는 되채지 못하는 말씨로

　"이 색시, 그렇게 무서워할 것은 없네. 흥, 내가 이래 보여도 아주 벽창호는 아니거든. 아까 초저녁부터 눈치는 알았다. 아마 오 부인 모르게 삼 층으로 임을 찾아가지? 이게 무슨 모양이냐. 외면은 왜 그렇게 외면을 하노. 그 고운 얼굴이나 좀 보여 주려무나. 흥, 연해 외면을 하는 것이 천 냥 판인데. 부끄러운가. 오오, 그처럼 부끄러우면 입이나 한 번 맞추고 가거라. 그러면 내일이라도 내가 소문을 안 내겠고 그것도 싫다면 이 치맛자락을 잡은 채로 주인을 불러내겠다. 자아, 어찌할 터이냐, 자아"

　하며 치맛자락을 붙들고 일어나고자 한다. 이 모양으로 보면 그

는 오 부인을 시녀 연년으로 안 일이 분명하다. 그것은 도리어 다행한 일이나 불란서에서 둘도 없던 귀한 몸이 시녀로 잘못 뵈어 이따위 흉측한 놈에게 조롱을 받는 신세가 되었는가 생각하면 분한 맘과 슬픈 생각이 가슴에 그득하여 당장 그놈의 얼굴에다 침을 뱉고 나야말로 고 오상국의 여식이며 국왕 루이의 약혼한 아내라고 호령을 하여 줄까 하여 통통한 호령이 입술에까지 치밀었으나 그야말로 더욱더욱 몸을 위태하게 하는 장본이라. 장래의 큰 희망을 위하여는 이러한 봉변도 참지 아니하면 아니 될 경우이매 부인은 솟아오르는 눈물을 참고 옆에 있는 촛불을 혹 불어 끄며 부드러운 손등을 그 무사의 입술에 대니 그는 미인의 키스인 것을 의심치 아니하고 쪽 소리가 나도록 빨아들인다. 그러한 틈에 부인은 그를 뿌리쳐 떼고 더듬적더듬적 층계를 내려갈 제 그의 가슴이야 어떠하였으랴. 그 후에 무사는 일어앉아서 어두운 중에 귀를 기울이며

"아니, 삼 층으로 올라가지를 않고 아래층으로 내려간다. 야야, 큰일 났구나. 시녀로만 알았더니 오 부인이로구나. 에에, 그런 줄을 모르고ㅡ. 이 일을 어찌하나, 이 일을"

하고 한편으로는 놀라며 한편으로 기가 막혀 그대로 큰 칼을 짚고 일어나고자 하나 술이 억병으로 취하여 다리는 면주 고름같이 풀렸다.

"아아, 큰일 내었군"

하고 궁둥방아를 찧으며 정신없이 무슨 생각을 하기 시작한다.

그러한 틈에 부인은 문간으로 나가 보니 눈은 벌써 한 자나 가까이 쌓였으며 바람조차 모질게 불어 추위가 여간치 아니하나 다행히 문지기들은 깊이 잠든 모양이라. 소리 없이 협문을 열고 길가에 나서니 이로부터 어디로 향하여 갈 것인가. 이 브뤼셀에는 오국 황제의 심복

지신인 이춘화 백작을 위시하여 불란서를 미워하고 루이 왕을 원망하는 사람이 도처에 있은즉 날만 새고 보면 몸을 부칠 곳은 도처에 있지마는 그때까지를 어디서 경과할까. 그러나 어름어름하다가는 저 무사가 다시 속은 줄을 깨닫고 뒤를 쫓을는지도 알 수 없는 터이므로 다만 정처도 없이 발끝이 향하는 대로 부드러운 비단 구쓰를 눈 속에 푹푹 빠져 가면서 넘어지기도 하고 주저앉기도 하여 허둥지둥 뒤도 보지 않고 이삼 마장가량을 달아났으나 그러한 중에 구쓰는 눈에 젖고 발끝은 빠지는 것같이 시리기 시작하여 촌보를 옮길 수가 없으므로

"사람 살리오"

하고 우는소리로 소리를 질렀으나 대답하는 것은 다만 바람 소리뿐이라. 이렇게 하여서는 아니 되겠다고 정신을 가다듬어 일어나고자 하나 일다가는 다시 넘어지며 넘어지고는 다시 일어나 이렇게 하기를 몇 차례 한 뒤에는 아주 기운이 진하고 정신이 아득하여 그 자리에 쓰러지고 말았다. 이윽고 어떠한 사람이 자기를 일으키고자 하매 다시

정신이 나서 반듯이 고개를 들며

"아아, 누구신지는 모르거니와 이 근처 가까운 여관에까지만 좀 데려다 주시오"

하고 목 안의 소리로 하소연을 하니 일으키던 사람은 부인의 사치한 외투에 깜짝 놀라서

"어어, 의지가지없는 걸인인 줄만 알고 불쌍하다 일으켰더니 이런 난장 맞을 일을 보아. 비단 옷을 입었네. 이런 훌륭한 옷을 입고 눈 속에 가 쓰러져 있을 때에는 필경 그 곡절이 있겠지. 그러한 곡절로 고생을 하는 추한 계집을 누가 돌보아 준담. 이편은 생사도 알 수 없는 상전을 모시고 지금 정신이 없는 터인데. 날이 새기까지에는 누구든지 일 없는 사람이 지나다가 살려 주겠지. 그때까지 기다려 보오"

하며 도로 땅에다 놓고 돌아서 가고자 한다.

11. 전 왕비 오 부인, 왕비 한씨, 시녀 연념이, 배종 이창수 (6)

눈 속에 넘어져 있는 부인을 구하고자 안아 일으키던 사람은 다시 눈 속에 집어 던지며 일 없는 사람이 지날 때까지 기다리라고 한다. 그리고 천행으로 만난 그 사람은 인정 없이 돌아서 가고자 하니 부인은 견디지 못하여

"여보, 그것은 너무도 무정하오. 그래도 명색 황족이라는 사람이 이처럼 청을 하는데"

하고 탄식을 한즉 그 사람은 깜짝 놀라서 돌아다보면서

"황족! 어느 나라 황족이 이 아닌 밤중에 눈 속에 가 누워 있단 말이오"

부인은 말하기 창피하나 급박한 경우에 그러한 체면을 볼 때가 아니라 하여

"그런 것이 아니라 나는 불란서 황족의 오 백작 부인이란 사람이오"

한즉 그 사람은 우르르 달려들며 부인의 얼굴을 눈빛에 비추어 자세히 보더니

"아아, 오 부인 마마이십니까. 그런데 어찌 이 모양을"

하더니 다시는 두말도 없이 둘러업고 나선다. 부인은 까닭을 알지 못하여

"여보, 가만히 있소. 잠깐 기다리오"

하고 등 뒤에서 소리를 지르나 그는 마치 어린애를 업은 것처럼

동그마니 추켜 업고 휘적휘적 걸어가는지라. 부인은 꿈속의 꿈을 꾸는 모양으로

"아아, 내 이름을 아는 그대는 누구요. 이름이 무엇이오"

그자는 여전히 걸어가면서

"예, 이름은 들어도 모르십니다. 오늘 밤에는 주인의 원수를 쫓아 저기 어떤 집 뒤꼍에 가 숨어 있다가 일기가 너무 춥기로 몸에 지녔던 술을 좀 과히 마시었던지 그 집 마구 옆에서 잠이 들어 버렸어요. 지금 이야 추운 바람에 잠을 깨어 본즉 사방이 적적한데 거기서 내일 아침까지 기다릴 맛은 없고 또 주인의 생사도 알 수가 없어 이 모양으로 돌아가다가 우연히 부인을 구하여 드리게 되었습니다. 보시는 바와 같이 등더리 넓적한 놈입니다. 작년에 상전을 모시고 파리에 갔다가 저는 마마를 마차 유리창으로 잠깐 뵈었지요마는 마마께서야 이까짓 놈의 얼굴을 아시겠습니까"

하는 말씨는 상스러우나 거짓말은 아닌 듯하며 또 말하는 눈치가 반대편 사람은 아닌 듯하므로 부인은 비로소 맘을 놓고

"그래, 그대 상전이라는 이는"

"방월희 씨여요"

부인은 그자의 등때기가 흔들리도록 깜짝 놀라면서

"무엇이야, 방월희 집 하인이라고. 그러면 이왕에 말 듣던 춘풍이라는 것이 자네 아닌가"

그자는 목을 놓아 껄껄 웃으며

"아하하, 저까짓 놈의 되지못한 이름이 황족님 귀에까지 들어갔습니까. 이건 바로 납작한 코가 우뚝하여집니다그려"

"그런데 지금 듣자니까 주인의 생사를 알 수 없다고 하니 월희 씨

가 무슨 병환이나 드셨나"

"아니요, 월희 씨가 아니라 안 백작께서 칼에 다치셨답니다"

부인은 다시 깜짝 놀라며

"아아, 안 백작이 다치다니. 어찌하다가"

"저도 자세히는 알 수 없습니다마는 아무렇든지 노붕화가 시켜서 보낸 사람과 결투를 하다가 대단히 상하셨대요. 제가 있었으면 그놈을 모가지를 비틀어서 개천에 처박을 것인데 제가 어제부터 심부름을 가고 없기 때문에 이런 변괴가 났습니다. 갔다 와서 본즉 그놈이 금방 나갔다고 하기에 시체가 다 되신 주인 대감을 월희 씨께 맡기고 곧 그놈의 뒤를 밟았지요. 급기야 가 본즉 경시 회계장 나한욱의 별장에 있는 놈이여요. 얼굴만 알아 두면 언제든지 원수는 갚겠지요마는 그래도 이름이나 좀 알아 둘까 하고 뒷문 앞에 가 서서 하인이나 누구 하나만 나오기를 기다리다가 지금 말씀한 것과 같이 잠이 들었어요. 오늘 밤까지 사흘 동안을 잠 한잠 못 자고 뛰어 돌아다니기 때문에 그만 잠이 들었습니다. 그렇게 잠이 들어 보기는 첨 당하는 일일 뿐 아니라 남이 부끄러워서 말도 할 수 없습니다마는 할 수 있습니까"

부인은 등에 업히어 그러면 나를 붙들던 그 험상스러운 무사 놈이 안택승의 원수일 것이라고 생각하였으나 제일 안택승의 하회가 궁금한 고로 이로부터는 입노 열지 아니하고 그자의 걸어가는 대로 보고 있는 중에 동구 밖 어떤 외딴 술집으로 들어갔다.

이 집이 지나간 저녁에 안택승과 안시제의 결투하던 집인 것은 독자의 이미 살필 바이다. 춘풍이가 문을 두드리는 중에 주인이 문을 열고 나와 맞으매 그는 눈도 털지 아니하고 그대로 덥석덥석 들어가 집 안을 휘휘 둘러보며

"여보, 주인, 아까 저녁에 결투하다 다친 양반은 어찌하였소"

주인은 춘풍의 지고 있는 짐짝을 이상스럽게 쳐다보며

"같이 오신 양반이 대단히 염려를 하시는 모양이기에 곧 이춘화 이 백작 댁에 드나드는 의사를 청하여서 위선 치료는 하였으나—"

"치료는 하였는데 어찌 되었단 말이오"

"원체 중상이 되어서 아주 조용하게 뉘어 두지 아니하면 피어나 기가 어렵겠답니다. 그래서 삼 층으로 떠메 올려다가 좀 편안히 누우 시게 하고 같이 오신 손님이 옆에 지켜 앉아 구원은 합니다마는 내일 아침까지나 혼곤하게 잠이 들어 있으면 살아날 도리가 있으되 만일 그 안에 잠이 깨어서 맘을 어지럽게 한다든지 하면 살아날 가망은 없다고 매우 걱정을 하시는 모양입디다"

이 말을 들은 춘풍이와 부인은 잠시 동안 말도 없이 수심에 싸여 있었다.

12. 전 왕비 오 부인, 왕비 한씨, 시녀 연녈이, 배종 이창수 (7)

안택승의 용태가 위험하단 말을 듣고 부인과 춘풍은 말이 없이 있다가 이윽고 춘풍이는 먼저 입을 열어

"여보, 주인, 삼 층 객실이 쓰였으면 다른 데 이 부인을 잠시 거처 하시게 할 방이 없겠소"

"방은 고사하고 침대도 없습니다"

"응, 그래, 그러면 내가 한달음에 가서 여관 하나를 두들겨 깨우지. 그동안에 이 부인을 좀 편안히 앉으시도록 하오"

하며 부인을 의자 위에 내려놓으매 부인은 매우 감사한 모양으로

"아니, 춘풍이라든지 여보게, 인제 날이 새는 것도 미구하였겠지. 아침이 되면 내게 딸린 사람들도 찾으러 오겠고 여기서도 사람을 보내어 떠날 채비를 차리게 할 것이니 아무 데서나 하룻밤을 새겠네"

하고 사양하는 말을 채 듣지도 아니하고 벌써 나가 버렸으매 그 뒤에 부인은 잠잠히 앉아 오늘 밤의 지나간 일을 생각하니 거듭거듭 닥쳐오는 여러 가지의 불행도 다 노붕화의 소위이며 더욱이 이편의 선봉장인 안택승까지 해친 것을 보면 노붕화의 수하는 이미 거미줄같이 늘어선 것이 분명하다. 일이 벌써 발각된 것은 아니라 할지라도 아무렇든지 조심을 하느니만 못한즉 마침 오늘 밤에 이곳을 온 길이니 월희를 만나 보고 그러한 일도 부탁하여 두겠다고 졸지에 결심을 하고 주인을 향하여 월희의 방으로 인도하라 하니 주인은 난처한 모양으로 머리를 긁었으나 부인의 훌륭한 외양과 굳게 결심한 태도를 보고 감히 거절할 용기도 나지 못하여 한갓 입 안의 소리로

"의사의 말에는 아무도 삼 층에 들이지 말라고 하였는데 만일 이 까닭으로 하여서 병세가 더치면 나는 모르지"

하며 부득이하여서 촛불을 손에 들고 삼 층으로 인도하였다. 원래가 누추한 집인즉 삼 층이라 할지라도 정말 명색만이다. 실상은 곳간이나 다름없는 천장 밑을 함부로 꾸며 놓은 것인즉 층계라는 것도 부인의 발에 익은 널찍한 층계가 아니라 겨우 두 손으로 붙들고 기어 올라갈 만한 협착한 곳이므로 부인은 언 발에 혹 실수를 할까 조심하면서 겨우 삼 층을 올라가니 이 발자취 소리를 들은 방월희는 무슨 일

인지를 알지 못하여 역시 촛불을 손에 들고 나왔다. 외양은 남복을 하였으나 남자와 같이 맘속의 걱정을 숨길 힘은 없어 한없는 슬픔은 그 얼굴에 나타났다. 두 뺨은 연지를 찍은 듯이 붉어지고 놀란 눈은 사방을 두루 살피기에 분주하다. 부인은 주인의 내려감을 기다려 옆으로 가까이 가며

"월희"

하고 부른즉 월희는 비상히 놀랐으나 잠든 병인이 혹 놀랄까 염려하는 조심은 편시도 잊지 않는 터이라 감히 입 밖에 내어 소리도 지르지 못하고 한편 손을 들어 두근거리는 가슴을 누르며 위선 등 뒤의 문을 닫친 후에 귓속의 말로

"부인께서 웬일이셔요"

"참 의외에 만나겠소"

하고 옆에 있는 무슨 상자를 의자 삼아 걸어앉으며

"월희"

"예"

"그대의 고생한 일은 다 들어 알았소. 나도 여기까지 굴러 오노란 즉 자연 고생은 많았으나 그는 차치하여 놓고 제일 염려되는 것은 그 상자요"

상자라는 말을 듣고 월희는 다시 놀라는 모양이었으나 이윽고 무심한 모양으로

"상자라니, 무슨 상자 말씀이여요"

"여보, 월희, 그대가 남편의 비밀을 지켜 그렇게 숨기는 것은 당연한 일이요마는 그대가 맡았다는 말은 안 백작에게 다 들었소. 동지들에게도 용이히 말하지 못할 비밀인 고로 그대는 안 백작이 내게도 말을 아니 하였으리라고 생각하겠지마는 내가 그것을 모르고 어찌하겠소. 이번 계획으로만 할지라도 안 백작이 선봉으로 십여 명의 결사대를 데리고 파리에 들어가 이번 거동에 계제를 타서 루이 왕을 사로잡아 가지고 국경을 넘어서면 그와 동시에 이춘화 백작이 외원대의 대장이 되어 각국에 전령을 하여 가지고 일시에 불란서를 쳐들어가게 하며 안으로서는 노르망디 지방을 위시하여 기타 지방의 각 병영들이 일시에 모반하자는 그러한 약속도 알고 있으며 이번의 군용금은 루이 왕과 자리를 다투는 어떤 황족과 노붕화를 미워하는 어떤 정치가의 손으로 나와서 화란의 반부 은행장 구로영에게 맡겨 둔 일까지도 알고 있는 이 사람에게까지 숨긴다는 것이야 말이 되오"

하고 야속스러이 월희의 얼굴을 바라보니 월희 역시도 야속스러운 모양으로

"저야 그러한 일을 어찌 다 알겠습니까. 저는 그저 남편이 소중한 생각으로 남편이 어떠한 음모를 하는지 어떠한 사람을 미워하는지 그

러한 일에는 눈을 감고 남편의 이르는 말을 지킬 뿐입니다. 남편이 말으라면 말고 남편이 아무한테도 말하지 말라면 설령 목숨이 달아나도 말하지 않습니다. 말씀하시는 상자라나 하는 것도 설령 남편에게 맡았을지라도 어떤 어른께 드리라든지 말씀하라든지 남편의 입으로 말이 있기 전에는 내놓지도 말씀도 아니 하는 까닭에 남편도 저를 귀찮게 생각하지 않고 전장에까지라도 데리고 다니는 것이 아닙니까. 비록 은혜를 입은 부인께라도 남편의 비밀은 말씀할 수 없습니다"

하고 늠름히 말하는 모양은 잔약한 여자의 입에서 나오는가를 의심할 지경이었다.

부인은 좀 노엽게 생각한 모양이었으나 즉시 맘을 돌리어

"아니, 그처럼 말을 하면 나도 맘을 놓겠소마는 그 상자로 말을 하면 우리 동지의 성명 성책을 위시하여 이번 사건에 관계되는 중대한 서류도 들어 있고 또 요새는 노붕화의 단속이 더욱 심하게 되어서 벌써 그대 남편이라든지 나까지도 용신을 하기 어렵게 되었은즉 만일 그 상자를 그대가 가졌다가 빼앗기고 보면 안 되겠기로 다시 내 손에 맡아 둘까 하고"

말이 미처 끝나기를 기다리지 않고

"부인께서는 이 월희의 맘을 의심하십니까. 월희는 잔약한 여자의 몸이기로 이 한 몸을 남편에게 맡기었습니다. 남편의 말은 목숨을 내놓고라도 지키겠습니다. 만일 내일 아침이라도 남편의 입으로 루이 왕과 노붕화를 찔러 죽이라고 하면 무슨 까닭이냐고 물어볼 것도 없이 예, 하고 혼자 대궐 안으로 들어가겠습니다. 상자라나 하는 것도 만일 남편에게 맡았고 보면 여러분께 걱정은 아니 시키겠습니다"

부인은 새삼스러이 월희의 심지가 굳은 것을 탄복하여

"아아, 여자의 사랑같이 세상에 무서운 것은 없다"

하고 혼잣말을 하면서

"그러면 안심하고 작별을 하겠소. 백작의 상처가 전쾌하거든 오 부인이 파리에서 기다리고 있으니 속히 불란서로 들어오라고 말하여 주오"

이상한 말을 남겨 놓고 일어서매 이때 방 안으로부터 '음' 하고 병인의 신음하는 소리가 들렸다. 월희는 부인을 전송도 못 하고 부리나케 방으로 들어가고 부인은 아래층으로 향하였다. 아지 못게라, 두 부인의 다시 상봉할 날은 언제이며 어떠한 사정으로일까.

13. 전 왕비 오 부인, 왕비 한씨, 시녀 연년이, 배종 이창수 (8)

저 백침대로 오 부인을 암살하고자 하던 나한욱은 이튿날 아침에 오 부인은 도망하고 그 시녀가 죽은 것을 본 때에 비상히 놀랐으나 이미 지난 일이므로 사건의 실수를 남작 안시제에게 밀어붙여 그 부주의를 몹시 꽥망하고 경시 총감 노붕회에게도 그 가초지종은 자세히 기록하여 보고하였다 한다. 그러나 세상에 대하여서는 털끝만치라도 오 부인을 살해하고자 하였다는 눈치를 보여서는 아니 되겠으므로 일체 비밀에 붙여 버리고 보통 신병으로 죽은 사람과 같이 연년이는 의사를 불러 그 시체를 검안케 하니 의사가 보기에도 별로 의심나는 곳은 없는지라 즉시 졸중풍이라는 진단을 하고 그날 안으로 장사를 지내게 하였더라. 다만 오 부인이 부지거처 된 일에 대하여는 그도 매우 염려를 하였으나 필경 밤중에 무슨 생각이 나서 말없이 나선 것일진즉 내일이라도 무슨 소식이 있겠지 하고 시침을 떼었다.

그러나 이 사건에 대하여서 제일 난처한 처지에 있는 것은 부인의 배종 이창수일다. 그는 혼자 뒤떨어져서 이다음 일을 어찌하면 좋을는지 알 길이 없으므로 인제 부인에게서 무슨 지휘가 있겠지 하고 하루 이틀 기다렸으나 도무지 말이 없으며 다만 하인붙이의 전하는 말에 동구 밖 어떤 여관에 오 부인 같은 이가 있더라고 하나 그 말만 듣고서는 신용을 할 수 없어 사흘이 되던 날에는 아무 경황이 없이 자기 방 안에 들어앉아 한숨만 치쉬고 내리쉬는 형편이었다. 이러한 중에 나한욱은 무슨 일인지 벙글벙글 웃으며 들어와서

"아아, 이창수 씨, 또 그렇게 걱정을 하고 있구려. 사내답지 못하게. 맘을 좀 너그럽게 가져 보게"

하며 정답게 앞에 와 앉았다. 이창수는 좀 원망하는 모양으로

"맘을 너그럽게 가지라고 하시지마는 이 일을 어떻게 하면 좋을는지 앞길이 캄캄합니다그려"

"무엇, 자네가 걱정할 것은 없네. 그렇게 경솔한 부인에게 부려지려면 이러한 일은 으레 당할 것으로 알아야 하지. 행장 같은 것은 내가 파리까지 보내어 드릴 것이니 자네는 조금도 걱정할 것 없네"

"행장 같은 것은 다 들어 내던진대도 아깝다고 하실 부인이 아니지마는 이대로 부인과 갈라서서는 내 전정이 걱정입니다"

나한욱은 목을 놓아 껄껄 웃으며

"이게 무슨 소리야. 이것도 사내 말인가. 자네도 연년이를 귀여워하려면 당초부터 부인과는 등질 생각을 하여야 하지"

이창수는 얼굴빛을 변하며

"무슨 말씀이시오"

"숨겨도 소용없네. 나는 다 알고 앉았는걸. 부인은 강짜에 화가 떠서 온다 간다 말없이 나가 버렸는데 자네가 다시 부인의 비위를 맞추어 가지고 그 힘으로 출세를 하겠다는 것은 아주 망계일세. 보게그려. 부인은 이다음부터 자네를 원수로 알면 알았지 자네 일을 보아 줄리는 만무할 것이니. 그는 그렇다 하고, 마침 말이 난 계제이니 말이지 부인밖에 상전 삼을 사람이 없는 것은 아닐세. 지금 정부에서 제일 세력을 가지고 세도하는 큰 정치가를 상전 삼으면 더 좋지 않겠나. 어떤가, 자네 생각은"

이 입맛 붙는 말에 이창수는 걱정이 좀 놓이는 모양으로 눈살을 잠시 폈다가 즉시 다시 찌푸리면서

"그런 유력한 정치가에게 줄이 닿는 것 같으면 이렇게 걱정도 않

겠습니다마는 명성도 없고 공로도 없는 나 같은 위인이 무엇으로 그런 정치가의 후원을 받겠습니까"

하고 탄식을 한다. 나한욱은 속맘으로

'이놈 참 매몰스러운 놈이다. 부인의 일로 걱정을 하는 줄만 알았더니 그런 것이 아니라 제 놈의 전정을 생각하고 걱정을 하였구나. 그런 위인인 줄을 알아본 내 눈도 어지간하다. 그러나 이번 일을 맡기기에는 이자만 한 사람이 없어. 남작 안시제 같은 것은 여자에게 속기는 잘하여도 여자를 속여 보기는 글렀지마는 이자는 여자를 속여 먹게만 생겼는걸. 얼굴은 남자라도 반하게 예쁘고 구변이 첩첩이구요 거기다가 맘세는 매몰스럽게 생겨 놓았으니 아주 안성맞춤이지. 이자를 시켜서 갖은 수단을 다 부리게 하여도 맘을 움직이지 않는다 하면 방월희는 여자가 아니라 목석이지'

하고 생각을 하면서 다시 말을 이어

"그러면 내가 주선하여서 자네를 천거하여 줌세그려. 그것이 어떠한가"

이창수는 잠깐 생각을 하다가

"천거를 하시면 누구한테요"

나한욱은 의사가 독약을 쓰듯이 한 방울 한 방울에 그 말을 조심하면서

"세도재상이라는 것이 하나밖에 더 있나. 이 당년에야 우리 주인 노봉화밖에 없지. 그런데 여보게, 그 노봉화가 자네를 쓰고자 하니 자네는 오 부인과 노봉화 두 사람 중에 어떤 편으로 가겠나"

더 바랄 수 없는 반가운 질문에 이창수는 아주 근심을 잊어버리고 그 예쁜 얼굴을 더한층 예쁘게 하면서

"실없는 말씀이시지요. 저를 놀리십니다"

"아니, 실없이 할 말이 따로 있지 그럴 리가 있나"

"그렇지마는 노붕화 씨(벌써 씨 자를 놓는다)가 나 같은 사람을 써 주실 리가 있나요"

"노붕화는 쓰지 않는다 할지라도 내가 노붕화에게 누구든지 적당한 사람만 있거든 써 달라는 부탁을 받았네"

그러면 노붕화가 쓰는 것이 아니라 실상은 노붕화의 이름으로 나한욱이가 쓴단 말인가. 나한욱의 앞으로 쓰는 것 같으면 출세를 한대도 알조이지 하고 또 열심이 좀 식어서

"글쎄요, 그러한대도 위선 어떠한 일에 쓰이는지나 알아야 될 것 아닙니까"

"맡을 일은 자네에게 꼭 적당한 것이지"

"월봉은"

"월봉은 내 생각으로 정할 것이고"

"그러면 즉 영감이 쓰시는 것입니다그려"

하고 탐탁지 않게 여기는 모양이었다.

14. 전 왕비 오 부인, 왕비 한씨, 시녀 연녑이, 배종 이창수 (9)

간특한 꾀로는 당시에 하나이라 일컫는 나한욱의 일이라 이창수의 생각이 버슷하여짐을 보고도 조금도 놀라는 빛이 없다.

'인제 보아라. 손이 발이 되도록 빌붙게 될 터이니'

하고 속맘으로는 조소를 하면서 조용히 주머니로부터 무슨 첩지 한 장을 꺼내며

"이창수 씨, 내가 쓰는지 노붕화가 쓰는지는 이것을 보고 판단하여 주게. 노붕화는 사람대접을 그렇게 인색하게 하는 정치가가 아닐세"

이창수는 그것이 무엇인가 하여 받아 들고 보니 참으로 의외로구나, 육군 대신 노붕화의 이름과 인발이 뚜렷한 정식의 첩지이며

국가에 대하여 충성을 다한 그대의 공로를 가상하여 그대를 불란서 육군 정위에 승진함.

하는 사연을 적고 이름과 날짜만 떼어 놓은 것이었다. 이것을 보고 깜짝 놀라는 이창수의 눈치를 보고 나한욱은 또 말을 이어

"그래, 어떠한가. 노붕화는 정말 큰 정치가이지. 언제든지 적당한 사람을 얻기 위하여 이러한 첩지를 나에게 맡긴 것일세. 육군 정위라 하면 일평생에 총대를 메고도 차례 가지 못하는 사람이 많은데 그러한 지위를 누구에게든지 맡기라는 것은 속이 넓지 않고야 될 일인가. 내 눈에 들고 또 일을 맡아보겠다는 승낙만 하면 이 첩지에다가 그 사람의 성명을 써서 내줄 것이지. 그렇게 하면 그 사람은 그 당장에 육군 정위일세. 어떠한가, 이사람. 육군 정위가 되어 볼 생각은 없나"

이 말을 들은 이창수는 돌연히 태도가 변하여

"아무쪼록 힘써 주시오. 내 힘으로 감당할 만한 일이면 무엇이든지 하겠습니다. 탄환이 비 오듯 하는 전장에라도 나갈 것은 물론이거

니와 아무렇든지 내 한 목숨은 노붕화 씨에게 바치겠습니다"

하고 벌써 정위가 된 것같이 기뻐함은 다년 출세할 길을 구지부
득으로 지내던 몸이 혹 그러할 수도 있을 것이다. 나한욱은 여전히 침
착한 태도로

"어떠한 일을 하는지 말도 듣기 전에 그렇게 좋아할 일이 아닐세.
여간한 책임을 맡기고야 아무리 노붕화의 보짱이 크다 하기로 함부로
육군 정위를 시킬 리는 없으니"

"그는 어떠한 일이든지 관계하지 않습니다"

"그만한 결심이 있으면 더 할 말 없네. 그러면 나도 안심을 하고
말을 하거니와 요새 국왕과 노붕화를 원망하는 자들이 각처에 숨어 있
어서 불란서에 내란을 일으키려고 음모를 하는 중일세"

"그래서요"

"그 음모를 아무렇든지 일어나기 전에 깨트리는 것이 자네의 책
임일세"

"에에"

"아니, 그렇게 놀랄 일이 아닐세. 음모를 깨트린다 하면 굉장히
들리지마는 실상인즉 자네에게 꼭 알맞은 일일세. 무엇인고 하니 그
음모당들의 성명 성책을 위시하여 피차에 왕복한 서류 등속을 무슨 상
자에 담아 가지고 어느 곳에 감추어 두었나 아네"

"옳지"

"그런데 그 감추어 둔 곳은 음모당 선봉의 아내 되는 지금 나이
갓 스물이나 스물한 살쯤 된 어떤 미인이 아는 터인즉 자네는 그 미인
과 친하게 상종하다가 그 미인의 맘을 돌려서 그 상자의 있는 곳을 알
아내야 될 것일세"

이창수의 얼굴에는 또 수심을 띠며

"그렇지마는 그 미인을 친할 수가 있나요"

"무엇, 내가 그 미인의 남편 되는 이에게 훌륭한 소개장을 써 주지"

"남편이라는 것은 음모당의 선봉입니다그려"

"그렇지. 그 소개장은 내 손으로 쓰지마는 이번 음모의 후원을 하는 화란 국왕의 친필이나 일반일세. 누가 보든지 발각될 염려는 없으니 자네는 화란 국왕의 심복인 체하고 한편으로는 음모당 선봉의 신용을 얻어서 선봉이 어느 달 어느 날에 어떤 길목을 지나 파리로 들어가는지를 알아내야 하네. 그 길목도 대강 짐작은 하고 정부에서도 벌써 복병을 하여 두었지마는 저편에서도 여간 조심을 하는 것이 아닌즉 또 어떻게 변경을 하는지 알 수 없네. 그리고 한편으로는 그 아내 되는 여자의 맘을 돌려서 지금 말하던 상자를 훔쳐 내야 하네"

일은 대단히 어려우나 자기 몸이 출세를 하기 위하여는 어떠한

곤란이라도 참아 가기로 결심한 이창수인즉 잠깐 생각한 뒤에

"어디 하여 봅시다요"

하고 대답하였다.

"인제 되었네. 그리고 정말 자네가 그 상자를 훔쳐 내는 날에는 자네가 지금까지 주인으로 섬기는 오 부인도 연루 중의 한 사람인즉 첫째, 부인은 사형을 당하게 되네. 이것은 지금부터 알아 두어야 하지"

하고 제일 난처한 문제를 제일 끝판에 내놓는 것은 이것이 나한욱의 수단이다. 욕심에 눈이 어두운 이창수이지마는 이 말에는 좀 놀란 것같이 용이히 대답도 하지 못하고 입맛 쓰게 한참 생각을 하다가

"그럴 것 같으면 애초부터 그렇다고 말씀을 하시지요"

하고 혼잣말처럼 원망을 한다. 나한욱은 지체하지 않고 또 말을 이어

"아니, 원래 사체로 말하면 이 일 한 가지는 숨겨 둘 것이로되 아주 일에 착수한 뒤에 이런 말을 듣고 자네 맘이 무디어지면 아니 되겠기로 말하여 두는 것일세. 과연 자네에게는 오 부인이 큰 은인이라고 하겠지. 그러나 지금은 국적이 아닌가. 나랏일을 위하여서 사사 은혜를 버리는 것은 충의의 본분이라고 할 것이지"

하고 당치도 아니한 충의를 끌어다 대나 역시 이창수의 귀에는 들이끼지 않는다. 출세하기 위하여 한다고 할지라도 부인이 있어 살아왔고 부인이 있어 자라난 지금까지의 정리를 생각하며 또는 부인이 이 뒤에 다시 득세할 때도 있으리라고 생각을 한즉 욕심으로 한대도 어떤 편이 낫다고 할 수 없는 경우이라. 이약 이창수의 무정한 맘으로도 이에는 얼마큼 주저를 하였다.

15. 전 왕비 오 부인, 왕비 한씨,
시녀 연녑이, 배종 이창수 (10)

나한욱은 이창수의 주저하는 모양을 보고 또 냉소를 하면서

"아직까지도 부인을 생각하고 있다니 자네도 어지간히 속없는 사람일세. 자네는 부인이 동구 밖 어떤 여관에 숨어 있다는 말을 듣지 못하였는가. 그 여관에는 부인의 정든 임이 숨어 있어. 그 사람이 몸을 상한 까닭으로 부인은 자네를 버리고 그 곁으로 가서 병구원을 하고 있네. 그러한 줄은 알지도 못하고 언제까지 생각을 하다니 자네는 참 눈치도 없네"

박정한 이창수도 이 말을 듣고서는 심사가 편안치 못하여 얼굴에 불평한 빛을 나타내며

"임이라니 누구 말씀이오"

"지금 말하던 음모당의 선봉이지. 자네 연갑세의 미남자로서 백작 안택승이라는 사람일세"

안택승의 얼굴은 알지 못하나 그와 부인 사이에 서신 왕복이 빈번한 일과 더욱 부인이 그 편지를 비밀히 간수하는 일은 이왕부터 짐작을 하던 바이라 이제는 그 말을 의심하지 않고 '오냐, 보자' 하는 결심을 얼굴에 나타내매 나한욱은 그 눈치를 알아보고

"안택승이가 자네 은인을 가로챘으니 자네는 안택승의 아내를 가로차는 것이 당연한 보수가 아닌가"

이 말은 분명히 효험이 났다. 나한욱은 이 효험 난 계제를 타서

"그뿐인가. 그 아내를 가로차는 공으로 육군 정위가 되고 그 위에 삼십만 냥의 상금까지 탈 것이요 만일 싫다고 하면 지금 내 입으로 국

가의 비밀을 말하여 놓았은즉 자네는 노붕화에게 위험인물이라는 혐의를 받아 일평생을 옥중에서 지내게 될 것밖에 없으니 아무렇든지 자네 맘대로 골라잡게"

하고 뒤를 꽉 조져 놓으니 제가 무슨 용기로 싫다고 말을 하랴.

"알았습니다. 이 책임은 분명히 치러 내지요"

하고 비상한 결심을 보였다.

* * *

이와 같이 하여 나한욱이 이창수를 끌어넣은 뒤로부터 지금은 벌써 월여가 되었다. 그동안 그네들은 무엇을 하였는지 그 소식은 알 길이 없은즉 이제는 중상을 당한 안택승의 일부터 기록하리라.

안택승은 사오일 동안은 날마다 보러 오는 의사의 눈에도 생사를 분간할 수 없으나 다만 정성을 다하는 방월희의 구원이 천 첩의 영약보다 나았던지 일주일 뒤로부터 차차 회생될 가망이 생기더니 그 뒤로부터는 의사도 놀랄 만큼 급속히 나아 가서 삼 주일 되던 때에는 어떤 상등 여관으로 옮기었으며 의사의 허락을 얻어 평일에 정답게 지내는 사람들도 면회를 하게 되었더라. 병중에 찾아온 사람들은 모두 비밀한 친구이니 서 오 무인도 그중의 한 사람이었으나 부인은 이 땅에 오래 있는 것을 긴치 않게 생각하여 여염 부인의 복색을 갈아입고 월희의 하인 춘풍을 배행 삼아 불란서로 돌아갔더라. 방월희는 자기 목숨과 바꾸기를 결심하고 주야가 없이 병구원에 애를 쓸 제 안택승이 날로 회복됨을 따라 이 뒤의 일이 여러 가지로 염려는 되나 그는 안택승을 사랑할 뿐이요 별로 오 부인과 같이 정치상의 의견을 품은 여자는 아닌즉 안택승의 부상한 것은 슬프게 생각하나 그 까닭으로 하여서 저 무서운 음모가 정지된 것은 도리어 다행이라 생각하고 하루라도 속히 상처를 치료한 뒤에 손길을 마주 잡고 고향에 돌아갈 일을 즐거워하는 모양이므로 안택승은 가끔 눈살을 찌푸리는 일이 있으나 아무것도 모르는 여자의 몸으로 이와 같이 나를 사모하여 삼사 년 동안을 남복으로 지내 옴도 어렵게 여기지 아니하며 객지로부터 객지에서 한정 없는 고생을 능히 견딜 뿐 아니라 그러한 중에도 한숨 한 번을 쉬어 보지 않는 그의 심사를 생각하고는 남모르게 창자를 끊는 일도 많았다. 다만 다행히 이즈음 각국을 돌아오는 길이라고 어떤 유력한 동지의 소개장을 가지고 와서 새로 상종을 하게 된 오필하 정위라는 사람은 미묘한 웃는 얼굴에도 만부부당의 용기를 가지고 같이 군사 쓰는 법을 의논하매 언론이 영롱하여 홀로 위태한 땅에 세울지라도 족히 한모를 당할 듯한지라. 안택승은 여러 가지로 오필하의 지기를 흘러보나 조금도 의심할 점이 없어 만일의 실수로 자기 몸이 불행한 뒤라도 이 사람이 있고 보면 족히 부하의 결사대를 거느릴 만하다고 생각한 고로 중대한 비밀까지도 숨기지 아니하게 되었으며 월희 역시도 남편의 신임하는 친구라 하여 이 사람을 관곡히 대접한다. 더욱이 이 사람이 올 때마다 남편의 얼굴이 매우 유쾌하게 보이는 고로 이 사람이야말로 하느님이 우리 남편의 상처를 속히 회복시키고자 보내 주신 사람이라고 생각하나 다름없이 기뻐하고 작별할 때에는 다음 다시 올 기약을 물어보도록 친밀한 사이가 되었다. 더욱이 오필하 대위는 각국을 돌아 온 까닭으로 어떤 나라 사정을 말하든지 매우 자세히 알며 요전에는 불란서에 있었다 하여 파리의 사정은 가장 자세히 아는지라 루이 왕과 노봉화의 방자한 거동을 말하면 안택승으로 하여금 부지불각에 이를 갈고 분히

여기게 하도록 진정을 그리었다. 또 이야기를 돌려서 연극과 기타에 옮기매 방월희 역시도 자기 몸의 고생됨을 잊어버리고 몇 달 동안에 웃어 본 일이 없는 그의 얼굴을 펴게 된다. 과연 이 사람은 누구에게 대하든지 끌어 붙이는 일종의 이상한 힘이 있는 사람이었다.

16. 진 왕비 오 부인, 왕비 한씨, 시녀 연녑이, 배종 이창수 (11)

이러한 일 저러한 힘으로 사십 일가량을 경과한 뒤에 안택승은 인제 말을 타도 관계치 않겠다는 의사의 허락을 얻게 되었으므로 일기가 청명한 어느 날에 월희와 손길을 마주 잡고 교외에 산보를 나갔다.

브뤼셀의 명소 구적을 여기저기 구경하다가 나중에는 인가를 떠난 어떤 산모롱이에 이르러 우거진 삼림 사이로 새어 오는 일광을 몸에 받으며 새소리 바람결에 귀를 기울여 거의 세상사를 잊어버린 것같이 거닐고 있으나 월희도 인제는 안택승이 전혀 정치상 일을 잊어버리고 안락한 사람이 되었는가 하여 길가의 꽃 풀을 뜯어 모으며

"여보셔요, 대감, 이런 즐거운 천지도 있는데요. 이것을 버리고 세상을 원망하여 원수를 갚느니 싸움을 하느니 그런 무서운 생각만 하고 있는 것은 아까운 일이 아닙니까. 인제 그 상자도 살라 버리게 합시다그려"

하는 말에 안택승은 깜짝 놀랐으나 간신히 얼굴빛에는 나타내지 않고

"사람이 호강을 하든지 고생을 하든지 그러한 것은 다 타고난 팔자이지. 그대가 만일 시틋한 객고에 물렸거든 미구에 춘풍이가 고향을 돌아갈 터이니 그때에 같이 가게 하구려. 글쎄, 상자도 남의 손에 내주느니보다는 살라 버리는 편이 안심일는지도 알 수 없어"

하고 또다시 입 안의 말로

'아아, 가엾은 것은 월희뿐이로구나'

탄식을 하니 월희는 별안간 눈가에 이슬을 머금으며

"먼저 저 혼자 돌아갈 것 같으면 지금까지 객고를 하였겠습니까. 나는 또 대감께서 그 일은 다 잊어버리신 줄만 알고"

"그러나 과히 상심하지 마오. 여보, 월희, 이왕 그러한 것이야 어찌할 수 있소. 한번 뼈끝에 맺힌 원망은 좀처럼 잊어버리지 못하는 것만 나의 불행이요 그 까닭으로 하여서 그대에게까지 이러한 고생을 시키는구려"

"에그, 또 그런 말씀을 하시지. 고생은 애초부터 아주 하려니 한 것이니까 대감께서 이 일을 잊을 수가 없다시면 다시는 두 말씀도 않고 어디까지든지 따라가겠습니다마는—. 그러면 오늘 이 산보도"

"으응, 실상은 인적이 고요한 이곳에 나와 파리에서 오는 밀사를 만나기로 한 것이오"

이 결연한 말에 월희는 별안간 눈물을 거두고 다시 남편의 맘을 무디게 하지 않고자 하여 억지로 얼굴빛까지 고치고자 하나 그선의 유쾌한 모양은 용이히 회복되지 않았다. 이 모양을 본 안택승.

"월희, 비창한 생각이 나지"

"아니요"

하고 대답을 하면서도 고개를 들어 외면코자 하는 그 얼굴을 안택승은 끌어당기며 앞이마에 뜨거운 키스를 하며

"인제 얼마 동안은 변변히 이야기할 여가도 없겠지"

하는 말이 끝나기 전에 한 편짝 나무숲을 헤치고

"어찌 그리 늦었나"

하며 나타난 사람은 저 오필하 정위의 고운 모양이다.

오필하 정위가 나타남을 보고 안택승은 희색이 만면하여

"아아, 남의 주목을 아니 받을 양으로 여기저기 거쳐서 아주 유산으고 오니까 시산이 매우 걸리네그려. 그런데 여러 사람들은 다 어디 있는가"

오필하는 졸연히 대답하지 않고 위선 월희를 향하여

"에그, 부인께서도 안녕하십니까. 이런 숲 속에서 별안간 뛰어나와 아마 놀라셨지요"

하고 관곡히 인사를 시작하고자 하매 안택승은 갑갑히 여기는 모

양으로

"여보게, 오 대위, 다들 어찌하였는가"

오필하는 부득이 월희를 내놓고 이편을 향하며

"그것은 다시 부탁할 것 없이 파리에서 밀사가 오는 대로 즉시 길을 떠나기로 작정하고 저 건너 마을에 모여 있네. 또 자네 마부는 미구에 말안장을 지워 가지고 이 근처로 오겠지. 나는 아까부터 약속한 곳에서 기다리고 있다가 자네가 너무도 늦기에 슬슬 거닐어 이 근처까지 와 본 것일세. 자아, 여기로 오게. 부인께서도 오시지요"

하고 앞을 서서 인도하였다.

이로부터 일 마장가량을 가매 잡목이 우거진 가운데에 사오 간 넓이의 잔디밭이 있다. 이것이 미리 약속하였던 곳일 것이다. 월희는 오직 앞길을 염려하여 가면서 남편과 어깨를 견주어 나뭇등걸에 걸어앉으매 오필하 정위는 월희의 정면으로 몸을 비스듬히 가로놓고 고운 얼굴의 반면을 월희의 눈앞에 내맡긴 채 자기는 멀리 하늘의 저편을

바라보며 요사이 음모당 사이에 유행되는 뜻있는 군가를 나지막이 노래하기 시작하니 그 음성은 청천에 높이 뜨는 백학의 울음인 듯 혹 나무 끝을 지나는 바람결 같기도 하며 혹 골짜기에 목맺히는 시냇물 같기도 하다. 만일 파리의 미인 사회에서 이러한 노래를 들리고 보면 누구나 황홀한 정신의 수습할 바를 알지 못하였을 것이다. 월희는 부지중에 귀를 기울이며 그의 모양을 바라보니 평일에 화려한 신사 복색을 한 때와 달라 오늘은 용감한 군인의 복색이 특별한 맵시를 보이며 더욱이 그 반만 젖혀 쓴 모자 가로 나타나는 머리털은 금실과 같이 빛이 나고 무심히 얹어 놓은 이마 위의 손길과 앵두 같은 입술 사이로 이따금 나타나는 진주 같은 잇속. 과연 이는 신선의 하강이 아니면 그림 속의 귀공자였다.

17. 전 왕비 오 부인, 왕비 한씨, 시녀 연년이, 배종 이창수 (12)

잔디밭에 몸을 던지고 시름없이 군가를 노래하는 오필차 전위는 과연 남중일색이었다. 만일 방월희로 하여금 가슴에 품은 걱정이 없었으면 이 고운 얼굴에 눈이 팔리고 맘이 동하였을는지도 알 수 없겠으나 여러 가지 일에 염려가 되어 보아도 보이지 않고 들어도 들리지를 않는 계제이므로 오필하 대위를 바라보면서도 그 미묘한 얼굴에는 무심한 모양이었다. 안택승은 다만 저편을 바라보며 무슨 소식이 있기만 고대하는 중이더니 돌연히 그는 무릎을 치며

"아아, 온다, 온다"

하고 일어섰다. 월희도 그에 놀라 저편을 바라보니 안택승의 심복지인으로서 이름을 고수계라 하는 파란 사람이 여행복을 몸에 입고 저편으로부터 달려와 거무하에 세 사람 앞을 당도하더니 가슴을 내밀고 뻣뻣이 서서 군대식의 거수경례를 붙였다. 안택승은 반가운 웃음을 띠며

"오오, 고수계, 원로에 얼마나 고생이 되었는가. 그리고 또 파리 형편은 어떠하고. 오늘은 네가 돌아온다고 한 날이기에 필경 틀림없이 돌아올 듯하여서 여럿이 기다리고 있는 중일다. 자아, 위선 파리 형편을 좀 들어 보자"

고수계는 무슨 까닭인지 대답을 하지 않고 오필하의 얼굴만 수상스러이 바라보는지라. 안택승은 그러한 눈치를 짐작하고

"오오, 너는 이 오 정위 영감을 첨 뵈옵는구나. 이왕부터 우리 일

을 많이 보아 주시던 어른으로서 이번에는 또 선봉대에 참가하신 터이니 이 영감께는 무슨 말씀을 하든지 상관없다"

고수계는 부득이한 모양으로

"그러면 말씀을 하겠습니다마는 지금부터 곧 출발을 하면 만사가 순편하겠습니다"

말을 하다 말고 다시 오 정위를 바라보며 주저하는 모양이매 오 정위는 그러한 줄을 알고

"아아, 과연 안 군에게는 탄복을 할 수밖에 없네. 부하를 이렇게까지 훈련하여 놓은 줄은 과연 몰랐네. 첨 보는 내 얼굴을 의심하는 것은 당연한 일이고말고. 피차간에 이만큼 주의를 하는 사졸이 아니면 결코 비밀한 부탁은 할 수가 없어. 이야기가 끝날 때까지 내가 자리를 비켜 줌세. 아니, 천만에, 내가 그만한 일에 섭섭히 알 사람인가"

하고 선선히 일어나서 안택승의 만류하는 말도 듣지 않고 어디로 가고자 하다가

"그렇지마는 다만 일시라도 이러한 용감한 친구와 모르고 지내는 것은 섭섭한 일이야. 잠깐 피신을 하기 전에 악수는 하여 둡시다. 여보, 고수계 씨"

하며 벌써 그의 손길을 잡고 흔든다. 그 솔직하고 귀인성 있는 거동은 무엇이다 말할 수가 없을 지경이므로 단지 악수 한 번에 그의 영롱한 수단은 벌써 고수계의 맘을 취하게 하였다. 그는 악수를 마치자 휘적휘적 돌아서 가매 안택승은 이처럼 솔직한 동지에게 서어한 모양을 보임은 인사가 아니라고 생각한 모양으로

"여보게, 오 정위, 오 정위"

하고 만류하면서 한편으로는 월희에게 눈치를 하니 월희는 그 뜻

을 알아듣고 곧 그 뒤를 쫓아가서 가는 사람의 팔을 잡으니 오 정위도 이에는 거절하지 못하고 그전 자리에 돌아와서 안택승과 같이 고수계의 비밀한 보고를 듣게 되었다.

의심이 많은 고수계도 이제는 안심을 하고 그 비밀한 보고를 하되

"인제 때가 돌아왔습니다. 루이 왕은 베르사유 궁에서 제르맹 궁으로 옮겨 갈 터인데 그 길목은 우리 당에서 매복할 곳으로 예정하였던 그 말리 주막을 지나게 됩니다. 이것은 벌써부터 작정된 일일 뿐 아니라 지금 벌써 준비 중이니까 일호도 틀림은 없어요. 우리가 그 시간 안으로 말리 주막에 당도하여 매복만 하고 있으면 왕을 사로잡든지 죽이든지 간에 임의로 할 것입니다. 더욱이 그날은 시위대도 극히 적으며 우리 동지 중에서도 나매신의 남편이 참가 될 터입니다"

하고 자세히 보고를 하니 안택승은 매우 만족한 모양으로

"애 많이 썼다. 참 자세히 알았구나. 그런데 그 날짜는"

"예, 사월 초하루입니다"

안택승은 손을 꼽아 쳐 보며

"오늘이 삼월 이십사일이라 지금부터 곧 떠나가면 아직도 여드레나 여유가 있으니까 넉넉하겠군"

오필하는 옆에서

"그렇고말고. 사흘만 하면 말리 주막까지는 댈 것인데"

하고 끈을 달았다. 고수계는 또 목소리를 낮추어

"그렇지마는 노봉화의 경계가 대단하니까 물론 대로로는 갈 수가 없고 간도 중의 간도를 거쳐 가려면 아마 엿새는 걸리려니 하여야 합니다"

"그래, 그 샛길도 잘 알아 가지고 왔겠지"

"물론이지요. 그 샛길을 보고 오느라고 오늘까지 있었는데요"

"그러면 어떤 길이 제일 편리하겠던가"

"글쎄요, 위선 첫째 곤란한 것은 오니엘 강을 건너는 일이여요. 강 저편에 병참소가 있어서 파수를 엄중히 보니까 여기는 이왕 계획대로 세거리 동리 옆으로 나가서 그 물방아 있는 데를 건널 수밖에 없겠어요. 물방아 집 주인에게는 다 약속을 하여 놓고 왔습니다. 병참소에서 야순을 돌고 나거든 곧 횃불을 들기로 하였으니까 우리는 그 불만 보고 가면 됩니다"

"그러고는"

"그래서 그날 밤은 그 집에서 자고 이튿날에 계제를 보아 가며 강물을 건너려면 그것은 그리 어렵지 않습니다마는 둘째로 어려운 곳은 솔뫼라는 산골 물이여요. 거기도 건너편에 배룡 병참소라는 병참소가 있어서 파수가 엄중할 뿐 아니라 거기는 불행히 우리 동지도 없으니까 불가불 저 상류의 제일 깊은 데를 건널 수밖에 없어요. 그곳 사람들이 도깨비골이라고 하는 데지요마는 설마 여기로야 건너랴고 저편에서도 파수는 안 보인다 합니다"

고 자세히 설명하는 말이 끝나기 전에 별안간 등 뒤로부터 인기척이 들렸다.

18. 전 왕비 오 부인, 왕비 한씨, 시녀 연년이, 배종 이창수 (13)

고수계의 비밀한 보고가 끝나기 전에 별안간 인기척이 들리매 여러 사람은 대경실색을 하였으나 귀를 기울이고 자세히 들어 본즉 전혀 들어 보지도 못하던 말로 무슨 노래를 부르는 모양이었다.

"무엇일까"

"무엇인고"

하며 서로 물으니 고수계는 껄껄 웃으며

"아아, 되지도 못한 것에 놀랐구나. 저것은 초군 애들의 부르는 노래인데 화란 말이 되어서 여러분은 못 알아들으십니다"

고 설명을 하는 중에 나이도 열두서너 살밖에 아니 된 시골 계집애가 어깨에 나무하는 채롱을 메고 숲 속에서 나와 저편으로 건너가니 오 정위는 남 먼저 맘을 놓고

"설마 노붕화기로 저런 계집애를 정탐으로 쓰지는 않겠지"

"그렇지마는 노붕화의 정탐은 별별 이상한 복색을 다 하고 도처에 널려 있으니까 언제 어떤 놈이 나설는지도 모르지. 조금이라도 정탐인 듯한 기색이 있으면 곧 그 자리에서 쏘아 죽여야 해"

하고 안택승은 벌써 전장에 나간 것같이 살기가 등등한 말을 하니 오 정위는 또 입 안의 말로

"쏘아 죽이면 아픈 줄도 모르고 편히 죽게. 능지를 하여 죽여야지"

한다. 월희는 옆에서

"그렇지만 지금 그 초군은 정탐도 아닐 것 같은데 그러셔요"

하고 주의를 하니 안택승은

"그는 그렇지마는"

하고 다시 고수계를 향하여

"인제 자세한 말은 들었다마는 혹 파리에서 춘풍이를 만나 본 일은 없니"

"에, 춘풍이가 파리를 갔습니까"

"어떤 귀부인을 모시고 간 지가 벌써 월여가 넘는데도 아무 소식이 없구나. 설마 잡혔을 리도 없겠는데"

고수계도 잠깐 생각을 하다

"필경 그 애도 여기저기 샛길을 조사하고 있나 보지요"

"아무렇든지 오늘 여러 사람들과 같이 돌아오지 아니하면 매우 염려가 되는데. 그러나 그 애 하나로 하여서 우리가 모두 기다리고 있을 수도 없고. 옳지, 그 애가 혹 파리에서 우리를 기다리고 있을는지도 알 수 없지. 사월 일일에는 필경 그 말리 주막으로 오겠지"

이와 같이 말하고 일어서매 월희 역시도 따라 일어섰으나 벌써 일주일 앞에 일평생의 큰일이 닥쳐왔는가 생각을 하면 다 각기 맘속이 편안치는 못하다. 오 정위는 말을 매어 놓은 데로 찾아가고 고수계는

"기다리고 있는 동지들을 만나 보고 오겠습니다"

고 부리나케 달아났다.

월희는 점과 같이 안택승의 옆으로 걸어가면서도 어찌한 까닭인지 가슴이 울렁거리며 견디지 못할 염려가 앞을 서는지라 눈물이 핑 돈 눈을 들며

"여보, 대감"

안택승은 평일보다 좀 무정한 말씨로

"왜 그러오"

"그러면 언제 떠나십니까"

"오늘 곧"

"대감, 이런 큰일이 정말 성취될 것 같습니까"

"또 쓸데없는 걱정을 하는고"

"아니, 쓸데없는 걱정이 아니라 춘풍이도 아직 아니 오고 어찌 맘 놓이지 않는 일이 많습니다그려"

"그렇게 걱정이 되거든 아까도 한 말이거니와 먼저 집으로 돌아가서 기다리고 있구려. 원래 이런 위험한 일에 여자를 데리고 다니는 것이 잘못이지. 그대로 하여서 맘이 무디었다 하면 안택승의 낙명이 아니오"

월희의 두 눈에 담겼던 눈물은 이제 방울방울이 그 뺨에 흘러내린다. 안택승은 다시 말을 이어

"돌아가서 개선을 기다리는 편이 양편에 다 좋을 것 같소. 그렇게 하면 상자도 안전하고. 그러나 춘풍이가 아니 오고 보니까 그대를 배행

할 사람도 없기는 하오마는. 아니, 이렇게 하지. 내 마부 안희를 데리고 가구려. 그대의 속옷에는 큰 부자가 하나라고도 할 만한 금강석이 들어 있으니 그것만 하여도 일평생에 의식 걱정은 아니 할 것이요 또 그뿐 아니라 은행장 구로영에게 맡긴 돈도 언제든지 찾을 수가 있으니까"

월희는 겨우 눈물을 거두며

"인제 아무 말도 아니 하겠습니다. 대감 곁을 떠나서 어디로 혼자 가요. 어디까지든지 가시는 곳을 따라가겠습니다"

"그러면 애초에 약속한 말과 같이 아무 말도 하지 말고 따라요"

이와 같이 말을 할 때에 마침 그 마부 안희는 두 사람의 말을 끌고 오는지라. 안택승은 그 마부를 손짓하여 불러 가지고 한 필에는 월희를 태우고 나머지 한 필에는 자기가 훌쩍 올라탔다. 이때에 멀리 나무 그늘에 있어 이 모양을 엿보고 있던 오필하는 아까 그 초군 애를 불러서

"자, 이것을 곧 나한욱 씨, 나 과장 댁으로 갖다 두어라"

하고 수첩을 찢어 '솔뫼 도깨비골'이라고 적은 것을 주었으나 아는 이가 없었다 한다.

19. 전 왕비 오 부인, 왕비 한씨, 시녀 연년이, 배종 이창수 (14)

한 번 간 후로 월여가 되도록 소식이 돈절한 오 부인은 어찌 되었는가.

오 부인은 파리로 돌아가서 청풍루 자기 집을 들어갔으나 이제는 다시 옛날의 그림자도 없다. 장래의 왕비로 세력이 있을 때에는 날마다 문안을 오는 사람이 낙역부절이었건마는 이제는 넓은 집 안에 인적이 고요하며 당당한 문전에도 거미줄을 치게 되어 마차가 드나들던 큰 대문에는 잠근 자물쇠에 동록이 푸르러 간다. 남녀 비복도 그 수효가 적지 않건마는 별로 할 일이 없게 된즉 집 안은 자연 상가와 같이 적적할 뿐이다. 부인은 이와 같이 적막한 중에 있어 열에 한 가지도 맘을 위로할 것이 없으매 삼 층 방 한 칸에 문을 닫고 들어앉아 때때 창문을 열고 떠돌아 가는 구름을 보며 변하여 가는 자기 신세를 애달프게 생각할 뿐이었다. 루이 왕에게 버린 바가 된 뒤로 허구한 세월에 스스로 자기 심정을 괴롭게 하던 야속한 맘도 다만 이창수를 사랑하기 시작한 뒤로 얼마큼 잊어버리는 일이 있으며 차라리 이 세상의 부귀영화를 다 잊어버리고 이창수와 같이 남모르는 깊은 산중에 들어가 숨어 살까 보다 하는 생각까지도 때때 하여 본 일이 있었더니 이제 그 이창수에게까지 버린 바가 된다니 아아, 이보다 더한 원한이 세상에 또 있을까 생각하면 은혜도 모르고 의리도 모르는 이창수의 소위는 루이 왕에도 비길 바가 아니매 돌아온 뒤로부터 일주일 동안은 속절없이 그의 무정을 원망할 뿐이었으나 고적한 생각이 점점 더하여 감을 따라 원망은 다시 사랑으로 돌아왔다. 이러한 때에 이창수나 곁에 있으면 얼마나 위로가 될까. 저를 나한욱의 집에 내던져 두고 내 몸 혼자 나온 것은 저보다도 내가 매몰한 일을 하였지. 그는 여러 날 두고 나의 거처를 찾아다니다가 필경 찾지를 못하고 낙망이 되어 흐르는 강물에나 빠져 죽지를 아니하였는가. 혹은 또 이제나저제나 하고 소식을 기다리다가 마침내 감감하매 내가 저를 버리었는가 하여 홧김에 어디로 간 것이나 아닌가.

아니, 아니, 그처럼 생각이 있으면 위선 내 집에까지 찾아올 것인데 그 것도 하지 아니함은 혹 또 노붕화의 수하에게 잡히어 내 몸에 당한 일로 고문을 당하면서도 지금까지의 은혜를 생각하여 아무 말도 아니 하다가 그 까닭으로 하여서 바스티유 대감옥에 가 갇힌 것이나 아닌가. 옳지, 옳지, 필경 그러한 것이다. 대감옥에 갇힌 것이 아니면 이렇게 소식이 없을 리는 없다. 이와 같이 생각하여 필경은 그의 맘 변한 죄를 다 용서하고 슬그머니 사람을 보내어 브뤼셀에 가서 소식을 탐지하였으나 나한욱의 집에서 어디로 갔는지 종적이 없어졌다는 하회를 듣고 부인은 더욱 자기의 추측한 것이 틀림없음을 슬퍼하며 그를 사랑하는 생각이 평일의 백배하여 밤낮 없이 거의 미칠 지경이 되었다. 이제는 하다못해 그의 가졌던 방세간붙이를 자기 방으로 옮겨 놓고 바라보며 어루만지며 사랑하여 겨우 애틋한 맘을 위로코자 한다.

오늘도 부인은 아침부터 이창수의 일을 생각하여 저녁때가 되도록 수심에 싸여 있더니 의외에 조용히 문을 열고 들어온 여자가 있었다. 몸에는 검정 외투를 입고 천천히 부인의 옆으로 나와

"또 무슨 생각을 하십니까"

하니 부인은 찾아옴을 기뻐하는 모양으로 돌아다보며

"오오, 나매신, 인제는 자네밖에 찾아오는 사람이 없네그려. 마침 잘 왔네. 곰 상의할 일노 있더니"

하고 옆에 놓인 의자를 가리키니 나매신은 조용히 외투를 벗어 놓고 의자에 걸어앉는다. 속에 입은 의복은 훌륭한 비단을 감아 어디를 가든지 부끄럽지 아니할 만큼 차리었으며 또 그 얼굴도 얌전한 편이나 인물보다도 꾀가 비상할 것 같으며 나이는 이십육칠 세가량이었다.

원래 이 나매신이라 하는 사람은 저 백침대에서 비명으로 죽던

연년이와 같이 이태리 출생이며 어려서부터 부인을 모시게 되었으나 이십이 되던 때에 루이 왕의 마차를 어거하는 안동익이란 사람과 서로 생각하는 사이가 되어 부인의 곁을 하직하고 피차 결혼을 하였는데 그 때 불란서에서는 조정의 대관들을 위시하여 상하를 물론하고 허황한 일을 좋아하고 귀신과 도깨비를 믿어 무당과 점쟁이 등속이 득세하던 시대이라. 천생으로 자질이 총명하여 얼굴을 보고 그 사람의 맘속을 아는 나매신은 모든 귀부인에게 영검한 무당과 같이 대접을 받으며 이 집 저 집에 불려 가서 비밀한 점을 치게 되매 자연 비밀한 내용을 듣는 일이 많게 되어 당시 상류 사회의 비밀로서 나매신의 알지 못하는 것은 없으며 나매신의 말 한마디로 세력 있는 재상을 망신시키기는 아주 용이할 만큼 되었는지라. 자연 노붕화의 시기를 받아 남편의 벼슬까지도 위태한 일이 한두 번 아녔으나 필경은 남편과 같이 비밀당에 들어서 남모르게 힘을 썼더라.

더욱이 이 이삼 년 동안은 독약을 많이 발명하기로 유명한 이태리 사람 오기칠이며 기타 여러 학자들과 상종하여 독약 만드는 법을 통리하였다는 소문도 있는바 그 까닭인지 저 까닭인지 나매신의 집 안은 뜰에 심은 나무까지도 이태리와 기타 먼 지방으로부터 모여들어 파리 사람으로는 구경한 일도 없는 것 많으매 그러한 것이 다 무서운 독한 나무라고 하여서 이약 노봉화까지도 이 여자에게는 경솔히 손을 대지 못한다고 한다. 그 후에 독약 사용자의 취체가 엄중하게 되어 이 여자가 위선 첫째로 법정의 심문을 받고 유황불에 태워 죽이는 흉악한 형벌을 받게 되어 이백 년 후의 오늘까지도 나매신의 무서운 이름을 전하는 것은 실로 이 여자이다.

20. 전 왕비 오 부인, 왕비 한씨, 시녀 연년이, 배종 이창수 (15)

나매신은 오 부인의 앞에 앉아 좌우에 늘어놓은 저 이창수의 세간을 돌라보며

"부인께서 맘이 변하셨습니다그려"

하고 부인의 말대답을 기다리니 부인은 무슨 말인지를 알아듣지 못하는 모양으로

"맘이 변하다니 무슨 말인가"

"그런 것이 아니라요, 부인께서 인제는 루이 왕보다도 이창수를 더 생각하십니다그려"

부인은 당연한 일이라는 듯이 관계치 아니하면서

"새삼스러이 말할 것이 있나. 루이 왕은 생각만 하여도 치가 떨리는데 어찌 이창수같이 귀여울 까닭이 있겠나"

"그러하시기도 하겠지요마는 이창수는 인제 댁사람이 아닙니다"

이 말에는 부인도 얼굴빛을 변하며

"이창수는 내 사람이 아니라니. 그러면 정말 대감옥에 갇히었단 말인가"

"아니요, 그렇지는 않습니다마는 인제 저편 사람이 되었어요. 필경은 대감옥에도 들어갈 터이지요"

"자네는 그것을 어떻게 알았나. 응, 어떻게 하여서"

"어떻게가 아니라 다 뻔한 일이지요. 제가 한 말에 지금까지 틀려 본 일이 있습니까. 요전에 먼 길을 떠나실 때에도 이번 길이 위태하다고 누가 말하였습니까"

"자네가, 자네가"

"그것 보십시오. 그러기에 이번에도 틀림없습니다. 이창수는 저편에 붙어 가지고 지금 아주 위태한 일을 하고 있습니다. 칼날을 타는 셈이여요. 까딱하면 목숨이 달아납니다"

부인은 조금도 의심하지 않고

"어떻게 하든지 그 사람을 살려 낼 도리는 없겠나. 나는 인제 이창수 하나밖에는 재산도 소용없고 목숨도 소용없네. 여보게, 나매신, 자네 계책으로"

"그러면 이창수만 있으면 루이 왕도 소용없습니까"

부인은 가슴에 못이라도 박히는 듯이 움씰하고 말을 못 하더니

이윽고

"루이가 미운 까닭으로 하여 위험한 여행까지 한 것이 아닌가. 이 모양으로 세상의 버린 물건이 되어 한 달이 되나 두 달이 되나 집 안에만 들어 있으면 사람 하나가 찾아를 올까, 궐내에 무슨 일이 있으니 나를 청하는 일이 있을까. 루이 왕 이하로 모든 사람이 인제 아주 내 이름을 잊어버렸는가 하면 루이 왕도 밉고 노봉화도 밉고 만조백관이 다 원수일세. 그러한 까닭으로 이춘화나 안택승에게 부탁하여 이 원수의 조정을 둘러엎기만 기다리는 것이 아닌가. 그동안에라도 곁에 있어서 맘을 위로하여 주는 이창수가 없으면 이 지긋지긋한 세월을 어찌 보내겠나. 부귀영화라는 것도 실상은 이름뿐이요 귀양살이나 다름없는 요새 형편, 말 한마디를 같이할 사람이 있나, 안부를 물어 줄 사람이 있나. 여보게, 나매신, 내 속을 살펴 주게. 이창수를 살려 내어 내 곁으로 데려다 주게. 자네 계획으로 못 할 것이 어디 있나"

하며 원한에 맺히고 사랑에 맺히는 부인의 심사를 생각하면 나매신도 차마 떼치기 어려워서

"아니, 인제 브뤼셀에서 무슨 소식이 있겠지요. 그때까지는 아무 도리도 없습니다. 그저 기다리고 있을 수밖에 없지요"

"기다리다니, 언제까지 기다린단 말인가. 그동안 기다린 것도 머리가 셀 지경인데"

"그렇지만 소식도 알지 못하고야 무슨 도리가 나섭니까"

하고 말을 하다가 다시 목소리를 낮추어

"여보십시오, 그런데 어찌 이번 일도 잘될 것은 같지 않습니다. 안택승이가 의외에 몸을 상하여 대사가 틀리던 때로부터 동지들 중에서도 맘이 풀리어 저편으로 돌라붙은 사람이 많이 생긴 듯합니다. 설

령 안택승의 열심은 전보다 더하다 할지라도 곧 선봉의 뒤를 받쳐 주는 동지가 없으면 부질없이 안택승을 사지에 몰아넣으나 다름없는 일이지요. 어쩌한 일인지 저는 동지들의 맘 풀린 것이 걱정됩니다"

비록 여자일지라도 대국의 이해를 설명하는 것이 마치 삼군을 지휘하는 모사와 다름없다.

"그렇지마는 왜 그렇게 약한 말을 하는가"

"아니요, 안택승이 몸을 다친 이후로 동지들이 너무 잠잠합니다. 선봉이 파리에 들어가면 곧 뒤를 이어 거사한다던 각처의 동지들이 그만 일이 틀린 줄로 단념하지나 아니한가 합니다. 그뿐 아니라 루이 왕의 시종으로 작정되었던 제 남편 안동익도 이번에 면직이 되었습니다"

"무엇, 자네 남편이 면직되었어"

"예"

"그러면 누가—"

"예, 누구인지 동지 중에서 조정에 내응을 한 자가 있어서 안동익은 믿을 수 없다고 말을 한 것 같습니다. 이러한 것을 볼지라도 혹 이창수가 나한욱에게 팔려서 우리 동지 중 유력한 사람에게 붙어 가지고 비밀 통신을 하는 것이 아닌가 하고 생각합니다"

부인은 의자 위에서 벌떡 일어나 방 안을 이리저리 거닐면서

"그럴 리는 없지. 아니, 그럴 리는 없어. 자네가 잘못 생각할 리도 없겠지마는 이창수가 나를 배반하고 조정에 내통을 하리라고는"

"아니요, 그러기 때문에 그의 신상이 위태하단 말씀입니다"

"만일 그럴 것 같으면 나는 그를 구하여 줄 터이야. 내 곁에만 두면 결코 저편에 맘을 둘 리는 없지"

하며 벌써 나매신의 말을 정말 사실과 같이 생각하여 비상히 애를 쓰는 것도 평일에 나매신의 신용이 깊었던 것을 가히 알 것이다.

"부인께서는 성미가 그러하시니까 지금 아무 말씀을 한대도 이 창수를 버리실 리는 없겠지요. 아무렇든지 실지로 무슨 소식이 있기 전에는 아무 도리가 없습니다"

그 말이 끝나기 전에 방문이 열리며 촛불을 가지고 들어온 하인은 오 부인을 향하여

"지금 이면 무시 상빈이 오서서 잠깐 뵈옵겠다고 합니다"

부인은 두말없이

"그런 자는 만나 볼 일이 없다. 그만두고 가라고 그래라"

"제 생각에도 그럴듯하여서 지금 뵈옵기가 어려우리라고 하였습니다마는 도무지 듣지 않습니다. 브뤼셀에서부터 밤낮 없이 말을 달려 왔다던지요. 말도 땀을 뻘뻘 흘리고 금방 쓰러질 것 같습니다"

브뤼셀에서 왔으면 동지의 보고를 가지고 왔는가 하여 부인은 오히려 의아 중에 있더니 나매신은 곁으로서

"만나 보시면 알겠지요. 이창수의 일도 알 것입니다"

"아아, 그렇겠지. 그러면 곧 들어오래라"

하인은 황송스러운 모양으로 물러갔다.

아아, 이 급사는 어떠한 사람인가.

21. 전 왕비 오 부인, 왕비 한씨, 시녀 연년이, 배종 이창수 (16)

브뤼셀에서 왔다는 사람은 누구일까. 부인은 일시가 궁금한 모양으로

"누구일까, 여보게, 나매신"

"저도 모르겠습니다"

"미구에 브뤼셀에서 무슨 소식이 있으리라고 자네가 말하지 아니하였나"

"그동안 오래 소식이 없었으니까 혹 무슨 소식이 있을 듯하다고 말씀한 것이여요. 인제 그 사람이 들어오면 알겠지요. 그보다도 위선 방 안을 치워야 되겠습니다"

하며 나매신은 방 안에 널려 있는 이창수의 세간을 집어 치우고 지금 하인이 가져왔던 촛대를 방 한가운데로 내놓은 후 자기는 방 한편으로 비켜 앉았다. 이때에 하인은 브뤼셀에서 왔다는 사람을 인도하

여 부인의 앞으로 나오며

"이 양반이십니다"

하고 물러났다.

촛불이 약하므로 얼굴은 분명히 알 수가 없으나 몸집은 매우 장대한 무사이라. 그는 황송스러이 앞으로 나와 말없이 고개를 숙이고 서니 아무리 보아도 면목이 생소한지라. 부인은 먼저 말을 재촉하여

"브뤼셀에서 왔다는 것은 당신이시오. 그래, 무슨 일로 오셨나요"

그 무사는 깨진 종소리와 같은 음성으로

"부인께서는 저를 못 생각하시는지요"

그는 듣던 음성 같으나 아직도 생각은 나지 않는지라 곁에 있는 촛대를 들어 이면 불고하고 그 얼굴을 비추어 본즉 부인은 깜짝 놀라 뒤로 몸을 주춤하며

"당신은, 당신은"

"아, 그러면 아직 기억을 하십니다그려"

부인은 노기를 띤 목소리로

"나한욱이 집 이 층에서 나를 붙잡던 무례한 얼굴을 어찌 잊었을꼬. 당신은 나한욱의 부탁으로 나 자는 침방 문을 지켰지요. 이번에는 또 무슨 부탁을 듣고 왔소"

그는 과연 부인을 연년이로 잘못 알던 저 남작 안시제이며 그 허리에 찬 칼은 이왕에 안택승을 해치던 무서운 불란 보검이었다. 안시제는 부인의 꾸짖는 말에도 겁내지 아니하고

"제가 정말 나한욱의 말을 듣고 부인을 속이러 올 것 같으면 그때 부인을 놓아 드릴 리가 있겠습니까"

"그때는 시비 연년이로 잘못 알지 않았소. 나인 줄 알았으면 곧 잡았을 것이오. 그때에 놓아준 것은 당신의 실수이니까 털끝만치라도 고마울 것은 없소"

안시제는 야속히 여기는 모양으로

"제가 조금이라도 공치사로 말씀한 것은 아닙니다. 여보십시오, 부인, 이 안시제는 그날 그때로부터 온몸을 받들어 부인의 노예가 되었습니다. 부인의 보드라운 입술은 육 척 장부를 녹였습니다"

부인은 아직도 그 말을 알아듣지 못하고

"당신이 무슨 말을 하든지 인제 나한욱은 내 친구가 아니오. 그는 노봉화의 사람이오. 이러니저러니 여러 말을 할 필요도 없소"

하며 손을 들어 방문을 가리킴은 어서 물러 나가라는 뜻일 것이다. 안시제는 오히려 가까이 나오며

"부인의 은혜를 우연히 입은 뒤로 맘이 풀리고 정신이 어지러워 직책을 다하지 못한 결과로 나한욱에게는 의심을 받고 음모당과 내통

을 하는 주의 인물이라는 모함을 당하여 이제는 노붕화에게 용납지 못하는 몸이 되었습니다. 안택승 찌른 공로까지도 도리어 이른 말을 지키지 아니하였다는 허물이 되고 말았습니다. 이제는 안택승의 동류와 일반으로 정부와는 반대당이 되었습니다. 부인께 몸을 붙여 우마같이 부려지는 수밖에는 다시 도리가 없게 되었어요. 괘씸한 놈이라고 지금까지는 믿게 보셨겠지요마는 이제부터 부하의 한 사람으로 부려 주시면 변변치 못하나마 이 불란 보검을 들어 부인의 원수는 모조리 갚아 드리겠습니다. 여보십시오, 부인, 키스 한 번에 목숨까지 내놓은 육 척 남아를 가련하게 생각지는 않습니까"

하며 부인의 치마꼬리에 손을 댄다. 아아, 그는 일세에 유명한 검객의 몸으로서 이제는 사랑의 노예가 되어 생명을 부인께 바치고자 하는가. 과연 불란서는 부인의 나라이다. 예로부터 허다한 영웅들도 풀솜과 같이 맘이 풀리어 부인의 줌 안에서 놀다가 혹은 보기 싫은 죽음을 하며 혹은 무서운 음모를 계획하는 등 그 전례가 허다하거든 하물며 오 부인은 비록 절세의 미인이라 할 수 없으나 남자의 간장을 녹이는 일종의 힘이 있어 이왕에는 국왕 루이까지도 한번 돌아보는 눈매에 미친 듯이 취한 듯이 만들던 솜씨이며 더욱이 또 남작 안시제로 말하면 칼자루를 잡고는 천하에 무쌍한 장사이나 여자의 사랑에는 무너져 본 일이 없는 몸이라 우연히 부인의 보드라운 입술이 자기 살에 닿은 줄로 생각하는 때에 이를 다시없는 영광으로 알고 뼈가 녹는지 살이 풀리는지 정신이 황홀하여 맘을 돌리게 된 것도 괴이치 아니한 일이다. 이것을 괴이하게 여기는 사람은 부인을 알지 못하고 안시제를 알지 못하는 사람뿐이다.

22. 전 왕비 오 부인, 왕비 한씨,
시녀 연년이, 배종 이창수 (17)

남작 안시제의 손길이 자기 옷에 닿음을 보고 부인을 깜짝 놀라며

"여보, 당신이 나를 누구로 아오"

하고 소리를 질렀다. 안시제는 오히려 손을 놓지 아니하며

"아니요, 무례한 일이 아닙니다. 안시제의 목숨을 맡으신 주인으로 생각합니다. 그저 부인 앞에서 심부름만 하게 되면 안시제의 평생 소원은 만족합니다. 죽어도 원통치 않습니다. 여보십시오, 부인, 미친 놈이거니 하시고 부하의 한 사람을 만들어 주시면 안시제는 부인의 노예가 되겠습니다. 부인의 신상에 화색이 박두함을 듣고 어떻게 하든지 구원하여 드릴까 하여 천 리를 멀다 하지 않고 달려온 안시제를 오히려 의심하십니까"

부인은 또 노기가 발발하여 그 옷자락을 집어 뿌리며 그의 얼굴에 침이라도 뱉을 듯하다. 이때 방 한편에 소리가 있어

"안시제 남작은 이제부터 우리 편의 한 사람이오. 부인의 부하가 되는 시험으로 알고 무슨 큰 공로를 세우게 하시오"

하며 걸어 나오는 것은 아까부터 방 한편에 앉아 있던 나매신이었다.

부인밖에는 사람이 없거니 생각한 방 안에서 나매신의 나옴을 보고 안시제는 비상히 놀랐으나 나매신은 그러한 것을 상관하지 않고 부인의 귀에다가 무엇이라고 쏙살거림은 안시제의 의심할 것 없다는 설명일 것이다. 다른 사람의 말에는 좀처럼 귀를 기울이지 않는 부인이로되 다만 나매신의 말은 지금까지에 한 번도 틀려 본 일이 없는 까닭

으로 이제는 부인도 거스르지 못하고 잠시 동안에 그 맘을 돌리어 다시 안시제를 향하여

"그러면 어디 말을 들어 봅시다. 내 몸에 화색이 박두하였다는 것은 무슨 일이오"

첨으로 부드러운 말을 들은 안시제는 마치 주인의 손에서 먹을 것을 얻은 개와 같이 만일 꼬리가 있었으면 얼마나 흔들었을까 하는 생각이 나도록 기쁜 빛을 얼굴에 나타내며

"예, 다른 것이 아니라 나한욱이는 이편 동지들의 연명부가 어떤 상자 속에 들어 있는 줄을 알고서 그것을 훔쳐 내려 드는 중입니다"

이때에 나매신은 입을 열어

"그것을 훔쳐 내려는 사람은 이창수가 아닌가요"

족집게로 집어내는 듯한 그 말에 안시제는 깜짝 놀라서

"아, 그것을 어떻게 아셨나요"

부인은 맘이 졸여 못 견디는 모양으로

"아, 정말 이창수란 말이오. 그것이 미쳤단 말인가"

"아니요, 그것이 나한욱의 수단이지요. 나한욱은 정말 엄청난 거 짓말을 꾸며 가지고 이창수를 제 편으로 끌어넣었습니다. 이창수는 인 제 나한욱과 노붕화의 충신입니다"

"그래, 어떻게 하여서 그렇게 되었단 말이오"

"그것은 첨부터 말씀을 하여야 아실 것입니다. 부인께서 나한욱 의 별장을 빠져나오신 뒤로 이상한 일이 생겼습니다. 저, 연년이라던 지요, 그때 데리고 오셨던 시비가 졸중풍으로 죽었어요. 그것이 졸중 풍 아닌 것은 부인께서도 물론 아시겠지요. 저도 대강 짐작은 합니다 마는 아무렇든지 의사는 졸중풍이라고 하여 버렸습니다. 이 비밀을 내 가 알지나 아니하였는가 하여서 나한욱이가 저를 싫어하게 되었습니 다. 그는 어찌 되었든지 나한욱은 그 뒤에 이창수를 꾀어서 제 편을 만 들어 버렸습니다"

부인으로 하여금 이창수의 변심 되었던 일을 생각할 것 같으면 그가 용이히 나한욱의 꼬임에 빠진 것을 추측할 수 있으련마는 이제 부인은 이창수의 변심 되었던 일을 전혀 잊어버리고 다만 그를 사모하 는 생각뿐이매

"그는 알 수 없는 말이오. 용이히 나한욱의 꼬임에 빠져서 나를 배반할 사람이 아닌데"

"아니요, 정말 나한욱에게 속았습니다. 나한욱이는 부인께서 밤 중에 빠져나가신 것을 핑계 삼아서 오 부인께서는 안택승에게 맘을 두 고 안택승의 병구원을 하기 위하여 밤중에 빠져나갔다고 꾸며 대었습 니다. 그러한 까닭으로 이창수는 부인께서 맘이 변하신 줄로 알고 아 주 틀어져 버렸습니다"

"에! 무엇이여요. 이창수가 내 맘이 변한 줄로 알고"

"예, 그렇게 속고서 야속히 생각하는 게제를 타서 나한욱이는 또 꼬이기를 이 앙갚음으로는 안택승의 아내를 꾀어내라고 하였습니다"

"에, 저 방월희를"

"예, 자세히는 알 수 없으나 그러한 이름이여요. 그런 까닭으로 이창수는 안택승의 아내를 뺏으면 원수를 갚게 되겠다 하여 오필하 대위로 변성명을 하고 갖은 수단을 다 부리어 지금 방월희를 홀리는 중입니다"

부인은 이 말을 듣고 또 상기가 되어서 정신없이 혼잣말을 한다.

"에에, 방월희는 나이도 젊고 인물도 좋고, 이창수는 벌써 월희의 사랑에 빠져서, 또 월희 역시도 이창수를 보면 응당 맘이 변하려니. 월희, 창수"

하고 남보다 질투심이 많은 부인의 가슴은 방금에 터질 것 같은 모양이었다.

23. 전 왕비 오 부인, 왕비 한씨, 미녀 연념이, 배꽁 이창수 (18)

이창수가 방월희에게 가까이한다는 말을 들은 오 부인은 질투의 불꽃이 가슴에 타올라서 어찌할 바를 알지 못하며 홀로 지껄이는 말을 듣고 나매신은 부인의 손길을 잡으며

"부인께서는 무슨 말씀을 하십니까. 월희의 맘을 알지 못하십니

까. 비록 잔약한 여자이라 할지라도 그는 안택승의 아내입니다. 이창수가 아무리 미남자이며 아무리 능란한 수단이 있기로 첨 보는 남자에게 맘을 움직일 사람이 아닙니다. 제 생각에는 그 상자가 월희의 수중에 있는 이상에는 세상없는 사람이라도 훔쳐 내지 못할 줄로 믿고 있습니다. 하물며 월희의 맘을 훔친다는 것은 그 상자를 훔치기보다도 더 어려운 일인데 부인께서는 그 생각을 못 하십니까"

하고 나무라는 듯이 설명하는 말에 부인은 겨우 진정이 되어

"오오, 나매신, 용서하여 주게. 나는 고만 여러 가지 걱정에 정신이 팔려서. 아아, 곧 미치기라도 할 것 같으이"

하며 좀 부끄러운 모양으로 다시 의자에 몸을 실었으나 사람의 맘같이 움직이기 쉬운 것은 없는지라 나매신의 말을 듣고는 또 딴생각을 하기 시작하였다.

'오오, 그렇지. 염려할 것은 없다. 월희가 맘을 움직일 리도 없거니와 또 이창수만 한대도 내 몸을 사랑하는 까닭에 안택승에게 그와 같이 함험을 하고서 월희를 훔쳐 내어 그 혐의를 갚고자 하는 것인즉 지금 곧 건져 내기만 하면 이창수의 맘은 변할 리가 없다'

고 하면서 또 안시제를 향하여

"지금 이창수는 어디 있나요. 지금 이 길로 내가 데리러 가겠소. 아무렇든지 그는 지금 위태한 길에 들어서 있겠구려"

"예, 마치 칼날을 밟고 선 셈이지요. 그가 만일 안택승의 동류들에게 나한욱의 정탐이라는 것이 발각만 되면 곧 그 자리에서 총살되고 말 것입니다"

부인은 가슴이 터지는 듯이 소리를 지르매 나매신은 또 진정을 시키며

"아니요, 결코 발각 날 리는 없지요. 그런 염려가 있고 보면 첫째, 나한욱이가 쓰지부터 않습니다. 그뿐 아니라 안택승의 동지들 중에는 이창수의 얼굴을 알 사람이 없으며 또 그의 성질을 보건대 사람을 속이는 데에는 천생으로 능란한 사람입니다"

"아니, 그렇지 않아, 그렇지 않아"

"아니요, 아무렇든지 안택승의 동지들에게 발각될 리는 만무합니다. 다만 그 일을 성공한 뒤에는 노봉화의 손에 죽습니다. 남에게 비밀을 맡기어 부리다가 일이 끝난 뒤에는 이 사람은 비밀을 알았으니까 살려 둘 수 없다 하여 무슨 핑계를 만들든지 죽여 버리는 것이 노봉화의 지금까지 부려 오던 수단이니까요"

부인의 얼굴에는 혈색이 없었다.

안시제는 또 나매신의 안력에 놀라서

"정말 그렇습니다. 나는 나한욱의 초 잡아 놓은 보고서를 훔쳐 본 일이 있습니다마는 그중에 나한욱의 의견을 자세히 기록한 것이 있었

습니다"

"무엇이라고, 그래, 무엇이라고"

"다 보기 전에 나한욱의 발자취 소리가 들린 까닭으로 끝끝내 보지는 못하였습니다마는 아무렇든지 이창수도 안택승과 같이 도깨비골에서 잡아 가지고 여러 가지 조사할 일도 있고 또 다른 동류들에게 그자들이 잡힌 것을 알려서는 도리어 뒤에 남아 있는 동류들을 격동시킬 염려가 있은즉 다른 동류들에게는 안택승의 일행이 중로에서 사라지고 말았는가를 의심하도록 비밀히 할 일과 또 그 자리에서 곧 일평생 벗지 못할 무쇠탈을 씌워서 아무도 모르는 곳에 감추어 둔다고 그 무쇠탈의 만드는 방법까지 자세히 설명한 것이 있었습니다"

무쇠탈을 씌운다는 것은 말만 들어도 끔찍한 형벌이매 오 부인은 몸을 부르르 떨면서

"에, 무서운 일도 많지. 그러나 사람을 그렇게 할 수가 있나. 그러면 이창수도 그 탈을 쓰게 될까요"

"예, 물론이지요. 그러나 이창수는 그러한 줄도 알지 못하고 설령 같이 잡힌다 할지라도 자기는 곧 빼놓으려니 하고 안심하는 모양이니까 설령 다른 사람은 면할 도리가 있을지라도 이창수만은 면하지 못할 것입니다"

부인은 너무도 놀라워서 잠시 동안 말도 하지 못한다. 그동안에 나매신은

"그러한 준비가 되어 있고 보면 도리어 여러 사람이 무사히 파리까지 들어올 수는 없지요. 이창수는 자취지화인즉 할 수 없다 할지라도 안택승을 위시하여 기타 여러 사람들은 그대로 둘 수가 없습니다. 남작, 그 도깨비골이라는 데는 어디인가요"

"자세히 알 수는 없으나 배룡 병참소 옆에 있는 험준한 산골이랍니다. 이러한 것은 다 이창수가 알아 가지고 나한욱에게 보고한 것이지요"

나매신은 속맘으로 이창수를 미워하기 한량없으나 오 부인의 낯을 보아 차마 입 밖에는 내지 못하고 그보다도 여러 사람의 신상을 염려하여

"그런데 여러 사람들이 그 도깨비골에 도착하는 것은 어느 날인가요"

"여러 사람들은 사월 일일까지에 파리를 대어 올 예산으로 삼월 이십사일에 각기 떠나왔는데 아무렇든지 도깨비골을 건너는 것은 이십팔일 밤이 되겠지요"

나매신은

"그러면 오늘이 이십칠일이니까 내일입니다그려. 그전에 통지를 하여야 할 터인데 인제는 벌써 늦었지요"

하면서 얼굴빛을 변하였다. 아아, 과연 안택승 일행의 운명은 어찌 될 것인가.

24. 전 왕비 오 부인, 왕비 한씨, 시녀 연년이, 배종 이창수 (19)

나매신이 안택승 일행을 구원하기에 시기가 이미 늦음을 걱정하매 안시제 역시 염려를 하여

"그러기에 나도 밤낮을 헤아리지 않고 달려온 길입니다. 좀 더 일찍이 올 생각이었으나 나한욱이가 항상 나의 행동을 주목하고 있어서 몸을 빼쳐 날 수가 없으므로 그럭저럭 늦었습니다"

"늦은 것은 지금 다시 말을 한대도 소용없는 일이거니와 이제부터라도 활동을 하는 것이 필요합니다"

부인은 잠시 동안 번고를 하다가 의자를 밀치고 일어나면서

"이렇게 하고 있을 때가 아니야. 지금부터 곧 이창수를 살려 내러 갑시다. 여러 사람을 만나 본 뒤에 내가 안택승에게 자세한 이야기를 하고 이창수가 일시의 실수로 나한욱에게 팔린 까닭을 설명하면 안택승도 속이 트인 사람이니까 창수의 허물을 용서하고 나에게 돌려보내겠지. 적군의 정탐은 총살한다는 규정이지마는 이창수는 다른 정탐과는 다른 터이며 또 내 낯을 보면 이창수도 필경 후회를 하고 다시 그러한 일을 하지 않겠지. 다음 일은 어찌 되었든지 이러한 말을 하는 동안에도 시간은 자꾸 가는 터인즉 자아, 어서 바삐, 여보게, 나매신, 마차 준비를 시키고 자네도 어서 치장을 차리게. 이렇게 되고 보면 안 남작의 불란 보검이라나 하는 칼도 소용 있을 때가 있겠지. 자아, 속히, 속히"

하고 부인은 안절부절을 못하며 재촉질을 하더니 이로부터 삼십 분이 지나지 아니하여 자기는 나매신으로 더불어 사두마차를 타고 남작 안시제는 새 말을 갈아 태워 배행으로 세운 후 총망히 파리를 떠나갔다.

아지 못게라, 과연 안택승의 일행이 도깨비골을 건너기 전에 만나 볼 수가 있을는지.

각설, 안택승은 이십사일 저녁에 방월희와 같이 말 머리를 견주

어 토이기 사람 안희라는 마부를 데리고 슬그머니 브뤼셀을 떠났는데 도회지를 떠나서 몇십 리 가는 동안에 미리 약속하였던 결사대의 동지들은 여기저기로서 한두 사람씩 참가하여 밤이 새기까지에는 도합 십오 명의 예정한 사람 수가 들어선지라. 이는 전혀 이 일을 맡아본 오필하 대위가 일을 잘 본 까닭이라 하여 안택승은 더욱더욱 오필하의 수단을 감복하였으나 홀로 방월희는 안택승의 다음으로 제일 힘껏게 여기는 춘풍이가 참가하지 아니한 것을 섭섭히 생각하여 말 머리를 견주고 가던 남편을 보고

"춘풍이는 어찌한 셈일까요"

하고 몇 차례를 물어보았으나

"춘풍이는 오 부인을 모시고 파리를 가서 아직 오지 아니한 것을 어찌할 수 있소. 진실하기가 짝이 없는 위인이니까 맘이 변할 리는 만무하지마는 혹 돌아오는 길에 잡히지나 아니하였는지 또 그렇지 아니

하면 중간에서 참가를 하려는지 알 수 없지. 지금 걱정을 한들 소용이 있는 일이오"

하고 대답할 뿐이라. 월희는 또

"그렇지마는 춘풍이가 없으니까 어찌 대감이 한 팔을 잃으신 것 같아서 걱정이 됩니다그려"

"그는 그렇지마는 그 애가 없는 대신으로 그보다 나은 오필하 대위가 늘었으니까 일반이지. 첨부터 선봉으로 나선 것은 열다섯 사람이었는데 지금도 역시 열다섯 명은 되니까 부족할 것은 없어"

예사로 대답하는 말을 들으면서도 월희는 오히려 맘이 편안치 못하여 춘풍이 말을 몇 번이나 되씹으나 안택승은 그러한 걱정을 하고 있을 때가 아니라. 다년 기다리고 기다리던 기회가 돌아와서 목적을 이룰 날이 멀지 아니함을 생각하매 맘은 그편에 골몰하여 나중에는 월희가 세 번이나 말을 하여야 겨우 한 번쯤 대답을 하게 되었다. 그러나 안택승의 대신으로 오필하가 있어 언제든지 그러한 말대꾸를 하며 월희의 맘을 위로하니 월희도 그처럼 낙담을 하지 않고 과연 춘풍이 대신에 이러한 친절한 동지가 생겼구나 하고 맘을 놓는 일도 있었다. 그러나 무슨 까닭인지 오필하의 미묘한 얼굴 속에는 무엇인지 맘에 들지 않는 구석도 있으며 때때 그의 목소리만 듣고도 부지중에 진저리가 나는 일도 있으매 방월희는 오필하 대위보다도 도리어 고수계와 안희의 두 사람을 의지 삼고 말 등에 올라앉아 이로 무사히 저 첫째의 난관이라고 하던 세거리 물방아 집에 당도하였더라.

25. 전 왕비 오 부인, 왕비 한씨, 시녀 연년이, 배종 이창수 (20)

　안택승의 일행은 오늘 강 물가의 물방아 집까지 무사히 도착하여 이곳에서 하룻밤을 쉬게 되었는바 또 의외의 재난이 일었다. 어찌한 까닭이었던지 이날 밤에 마구로부터 불이 나서 안택승, 방월희, 고수계, 안희 같은 사람들의 탄 말을 위시하여 도합 일곱 필이 타 죽고 다만 오필하 대위 이외 세 사람의 탄 말만 무사히 살아났다. 안택승은 이 의외의 재변을 당하고 비상히 노하였으나 이미 그리된 일이라 어찌할 수 없다 하여 구태여 누구의 허물이라는 것은 핵실하지 않고 다만 장래를 경계한 후 아무렇든지 말이 없이는 앞길을 나갈 수 없다 하여 곧 이 집 주인을 데리고 말을 구하러 나간다고 집을 떠나 나갔다. 그러나 방월희는 이 일로 인하여 비상히 애를 쓴다. 지금까지 길들여 오던 사랑하는 말을 잃은 것도 슬프려니와 이러한 재변이 생긴 것은 첫째, 춘풍이같이 백사에 범연치 아니한 사람이 없는 까닭이라고 생각하며 혹은 또 우리 일행 중에 적군과 부동한 자가 있어서 적군에게 매복할 준비를 하도록 하느라고 일부러 마구에 불을 놓아 일행을 지체시킨 것이나 아닌가 하고 의심도 하여 눈치 빠르고 꾀가 많은 고수계를 곁으로 불러 가지고 조용히 의논하여 본즉 그 역시 같은 의심을 품었을 뿐 아니라 그는 아직까지도 오필하 대위를 의심하며 그 일인지 저 일인지는 알 수 없어도 오 대위가 지난밤에 이 집 주인과 무슨 비밀한 의논을 하더라고 하며 또 대위의 말만 무사한 것도 수상한 일이라고 말하였다. 물론 확실한 증거가 있는 바는 아닌즉 준신할 수는 없으나 눈치 빠른 고수계의 말이고 본즉 월희도 헛되이 듣지 않고 이로부터 오 대위의 거동을 슬금슬금 살펴보았으나 그는 여전히 친절한 군인이다. 안택승의 출타한 동안에도 조금 다른 기색이 없으며 모든 일에 잘 주의를 하고 부하를 위로하여 아무쪼록 양기가 되도록 말을 하며 또 월희를 향하여서도 인제 안 백작이 좋은 말을 사 가지고 올 것이니 첨 타는 말은 이러이러한 버릇을 주의하라고 유익한 말만 하며 또는 맘을 위로하는지라. 몇 시간이 지나지 아니하여 월희는 고수계의 말을 전혀 잊지는 아니하였을망정 첨과 같이 대단히 여기지는 않게 되었으며 그보다도 안택승의 돌아오기를 고대하게 되었다. 이윽고 낮이 지나 두 시 세 시가 지나도록 안택승이 돌아오지 아니하매 차라리 자기 역시 안택승을 따라서 말을 사러 갔으면 이렇게 기다리느라고 애쓸 일이 없는 것을 하고 소용없는 후회를 한다. 이로부터 다시 몇 시간을 기다리어 해가 저물게 되매 월희는 홀로 문밖에 나서 혹 안택승이 어찌하다가 적군에게 잡히지나 아니한가 하고 그편의 하늘만 바라본다. 이때에 저 오필하 대위도 전에 없이 걱정스러운 얼굴로 따라 나와

"어찌 너무 늦는 모양인즉 이제부터 내가 좀 찾아 나가려고 합니다"

한다. 오필하까지 이렇게 말을 할 때에는 필경 매우 염려되는 일이 있나 보다 하여 월희는 벌써 눈물부터 앞세우며

"나도 같이 가겠습니다"

오필하는 좀 놀라면서

"부인께서 그렇게 말씀하시는 것도 괴이치 아니한 말씀이나 만일 백작의 신상에 무슨 변괴가 있고 보면 우리들은 그 당장에서 적군 중으로 뛰어 들어갈 일이 있을는지도 알 수 없습니다. 부인께서 참예하실 자리가 못 되오니 그 일은 내게 맡기십시오. 나는 병사들 중에서

네 사람이나 다섯 사람을 데리고 갈 터이니 부인께서는 마부 안희나 고수계 중에 신임하는 사람을 데리시고 위선 브뤼셀로 돌아가십시오. 늦어도 내일모레 안으로는 통기를 하여 드리겠습니다. 또 안 백작이 무사히 돌아오시면 곧 모시러 갈 것이고"

월희는 더욱더욱 얼굴빛을 변하였으나 이 친절한 말을 듣고는 고수계와 같이 이 사람을 의심할 수도 없어

"예, 한 시간만 더 기다려 보지요. 만일 그때까지도 아니 돌아오면 어떻게 하든지요"

데위는 주인의 풍기를 나타내어

"예, 한 시간이라니요. 그렇게 미적미적하는 동안에 우리 걱정은 점점 늘어 갑니다. 백작의 신상에 만일 무슨 일이 있고 보면 한 시간을 늦는 것은 백 년을 늦는 것이나 일반이 됩니다"

이 말은 월희의 가슴에 독한 화살을 꽂는 것같이 박히었다. 인제 월희는 우는 목소리를 내며

"그러면 곧 찾아가 보십시오. 내 몸은 추후로 어떻게든지 주체할 길이 있겠지요"

대위는 곧 일어나고자 하다가 다시 무슨 생각을 한 것처럼 주춤하면서

"오오, 너무 염려가 되어서 잊어버렸습니다. 저—"

하고 말을 하다가 별안간 목소리를 낮추어

"저, 백작께서 만일 무슨 일이 있는 때에는 잊지 말고 조처를 하여 달라고 신신부탁을 하신 일이 있는데 지금이 그 부탁을 실행할 때인가 합니다, 부인"

"예"

"이렇게 되고 보면 부인께서도 맘은 놓으실 수가 없는 형편입니다. 우리들은 내일 일을 알 수 없는 몸인즉 우리 동지의 비밀을 아주 염려 없도록 만들어 놓아야 할 것입니다. 이왕에 백작께서 말씀하시기를 내가 죽거든 나 대신으로 우리 동지의 비밀을 지켜 달라고 말씀이 계셨습니다. 월희만으로는 여자의 일이 되어 맘을 놓을 수가 없으니 오 대위 네가 알아 두라고 말씀하셨습니다"

월희는 용이치 아니한 얼굴빛으로

"그것은 무슨 일인가요"

"부인께서 맡으신 명부 상자 말씀입니다"

26. 전 왕비 오 부인, 왕비 한씨, 시녀 연련이, 배종 이창수 (21)

비밀의 상자는 어느 곳에 있느냐. 이와 같은 질문을 받고 월희는 깜짝 놀랐다. 월희가 만일 아까 고수계의 의심하는 말을 듣지 아니하였으면 지금 이 말을 의심하지 않고 도리어 자기 몸의 무거운 책임이 얼마큼 가볍게 됨을 생각하여 그 감춘 곳을 자세히 말하였을지나 월희는 아직도 고수계의 말을 잊지 아니하였다. 아니, 거의 잊게 되었으나 오필하의 묻는 말을 듣고 별안간 생각을 한 것이다. 동지 일동의 생명이라고도 할 만한 물건이고 보매 세상없는 사람이라도 말을 듣지 않고는 뜻도 하지 못할 정말 이상한 곳에다 감추어 둔 것인데 어찌 털끝만치라도 의심스러운 사람에게 말을 할까 보냐. 안택승은 정말 이러한 지휘를 하였을는지도 알 수 없지마는 한 번 입 밖에 나고 보면 다시 어찌할 수 없는 일이라. 당연하다 하면 당연한 듯도 하나 의심을 품고 보면 저 사람의 상자를 찾는 일이 더욱더욱 수상하다. 그는 즉 노붕화의 명령으로 상자를 훔치러 온 자가 아닌가. 이와 같이 생각하면 지금까지 친절하다고 생각한 반대로 도리어 밉살스럽기도 하다. 그러나 월희는 잠시 말을 아니 하고 그의 오장 육부까지라도 들여다보려는 듯이 그 얼굴을 바라보고 있노란즉 아아, 천행이다, 천행이다. 이때에 어디로서인지 그윽이 말굽 소리가 들리어 여러 필의 말 떼가 달려오는 듯하매 월희는 이 기회를 타서

"에그, 백작께서 오시는 모양 같습니다"

하며 길가로 달려 나가니 과연 한 떼의 시골 말을 끌고 이 집 주인과 같이 돌아왔다.

월희는 기쁨을 이기지 못하여

"마침 잘 오셨습니다"

하고 안택승의 팔뚝에 매달리매

"응, 이만큼이나 사 모으노라니까 의외에 시간이 걸려서 필경 예정한 날짜를 하루 허비하였는걸"

하고 대답한다.

아무리 한대도 오필하의 거동을 의심하지 아니할 수가 없다. 혹 간밤에 마구를 사른 것도 고수계의 말과 같이 오필하의 소위로서 한편으로는 일행을 지체시켜 적군에게 준비할 여가를 주고 한편으로는 또 안택승의 출타한 틈을 타서 상자의 있는 곳을 알아내고자 한 계책이 아닌가. 그러하고 보면 덮어 두기 어려운 일이다. 한시바삐 자세한 말을 안택승에게 고하여 오필하에게 조심을 하도록 하여야 하겠다고 애를 쓰고 있으나 그러한 중에 벌써 오필하는 여러 부하들과 같이 마중 나와 안택승을 둘러싸고 있는 고로 그러할 계제를 얻지 못하고 말았더라. 이로부터 안택승은 일행에게 말을 나누어 주고 공연히 하루를 허비하였은즉 이제는 밤을 도와서라도 전진할 수밖에 없다고 여러 사람에게 준비를 시킨 후 이 물방아 집을 떠난바 강물을 건넌 뒤로부터는 곧 험준한 산골길을 잡아들어 사람의 자취가 이르지 못한다는 저 도깨비골을 향하는 터이라. 거의 길도 없는 곳을 헤치고 올라가는 터이나 이미 길을 보아 둔 고수계가 앞장을 섰은즉 방향을 잘못 잡아서 고생할 까닭은 없겠다. 이와 같이 전진하는 중에 월희는 간신히 틈을 타서 안택승을 보고 오필하의 하던 말을 이야기하니 안택승은 조금도 의심하지 않고

"그는 오필하가 자기 직책을 다하였다 할 것이지. 만일 내 몸에

무슨 일이 있고 보면 그대도 살아 있지는 아니할 줄로 생각한 고로 나는 오필하에게 그렇게 부탁하였소. 춘풍이라도 있으면 상관이 없겠지마는 춘풍이도 없고 본즉 우리 두 사람이 죽은 뒤에는 그 상자를 살라버릴 사람이 없지 않소. 불가불 오필하에게나 부탁할 수밖에 없지"

"그러면 오필하는 혹 대감 신상에 불행한 일이 있을지라도 여전히 이 세상에 살아 있을 작정인가요"

"내가 죽으면 살아 있어서 원수를 갚아 주어야지"

월희는 야속히 여기는 모양으로

"대감께서 불행하시면 제가 살아 있어서 원수를 갚아 드리지요. 그 원수를 갚기 전에는 세상없는 고생이 있을지라도 저는 이 세상에 남아 있겠습니다"

"그대는 그렇게 생각을 할지라도 신임하는 사람에게는 알려 두는 것이 무방하지. 원래 그 상자를 감춘 데가 아주 염려 없는 곳이라고는 할 수 없어. 사람이 드나들지 못할 곳도 아니고 어찌하다가 발각되

지 말라는 법도 없으니까 일이 그릇되는 날에는 누구든지 곧 쫓아가서 살라 버려야지"

"그렇지마는 대감께서는 오필하를 그처럼 신임하여도 상관없을 줄로 아십니까"

하며 다시 저 고수계의 의심하던 말을 하고자 하매 안택승은 그만 말을 무질러 버리고 오필하의 곁으로 가 버렸다. 월희는 어찌할 길 없이 홀로 가슴을 태울 뿐이다. 이로부터 이틀 밤을 산중에서 경과하고 사흘 되던 날 저녁때에 겨우 배롱 병참소에서 멀지 아니한 산골 시냇가를 당도하였는바 월희는 오히려 오필하에게 맘을 놓지 않고 그의 거동을 살피고 있었다.

27. 전 왕비 오 부인, 왕비 한씨, 시녀 연년이, 배종 이창수 (22)

방월희는 종시도 의심을 풀지 못하고 오필하의 거동을 살피노란즉 그는 무슨 까닭인지 도깨비골이 가까워짐을 따라서 지금까지 활발하던 기상은 간 곳이 없고 점점 근심을 품기 시작하여 필경에는 말조차 하는 일이 없었다. 자기 딴은 그러한 눈치를 숨기고자 하는 모양이나 가슴속에 품은 생각을 감출 길이 없어 가끔 걱정스러운 눈치로 여기저기를 둘러보는 모양은 아무리 하여도 심상치 아니하였다. 그 모양을 일일이 살피고 있는 방월희는 혹 강물 저편이 적군의 매복할 처소로서 그는 지금 그 매복의 준비가 되고 안 됨을 염려하는 것이 아닌가

하여 자기 역시도 오필하의 눈 가는 곳을 같이 바라보고 있노란즉 그의 눈은 흔히 강물 저편을 향하는 것 같았다. 이는 아무리 보아도 수상한 일이라고 생각하는 중에 가마아득한 강물 저편에 작은 별과 같은 한 점의 등불이 보이는지라. 혹 이것이 적군으로부터 오필하에게 무슨 군호를 하는 불이 아닌가 하여 월희는 말을 고수계의 옆으로 달려가서 그 등불을 가리키며 물어본즉 고수계는 첨으로 알아보는 것처럼 안장 위에 몸을 늘이며 바라보다가

"아아, 저것이 분명히 배룡 병참소입니다. 지붕 위에 장명등이 있어요. 자아, 인제는 도깨비골이 십오 리밖에 아니 남았은즉 열한 시에는 저편을 건너갈 것입니다"

이 말을 듣고 여러 사람들은 새 기운이 나는 중에 더욱이 오필하 대위는 지금까지의 걱정이 별안간 풀린 것같이

"그러면 날이 샐 때에는 오륙십 리가량이나 병참소를 지나가게 되겠구나. 아아, 유쾌하다"

하고 비상히 기뻐한다. 홀로 월희는 더욱더욱 수상히 여기어 장명등이라 하면 물론 군호가 아닌 것은 분명하나 그러면 오필하의 거동이 별안간 변한 것은 무슨 까닭인가. 같은 장명등이라 할지라도 무슨 군호가 아니고 보면 그렇게까지 좋아할 리가 없다. 아무렇든지 도깨비골을 낭노하기까지에는 또 무엇이고 눈치 뵈는 일이 있겠지. 그때에야말로 세상없어도 오필하를 불러 세워 놓고 내 의심을 전부 이야기하리라고 단단히 벼르고 있었다. 또 월희는 계제를 보아 가지고 이러한 말을 남편 안택승에게 말하고자 하는 중에 어느덧 도깨비골을 당도하였다. 이때 초저녁달은 이미 넘어가고 총총한 별빛이 희미할 뿐이라 강물 저편이 얼마나 되는지도 알 수가 없으매 월희는 더욱더욱 근심이

더하여 마치 사지에 들어가는 것같이 생각하였으나 안택승은 도리어
이것을 다행히 여기어

　"이러한 날 밤에 이런 위태한 곳을 건너리라고는 아무리 노봉화
가 귀신같다 하여도 생각지 못하리라"

　하며 위선 일행을 물가에 모아 놓고 누구는 앞장서고 누구는 뒤따
를 것을 일일이 지휘할 제 홀로 오필하는 이 지휘에 좇지 않는 것처럼

　"안 백작, 오늘 밤이야말로 정말 소중한 경우이니까 사면팔방에
주의를 하여야 하네. 만일 적군이 나타난다 하면 어떤 편이 될는지 모
르는 일이니까 자네는 고수계를 데리고 맨 앞에 서게. 나는 맨 뒤를 맡
을 것이니. 설마 우리 동지 중에서 도망갈 사람은 없겠지마는 아무렇
든지 뒷수쇄가 소중하니까"

　하며 자기가 뒤떨어지기를 주장한다. 이것이야말로 정말 수상한
일이다. 강물 저편에 위험 있는 것을 보고 약차하면 자기 홀로 도망을
하려는 것이라고 월희는 맘속으로 이를 갈며 안택승의 대답을 기다리

고 있은즉 안택승은 도리어 탄복하는 모양으로

"참, 그렇지. 뒷수쇄가 소중하고말고. 그러면 자네는 뒤를 맡아 주게"

월희는 깜짝 놀라는 때에 고수계 역시도 같은 의심을 품었던지 열심으로 그 말에 반대하였다.

"아니요, 대위같이 중요하신 이를 뒤로 돌리다니 말이 됩니까. 등 뒤에 적군이 있을 리는 만무하니까 조금이라도 용감한 사람은 전부 앞장을 세워야 됩니다. 뒷수쇄는 고수계가 맡지요"

오필하는 가만히 있을 때가 아니라고 생각하였던지

"고수계, 자네는 인도자가 아닌가. 자네가 뒤떨어지면 물길을 어떻게 알겠나. 우리들은 강물의 심천을 알 수가 없으니까 고수계 자네는 불가불 안 백작과 같이 앞장을 서야 되네"

안택승은 또 이 말을 옳게 여기어

"옳은 말일세. 뒷수쇄는 역시 자네가 맡아 주게"

하였다. 월희는 인제 다시 주저할 때가 아니라고 생각하여 안택승을 곁으로 불러내어 가지고 그러한 말을 하고자 하여 말을 그 옆으로 당기어 간즉 오필하는 그러한 눈치를 알았던지 또는 다른 흉계가 있음인지 월희보다 먼저 안택승의 손길을 끌면서

"김산 비밀히 말할 일이 있네"

하고 그대로 저편으로 끌고 갔다. 비밀한 말이란 무엇인가. 필경 저 명부 상자의 감춘 곳을 지금 이곳에서 안택승의 입으로 알아내고자 함일 것이다. 그 상자의 감춘 곳만 알면 언제 안택승을 버리고 나서든지 자기 공로는 충분할 것인즉 저자는 필경 그 준비를 하는 것이라고 생각한 고로 월희는 남편에게 책망 들을 것을 헤아리지 아니하고 그

곁으로 달려갔다. 그러나 슬프다, 두 사람은 이미 이야기를 마치고 돌아서는 때이었다.

28. 전 왕비 오 부인, 왕비 한씨, 시녀 연년이, 배종 이창수 (23)

이야기를 마친 오필하는 매우 만족한 모양으로

"안 백작, 인제 안심하게. 자네가 만일 불행하더라도 내가 그 상자는 지킬 것이니까 결코 저편에게 빼앗길 염려는 없네. 설마 자네 몸에 무슨 일이 있기야 하겠나마는 준비는 준비대로 하여 놓아야지. 이 모양으로 모든 일을 미리 생각하여 두지 아니하면 그 까닭으로 하여서 무슨 낭패가 있을는지 아나. 아무렇든지 그 상자는 오필하의 목숨으로 알고 비밀을 지키겠네"

아아, 만사가 와해로구나. 상자의 감춘 곳은 벌써 저편 정탐의 귀에 들어갔다. 월희는 오필하와 번갈아 들어 안택승의 곁으로 달려들며 그 팔을 부둥켜안고

"대감께서는 그 중대한 비밀을 저 사람에게 말씀하셨구려"

"물론이지. 도깨비골을 건너기 전에 말하여 두어야 될 것 아니겠소"

월희는 목맺힌 목소리로

"예, 참, 대감도"

하고 안택승의 팔을 잡아 흔들며 절통히 여기는 눈물을 머금고

"에에, 대감께서는 저 사람이 수상하게 보이지 않습니까. 저 사람
은 분명히 저편 정탐이여요"

안택승은 불쾌한 모양으로

"그대는 무엇을 보고 용감한 동지를 의심하오"

"아, 그 사람이 동지여요. 그렇게 생각하시니까 낭패이지요"

"그대도 지금까지 오필하를 신용하여 오고서"

"지금까지는 확실한 증거가 없으니까 별로 의심도 않고 내려와
지요마는 이제는 알았어요, 마구에 불을 놓은 것도 저 사람의 짓이지
요. 그는 이왕부터 저편과 성기 상응이 있어서 우리 일행을 파리까지
들어가기 전에 잡으려고, 그래서 우리를 지체시키기 위하여 그러한 일
을 한 것이지요. 아니요, 여자의 옅은 생각으로 하는 말씀이 아니여요.
분명히 그렇습니다. 그 증거로는 오늘 밤에 하는 거동을 보시지요. 그
는 배룡 병참소의 장명등이 보이기까지에는 아주 경황이 없이 무슨 근
심을 하다가도 장명등을 본 뒤로부터는 새 기운이 난 것같이 좋아합니

다. 그 불을 장명등이라 할지라도 무슨 군호임이 분명합니다. 군호를 보기 전에는 아직 저편의 준비가 아니 된가 염려를 하다가 군호를 본 뒤로는 인제 자기 공로가 성취할 때라 하여 기뻐하는 것이지요. 그뿐 아니라 제가 뒷수쇄를 하겠다고 하는 것도 다 그런 까닭이지요. 그는 여러 사람을 먼저 건너보낸 뒤에 자기는 뒤로 빠져 안전한 길로 들어가자는 것이지요. 적군에게 비밀을 보고하러 가려는 것이지요"

하고 귓속말이나마 자세히 설명을 한즉 안택승은

"무슨, 그럴 리가 있나"

하고 외양으로는 대단히 여기지 아니하는 모양을 보였으나 속맘으로는 다소 염려가 되던지 계속하여서

"무엇, 그럴 것 같으면 뒤에 세우지 말고 나와 같이 앞장을 세웠으면 그만이지. 그것을 싫다고 하면 정말 좀 수상하다고 하겠지마는 만일 그렇지 아니하면 그렇게 의심할 것은 없어. 그뿐 아니라 그대 말을 들으면 곧 적군이 저편에서 기다리고나 있는 것 같구려. 아하……우스운 일이오"

하고 웃기는 웃으나 웃는 그 목소리에 기운이 없고 아주 쓸쓸하게 들리는 것은 맘속에 편안치 못한 바가 있는 까닭일 것이다. 월희는 오히려 우는 목소리로

"정말 저는 강물 저편이 위태할 것 같습니다. 낮과도 달라서—"

"당치 않은 소리도 하는고. 대낮에 배룡 병참소 앞을 건널 수가 있나"

"그는 그렇지요마는 여자의 말이라고 신용치 않다가는 낭패를 하십니다. 지금까지 대감께서 하시는 일이면 이러한 말을 해 본 적 없는 제가 이처럼 생각을 하는 것은 범연한 일이 아니라고 생각하시지

않습니까. 무슨 불길한 전조인지 저는 정말 맘이 졸이어 못 견디겠습니다"

"맘이 졸인다고 지금 그러한 말을 듣고 있을 수 없어"

하며 안택승은 손길을 뿌리치고 가고자 한다. 월희는 오히려 팔을 붙들며

"듣기 싫다고 하시지마는 저는 어려서부터 재변이 있을 때마다 몽조가 있습니다. 어려서 모친상을 당할 때에는 그 전날 밤에 모친께서 관 속에 누워 계신 것을 뵈었더니 간밤 꿈에는 또 대감께서—"

"응, 내가 어떻더란 말이오. 내가 만일 강을 건너다가 죽게 되면 관에다 담아 줄 리는 만무하니까 내가 강물에 떠내려가는 것이라도 보았소"

"아니요, 그런 것이 아니라 대감께서 컴컴한 옥중에 갇혀 계신 것을 뵈었어요"

안택승은 이 한 말에 찬물을 둘러쓰는 것같이 느끼어 몸서리를 쳤으나 맘이 약하여지면 아니 될 때라고 생각하여 단연히 소리를 높이며

"무엇이 어떠하든지 간에 지금 퇴축할 때는 아니오. 적군이 강물 저편에 매복을 하고 있을 지경이면 지금 퇴축을 한대도 쫓아와서 잡을 것이오. 또 그뿐 아니라 오 대위를 의심한다는 것은 당치 못한 일이지. 내 위로 말하면 우리 당의 은인으로부터 친필 소개장을 가지고 온 사람이요 또 지금까지 일을 보아 오던 열심으로만 하여도 그 인품을 알 것인데 그래도 오히려 의심이 있다 하면 앞장을 세울 것이니 그대는 안심하시오"

하고 조용히 월희의 손을 물리쳤다.

29. 전 왕비 오 부인, 왕비 한씨, 시녀 연년이, 배종 이창수 (24)

지성으로 간하는 말에도 안택승은 귀를 기울이지 아니하고 돌아서 가고자 하매 월희는 더욱더욱 애달픈 목소리로

"대감께서 그처럼 말씀을 하면 인제 다시 말씀치 않겠습니다. 대감께서 만일 잡히시게 되면 저도 같이 잡힐 뿐이지요. 그러나 한 가지 알아 둘 것은 있습니다. 대감께서는 저 오필하에게 전후 사정을 다 말씀하셨는지요"

안택승은 말소리를 낮추어

"상자 속에 든 명부 성책에 적히지 아니한 이름은 아직 말하지 아니하였소"

"명부에 아니 적힌 이름이라니요. 저 대장군의"

하고 말하는 입을 안택승은 손으로 가리면서

"그래, 내가 이 모양으로 간난신고를 겪는 것도 하나는 대장군의 은혜를 갚으려는 것인데 설령 우리가 열심으로 일을 하여서 루이 왕을 쫓아낸다 할지라도 대장군께서 그동안에 조정에 계셔서 루이 왕의 폐위 조칙을 내리고 각 대신을 임명한 후 노붕화 등속의 간신들을 내쫓지 아니하면 아무것도 아니 될 것이니까. 또 지금까지의 은혜를 생각할지라도 대장군의 이름만은 그대에게밖에 말한 일이 없소. 나나 그대의 입으로 나오지 아니하면 노붕화 역시도 그 양반이 우리와 관계있는 줄은 알지 못할 것이오. 그 외에도 오 부인을 위시하여 고귀한 이들의 성명은 성책에는 적히지 아니하였은즉 그 비밀은 월희가 지켜 주어야 될 것이오"

하며 평일보다도 더욱 정답게 말을 한 후 월희의 몸을 끌어안고 진정이 넘치는 키스를 하매 월희는 남편의 사랑이 오히려 변하지 아니함을 보고 지금까지에 경험하지 못하던 기쁜 생각을 느끼었으나 이것이 이생의 영결이나 아닌가 하고 또 슬픈 생각이 눈물과 같이 솟아났다.

이러한 계제에 고수계의 음성으로

"인제 준비가 다 되었습니다"

하고 말을 전하니 안택승은 단연히 말 머리를 돌리어 고수계와 오필하의 사이로 들어가며

"자아, 우리 세 사람이 앞장을 설 터이니 그 뒤에는 맘대로 따라오라"

하고 엄중히 명령을 내리니 오필하도 인제는 다시 할 말이 없어 말 머리를 나란히 하고 도깨비골 강물 속에 뛰어들었다. 월희 역시 무엇을 주저하랴. 여러 사람과 같이 그 뒤를 따라가니 강물이라 하지마는 말 배가 뜨도록 깊은 곳도 아니다. 다만 물결이 험하고 급하여 한 걸음만 아차 하면 어찌 될지를 알 수 없는 형편이더라. 조심조심하여 한참 동안을 전진하는 중에 겨우 위태한 곳은 지나 서고 일행이 한데 뭉치어 미구미구 저편 냇둑을 겁잡게 되었다. 홀로 안택승은 사오 간가량이나 앞질러 나가서 말을 둑 위에 세우고

"아아, 생각하더니보다 용이하구나. 자아, 제군, 조금만 더 힘쓰게"

하며 뒤따르는 사람을 장려하였으나 말이 그치기 전에 홀연 냇둑 뒤로부터 화광이 충천하며 탕 하는 총소리가 산골을 울리더니 가련타, 저 안택승은 이와 동시에 몸을 번득여 말 아래에 떨어졌다. 이때 오륙

명의 적군은 한 뭉치가 되어 그의 시체를 끌어감을 보았으나 그다음부터 무엇이 무엇인지 일대 수라장이 되고 말았다.

"야, 복병이다. 저것 보아라. 대장이 죽었다"

하고 부르짖는 소리는 나머지 열네 사람 입에서 일시에 나왔으나 원래 죽기를 결심한 사람들이라 한 사람도 발길을 돌리어 도망하려는 기색은 없고 다 같이 말을 달리어 일제히 냇둑을 오르고자 하였으나 일시에 쏟아지는 적군의 탄환은 빗발같이 잦은지라 순식간에 말은 상하고 사람은 넘어져서 강물도 응당 붉었을 듯하더라.

월희도 여러 사람과 같이 속히 냇둑에 올라가 설령 안택승을 구하지는 못할지라도 한자리에 나란히 누워 죽기라도 하리라고 말 등에 채찍을 퍼부었으나 그는 일전에 새로 산 시골 말이라 총소리에 놀라서 꼼짝달싹을 아니 한다. 갑갑하기 짝이 없으매 다만 '이를 어찌하랴' 고 안장 위에서 조비빔을 하는 동안에 날아오는 탄환은 그의 말을 맞히어 인마가 한가지로 강물에 굴러 떨어졌다.

월희도 여간 헤엄치는 법을 모르는 터가 아니매 차라리 이편이 낫겠다 하며 곧 물속에 일어서니 물은 그처럼 깊지 아니하고 겨우 젖가슴에 닿으며 냇둑은 겨우 두어 간 밖에 보이는 터인즉 아무렇게 하든지 헤어 나가고자 하나 슬프다, 그의 한편 발은 오히려 말안장에 걸리어 있는지라 흘러가는 말과 같이 동지들의 악전고투를 눈앞에 보면서 하릴없이 물속으로 끌려 들어가 버렸다.

때는 삼월 그믐, 사중에 쌓인 눈이 비로소 녹아내리는 때이라 강물은 얼음같이 차며 이대로 십 분간만 물속에 담겨 있으면 갈데없이 얼어 죽을 것이다. 다행히 물속에 든 지 미구하여 걸렸던 발을 뽑아 가지고 다시 일어서 보니 이때는 벌써 이편 군사가 다 죽어 버리고 총소리와 화광이 이미 스러진 뒤였었다.

30. 전 왕비 오 부인, 왕비 한씨, 시녀 연년이, 배종 이창수 (25)

월희가 다시 물 밖에 솟아난 때에는 이미 총소리도 그치고 화광도 스러진 때이라. 다만 컴컴한 속에서 적군들이 서로 나무라는 말만 들렸다.

"글쎄, 대장과 부대장 두 사람을 죽여서는 아니 된다니까 다 죽여 놓았구나"

"죽여 놓은 뒤에 그러한 말을 하면 소용 있나. 자아, 시체들이나 치우세. 돌을 잡아매어서 강물에 집어넣지"

"아니, 대장인지 부대장인지는 몰라도 한 사람은 살아 있네. 탄알에 스치기만 하였기에 잔뜩 결박하고 재갈을 먹여 놓았지. 병정 복색은 아니니까 대장이나 부대장 두 사람 중이겠지. 잡아다가 문초를 하면 무엇인지는 곧 알 터이야"

이러한 말소리가 역력히 들리는지라. 월희는 다년의 큰 희망이 이에 와해되고 믿고 의지하던 용감한 동지들까지 잃은 일을 생각하매 정신이 아득하여 그대로 물속에 빠져 죽고자 하다가 아니, 아니, 사관의 복색을 입은 사람이 살아 있다 한즉 혹은 안택승일는지도 알 수 없고 설혹 오필하 대위라고 한대도 그는 지금 일행의 목숨을 팔아먹은 자인즉 제가 살아 있는 동안에는 나도 죽을 수는 없다. 첫째, 그자인가 안택승인가를 알아 가지고 안택승 같으면 살려 내리라. 안택승이 죽고 나 혼자 살아 있다 하면 여자의 몸일지라도 안택승의 원수를 아니 갚고 어찌하리. 동지가 다 죽었다 할지라도 오히려 충복 춘풍이만은 어디에든지 살아 있을 것이니 아무렇든지 지금 죽을 때는 아니다 하여 잠시 동안에 결심을 하고 다시 헤엄을 쳐서 냇둑으로 향하노라니 이편 군사의 시체들을 강물에 띄우는 소리가 몇 번이나 귀를 울리어 추운 몸에 소름을 더한다.

그러한 중에 월희의 몸은 차차 곱아올라서 손가락조차 임의롭지 못함을 느끼게 되었으나 냇둑은 바로 눈앞에 있어 몇 걸음만 더 가면 되겠다고 정신을 가다듬는 때에 마침 급한 물결과 같이 덜컥 안기는 것은 응당 지금 던지던 시체의 하나일 것이다. 월희는 두 번째 넘어져서 이번이야말로 다시 살아날 가망도 없이 물속 깊이 가라앉아 화살 같은 급한 물결에 몇 칸통을 흘러갔으나 아직도 목숨이 다하지는 아니하였던지 무엇인지 손에 거치는 것이 있는 듯한지라 겨우 남아 있는 모든 힘을 다하여 매달리노란즉 이것은 냇둑이 무너진 곳으로부터 강물에 거꾸러졌던 나뭇가지이라 월희가 매달리는 동시에 그의 몸무게와 물 기운에 흥청 휘었다가 다시 일어나는 바람에 월희의 몸을 냇둑가까이 끌어당겼다. 월희는 무엇이 끌어 잡아당기는지도 알지 못하는 형편이나 겨우 자기 몸이 물 밖에 나옴을 알고 물가에 무성하여 있는 갈대밭으로 기어 나갔다. 그러나 이때에는 이미 기운이 시진하여 촌보를 옮길 수가 없으며 더욱이 물속에 있을 때보다도 더한층 추위가 심하여 손발은 무지러지는가를 의심할 지경이라. 정신이 아득하여 다만 안택승의 이름을 부르면서 그 자리에 쓰러진 채로 죽은 듯이 잠든 듯이 생사의 지경을 방황하였으나 얼마를 지난 뒤에 마치 무서운 꿈에 놀란 사람과 같이 홀연히 정신을 차리매 추위는 여전하여 전신이 붙접을 못하게 떨리나 오히려 일 점의 생기는 남아 있으며 더욱이 안택승을 위시하여 일행의 참혹히 죽던 광경은 지금 아직 눈앞에 역력한지라 그 슬픈 생각과 분한 맘을 지팡이 삼아 갈대밭을 헤치고 나섰다.

안택승의 다년 계획하던 큰 희망도 가런타, 일행의 목숨과 같이 도깨비골의 한낱 물거품이 되고 뒤에 남은 것은 다만 갈 곳 없는 방월희가 있을 뿐이다.

방월희는 언 몸을 일으키어 갈대밭을 돌라보니 사면이 적막하여 갈댓잎을 흔들던 바람조차 없다. 지금부터 겨우 한 시간 전에는 이곳에 총소리가 일고 이곳에 칼날이 번득이어 한낱 수라장을 이루었던 것이야 누가 생각하랴. 적군의 병사들도 그 공로에 맘을 놓고 벌써 돌아간 것이 의심 없으매 천천히 갈대를 헤치고 냇둑 위에 올라서니 이때 첨으로 눈에 보이는 것은 초저녁에 보던 배롱 병참소의 장명등이라. 원수 오필하에게 군호를 하여서 일행을 멸망시킨 것도 이 장명등이며 적군이 사로잡은 사람을 끌고 돌아간 곳도 이 장명등 아래일 것이라 생각하면 그의 원한은 뼈에 사무치는 바이다. 어떻게 하든지 저 장명등 아래에 가서 무슨 틈을 타든지 병참소 안을 들어가 사로잡힌 사람이 안택승인지 오필하인지를 알아내지 않고는 견딜 수가 없다. 남편의 생사를 알 수 없는 이때에 내 몸의 잡힐 것을 두려워할 것이 무엇이랴. 잡히어 파리로 가서 노붕화에게 문초를 받게 되면 칼날 같은 원한의 한 말이라도 그에게 퍼부어 안택승의 아내를 업신여기지 못할 것이나 알게 하리라. 잠시 동안 장명등을 노려보며 두 주목을 불끈 쥘 뿐이더니 열녀의 매운 생각은 문득 용기로 변하여 추위도 어두운 것도 헤아리지 아니하고 선선히 냇둑을 내려왔다.

31. 전 왕비 오 부인, 왕비 한씨, 시녀 연년이, 배종 이창수 (26)

 냇둑을 내려온 방월희는 이곳에서 위선 의복의 젖은 물을 쥐어짜니 다행히 몸에는 물짐승의 가죽으로 지은 조끼를 입은 고로 허리 이상은 물에도 젖지 않고 오히려 더운 기운이 있는지라 얼마 지나는 동안에는 차차 윗옷도 마를 때가 있겠지 하고 이로부터는 한갓 장명등을 목표 삼아 구르며 넘어지며 쫓아가니 대강 세 시간을 지나 날이 거의 새는 때에 병참소 뒤를 당도하였더라.

 그동안의 고생은 무엇이라고 형용할 수가 없을 지경이었다. 길도 없는 들판에서 돌부리에 넘어지고 풀밭에 헤매다가 가시에 긁혀 대어 인제는 다시 한 걸음을 옮길 수가 없다고 낙담을 한 일도 한두 번이 아니었으나 그러한 때마다 장명등을 바라보고는 다시 정신을 가다듬어 간신히 여기까지 대어 온 것이다.

 자아, 아무렇든지 오기는 왔거니와 인제 어디로 숨어 들어가 어떻게 그 사로잡힌 사람의 소식을 알아보겠다는 계책이 없으매 위선 병참소 담 밖을 한번 돌라보니 바깥 큰문에는 튼튼한 판장문을 닫치고 그 앞에는 두 사람의 파수 병정이 서 있은즉 사까이 가 볼 생의도 나지 않는다. 병참소 안은 잠든 것같이 조용하여 사람이 있는가를 의심할 지경이나 이 외에는 저 사로잡힌 사람을 가두어 둘 만한 곳이 있을 것도 같지 아니한지라 다시 뒤꼍으로 돌아와서 여기저기를 살펴본즉 한 편으로 나지막한 나무 판장이 둘리고 샛문인 듯한 조그마한 문이 있다. 그 문은 활짝 열리어 있으며 안에는 불기운도 있는 모양이매 숨어 들어가려면 이 문밖에 없겠다 하여 좀 사이 뜬 곳에서 동정을 살피고

있노란즉 하늘이 도움이던지 그 안으로부터 무슨 채롱을 둘러멘 자가 하품을 하며 나와서

"아아, 밤도 짧아졌다. 잠깐 눈만 붙이고 나면 벌써 새벽이 되니. 에—, 귀찮아. 새벽참에 또 어디 가서 반찬거리를 산담"

이 모양으로 두런거리며 저편을 향하고 설렁설렁 걸어간다. 아아, 그러면 여기가 병참소 부엌이고 지금 나가던 사람은 숙수인 모양이다. 이러한 틈에 숨어들지 못하면 다시 어떠한 계제를 기다리랴. 방월희는 무서운 줄도 알지 못하고 정신없이 들어가니 그 안은 십여 간이 넘는 넓은 부엌이며 한편 가에는 큰 아궁이가 있어 불까지 피워 놓은 것은 면보를 구울 준비인 듯하다. 그 안을 들어서자 훈훈한 김이 혹 끼쳐 오니 지금까지 얼던 몸이 불을 보고 어찌 반갑지 아니하리오. 그는 정신없이 불 앞으로 달려가서 그 몸을 녹이기 시작하였다.

아아, 방월희는 지금 정신이 있는가. 아직 큰 경영이 있음으로 하

여서 여기까지 위태한 것을 무릅쓰고 찾아온 것이거늘 이제는 꽃 본 나비와 같이, 술 본 성성이와 같이 아궁이 앞으로 달려가서 앞뒤 생각을 잊어버리고 불을 쪼이는 것이 웬일인가. 월희는 그 몸의 위태한 것을 알지 못하는가. 아니다. 그는 지금까지 못 당할 고생을 겪은 까닭으로 하여 기운이 진하고 정신이 현황하여 세상만사가 꿈속같이 되어 버린 것이다. 자지도 아니하면서 꿈속에 들어 있는 것이다. 이러한 일은 가끔 보는 일이며 만일 이대로 잠이 들어 버리면 마침내 깨어나지 못하고 스러지는 듯이 이 세상을 떠날 것이다. 다행히 정신을 차리게 되면 도리어 지금까지의 피곤하던 것을 잊어버리고 정신이 상쾌하게 되는 일도 있다. 이와 같이 하여 잠시 동안 꿈인 듯 생시인 듯 지나는 중에 바깥으로부터 누구인지 들어오는 기척에 월희는 깜짝 놀라 정신을 차리니 얼음 같던 그의 얼굴이 불에 녹아서 훗훗하여진지라 손을 들어 두서너 번 얼굴을 어루만지며 사면을 돌라보고 비로소 자기 몸이 범의 아가리에서 자고 있던 것을 알았다.

알기는 알았으나 이를 어찌하랴. 아까 나가던 숙수는 벌써 돌아와서 그 무거운 발자취가 문밖에 들리니 인제는 몸을 피할 곳이 없다. 다만 빠져나갈 길이라고는 부엌에서 집 안으로 통하는 복도가 있으매 이 복도가 어떠한 곳에 통하는 것인지도 생각한 여기기 없이 곧 그 복도에 올라서서 집 안으로 피하여 들어갔다.

집 안으로 피하여 들어가서 복도의 몇 굽이를 돌아간 뒤에야 월희는 자기 발자취가 너무 높은 것을 깨달았다. 아직 아무도 일어나지 아니하여 무인지경과 같이 고요한 집 안이매 금방이라도 누구에게든지 책망을 듣게 될 것이다. 어디 몸을 숨겨서 잠깐 동정을 살필 만한 곳은 없는가 하고 무서운 생각이 별안간 일어나서 발자취를 숨기고 기웃

기웃 사방을 돌라보기 시작하였다. 아아, 그는 무사히 이 위험한 곳을 빠져 날 수가 있을까.

32. 전 왕비 오 부인, 왕비 한씨, 시녀 연년이, 배종 이창수 (27)

위험한 경우에 몸을 빼쳐서 어디로 가는지도 알지 못하고 복도를 걸어가던 방월희는 복도의 몇 굽이를 돌아간 뒤에야 비로소 자기 몸의 위험한 것을 깨닫고 혹 잠시 피신할 곳이 없는가 하여 여기저기를 돌라본즉 사오 간 앞에 넓은 층계가 있고 그 옆으로 방이 있어 문이 방긋이 열려 있는지라 위선 그 앞으로 가까이 가서 문틈으로 엿본즉 그 안에서는 소곤소곤 이야기하는 소리가 들린다. 아직 일어난 사람이 없을

줄만 알았더니 벌써 일어나 무슨 의논을 하는 사람이 있고 본즉 이는 더욱더욱 위험한 일이라 하여 들키기 전에 도망을 하겠다고 한 발을 물렸으나 나는 무엇을 하러 왔는가, 적군 중에 들어와서 안택승과 오필하의 생사를 알고자 함이 아니던가. 조그마한 말이라도 범연히 들을 것이 아니다. 더구나 남들이 다 자는 때에 홀로 일어나서 무슨 일을 의논할 때에는 필경 지위 있는 관원들일 것인즉 이러한 말을 아니 듣고 어떠한 말을 들을 것이랴 하여 몸을 벽에다 나부죽이 붙이고 귀를 기울였다.

"그렇지마는 시체의 수효도 세어 보지 않고 함부로 물속에다 집어 던진 것은 실수일세"

아아, 그러면 역시 도깨비굴 이야기로구나.

"아니, 염려 없어요. 시체는 세어 보지 않았지마는 한 사람도 살아서 도망한 자는 없습니다. 아무렇든지 시체가 한 이십 명은 분명히 되지요"

먼저 말하던 사람은 좀 노한 목소리로

"그것 보지. 벌써 말이 틀리는 것을. 그래, 시체가 스물이나 될 리가 있나. 모두가 열다섯 사람인데"

또 한 사람은 조금도 서슴지 아니하고

"아니, 스물이나 되어 보이니까 열다섯은 분명히 되겠지요. 아무렇든지 몰사여요"

"글쎄, 몰사를 시킨 것이 병참소장의 공로랄 것은 없어. 사람은 내놓고 말만 쏘라고 이르지 않았나. 사로잡는 것이 이편의 목적인데"

그러면 한 사람은 이 병참소장으로서 우리 일행을 몰사시켰다고 책망을 듣는 것인 줄 알겠다. 그러면 병참소장을 책망하는 사람은 얼마나 지위가 높은 사람일까. 그자가 이왕부터 안 백작의 원망하던 노봉화로서 일부러 여기까지 출장을 온 것이 아닌가. 이와 같이 생각을 한즉 별안간 가슴이 뛰기 시작하나 이제는 어찌할 도리가 없다.

이윽고 또 먼저 말하던 사람의 음성으로

"그러면 그중에 열 팔구 세쯤 되어 보이는 소년은 없던가"

"열 팔구 세 된 소년이요—"

"아니, 소년으로 보여도 실상은 이십 세가량 된 여자이지마는"

이 말을 듣고서 방월희의 얼굴에는 불을 담아 붓는 것같이 느꼈다. 저놈은 일행을 전부 몰사시키고도 오히려 부족하여서 내 몸의 생사를 알고자 하는가.

"아마 그런 시체도 있었을 듯합니다"

"점점 분한 말만 듣겠구나. 그 여자는 꼭 사로잡아야만 될 것을"

"그렇지마는 앞뒤 사정을 다 아는 사람 하나를 잡았으니까 그만 아니겠습니까"

앞뒤 사정을 다 안다는 것은 안 백작인가 혹은 오필하인가.

"아니, 그만하여도 넉넉하다고는 할 수 없어. 그렇지마는 인제야 할 수 있는 일인가"

내 몸까지도 사로잡지 못하여 원통히 여기는 이 무도한 놈은 누구인가. 노봉화의 얼굴은 본 일이 없지마는 필경 노봉화인 듯하다. 남편 안 백작을 위시하여 모든 동지의 원수일다. 이다음 기회가 있는 때에는 제일 먼저 이자에게 원수를 갚아야 될 터인즉 얼굴이나 알아 둘 필요가 있겠다 하여 월희는 대담스럽게도 벽에 붙였던 몸을 떼어 가지고 다시 문 앞으로 가까이 갔다. 문틈으로 다시 자세히 엿본즉 평복을 입은 체소한 신사일다. 저 무서운 노봉화는 아닐 듯하며 또 어디서인지 한번 본 듯한 생각이 나므로 보고 보고 생각을 한즉 이는 이왕 브뤼셀에서 안 백작이 칼에 찔려 중상 되던 날 그 결투하던 장사와 같이 왔던 신사였다.

그 체소한 신사가 노봉화의 부하로서 오 부인을 백침대로 해치고자 한 일과 그 이름을 나한욱이라고 한다는 말은 이왕 오 부인에게 추후로 들은 터인즉 월희는 대강 관계를 짐작하고 도깨비골에 매복을 시킨 것도 이 체소한 신사의 한 일이로구나 하여 그 살을 씹어도 시원치 않겠다고 생각하였다. 그러한 중에 병참소장은 오히려 발명의 말처럼

"그렇지마는 내 생각에는 어지간히 잘된 줄로 압니다. 어제 아침부터 냇둑 뒤에다가 별안간에 웃덮기를 만들고 그 위에다가 흙을 편다, 떼를 입힌다 하여서 횃불을 감추어 놓고 감쪽같이 숨어서 기다리던 것이라든지"

"무엇, 그런 것이야 으레 할 일이지. 사로잡아야 할 사람을 사로잡지 못하였으니까 어떤 공로가 있든지 그것은 다 소용없는 일이야"

사로잡을 사람을 사로잡지 못하였다 하는 것은 남편 안 백작을 이른 말일 것이다. 그러하면 사로잡혀 온 것은 저 오필하인가. 백작은 수중고혼이 되었는가. 물속에서 내 몸에 걸리던 시체가 남편 백작이나 아니던가. 그런 줄 알았으면 같이 굴러 가 주기나 할 것을. 더시는 가슴을 무능켜안고 울음조차 임의로 못 우는 월희의 맘이야 지금 어떠하랴.

144

33. 전 왕비 오 부인, 왕비 한씨, 시녀 연념이, 배종 이창수 (28)

문밖에는 잡지 못하여 하는 방월희가 철천지한의 피눈물을 흘리고 있건마는 방 안에 있는 두 사람은 그러한 줄도 알지 못하고

"그것은 너무하십니다. 아무렇든지 병졸들에게도 무슨 까닭인 줄을 알지 못하게 그만큼 일을 한 것은 내 공로이지요. 인제 그 일행들이 어디서 어떻게 된 줄을 아는 사람은 세상에 하나도 없습니다. 그자들과 공모하여 가지고 그자들의 소식을 듣는 대로 곧 일어나려고 하던 자들은 그 일행이 무사히 파리에 들어간 줄만 알고 조마조마 기다리겠지요. 한 달 두 달이 지나도록 아무 소식이 없고 보면 아마 결사대의 마음이 풀려서 아무 일도 못 하고 중간에서 흩어져 버린 줄만 알겠지요. 그렇게 되고 보면 그자들도 맥이 풀리고 김이 나가서 아무것도 아니 됩니다. 인제부터는 천하태평입니다. 아니, 내가 보증하지요. 결사대 열다섯 사람이 도깨비골에서 전멸을 당하였다는 일은 영영 비밀이 되고 말 것입니다. (▼ 번역하는 사람이 한 말을 끼웁니다. 이 사건은 지금까지도 남모르는 암호로 적혀 있는 그때의 관청 문서가 있어 차차 역사에까지 오르게 된답니다.)

"무슨, 노붕화 씨의 큰 목적은 그런 아름아름한 생각이 아니거든. 자네 수단이란 것은 도리어 실수일세"

"그것은 참 원통합니다. 나는 그 비밀을 지키노라고 얼마나 애를 썼는데요"

"아니, 그렇게 큰 실수는 아니라고 할지라도 아무렇든지 자네는 이런 중요한 병참소에 둘 수가 없네. 여기로 말하면 브뤼셀에서 쳐들어오는 인후목이니까. 자네는 다른 데로 옮겨야 되겠네"

"그것참"

"아니, 중요치 아니한 데로 가서 얼마 동안만 참고 있게. 그러한 중에 또 무슨 공로가 있으면 다시 올려 줄 터이니. 그때까지에는 어디가 좋을꼬. 옳지, 피네롤로 병참소가 적당하지. 인제 명령서가 올 터이니 그때까지는 여기서 맡아 가지고 있게"

이와 같이 사정없는 말을 듣고 병참소장은 몹시 실망된 모양이었으나 나한욱은 오히려 자기 말을 세우기 위하여

"자네는 엄중, 엄중하지마는 엄중히 한 것이 무엇인가. 위선 어제 저녁때에도 사두마차를 타고 이 병참소 앞을 지난 사람이 있었는데 그것도 모르겠지"

"그것은 내 직책 밖입니다"

"아니, 그 마차에 탄 사람은 어떤 귀부인으로서 결사대를 중간에서 구하여 볼 생각으로 여기까지 왔다가 여기저기 물어보아도 다행히 세상에서 아는 사람이 없는 까닭에 아직 여기까지는 아니 온 줄로만 알고 브뤼셀로 지나가 버렸지마는 그런 것도 알고는 있어야 될 것이지"

"그렇지마는 그 귀부인이라는 이가 알지 못하고 여기를 지나간 것만 하여도 내가 비밀을 잘 지킨 까닭이 아닙니까"

"그것이야 당연한 일이지. 이 비밀을 누설만 하고 보면 자네는 피네롤로는 고사하고 대감옥에 가 갇혔을 터이지. 그러나 지나간 것을 말하면 소용 있나. 그는 그렇다 하고 간밤에 잡았다는 사람을 여기로 끌어 와 보게"

병참소장은 다시 할 말이 없어 경황없이 일어선다. 지금까지 두 사람의 말을 듣기에 골몰하던 방월희는 병참소장이 일어섬을 보고 깜

짝 놀라서 달아나고자 하였으나 외곬의 긴 복도를 달아나고자 한들 달아날 도리가 있으랴. 더욱이 사로잡은 사람을 데려온다 한즉 세상없어도 여기 있다가 그 얼굴을 보아야 할 경우이라. 어디 은신할 곳이 없나 하고 다시 좌우를 돌라보니 이야말로 천행이라 할는지 마침 층계 밑으로 곳간 같은 방이 있었다. 아, 이것이 내 목숨이로구나 하며 그 문을 열어 보니 안에는 무슨 독자갈 같은 것을 쌓아 놓은 모양이다. 그러나 그러한 것을 살펴보고 있을 경우가 아니므로 곧 뛰어들며 문을 닫치니 오랫동안 닫쳐 두었던 곳이던지 귀축축한 기운이 코를 찔러서 만일 평시 같고 보면 일시를 견디지 못할 지경이나 이제는 더 바랄 수 없이 훌륭한 피신처이며 바깥으로부터 불빛이 들어올 데 없으매 무섭게 캄캄하기는 하나 몸을 숨기기에는 어두운 것도 무방하다. 곧 열쇠 구멍에 눈을 대고 내다본즉 갑갑하기 측량없으나 다행히 저편 방문과 마주 뚫리어 방 안을 엿보기는 편리하게 되었다. 그러나 병참소장은 용이히 나오지 아니하고 다시 나한욱의 앞으로 가서

"그런데 그 탈은 씌운 채로 데려올까요"

"물론이지. 지금 여기서 조사할 수는 없으니까 무쇠탈을 씌운 모양이나 볼 터이야"

하고 대답한다. 그제야 병참소장은 문을 열고 나왔으나 가까이 옴을 따라서 좁은 구멍에 그득 차도록 그의 몸이 가로막히매 그가 이편의 숨어 있는 곳을 눈여겨보는지 안 보는지는 알 수 없다. 다만 그의 발자취 소리가 여일하게 들리는 것을 보면 의심 없이 이 앞을 지나간 것은 분명하다.

34. 위기일발

이로부터 오 분쯤 지난 뒤에 마루청이 뚫어지라는 듯이 발을 탕탕 구르는 소리가 들리는지라. 그러면 이것이 안 백작인가, 사로잡힌 것을 분히 여겨서 마루청을 구르며 오는 것 같다, 오필하로는 이러한 용기가 없을 것이다 하며 여러 가지로 추측을 하고 있는 중에 벌써 그 사람들의 발자취 소리는 맞은편 방 안으로 들어갔다. 이제 자세히 엿본즉 그는 안 백작노 오필하도 아니요 다만 들것을 마주 든 사관들의 발자취였다. 사로잡힌 사람은 들것 위에 누워 있는 모양이다. 그러면 중상을 당하여서 자기 발로 걸을 수가 없는가. 그러한 중에 들것을 들고 왔던 사관들은 물러가고 다시 나한욱과 소장의 두 사람만 남아 있어 들것을 끼고 양편으로 서서 사로잡힌 사람을 검사하기 시작하는지라. 방월희는 아무리 눈을 크게 뜨고 자세히 보고자 하나 열쇠 구멍은

여전히 좁은 대로 있다. 더욱이 병참소장은 들것 이편을 막아서서 마침 누워 있는 사람의 얼굴을 가리게 되었으매 부질없이 가슴만 답답하다.

이윽고 나한욱의 음성으로

"응, 상처는 허리께를 스친 것밖에 없으니까 일주일만 지나면 합창되고 말겠구먼"

"이것 하나를 사로잡은 것은 내 공로가 아닙니까"

"아무렇대도 피네롤로로 보내 줄 터이니 그렇게 알고 있어야 하네. 탈은 참 묘하다. 입을 봉하는 법도 신통하게 되었는걸. 이렇게 문을 딱 닫쳐 놓으면 코로 숨은 쉬어도 입은 못 놀릴 터이니까 재갈을 먹여 놓으나 일반이지. 인제 파리에 가서나 문을 열어 놓고 여러 가지 조사를 할 수밖에"

월희는 이러한 말을 듣고 안택승인지 오필하인지를 알아내고자 하나 도무지 요량이 나서지 아니하며 또 탈이니 입을 봉하는 법이니

문을 닫치느니 하는 말도 무엇인지를 알 수가 없었다. 그러나 나한욱은 매우 만족한 모양으로

"아아, 불쌍한 일이다. 이 탈을 일평생에 제 손으로 벗지는 못할 터이니! 여보게, 소장, 어떤가. 이 탈을 만들어 낸 법이 묘하지 아니한가"

"과연 탄복할 수밖에 없습니다"

사로잡힌 사람은 이러한 말을 듣고 분한 생각을 참지 못함인지 또는 상처가 아파서 그리함인지 끙 하고 소리를 지르나 코에서 나오는 소리가 되어 그 누구의 음성인지를 구별할 수가 없다. 월희는 속맘으로

'아아, 또 한 번만 그러한 소리를 내었으면 이번에는 알아듣겠구면'

하고 애를 쓴다.

'어찌 들으면 안 백작이 요전 중상 되었을 때 앓던 음성도 같다마는 아니, 그렇지도 않은가'

하고 홀로 애를 쓰는 중에 나한욱은

"어디, 뒤 장식은 어찌 만들었는지 그 몸을 좀 일으켜 보게"

하고 명령을 내리니 소장은 그 말을 디디어 누웠던 사람을 들것 위에 일으켜 앉혔다. 이번에는 월희의 눈에 그 사람의 모양이 자세히 보이나 너무도 괴상하게 생긴 그 모양에 기가 막히고 몸이 떨리어 부지중에

"애고머니"

소리를 내었다. 나한욱은 벌써 알아듣고

"아니, 문밖에서 무슨 소리가 나지 않나"

소리를 질렀다 할지라도 곳간 속에서 지른 소리가 되어 자세히

들리지는 아니하였으므로 병참소장은 믿지 않는 것처럼

"그럴 리가 있습니까"

하더니 문밖으로 나와서 사방을 둘러본 뒤에 맘을 놓고 들어갔다.

대체 방월희로 하여금 그처럼 놀라게 한 사로잡힌 사람의 모양은 어떠한가. 두 손을 잔뜩 결박한 것은 고사하고 고개 이상으로는 마치 부어 뽑은 무쇠덩이 같다. 탈이라 하면 탈이지마는 얼굴만 가린 것이 아니라 머리통을 전부 둘러싸게 되어서 아무리 본대도 그 얼굴 바탕을 알 도리는 없었다. 이것을 참혹타 아니 하면 무엇을 참혹타 하리오. 이런 참혹한 형벌을 받는 것이 안 백작이 아니면 누구이랴. 오필하는 노붕화의 정탐인즉 이런 참혹한 일을 당할 까닭이 없다. 남편의 이 참혹한 양을 보고 어찌 모르는 체하고 숨어 있을쏜가. 내 몸도 잡히겠으면 잡혀라. 지금에 무엇을 헤아리랴. 월희는 정신없이 안으로부터 숨었던 방문을 걷어차고 나서려 하니 괴상타, 이 숨어 있던 곳에는 월희 이외의 사람이 있어 등 뒤로부터 월희를 부둥켜안고 놓지 않는다. 월희가 이것이 웬일인가 하고 미처 놀랄 겨를도 없이 벌써 입과 코에는 수건 같은 것을 대어서 숨도 쉬지 못하게 틀어막았다.

35. 의외의 상봉 (1)

자기 몸과 같은 곳에 숨어 있어 의외에 붙드는 사람은 누구인가. 어디로부터 들어왔으며 무슨 까닭에 여기 있는가. 월희는 숨이 막혀 갑갑한 중에 미처 생각을 하지 못하고 한갓 팔다리를 내둘러 몸을 떼

치고자 하나 몸을 놀리면 놀릴수록이 그자는 더욱더욱 단단히 껴안으며 월희의 귀에다 입을 대고

"월희 씨, 고수계입니다"

하고 말을 한다.

아아, 그러면 고수계도 자기와 같이 살아 있어서 안택승의 안부를 알고자 이곳에 숨어 있었던가 하고 월희는 기쁜 생각에 정신이 나서 고만 진정이 되었으나 때는 이미 늦었다. 지금까지 몸부림을 한 소동은 벌써 나한욱의 귀에 들어간지라. 그는 병참소장의 어깨를 잡아 흔들며

"저것 보아. 누구인지 저편 곳간에 들어서서 모두 엿듣고 있지 않나. 웬 놈이야, 나라의 비밀을 엿보는 놈이. 자네가 감독을 잘못 하니까 부하들이 모두 저 모양이지. 곧 잡아내어서 엄중히 처벌을 하여야지"

한다.

병참소장은 한편으로는 겁도 나고 한편으로는 화도 나서

"필경 쥐들이 떠드는 것이겠지요마는 한번 돌라보지요"

하며 곧 뛰어나와서 그 곳간 문을 열어 보니 그 안에는 다만 독자갈, 나무토막붙이가 있을 뿐이요 사람은 고사하고 쥐도 간 곳이 없어 무슨 까닭으로 소리가 났는지를 알 수 없을 지경이므로 그는 비로소 맘을 놓고

"보십시오. 어디 무엇이 있습니까. 쥐가 돌아다니느라고 달그락거린 것이여요"

나한욱 역시 곧 뒤쫓아 와서

"그럴 리가 있나. 조금 전에도 사람의 소리가 났는데. 분명히 이 안에서"

하며 사방을 살펴보는 중에 한편 구석의 컴컴한 곳을 가리키며

"글쎄, 저것 보아, 마루청이 빠졌는데 그래"

한다. 그는 병참소장의 눈에도 의심할 것이 없었다. 큰 방석 넓이만이나 하게 마루청이 빠졌으며 지금 당장에 그 속으로 들어간 사람이 있는 듯하매 병참소장은 할 말이 없어

"그것참, 기막힌 일입니다. 그러나 지금 당장에 뽑을 수는 없을 터인데요"

"지금 당장에 뽑은 것이 아니라 아까부터 뽑아 놓아 둔 것이지"

"이 병참소에는 그따위 짓을 할 사람이 없습니다"

"병정이 아니면 필경 적군 중의 한 사람이겠지. 당초에 시체를 검사하지 않기 때문에 그중의 한 사람이 살아 있다가 마루 밑으로 숨어든 것이지"

"그럴 리는 없어요. 적군은 몰사가 되고 말았는데요"

하며 자기 실수를 조금이라도 경하게 하려고 부득부득 발명을 하

고 있으나 나한욱은 들은 체도 아니 하고

"그런 소리를 하고 있는 동안에 도망하여 버리면 큰일 나지 않았나. 자아, 어서 병정을 풀어서 도망하지 못하도록 에워싸 놓고 이 마루 밑을 조사하여 보지. 만일 그래도 잡히지 않거든 그까짓 것, 이 병참소를 불 질러 버리지. 그렇게 하면 제가 그 속에서 타 죽고 말 것이니까"

이와 같이 지휘를 하매 병참소장도 이제는 어찌할 길 없어 위선 무쇠탈 씌운 사람을 어디로 끌어다 두고 호각을 울리어 비상소집을 하니 불과 이십 분 안에 병참소 둘레는 철통같이 싸이었다. 이와 같이 준비를 한 뒤에 다시 건장한 병정 두 사람을 뽑아 마루 밑을 뒤지게 하였으나 어찌한 까닭인지 그 안에는 사람의 그림자도 없다.

병참소장은 적이 맘을 놓고

"역시 쥐 소리여요. 마루청은 필경 그전부터 빠진 것을 그대로 둔 것이지요. 그렇지 아니하면 제가 갈 곳이 어디입니까. 또 마루 밑으로 숨어들었다고 한대도 첫째, 바깥에서 마루 밑을 들어올 수가 있습니까"

나한욱은 이 말을 듣고 맘이 풀리지 아니하였으나 첨에 하던 말과 같이 병참소를 살라 버릴 수는 없으므로 이번에는 손수 병정을 데리고 병참소의 바깥벽을 조사하여 보니 한 편짝 바람구멍 옆으로 좀 흔뎅이는 돌이 있어 그 돌만 빼면 그곳으로 드나들기가 그리 어렵지 아니할 듯하며 더욱이 그 돌은 누구인지 뽑았다가 다시 끼운 듯한 흔적이 있으므로 나한욱은 속맘으로 매우 수상스럽게 생각하여 곧 그 돌을 다시 빼지 못하도록 싸 바르고 전체의 파수를 엄중히 보게 한 후 다시 병참소장을 불러서

"이 모양 같아서는 사로잡은 사람을 파리까지 압송하는 중에도

무슨 일이 있을는지를 알 수가 없으니 언제 여기를 떠나는지 알지 못하도록 압송하되 또 병정 몇 사람을 멀찍이 따르게 하라"

고 명령하였더라.

36. 수상스러운 어부

방월희는 어디로 갔는가. 병참소 곳간 속에서 종적을 감춘 뒤로 다시 그림자도 없다.

이로부터 며칠을 지난 뒤에 배룡 병참소에서 멀지 아니한 못가에 줄을 드리우고 고기를 낚기에 골독한 군인이 있었다. 그 복색을 보건대 아직 장교는 되지 못하였으나 아주 날 병정은 아니고 특무정교쯤 되는 모양 같았다. 마침 그 옆을 지나던 어부가 있어 잠깐 발을 멈추고 군인의 낚시질하는 모양을 보더니

"흥, 아무리 큰소리는 하고 다녀도 낚시질은 서투르구나. 물고기가 득시글득시글하는데 나 같으면 미처 건져 낼 사이가 없겠구먼"

하고 조롱을 하며 지나간다. 군인은 그 말을 탄하여 고개를 들며

"무엇이야, 이 농군, 버릇없는 말을 하면 고이 가지 못한다"

어부는 지지 않고

"어부인지 농군인지도 분간을 못 하시는 것 보니까 낚시질을 잘 못하는 것도 괴이치 않습니다. 여쭙시오, 영감, 내 좀 낚아 볼까요"

하며 어려움 없이 군인의 옆에 가 앉는다. 군인은 어부의 얼굴을 한참 바라보다가 정말 어부인 줄로 알았던지

"어디 큰소리를 하였으니 낚아 보아라. 만일 못 낚는 날이면 이 물속에다 집어넣는다"

"물이 무서워서야 어부 노릇을 하여 먹던가요. 물속에 들어가면 물고기처럼 헤어 다니지요"

하며 낚싯대를 받아 들고 위선 그 미끼를 살펴보더니

"아아, 이러니까 안 물리지. 물에 불어서 냄새가 다 빠졌는걸"

하며 자기 주머니에서 무슨 떡 같은 것을 꺼내더니 그것을 환약 같이 뭉쳐서 낚시 끝에 꿰어 가지고 물속에 집어 던지니 과연 장담하던 값이 있어 십 분도 지나기 전에 벌써 대여섯 마리나 낚아 내었다. 군인은 탄복한 모양으로

"여보게, 자네 쓰는 미끼가 무엇인가"

"이것을 그렇게 함부로 가르쳐 드려요. 우리는 다 밥숟가락을 놓고요"

"흥, 사람이란 먹는 곬이 다 각각이야. 그것은 정말 선생님인걸"

"그렇고말고요. 도깨비골에서 도적을 잡으라면 그것은 영감만 못 하지마는 생선을 잡으라면 나 당할 사람이 없습니다"

이상한 말에 군인은 깜짝 놀라서 어부의 얼굴을 몹시 노리고 보나 그는 조금도 겁내지 않고 예사의 말로

"그러나 영감, 도깨비골의 도적잡이는 참 용하십디다. 나는 바로 그 아래 갈대밭에서 그물질을 하고 있기 때문에 다 보았습니다마는 영감은 참 수단도 좋으십디다. 무슨 소리를 하다가는 경을 칠까 무서워서 꼼짝 못 하고 숨어 있었지마는 그날은 어떻게 혼이 났던지"

군인은 더욱더욱 놀라서

"무어, 네가 보았단 말이냐"

"보고말고요. 밤마다 그 근처에서 그물질을 하는 것이 저희들 생화 속입니다. 그날은 여럿이서 물 위를 건너기에 생선 떼가 아래로 몰려올 줄 알고 그물을 쳐 놓았더니 걸리고말고. 그야말로 그물이 미어지도록 걸렸어요. 그래서 곧 걷어 올려놓고 다시 한 번 고쳐 치려고 하는 판에 그만 혼이 났지요. 이 편짝 언덕 위에서 화광이 일어나더니 총소리가 콩 볶듯 하는데 불빛에 가만히 보니까 그런 야단이 어디 있겠습니까. 총을 맞고 물에 떨어지는 놈에 자빠지는 놈에. 그런데 영감, 그 중에는 바로 여자나 다름없이 곱살스럽게 생긴 젊은 애가 있는 것을 그 사람까지 물속에 집어넣고 말았지요. 곧 쫓아가서 살려라도 주고 싶습디다. 그런데 그자의 이름은 무엇인가요"

군인은 부지중 이야기에 팔려서

"글쎄, 남복을 입은 여자가 있었다는데 이름까지는 나도 몰라"

"그러면 정말 여자입니다그려. 여자치고는 또 굉장한 여자일세. 군인들 틈에 끼어서 그 밤중에 도깨비골을 건너고. 그런데 그 밖에도 또 하나 색시 같은 미남자가 있었지요. 그자는 어찌 되었습니까. 그자는 죽는 것을 내 미처 못 보았어"

"못 볼 일이지. 그자는 사로잡혔거든"

"아, 그 미남자가요. 하하, 그러니까 그때 영감께서 달려들어 끌어가던 것이 그 미남자입니다그려. 나는 그때 보던 영감의 얼굴이 지금도 생각나는걸이요. 참 날래십디다. 이렇게 앉아 낚시질하시는 모양을 보아서는 그렇게 날래 보이지도 않는데 영감은 전장에 나가시면 얼굴이 돋보이십디다. 분명 영감이시지요, 그자를 잡던 것이"

군인은 더욱더욱 이야기에 팔려서

"응, 나여. 나 혼자 잡은 것은 아니지마는. 여럿이 달려들어 잡았지"

"그래도 영감께서 제일 날래십디다. 영감께서 제일 먼저 달려들지 않으셨어요"

"그는 그래. 내가 없었더라면 못 잡고 말았을는지도 모르지"

"그러고 보면 영감께서 제일 유공하십니다그려. 인제 곧 승차되시겠지요. 저편 대장을 사로잡아 놓았으니. 영감, 그렇지요, 그것이 대장이지요"

"그렇지. 대장 중의 하나이지"

"그러면 대장이 둘이던가요"

"그래, 두 사람에서 한 사람은 죽어 버렸어"

"그러면 사로잡힌 것은 두 사람 중에서 예쁜 편입니다그려"

"무던히 예쁘던걸. 군인으로는 희귀한 미남자야"

"그 미남자는 어찌 되었어요. 지금도 살아 있나요"

"살아 있고말고. 일간 파리로 압송하여서 육군 대신이 손수 심문을 한다는데. 그자는 국가의 비밀을 쥐고 있으니까 죽어서는 큰일이야"

"헤, 국가의 비밀. 아무렇든지 굉장한 사람입니다그려. 말하자면 아직 새파랗게 젊은 사람인데 국가의 비밀을 쥐고 있다니"

"국가의 비밀이면 무슨 밀인지 니 따위가 아니"

"알고말고요. 나라에 관계되는 소중한 물건이란 말이겠지요"

"물건이 아니라 일이란다"

"아, 일인가요. 그러면 영감께서 또 파리를 가시겠습니다그려"

"아니, 나는 안 가"

"옳지, 영감 같으신 이가 거기를 가시고 보면 이 병참소가 또 위태하니까 그러하시겠지요"

"응, 그런 셈이지"

"그러면 언제쯤이나 압송하나요"

"글쎄, 늦어도 일주일 안에는 보내겠지"

"예—, 지금은 사월 삼일이니까 그러면 열흘께 되겠습니다그려"

이 모양으로 다좇아 묻는 말에 군인은 다시 의심이 나서 어부의 얼굴을 살펴보니 어부 역시도 이번에는 발각이 된 줄로 알았던지 별안간 일어서며 곧은 발길로 군인의 등때기를 차니 물가에 가까이 앉았던 그는 어찌할 여가도 없이 깊은 물속에 거꾸로 박혀 버렸다. 물속에 들어가서는 물풀에 걸렸는지 잠깐 기다려도 다시 떠오르지 아니하매 어부는 비로소 맘을 놓고

"이렇게 하여 두면 낚시질을 하다가 미끄러져 빠진 줄 알겠지"

하고 한번 사방을 돌라보았다. 이 어부는 대체 누구인가.

37. 주종의 눈물

대체 이 어부는 누구인가. 도깨비골에서 살아나 가지고 병참소 곳간에서 방월희를 살려 내던 고수계인 줄은 독자의 이미 짐작할 바일 것이다.

그렇다 하면 고수계는 어떻게 살아났는가. 그 역시도 방월희와 같이 탔던 말을 죽이고 물속에 빠졌으나 다행히 몸에는 상처가 없었던 고로 얼마큼 밀려 내려가다가 물가에 기어 나와서 일행 중의 몇 사람은 필경 배룡 병참소에 잡혀갔으려니 하고 병참소로 쫓아온 것이다. 날이 밝기 전에 마루 밑 바람구멍의 고임돌을 뽑아내고 마루 밑으로 들어가서 여기저기를 울려 보다가 울리는 소리를 듣고 곳간인 듯한 곳을 골라서 뚫고 나서 본즉 마침 더 고를 수 없는 적당한 곳이었으므로 한편 구석에 우그리고 앉아서 동정만 살피고 있는 중에 방월희가 들어온지라. 기이하게 다시 상봉함을 기뻐하였으나 소리를 낼 경우가 되지 못하여 그대로 잠자코 있더니 월희가 무쇠탈의 참혹한 모양을 보고 앞뒤 분별도 없이 뛰어나가고자 하매 이것을 만류하여 가지고 병참소장이 미처 문을 열어 보기 전에 벌써 마루 밑으로 빠져나가 바람구멍을 다시 전과 같이 틀어막은 후 순식간에 몸을 피한 것이었다.

그는 안택승의 부하 열네 사람 중에서도 이러한 일에 들어서는 가장 수단이 있는 사람이다. 그러므로 항상 중대한 심부름과 비밀한 정탐을 맡아보던 터인즉 이와 같이 발 빠른 행동을 한 것도 괴이치 아니한 일이다. 그러나 그는 한 번 위태한 고비를 넘기고도 그렇다 하여 그만두는 것이 아니라 오히려 그 무쇠탈이 안택승인지 오필하인지 또 어느 때에 파리로 압송되는지 그러한 것을 알아내고자 하여 병참소 근처를 빙빙 돌고 있는 중에 못가에서 낚시질하는 군인이 있음을 보고 스스로 어부의 모양이 되어 비밀을 탐지코자 하였으나 마침내 본색이 탄로될까 염려하여 그를 물속에 차 던지고 만 것이다.

그리고 사방을 돌라본즉 마침 다행히 이를 본 듯한 사람은 없었으며 다만 텁석부리 수염의 심술궂어 보이는 군인 하나가 허리에 큰 칼을 가로 차고 병참소 근처를 빙빙 돌았으나 그 역시도 금방 어디로서 온 모양이라 시치미를 떼고 지나가노라니 그 군인은 고수계의 뒷모양이 병참소 담 모퉁이에 사라져 가도록 바라보고 있다가 이윽고 또 언덕을 넘어서 아까 군인의 낚시질하던 근처도 살펴보았다. 그러나 이때에 고수계는 벌써 그곳을 떠나 어떤 여관집 이 층으로 올라가니 그곳에서 고대하고 있는 것같이 맞아들이는 사람은 곧 방월희였다. 방월희는 지금까지 입고 다니던 남복을 벗어 버리고 이 근처 농가의 처녀 모양을 차린 것은 남의 눈에 거리끼지 않도록 하고자 함이다. 그는 고수계를 보더니

"에그, 어찌 그리 늦었나. 나는 혼자서 애만 쓰고 있었지. 그래, 어떻게 좀 알았는가"

고수계는 문을 굳게 닫고 방 안으로 들어와 나지막한 음성으로

"여보십시오, 월희 씨, 도무지 자세한 내평은 알 수가 없습니다마는 대강 들리는 말로 보아서는 무쇠탈은 오필하 놈인 것 같습니다"

"그러면 안택승 씨는 어찌 되었을까. 응, 어디 있어?"

"에그, 월희 씨도 금방 잊으셨습니까. 대장이 두 사람 중에서 한 사람은 죽었다는 말을 분명히 들으셨지요"

월희는 새삼스러이 슬퍼하면서

"안택승 씨가 죽고 오필하가 살아 있어? 나도 혹 그렇지나 아니

한가 의심은 하였지마는 무쇠탈을 씌워 가지고 그처럼 몹시구는 것을 보면 어찌 오필하는 아닌 것도 같기에 아마 저것이 안 백작인가 보다, 살아 있고만 보면 어떻게든지 빼낼 도리는 있으려니 하여 그것만 믿고 있는데……"

"아무렴, 그 다 이를 말이겠습니까. 그것이 백작 대감만 같고 보면 세상없는 수단을 부리더라도 빼내고 말지요. 비록 이 몸이 부서져 가루가 될지라도 그대로 두지는 않습니다. 그러나 오늘 들은 말로 하여서는 어찌 오필하인 것 같습니다. 그자야말로 노붕화의 비밀을 알고 있으니까 살려 두지는 않습니다. 그렇지마는 조사할 일을 다 조사하기 전에는 죽일 수도 없으니까 부득이하여서 저 모양으로 탈을 씌워 두는 지도 알 수 없어요"

하며 이로부터 군인을 속이어 배알을 뽑던 일과 전후의 지나던 형편을 자세히 설명하니 월희는 반신반의 질정할 바를 알지 못하여

"에에, 이런 갑갑할 데가 어디 있어. 정말 백작이 아닌 줄만 알면 안 백작은 이미 돌아오지 못할 사람이라 나도 그 뒤를 쫓아서 이대로 죽어 버리고 싶다. 그렇지마는 아직 분명히 알기도 전에는 죽고자 하여도 죽을 수가 없구나…… 아아, 여보게, 고수계"

"월희 씨"

"어찌하면 좋은가"

주종이 서로 붙들고 끝없는 슬픔의 눈물만 흘린다.

38. 의외의 상봉 (2)

방월희와 고수계의 두 사람은 서로 끝없는 슬픔의 눈물을 짓다가 고수계는 다시 말을 돌리어

"아직 그렇게 슬퍼할 것은 없습니다. 인제부터 무쇠탈은 파리에 가서 여러 가지 조사를 당할 터인즉 그동안에 누구인지를 알아낼 계제가 있을 것입니다. 그것은 제가 담당하지요"

"만일 알아낸 뒤에 그것이 오필하 같고 보면 어찌하나"

"그런 줄을 분명히 알고 보면 안 백작께서는 오필하에게 속아서 여러 동지들과 같이 노붕화의 수하에게 죽은 것이 아닙니까. 그러고 보면 오필하나 노붕화는 다 백작의 원수입니다. 원수를 갚는 것은 살아 있는 월희 씨나 저의 직책이지요. 그놈들의 살을 씹기 전에는 이 목숨을 버릴 수가 없어요. 월희 씨께서는 지금부터 낙담이 되어서 남편의 원수를 갚으실 맘이 없습니까. 고수계는 비록 하인붙이의 천한 몸이오나 이 원수를 갚기 전에는 죽어도 혼백을 붙일 곳이 없습니다"

하며 두 주먹을 부르쥐니 월희는 그 말에 정신을 가다듬어

"고수계, 이 뒤로 십 년이 되든지 이십 년이 되든지 월희의 이 몸은 안택승 씨를 위하여 살아 있겠네. 안택승 씨가 돌아갔으면 원수를 갚고 천행으로 살아 있으면 옥중에서 구하여 내겠네"

하며 늠름한 기색을 보인다.

월희와 고수계가 이 모양으로 서로 탄식하고 서로 가다듬어 그칠 바를 알지 못하는 중에 문밖 길가에서 이상한 소리가 들리매 나뭇잎 날리는 소리에도 귀를 기울이게 된 지금의 신세이라 두 사람은 일제히 고개를 들어 문밖을 내다보니 브뤼셀 편으로부터 파리를 향하고 가는

마차가 있어 그에 탄 사람은 저 오 백작 부인과 또 한 여자인지라. 월희
는 부지중에

"에그, 오 부인께서"

하고 소리를 질렀으며 고수계도

"아아, 나매신 씨도 같이 타고"

라고 소리를 질렀다.

살피건대 오 부인은 요전에 남작 안시제의 급보를 듣고 놀라 저
이창수를 구하고자 이 근처를 왔으나 도깨비골의 소식을 알지 못하므
로 이곳을 지나쳐서 브뤼셀에까지 갔다가 이제 돌아오는 길일 것이다.
부인은 월희의 음성을 듣고 이 층을 바라보다가 월희의 얼굴을 보더니

"에그"

하고 기쁨에 못 이기는 소리를 지르며 곧 마차를 멈추게 하고 나
매신과 같이 이 층을 향하여 올라왔다.

시골 처녀로 변복을 하고 있는 월희 방에 이러한 귀부인이 찾아

옴을 보면 여관 사람들이 얼마나 수상히 여기랴마는 이제는 그러한 일을 생각할 경우가 아니다. 부인은 구르는 것같이 방 안을 들어와 월희의 몸을 부둥켜안으며

"아아, 웬일이오. 나는 도깨비골에 적군의 매복이 있다는 말을 어떤 사람에게 듣고 일행의 목숨을 염려하여 구할 수 있으면 구하여 보고자 그길로 떠나서 여기를 왔으나 아무리 탐지를 하여도 종적을 알 길이 없으므로 그러면 아직 도깨비골을 건너지는 아니하였나 보다 하여 얼마큼 맘을 놓고 차츰차츰 브뤼셀 근처까지 가 보았으나 거기서 알아본즉 벌써 도깨비골을 건넜을 것 같은지라 어찌하면 좋겠다는 도리가 없어 다시 돌이켜서 오는 길에 중로에서 마차가 결딴나서 그것을 고치느라 이틀이나 묵새기고 배행하던 무사만 먼저 좀 가 보라고 떠나보내었더니 아아, 그대의 얼굴을 보니까 인제 맘이 놓이네. 일행은 벌써 아무 일 없이 파리에 갔겠지"

월희는 슬픈 목소리로

"예, 일행은 도깨비골에 다 파묻혀 버렸습니다. 적군의 매복을 만나 저희들 두 사람 이외에는 몰사가 되었습니다"

부인은 깜짝 놀라서 한 걸음을 뒤로 물러서며

"에에, 정말 매복을 만났어"

"일행 중에 적군의 정탐이 섞여 있기 때문에 그렇게 참혹한 꼴을 당하였어요"

정탐이라는 것은 이창수가 아닌가. 부인은 무엇보다도 이창수의 일이 걱정이다. 그가 방월희의 맘을 돌리고자 한다는 말을 듣고 말하자면 그 까닭으로 하여서 뛰어나온 형편인즉

"그래, 그 정탐이라는 것은"

"어떤 사람의 편지를 가지고 와서 지금부터 겨우 한 달 전에 안택
승과 상종하기 시작하였는데 불과 며칠 동안에 아주 심복같이 되어서
중대한 비밀을 모두 적군에게 통지하였어요"

"그런데 그 정탐이란 자가 첨에는 안 백작보다도 그대를 사귀고
자 하지 않던가요"

"저에게야 그야말로 돌부처에 바람이나 불 수가 있습니까. 소용
없음을 알고 그리하였던지 저에게는 사귀고자도 아니 하였어요"

부인은 비로소 맘을 놓고

"아아, 그러면 이창수는 아니로구먼. 이창수는 아니야. 안시제의
한 말은 공연한 소리이지. 이창수는 어디 다른 데 가 있는 것이지"

하며 입 안의 말로 중얼거린다.

39. 은인이 원수

월희의 말을 자세히 듣기도 전에 그 정탐은 이창수가 아니라고
생각을 한 오 부인은 다시 그 일을 걱정하지 않고

"그러면 이 일은 고만 낭패로구먼. 안택승을 위시하여 여나믓 사
람의 열심 있는 동지가 있기 때문에 그만큼이라도 일을 꾸민 것인데
정말 요긴한 선봉대가 없어지고 보면 뒤따를 사람이야 더구나 있을 리
가 있나. 그렇게 되면 그대도 고향으로 돌아가겠지. 여기서 이 모양을
하고 있다가는 인제 또 노붕화의 수하에게 잡히어 무슨 고생을 할는지
아는가. 이야기로 듣건대 나한욱이는 무쇠탈이라는 것을 만들어 내었

166

다고 한즉 무슨 흉악한 형벌을 할는지도 모르지. 내가 곧 마차에 태워서 고향에까지 데려다 줌세. 나는 명색이 황족이니까 비록 마차 안에 망명하는 사람이 있는 줄을 알지라도 펴 내놓고 손찌검을 하지는 못하겠지. 나를 죽이기 위하여 나한욱이 같은 놈은 백침대까지 만들었지마는 펴 내놓고 오 부인을 다치고 보면 황실에 대한 죄인이라고 세상 사람이 허락하지 아니할 것이니 자아, 맘 놓고 내 마차에"

하며 벌써 손길을 끌고 나가고자 한다.

월희는 울고 있던 얼굴을 들어

"저는 아직 고향을 돌아갈 수가 없어요. 설령 노붕화의 부하에게 잡히는 한이 있을지라도 고수계와 같이 지켜야 할 직책이 있습니다"

"그것은 또 무슨 일인가요"

"안택승인지요 혹은 지금 말씀한 그 정탐인지는 알 수 없어도 일행 중에서 사로잡힌 사람이 있어 지금 이 병참소 안에 갇혀 있는데 일간 파리로 압송하게 된다 하온즉 저는 그 누구인가를 알아내어 만일 안택승 같고 보면 어떻게든지 빼내야 되겠습니다"

부인은 이상히 여기는 모양으로

"무엇이야, 사로잡힌 사람이 있어"

"예, 사로잡히어 무쇠탈을 쓰고 있답니다"

무쇠탈이라는 한 말에 부인은 또 이창수의 일을 생각하였다. 이창수에게 씌우기 위하여 무쇠탈을 만들었다는 말은 안시제에게 듣고 자나 깨나 그것만 걱정을 삼고 있던 터이라.

"에, 무쇠탈, 그러면 그것을 쓴 사람은"

"안택승인지 그 정탐인지 알 수 없어요"

"정탐이라는 것은 이름이 무엇이며 어떻게 생긴 사람인가요"

하며 조마조마한 모양으로 물으나 방월희는 그 까닭을 알지 못하매

"예, 안택승의 연배쯤 되고 아주 행세바치로 생긴 청년이어요. 이름은 물론 거짓 이름이니까 알 수 없지요마는 오필하 대위로 행세하였어요"

오필하 대위. 인제는 다시 의심할 것도 없다.

"에, 오필하. 그러면 안시제 하던 말과 같이 이창수로군, 이창수야"

월희는 어찌 된 까닭을 알지 못하여 좀 그 뒤로 물러서면서

"에, 이창수라니요"

"예, 본이름을 이창수라고 하는 내 집 사람이오"

"부인께서는 무슨 말씀이십니까. 정탐을 아시다니요"

부인은 몸을 둘 곳이 없는 것처럼 얼굴에 두 손을 대고

"에, 어찌하나. 나같이 팔자 사나운 인생이 이 세상에도 또 있을까. 내 집 사람이오. 내 집 사람일 뿐 아니라 여보, 월희, 그 이창수라는 것은 그대가 안택승을 사랑하나 다름없이 내가 사랑하는……"

하며 말을 끝내기 전에 까부라져 가면서 목이 맺혀 운다. 이 말을 들은 방월희는 기가 막히어

"그럴 리가 있습니까. 잘못 생각을 하시는 것이셨지요. 안택승을 위시하여 여러 동지의 뒤를 보아 주신 부인께서 정탐이 되도록 오장이 썩은 위인을 사랑하실 리는 없지요"

부인은 아직도 얼굴을 가린 채로

"아니, 잘못 생각한 것이 아니오"

"그러면 지금도 그 사람을 사랑하시겠습니까. 그가 안택승을 위

시하여 여러 사람의 목숨을 팔아먹은 원수인 줄을 아시고도"

"월희 씨, 인제 그 말은 그만두어 주오. 그대는 아직 앞뒤 사정을 모르니까 그리 말하오"

"아니요, 잘 알아요. 여러 사람이 죽은 것은 꼭 그자의 탓입니다. 그자는 개짐승이여요. 사람은 아니여요. 변성명을 하고 안택승을 속이며 안택승의 맘을 훔치고 우리 동지의 비밀을 훔쳤습니다. 사람 같은 맘보가 있는 위인 같으면 이러한 일을 어찌하겠습니까"

하고 가슴에 서리었던 갖은 포악을 내놓으니 부인은 견딜 수 없는 것같이

"아니, 이창수는 그렇게 그른 사람이 아니오. 어찌 나한욱의 꼬임에 빠져서 내가 안택승에게 맘을 두고 저를 버렸다는 말을 듣고 일시 눈이 뒤집히어 안택승을 원수로만 안 것이지. 그도 나를 사랑하는 까닭에 그리된 것이오. 만일 그런 투기하는 맘을 일으키지도 아니할 위인 같고 보면 나도 저를 사랑하지 않소"

"에에, 딱한 말씀도 하십니다. 투기인지 오기인지는 모르겠습니다마는 남자의 기상이 있는 사람이면 누가 그러한 일을 하겠습니까. 제 남편 안택승 같고 보면 설령 제가 잘못하여서 화나는 일이 있을지라도 남을 속이고 남을 팔아먹겠다는 더러운 생각은 아니 할 것입니다. 저를 죽여 버리지요. 그것이야말로 여자를 사랑하는 남자가 아니겠습니까"

"그대에게는 말을 하여도 모를 것이오. 내 맘은 그렇지 않소. 이편의 사랑하는 남자가 죄를 저지르면 나도 같이 죄를 저지르겠소. 맘이 비루하다 하여서 한번 허락한 사랑이 스러질 수 있을까. 이창수를 위하여서는 집도 소용없고 지위도 소용없소. 이처럼 생각하는 나의 맘을 살피지 못한다는 것은 월희, 그대는 여자가 아니오"

이와 같이 서로 끝없는 원망을 말하고 있었다.

40. 외로운 새와 같이 (1)

끝없는 원망에 서로 다투는 말을 곁에서 잠잠히 듣고 있던 나매신은 듣다가 못하여 앞으로 나오면서

"여보십시오, 두 분, 이제는 그러한 소용없는 말로 시간을 허비할 때가 아닙니다. 이창수 씨와 안택승 두 분 중에 어떤 분이 돌아가신지도 알지 못할 뿐 아니라 그중의 한 분이 사로잡혀 무서운 무쇠탈을 쓰고 있지 않습니까. 두 분께서는 힘을 합하여 우선 어떤 분인지를 알아내야 될 것 아닙니까"

하고 두 사람의 사이를 가로막으니 그 말의 당연함에 두 사람은 겨우 정신이 나서 잠시 동안 말도 없이 서로 얼굴만 바라볼 뿐이었다. 이때에 고수계가 곁으로 오며

"월희 씨, 이 부인께서 이왕에 말씀하던 나매신 씨입니다"

하고 인사를 붙였다.

월희는 아직도 슬픈 모양으로

"예, 위선 무쇠탈이 안택승인지 오필하인지 그것부터 알아야 되겠습니다마는 아무렇든지 저와 오 부인은 지금까지와는 달라서 부인께서는 저 오필하를 구하겠다 말씀하시고 저는 오필하를 남편의 원수이며 여러 동지들의 원수라고 생각할 수밖에 없습니다. 무쇠탈이 정말 오필하여서 이다음 세상에 나오는 날이 있으면 부인과는 피차에 원수간이 되는지도 알 수 없습니다"

"만일 그것이 안택승 씨 같고 보면"

"예, 그것이 안택승 같고 보면"

"안택승 같고 보면 구하여 내야 되겠지요. 어느 편인지 알기까지에는 부인께서도 무쇠탈을 탐지하시고 당신도 무쇠탈이 누구인지를 탐지하여야 될 것인즉 피차에 서로 도와야 되지 않겠소. 그러니까 위선 이렇게 합시다. 우리들은 세 갈래나 네 갈래로 손을 나누되 부인께서는 급히 파리로 돌아가셔서 아무쪼록 길을 얻어 노붕화 편으로서 무쇠탈을 누구인지 알아내게 하시고 고수계 씨는 여기 숨어 있어서 무쇠탈이 이다음 어디로 옮아가는지를 꼭 지키고 계시오. 필경 파리일 듯은 합니다마는 눈치 빠른 노붕화의 일이 되고 본즉 어느 틈에 어디로 보낼는지도 알 수 없습니다. 만일 무쇠탈의 간 곳을 잃고 보면 이것도 저것도 다 틀리는 날이니까요. 어디까지든지 뒤를 밟아야 됩니다"

사리에 밝은 나매신의 지휘를 고수계는 사양치 아니하고

"예, 저도 그러할 생각입니다. 무쇠탈의 당자를 알기까지에는 세상없는 일을 할지라도 그 뒤를 따라다니겠습니다. 그러면 월희 씨는 어찌하실까요"

"예, 월희 씨는 또 월희 씨대로 따로 하실 일이 있지요"

"그렇지마는 월희 씨를 단독일신으로 계시게 할 수는 없어요"

"월희 씨 뒤는 내가 보아 드리지요. 내 힘이 모자라는 때에는 내 남편 안동익에게 부탁하겠습니다. 그가 있으면 당신이 옆에 계시나 다를 것 없어요. 그렇지마는 아직 얼마 동안은 월희 씨 혼자 계시는 편이 도리어 안전합니다. 당신이 같이 계시든지 안동익을 같이 있게 하든지 간에 어차피 저편의 의심을 받을 염려가 있으니까 의심받는 사람이 같이 모여 있는 것은 정말 위험한 일입니다. 이 자리에서 서로 갈리어서 일이 좀 석삭을 때까지는 사방에 흩어져 있는 것이 제일 상책이지요. 이 모양으로 사방에 흩어져 있어 각기 무쇠탈을 알아내기로 하면 필경 월희 씨가 제일 먼저 알 것입니다"

월희 씨가 제일 먼저 알리라는 무슨 까닭인가. 세 사람은 서로 얼굴만 바라보다가 고수계는 나매신의 옆으로 달려들면서

"그것은 무슨 까닭인가요"

하고 물었다.

"아니, 별로 깊은 까닭이 있는 것은 아니오. 월희 씨는 이제부터 곧 브뤼셀에 돌아가서 저 비밀히 감추어 둔 명부 상자를 살라 버리셔야 합니다. 일이 낭패된 지금에는 그 성명 책이 제일 염려되는 것인즉 잠시라도 그대로 둘 수는 없어요. 잘못하면 벌써 노붕화의 수중에 들어가서 감추었던 곳에는 있지도 아니할는지 모릅니다마는 없으면 없는 것을 보고 저 무쇠탈이 누구인지를 짐작할 수 있지요. 지금으로는 그 상자의 있는 곳을 아는 사람은 이창수뿐이요 이창수가 노붕화에게 고하여 바치기 전에는 그 상자는 그전 모양대로 있을 것이오"

고수계는 탄복을 하면서

"옳지, 그 상자가 없어졌고 보면 무쇠탈은 오필하가 분명합니다"

월희도 또 곁에서

"그렇지요. 그렇습니다. 안택승 같고 보면 무쇠탈은 고사하고 설령 단근질을 당할지라도 상자는 고사하고 다른 사람의 이름 하나를 입 밖에 낼 리 없지요. 그 상자가 무사하고 보면 무쇠탈은 안택승이 분명합니다"

나매신은 말을 이어

"그러니까 그 상자의 없고 있는 것을 알아보는 것이 제일 첩경입니다. 그 책임으로 말하면 아무리 한대도 월희 씨가 맡으실 수밖에 없어요"

월희는 두말없이 결심한 모양이나 고수계는 염려스러운 모양으로

"아아, 월희 씨를 혼자 떠나시게 하기는 아무리 하여도 맘이 안 놓이는데요"

하니 월희는 그 말을 가로막으면서

"이 지경이 된 때에 몸을 사리고 어찌하겠소. 시골 처녀의 복색을 하면 아무도 수상히 여기지는 않겠지. 병참소 안에까지 들어갔던 일을 생각하면 상자를 꺼내어 사르는 일쯤이야 여반장일 것이니 자네는 자네 할 일에나 맘을 모아 쓰도록 하게"

"예, 저는 또 저대로 맡은 책임이 있으니까 모시고 갈 수도 없습니다. 이러한 때에는 저 춘풍이가 있었으면 염려가 없을 것을. 그 사람은 어디로 갔는지"

하고 없는 사람을 새삼스러이 생각함은 월희를 염려하는 정성에서 나옴일 것이다.

41. 외로운 새와 같이 (2)

월희의 주종이 춘풍의 말을 하매 오 부인은 이상히 여기는 모양으로

"나를 파리까지 배행하여 주던 그 춘풍이 말이오"

"예, 그 춘풍이가 부인을 모시고 간 뒤로 돌아오지 않기로 부인을 뵈오면 여쭈어 보고자 하던 차입니다. 부인께서는 그 애를 어디서 돌려보내셨는지요"

"나를 파리 내 집에까지 데려다 주고 바로 그 이튿날 아침에 브뤼셀 일이 궁금하다고 떠나갔는데 그대로 간 곳이 없고 보면 혹 중로에서"

"글쎄요, 역시 잡혀 죽었거나 무슨 까닭이 있는 것이지요"

"아니, 비록 잡혔을지라도 죽기까지는 않겠지요. 운수만 좋으면 또 만날 때도 있을 것입니다. 그는 어찌 되었든지 월희 씨의 직책이 매우 위험한데요. 저는 그것이 걱정입니다"

"무슨, 그리 위험할 것은 없으니 너무 염려하지 말게. 춘풍이 일도 지금 걱정을 하면 소용 있는 일인가. 공연히 시간만 보내지. 자아, 나는 오늘 밤으로 길을 떠나겠네"

하며 금방 치장을 차릴 것같이 서두는 것은 비록 섬약한 여자의 몸일지라도 그 남편을 생각하는 정성이 간절한 까닭일 것이다.

나매신은 또 월희를 고정시키며

"아니, 당신께서 그처럼 결심을 하시고 보면 이 직책은 잘 감당하실 것입니다. 그것을 무슨 어려운 일이나 되는 것같이 이러니저러니 말씀하여서 당신의 맘을 무디게 하기는 미안합니다마는 고수계 씨의 말씀과 같이 여자의 홑몸으로는 어려운 책임이오니 미리 그런 줄을 아셔야 됩니다. 그는 다름 아니라 다행히 그 상자가 아직 무사히 있다고 할지라도 그것을 꺼내어 살라 버리기만 하는 것이 능사는 아닙니다. 이제는 그 상자보다도 무쇠탈을 알아내는 것이 더 긴급한 일인즉 당신은 그 상자를 살라 버린 뒤에도 한 달가량이나 그 근처에 두류하고 있어서 눈치를 살펴보아야 될 것입니다"

"그는 무슨 까닭으로요"

"왜 그런고 하니 혹 노붕화의 사람이 당신보다 뒤떨어져 갈는지도 모르니까 상자가 있고 없는 것만으로 아직 확실한 일을 알 수 없지요. 그 뒤로 노붕화의 사람이 찾으러 오고 아니 오는 것을 지켜야 됩니다"

옆에서 듣던 고수계는

"참, 그렇습니다. 상자가 있다고 한대도 곧 무쇠탈이 안 백작이시라고는 할 수 없지요. 얼마 동안 그곳을 지키고 있어서 정말 노붕화의 사람이 오고 아니 오는 것을 알기 전에는…… 아무렇든지 네가 따라가야 되겠군"

"자네가 같이 갔다가 그동안에 정말 무쇠탈의 간 곳을 잃어버리면 어떻게 하려는가. 상자의 조처는 나 혼자 가도 넉넉할 것일세"

이와 같이 말을 하고 본즉 다시 할 말은 없으나 아직도 맘은 놓이지 아니하여

"그렇지마는 월희 씨보다도 노붕화의 사람이 앞서 가서 상자를 꺼낼 뿐 아니라 혹 어떤 동류들이 오지나 않을까 하여 파수를 보고 있으면 그때는 어찌하시겠습니까"

"파수를 보고 있을 지경이면 그야말로 무쇠탈은 오필하일시 분명한 일이니까 고만 돌아서 올 일이지"

"그뿐 아니라 노붕화는 일행이 몰사된 줄로만 알고 있으니까 파수까지 보일 리는 없겠지"

하고 고수계의 말을 가로막으니 인제는 다시 할 말도 없다.

이때에 오 부인은 나매신을 향하여

"인제 여러 사람의 직책은 작정이 되었거니와 그대는 무슨 일을 맡아볼 터인가"

"예, 저는 여러분의 편지와 장래를 맡아보지요. 여러분께서 따로

따로 갈려 가신 뒤에는 서로 만나실 수가 없을 터인즉 그래서야 일이 되겠습니까. 그러니까 제 집을 근거지로 정하고 가시는 곳마다 기별을 하여 주시면 제 집에서는 누구누구가 어디어디 가 있는 것을 다 알고 있을 것입니다. 제 집에는 상하 귀천의 구별이 없이 갖은 사람이 다 드나드는 터인즉 편지가 오든지 또 여러분께서 찾아오시든지 간에 별로 수상스러울 것도 없고 얼마 동안이든지 편안히 숨어 계실 수가 있습니다. 월희 씨라든지 고수계 씨도 볼일을 다 보신 뒤에는 모두 파리 내 집으로 찾아오시지요"

하며 종이쪽에 그 주소 번지를 적어서 월희와 고수계에게 주매 이로써 의논은 끝이 나고 다 각각 헤어져서 외로운 새와 같이 각기 목적한 곳을 향하게 되었더라.

42. 의외의 중병

다년의 큰 희망은 이에 사라지고 이제는 다만 저 무쇠탈이 안택승이냐 오필하이냐 하는 의심을 푸는 것으로 목적을 삼게 되었다.

이 목적을 위하여 오 부인과 나매신은 파리로 돌아가고 고수계는 틈만 있으면 병참소 안을 또 한 번 들어가고자 하여 여러 가지로 변복을 하고 배룡 병참소 근처를 슬슬 베돌며 월희는 홀로 브뤼셀을 돌아가 비밀의 상자를 꺼내게 되었었다.

이와 같이 작정한 후 이튿날 아침에 방월희는 눈물을 뿌리며 고수계와 작별하고 혈혈 홑몸으로 여관을 떠났는바 이때에는 도처에 파수가 있어 오고 가는 사람을 일일이 검사하는 규정이었으나 다행히 월희는 시골 처녀로 보아 넘기어 그리 조사도 당하지 않고 그날 당일에 칠팔십 리를 걸어갔으나 그날 밤 주막에 든 뒤로는 지금까지 힘에 부치는 고생을 한 까닭인지 별안간에 한전을 하고 까닭 없는 신열이 나서 이튿날 아침에는 고만 위석을 하게 되었다. 이리하여서는 아니 되겠다고 맘으로 애를 쓰고 있으나 신열은 점점 더쳐서 필경은 정신을 차리지 못하게 되었다.

이 병중에 지내던 모양은 읽는 사람의 추측에 맡기고 대개 한 달 동안은 생사를 분간할 수 없는 위중한 중에 있었으나 아직 나이 젊은 덕으로인지 다행히 죽지는 아니하고 저 고수계와 작별한 후 사십 일 만에야 겨우 걸음을 옮기게 된지라. 월희는 곰곰이 생각건대 중대한 직책을 맡은 몸으로 사십 일 동안을 헛되이 보내었으니 벌써 저 상자는 노봉화의 손에 들어갔을는지도 알 수 없고 또 고수계는 어찌하였으며 나매신과 오 부인은 어찌하였을까. 필경 이편의 소식 없음을 이상히 여기어 비상히 심려하고 있을지며 혹은 벌써 무쇠탈이 누구인지를 알고서 나 오기를 고대하는지도 알 수 없다. 차라리 나매신에게 편지를 하여서 병으로 앓고 있던 일도 기별할 겸 그네들의 소식을 알아볼까. 이런 생각 저런 생각을 분주히 하였으나 아무렇든지 저 상자를 꺼내는 것이 책임인즉 한시라도 빨리 브뤼셀에 가서 책임을 다한 뒤에 다시 배롱을 거쳐서 파리로 들어가리라. 나매신은 떠나올 때에 상자를 꺼낸 뒤에도 한 달가량쯤 파수를 보라고 하였지마는 병으로 하여 달포가 지났은즉 인제 파수도 볼 필요가 없겠지 하고 생각을 정한 후 다시 주막을 떠나서 이틀 되던 날 저녁때에 브뤼셀을 당도하였다.

대체 그 비밀한 상자는 어디에 감춘고 하니 지금 세상 같으면 은행에 맡겨 두어도 될 것이요 또는 튼튼한 금고 속에 넣어 둔대도 남모르게 감출 도리는 얼마든지 있을 것이나 지금부터 이백 년이나 옛날 일이 되고 본즉 그러한 편리한 도리가 없으며 더욱이 정처 없이 떠돌아다니는 군인의 몸이 되고 본즉 무슨 물건을 감추고자 하면 땅속에

파묻어 두고 무슨 안표를 정한 후 그 안표를 남에게 알리지 않는 수밖에 도리가 없으나 정탐을 하는 법도 그렇게 자세하지 못하던 시절이매 이 어수룩한 간수법이 도리어 안전한 일도 많았다.

월희와 안택승이 비밀한 상자를 감춘 것도 역시 이 방법이며 감춘 곳은 두 사람이 쓸쓸하게 간단한 혼례식을 거행하던 요하네 교당의 정원이었다. 교당은 신성한 곳이라. 월희는 그 십자가 아래에서 비밀을 지키기로 하늘께 맹세하고 안택승의 손에서 그 상자를 받아 안택승의 지휘로 두 사람이 협력하여 깊은 밤중에 파묻은 것이고 보매 다른 사람이 알 리가 만무하며 그 뒤에도 방월희가 브뤼셀에 있는 동안에는 아침마다 예배를 보러 와서 남모르게 지켜 오던 것이매 그 무쇠탈이 오필하 아닌 이상에는 아직까지도 묻혀 있을 것이 분명하다.

또 교당이라 하지마는 터전이 비상히 넓어서 교당 뒤에는 묘지가 있고 그 묘지 뒤로는 몇천 주의 아름드리나무가 칠칠히 들어선 으슥한 수풀 속인바 거기도 거기 같고 그 나무도 그 나무 같은 넓은 수풀 속에서 어떤 나무 하나를 안표 삼아 그 밑을 파고 묻었으며 그만하여도 조심이 극진한 데다 오히려 부족하다 하여 그와 같은 상자를 다섯 개나 만들어 아무쪼록 안표 될 만한 굵은 나무 밑에다 여기저기 파묻어 두었은즉 설령 그 수풀 속에 무엇이 있다 하여 여기저기를 파 보는 사람이 있을시라도 그러한 헛상자에 속을 뿐일 것이다. 정말 상자는 묘지의 맨 뒤로 서 있는 비석에서부터 속으로 향하여 월희의 나이대로 나무 수를 세어 가지고 그로부터 왼편을 향하여 안택승의 나이만큼 세어 나간 뒤에 또 바른편으로 꺾이어 일천육백칠십이년이라는 일, 육, 칠, 이의 숫자를 한데 합한 수효 열여섯을 세어 그 열여섯째 나무 밑에다 파묻었는바 이 나무는 좀처럼 남의 눈에 띄지 아니할 나무이라 이 비

밀을 알지 못하고는 누구든지 찾아낼 수가 없을 것이다. 만일 비밀을
아는 사람이면 어두운 밤에 더듬어 갈지라도 용이히 알게 되었다.

월희가 천신만고하여서 찾아온 것은 꼭 이 나무 한 주이라. 이 나
무 한 주가 과연 그 남편의 생사를 가르쳐 줄까 하는 일을 생각하매 브
뤼셀에 도착하던 때부터 공연히 가슴만 뛰었다.

43. 이것이 무슨 소리

브뤼셀을 당도한 방월희는 밤이 되기를 고대하여서 요하네 교당
뒤를 찾아갔으나 이왕에 안택승의 손길을 잡고 오던 때와는 달라서 무
릎을 꿇어도 일으켜 줄 사람이 없으며 힘이 드나 고생이 되나 하소연
할 데 없는 오직 한 몸이라 고독하기 짝이 없으나 다만 안택승의 생사
를 알아내고자 하는 골독한 생각으로 그러한 것도 헤아리지 않고 밤이
어두운 것은 내 몸을 숨겨 주는 장막으로 생각하여 위선 교당을 바라
보니 인적이 고요하고 불빛 하나 보이지 않는지라. 천천히 묘지 사이
로 걸어 들어가니 사면은 괴괴하고 다만 자기 발자취만 버썩버썩 소리
가 나서 뒤에 따르는 사람이 있는 듯이 들리나 뒤를 돌아보다가는 맘
이 무디어질 염려가 있다 하여 다만 앞길만 바라보며 누누한 묘지 사
이를 들어갈 제 바람에 떠는 나뭇가지도 적군의 매복인가 의심되며 우
뚝우뚝한 돌비들도 서 있는 사람같이 헛보이는지라. 장력 있는 남자의
몸이라도 오히려 털끝이 쭈뼛쭈뼛 곤두설 지경이매 월희는 이미 무서
운 고비를 지나서 자기 몸도 벌써 죽은 셈만 치고 있다. 송장의 손길같

이 선득선득 얼굴을 어루만지는 이슬 찬 나뭇잎도 물리치고자 아니 하며 치맛자락을 끌어당기는 것은 고총에서 드러난 사람의 해골인 줄도 아나 자기 몸도 그 상자만 없고 보면 이 묘지에 거꾸러져 안택승의 뒤를 좇을 터인즉 어서 오라고 재촉하는 저승의 동무만 여겨 천천히 떼쳐 가며 더듬더듬 들어가 그 비밀의 수효를 세기 시작할 맨 뒤의 비석을 당도하였다.

여기가 위선 반이라고 휘유 하면서 수풀 속을 들여다보니 지척을 분간할 수 없는 침침칠야이나 이것도 새삼스러이 놀랄 것 없으매 위선 첫째 나무를 어루만지니 이는 몇 번이나 손쳐서 손에 익은 나무이라. 마치 아는 사람에게 영접을 받는 듯이 반기어

"오오, 이 모양으로 그대를 어루만지는 것도 이번뿐이다"

하고 사람에게 말하듯 하며 차츰차츰 더듬어 들어가 자기 나이대로 세고 다시 안택승의 나이를 세어서 인제부터는 똑바로 열여섯 주만 세어 들어가면 되겠다는 데까지 가매 괴이하다, 괴이하다, 향하여 가는 앞길에서 무슨 이상한 소리가 들리는구나. 월희는 마치 전신에 얼음물을 씌우는 듯하여 몸을 주체하지 못하고 그대로 나무에 매달려서 벌벌 떨기만 하였다. 그러나 다시 생각을 한즉 이는 공연히 겁을 내어 그리한 것도 같다. 들리던 소리는 한 번 들리고 그만이매 다시 맘을 놓고 다음 나무에 몸을 옮기니 이번에는 아까보다도 분명히 들린다.

무슨 소리인지 무슨 까닭인지는 도무지 알 수 없으나 인제 헛소리가 아닌 것은 분명하다. 내 몸 이외에 또 사람이 있어 이 수풀 속에 숨어 있다는 것은 다시 의심할 수 없다. 죽은 사람을 친구만 여기던 방월희도 산 사람이 이 속에 있는 것은 정말 무서웠다. 비록 대낮이라도 여기는 교당 뒤가 되어서 별로 사람이 드나들지 않거든 근처 사람은

말할 것도 없고 교당 하인도 오지 않는 이곳에 이 깊은 밤에 이 무서운 숲 속을 들어온 사람은 누구인가. 월희는 다시 나무에 붙어 달려서 다만 두근거리는 자기 가슴의 맞방망이를 들을 뿐이다. 또 소리는 들린다. 이번에는 아니 듣고자 하여도 저절로 귀에 들어오도록 분명히 들리며 버석버석 낙엽을 헤치는 소리 같음은 분명히 산 사람이 있는 것 같다. 그래도 혹 집 없는 개짐승인가. 여우나 토끼 같은 산짐승인가. 옳지, 옳지, 필경 산짐승인가 보다. 내가 가까이 가면 제가 달아나겠지. 아무렇든지 이렇게 서 있을 수는 없으며 설령 사람이라고 할지라도 밤중에 숨어 있는 사람인즉 내가 저를 무서워함과 같이 저도 나를 보면 무서워하겠지. 이러한 일에 겁을 내어서 어느 세월에 상자를 꺼내랴. 아무렇든지 가는 대로 가 보자 하며 이미 다한 기운을 다시 차리어 가지고 네다섯 주를 더듬어 간 것은 정말 죽을힘을 다한 것이다. 월희의 약한 몸에 어찌 그러한 힘이 있던가를 의심할 지경이었었다.

이제는 앞으로 나무 열 주를 격할 뿐이며 간 수로 칠지라도 겨우 다섯 간이나 여섯 간 동안밖에는 아니 될 것이나 이 오륙 간 동안이 산 하나를 격하니보다도 더 멀어 보였다. 더욱이 그 들리는 소리는 점점 높아져서 어찌 괭이 같은 것으로 땅을 파는 것같이 들리는지라 산짐승인가 하는 의심은 아주 없어졌다. 그러면 이는 산 사람일 터인데 무엇을 하느라고 저런 소리를 내나. 월희는 다시 한 걸음을 옮길 수도 없으며 그렇다 하여서 도망도 할 수가 없는 터인즉 숨어 있어서 그 사람 가기를 기다려 볼까, 어찌하면 좋겠다는 도리도 없고 가슴도 진정되지 아니하여 시름없이 그 소리만 듣고 있노란즉 그 소리는 분명히 상자를 파묻던 나무 밑에서 들리며 파는 사람도 기운이 진한 모양인지 괭이 소리와 같이 몹시 지친 사람의 가빠 하는 숨소리가 들린다.

44. 귀신이냐 사람인가

아무리 귀를 기울이나 역시 비밀의 상자를 파는 것이 분명하다. 자리는 분명히 그 나무 밑이요 소리는 갈데없는 괭이 소리라. 아아, 저 사람이 누구이관대 나의 비밀을 알아 가지고 나보다 먼저 왔을까. 이 것은 나매신의 추측한 바와 같이 저 오필하 놈이 노붕화에게 고해 바쳐서 이제 노붕화의 명령으로 파러 온 것이 분명하다. 그러면 저 무쇠탈은 오필하일다.

오필하만 살아 있고 안택승은 죽은 것이다. 대장이 두 사람 중에서 한 사람은 죽고 한 사람은 사로잡혔다는데 그 사로잡힌 사람이 오 필하이고 보면 죽은 사람은 안택승인 것이 분명한 일이다. 안택승은 죽었는가. 아아, 그는 이미 죽었구나.

이와 같이 생각을 하매 월희는 맥이 풀리고 기운이 빠졌다. 지금까지는 고수계가 무쇠탈은 오필하인 듯하다고 말을 하나 속맘으로는 고수계의 말이 틀리거니 하고 안택승이 아니면 무슨 까닭으로 그처럼 무서운 형벌을 하리오 하여 안택승의 살아 있음을 믿고 있었다. 그럼으로 하여서 모든 고생도 사양치 않고 지긋지긋이 참아 오거늘 안택승이 벌써 도깨비골에서 죽었고 보면 내 몸이 또 무엇을 바라고 살아 있으랴. 죽어서 이런저런 꼴을 다 안 보느니만 같지 못하다. 노붕화의 수하인 저 도적놈이 내 목소리를 알아듣고 잡겠으면 잡아 보아라. 이 세상에 바랄 것 없는 몸으로 무엇을 두려워하랴고 참고 참던 울음보를 터놓아 목을 놓고 울어 보고자 하였으나 아니, 아니, 아무렇든지 그자의 얼굴이나 보아 둘 필요가 있다.

얼굴을 보아 둔들 무슨 소용이 있으랴마는 죽는 것은 아무 때에 죽어도 죽을 수가 있으니 그리 바쁠 것은 없다고 생각하였다. 그러나 우거진 숲정이 안, 별 하나도 아니 보이는 침침 절벽 중에서 어떻게 하여서 그의 얼굴을 볼 수가 있으랴. 성냥은 가지고 왔건마는 여기서 불을 켤 수는 없고 차라리 저자가 파 가지고 가거든 그 뒤를 따라 나갈까. 아니, 그것도 어려운 일이다. 이와 같이 걱정만 하고 있는 중에 그자는 괭이를 멈추며

"어찌 암만 파도 나오지를 않는다"

고 중얼거렸다. 월희는 이 소리를 듣고 깜짝 놀라며

'에그, 저 소리는'

하고 거의 입술에까지 나왔으나 미처 자세히 알아듣고 분간할 여가도 없었던 고로 그대로 입을 다물었다. 그자는 또 잠깐 있다가

"아무리 하여도 불을 켜야 하겠는걸"

한다. 월희는 그 말의 뜻보다도 그 음성을 귀담아들을 뿐이다. 그자는 또 말을 내어

"불을 켤지라도 설마 얼굴을 볼 놈은 없겠지. 아니, 이렇게 하고 불을 켜면 사람이 있어도 보지는 못할 것이다"

이렇게 한다는 것은 어떻게 하는 것인지 알 수 없으나 아무렇든지 무슨 수단을 부리느라고 얼마 동안은 아무 소리가 없었다. 월희는 그 음성을 들은 뒤로 더욱 그 얼굴을 보고자 하는 모양으로 기대고 있던 나무 그늘에서 고개만 앞으로 내놓았다. 이편에서 불이라도 켜 볼까 하던 계제에 저편에서 불을 켠다는 것은 비길 데 없이 반가운 소식이라. 그의 얼굴을 얻어 보기는 힘들지 않게 되었은즉 미리 서둘 것은 없다고 월희는 다시 나무 뒤에 가 숨어 있노란즉 이때에 그자는 확 하고 불을 일구어 미리 준비하였던 납촉에 옮겼다.

월희는 인제 되었다고 그자의 모양을 눈여겨보니 그자는 무슨 까닭인지 검정 수건으로 얼굴을 가리었으며 눈은 내놓았으련마는 그 역시도 분명히 보이지는 않는다. 요전에는 배롱 병참소에서 무쇠탈 쓴 사람을 보겠더니 이제는 또 이곳에서 검정 수건 쓴 사람을 보겠으니 저것과 이것은 일이 좀 다르다 할지라도 이것 역시도 이상은 한 일이다. 만일 정부에서 보낸 사람 같으면 얼굴까지 숨길 까닭은 없을 것이다. 혹 무슨 깊은 까닭이 있어서 어두운 밤에도 얼굴을 내놓고자 아니함인가. 아무렇든지 지금 그자의 말에 '이렇게 하면 얼굴은 안 뵈겠지' 하던 것은 이 검정 수건을 쓴단 말이겠지 하며 월희가 이런 생각 저런 궁리를 하고 있는 동안에 그는 또 괭이를 잡고 파기 시작하였으나 괭이가 떨어지는 곳은 상자를 파묻은 곳으로부터 한 자가량쯤 비킨 곳이었다.

그렇지마는 상자가 있는 줄을 알고 온 것은 분명한즉 차차 파 들어가겠지. 당장 눈앞에서 그 중대한 상자를 파 가는 것을 보면서도 가

만히 보고만 있을 것인가. 아니, 그자의 얼굴을 보기까지에는 함부로 말을 할 것이 아니라고 속으로 자문자답을 하면서 인제 무슨 계제에든지 수건을 벗기만 기다리고 있노라니 그 바라는 맘이 뻗쳐서 그리하였던지 그자는

"아―, 덥다"

하면서 다시 괭이를 멈추고 땀을 씻으려는지 그 수건을 벗고자 한다. 이번에야말로 꼭 보아야 된다고 월희는 잔뜩 노리고 있노란즉 그는 수건을 벗었다. 그뿐 아니라 잠시 쉴 생각인지 낙엽 위에 앉아서 지금까지 깊이 감추었던 얼굴을 바로 촛불 정면으로 비추었다. 월희는 잠시 동안 물끄러미 바라보다가 고만 혼비백산이 되어

"엑"

소리를 치고 땅에 가 넘어졌다.

대체 무슨 까닭으로 넘어졌는가. 아아, 월희는 너무도 무서워서 넘어진 것이다. 촛불에 비추인 그의 얼굴. 보기 싫다 할는지 무섭다고 할는지. 산 사람이 아니라 무덤 속에서 일어 나온 해골이었다. 아니, 그보다도 더 무서웠다. 눈은 폭 꺼져서 두 개의 새알심을 늘어놓은 것 같으며 코는 세모진 컴컴한 구멍이 되어 있고 두 뺨에는 살이 없으나 턱에는 백골이 드러나고 위아래 입술은 간 곳 없이 헤어져서 위아래로 말 이같이 허연 이빨만 엉성히 보이며 그뿐 아니라 얼굴 전체는 흙빛같이 검푸르고 백골 이외에 여기저기 남아 있는 얼굴 가죽은 바짝 말라붙어서 여기저기 찍어맨 모양이 아무리 보아도 사람은 아니었다.

이 괴이한 물건은 월희의 음성을 듣고 불을 혹 불어 꺼 버렸다.

45. 필경은 헛수고

저 괴물의 흉측한 모양에 월희는 고만 기절이 되어 얼마 동안인지 숲 속에 누워 있었으나 이윽고 선선한 밤바람에 정신을 차리어 사면을 둘러보니 밤은 어느 때나 되었는지 어둡기는 더욱더욱 어두워 지척은 고만두고 자기 눈부터 뜬지 만지 한 형편이나 그 괴물의 무서운 형상은 아직도 눈앞에 역력하다. 한 치나 되는 긴 이빨, 그 무서운 두 눈. 도저히 인간에 있을 물건은 같지 않다. 저것은 필경 귀신이다. 아직도 이 근처에 방황하지 않나 생각하매 무섭기 짝이 없어 있고자 하나 있기도 어렵고 가고자 하나 갈 기운도 없다. 월희는 할 수 없어 하느님께 기도를 드리기 시작하였다.

만일 월희로 하여금 이때에 하느님께 기도 드릴 줄을 알지 못하였으면 그만 질겁을 하여 죽어 버렸을 것이나 월희는 하느님을 믿었다. 나무 밑에 엎드려 한참 동안 기도를 드리고 나니 맘도 얼마쯤 편안하여지고 무섬도 없어진지라 단정히 꿇어앉아 밤이 새기만 기다리니 그 지루하기 비길 데 없어 이 세상이 한 번 어두운 대로 다시 밝지 않는가를 의심할 지경이었으나 그러한 중에 먼촌의 닭 우는 소리가 들리기 시작하였다. 이 소리는 정말 월희의 생명이었다.

인가가 멀지 아니한 줄은 당초부터 모르는 바가 아니나 지금까지에는 캄캄한 세상에 파묻힌 것 같아서 몸도 꼼짝할 수 없었으나 엎어지면 코 닿을 땅에 자지 않는 물건도 있는가 하매 적이 위로가 되는지라. 겨우 몸을 일어 꿇어앉았던 무릎을 어루만지며 사방을 살펴보니 아아, 인제는 살았다. 나무 틈으로 희엿하게 밝아 오는 하늘빛이 보인다. 인제야 무엇이 무서우랴 하여 월희는 힘없는 다리를 질질 끌면서 그 괴물이 파고 있던 나무 밑을 가 보니 자기 몸이 기절 된 뒤에도 그는 여전히 파헤치고 있었던지 상자를 묻었던 자리까지 깊이 파헤쳐 놓았으며 분명히 상자를 파 가지고 달아난 모양이었다.

혹 요행으로 하는 생각에 튼튼한 나뭇가지를 꺾어 가지고 흙을 헤쳐 보았으나 상자는 벌써 간 곳이 없다. 꼭 하룻밤만 일찍이 왔어도 이런 일이 없을 것을 병으로 그리하였다 할지라도 중간에서 사십 일찍 묵은 것은 분하기 짝이 없다.

이것도 운수소관인즉 걱정을 하면 소용이 있으랴고 단념을 하기는 하였으나 아무리 하여도 이상한 것은 그 괴물이다. 응당 사람은 아니라고까지 생각을 하여 보았으나 저 역시도 얼굴을 숨기고자 하여 어두운 밤에도 수건을 쓴 뒤에 불을 켜는 것으로 보면 역시 사람인 것 같으며 더워 하는 것이며 땀을 씻는 것으로 보아도 분명히 사람인 것 같다. 그 말라붙은 얼굴에서도 역시 땀은 흐르는가. 그는 그렇다 할지라도 그는 어떻게 하여서 상자의 있는 곳을 알았는가. 무슨 까닭으로 몰래 들어와서 그 상자를 훔쳐 가는가. 이 비밀을 알 사람은 다만 안택승과 오필하뿐인데.

아아, 그는 안택승인가 오필하인가 또는 정부에서 보낸 사람인가. 지금까지에는 상자를 훔치는 자가 필경 정부에서 보낸 사람인 줄만 알았더니 그 흉악한 얼굴을 보고서는 정부에서 보낸 사람이라고 할 수가 없다. 물론 정부에서는 극히 비밀에 붙여서 세상에 알리지 않는다 한즉 역시 상자를 훔쳐 가는 것도 비밀히 할 것인즉 설령 정부에서 보낸 사람이라도 나와 같이 밤중에 숨어들기는 괴이치 않다. 그러나 밤중에도 얼굴을 가리고 있는 괴상한 물건을 정부에서 보내었으리라고 생각할 수 없다. 이상도 하고 맹랑도 하다. 이 일을 생각하면 자기 몸이 여기 온 것도 무슨 까닭인지를 알 수가 없다.

상자를 훔치는 자가 있거든 무쇠탈은 오필하인 줄을 알라고 나매
신은 말하였으나 이제는 상자를 잃어버리고도 무쇠탈이 누구인지는
알지를 못하고 다시 무슨 방법으로 내 목적을 이룰 수가 있을까 생각
하면 별을 따기보다도 어려운 일이나 아무렇든지 이 자초지종을 고수
계와 나매신에게 이야기하고 그네들의 의사를 들어 볼 수밖에 없다.
상자가 없으면 그대로 이 묘지에서 죽어 버리겠다고까지 생각을 하였
으나 아직 죽을 때가 아니 오고 살아 있어서 죽느니보다 더한 고생을
겪게 되는가. 세상의 처녀들과 부인네 중에는 일평생을 고생이 무엇인
지도 알지 못하고 지내는 이가 많건마는 내 몸은 어찌하여 만고풍상을
다 겪고도 오히려 죽기조차 임의로 못 하는가. 가슴에 가득한 원한은
하소연할 곳도 없이 눈물을 머금고 다시 배룡을 향하고 떠나갔다.

46. 배 전옥과 유 부인 (1)

각설, 불란서의 대감옥이라 함은 세계에 유명한 큰 감옥으로서 해마다 나랏일에 관계된 죄인이며 기타 중대한 죄인으로서 이 속에 들어가 죽어 나오는 사람이 부지기수이라. 이 감옥을 맡아 가지고 있는 배순모 전옥은 당년 오십칠팔 세가량의 노인인바 감옥 담 안에 있는 관사에 들어 있어 바깥에 나오는 일이 드문 고로 좀 한가한 틈을 타서 근처에 사는 여염집 부인네를 청하여다가 저녁 대접을 하여 가면서 이야기 듣는 것으로 한 재미를 삼고 지내더라.

이 전옥의 구실은 생기는 것이 많은 자리이다. 신분 있는 죄인이 잡혀 올 때마다 그 일가친척이 남모르게 갖다 주는 뇌물이 많아서 그 봉급의 열 갑절이 넘는 터인즉 지내는 형편은 매우 넉넉하나 그 집이 감옥 담 안에 있음과 이름이 전옥이라 하니까 청첩을 받고 주저하는 사람이 많으나 그중에서 언제든지 즐겨서 오는 사람은 전옥과 다소 관계있는 어떤 재판소장의 부인이었다. 이 사람은 아무쪼록 근처 사람들을 많이 끌고 오는 고로 어떠한 때에는 손님이 네다섯 명이나 되는 일도 있으나 손님이 너무 적을 때에는 근처에 사는 하관들의 아내를 불러다가 준비하였던 음식을 펴 먹이는 일도 있었다.

오늘 저녁도 그런 대접을 하는 날인지 배 전옥은 감옥 사무를 돌라본 후 해 질 무렵에 집으로 돌아가 곧 사십칠팔 세가량 된 자기 아내를 불러 가지고

"마누라, 어떻게 준비가 되었나. 미구에 손님들이 올 터인데"

하매 아내 되는 이는 그리 탐탁히 여기지 않는 모양으로

"밤낮 그 재판소장 부인만 와서야 무슨 재미가 있소. 영감도 좀

교제를 잘하면 훌륭한 부인네가 더러 오게 되련마는”

“아니, 오늘은 정말 훌륭한 부인이 찾아올 터이야. 재판장 부인이 꼭 같이 온다고 하였으니까”

“에그, 그이가 데리고 오는 사람이야 밤낮 그 사람이지 무슨 별다른 사람이 있겠소”

“아니, 그렇지 않아. 지금까지 온 일이 없는 부인이라고 따로 청첩을 보내라 하기에 그렇게까지 한걸”

마누라는 비로소 좀 웃는 얼굴을 보이면서

“그런 새 손님이나 오면 좀 재미있는 일도 있겠지마는 밤낮 옛이야기만 가지고 되풀이를 하니까 인제 멀미가 나서 들어 줄 수가 없어요. 그런데 오늘 저녁에 새로 오신다는 손님은 어떤 부인인가요”

“지난달에라던가 버들이라는 시골서 온 부인인데 유 부인이라지. 버들이라는 데는 연전에 내가 한번 출장 간 일 있었지. 지금 생각하니까 그 근처에 정말 유씨가 산 법해. 필경 그 집 부인이겠지. 이따 오거든 자세히 물어보아야지. 요전에 상부를 하고 그 재산 다툼으로 재판이 일어나서 여기로 재판을 하러 왔다는데 마침 재판장의 이웃이라나. 나이도 젊고 인물도 똑똑하니까 반년이나 여기 있고 보면 필경 신랑감이 생겨나겠지”

마누라도 무슨 생각이 난 모양으로

“아아, 알겠소. 그러면 요전에 내가 재판소장 집을 찾아갔을 때에 그 부인이 이야기하던 그이로구먼. 나이가 아직 갓 스물쯤밖에 아니 되어 보이던데 벌써 과수가 되다니 에그, 가엾은지고”

“응, 그 부인이야. 벌써 한 스무 날 전부터 청할 생각이었지마는 마침 그 탈 쓴 죄인이 배롱서 와 가지고 그 뒤로부터는 노 대신이 무시로 그 죄인을 만나 보러 오니까 자연 나도 틈이 없어서 오늘까지 밀려 내려왔지"

"정말 탈을 쓴 죄인이 있나요"

배 전옥은 별안간 목소리를 낮추면서

"있고말고. 그런 바에는 무쇠탈이지. 탈이라면 탈이지마는 원체 탈이라는 것은 얼굴만 가리는 것인데 이것은 쇠 주머니를 둘러쓴 셈이야. 얼마나 중대한 죄인인지 간밤에도 노 대신이 밤 열한 시에나 와서 새벽까지 무슨 문초를 받고 있던데"

마누라는 더욱더욱 이상하게 생각하여

"흐흥, 무슨 문초를 받나요"

"그것을 알 수가 있나. 그 죄인을 만나 볼 때에는 나까지도 얼씬을 못 하게 하는데 무슨 말을 묻는지 노 대신이 그 죄인의 방 안을 들어가서 단둘이 수작을 하니까"

"죄인과 단둘이 있으면 위태하지 않소"

"무엇, 죄인은 아무것도 가진 것이 없고 아무리 한대도 꼼짝 못하게 만들어 놓은걸. 그뿐 아니라 음식은 잘 먹이라고 하여서 특별히 잘 먹이는데 그것으로 보면 매우 중대한 죄인인 모양이야. 혹 병이 나면 안 되겠다고 생각을 하는 것이지"

"그러면 혹 황족이나 아닌가요"

"설마 그럴 리는 없겠지"

"그래도 문지기 말을 들으면 오 백작 부인이 벌써 며칠 밤을 두고 날마다 와서 만나 보게 하여 달라고 조른다는데요"

"응, 그래, 그러면 무엇인지 모르겠는걸. 그렇지마는 문지기는 아무리 돈을 받아먹어도 그것은 안 되지. 겉문은 열지라도 그 죄인이 있

는 데까지 들어가려면 샛문이 다섯이나 있고 자물쇠를 채운 문만 하여
도 여럿이니까"

하며 한참 이야기를 하는 중에 하인의 목소리가 들리며

"손님이 오셨습니다"

하고 거래를 하는지라. 전옥의 내외가 나가 맞은즉 나이 사십가
량 된 재판장 부인을 따라 들어오는 한 여자, 이것이 유 부인일 것이라.
의복은 시골 안목이 되어 그렇게 훌륭하다 할 것 없으나 나이는 이십
가량쯤 되어 보이며 어여쁜 웃는 얼굴에는 무슨 슬픔을 싸서 정말 새
로 과수 된 여자인 듯하더라.

47. 배 전옥과 유 부인 (2)

유 부인이로라 일컫는 젊은 부인이 안택승의 아내 방월희인 것은 독자의 이미 살핀 바일 것이다.

방월희는 어떻게 하여 여기를 왔는가. 요전에 요하네 교당 뒤에서 괴상한 물건을 만난 뒤로 곧 배룡을 찾아갔으나 고수계의 소식을 알 길이 없고 또 무쇠탈이 아직까지 병참소에 있고 없음도 알 수 없으므로 아무렇든지 파리까지 가서 나매신을 찾아보고 소경력의 자초지종을 이야기하매 이약 나매신같이 침착한 여자로도 그 괴물의 이야기에는 진저리를 치도록 놀랄 뿐이요 무엇이라고 이름을 짓지 못하였으나 아무렇든지 이 일은 이상한 위에 너욱 이상하여질 뿐인즉 그만 일에 낙담을 하지 말고 삼 년이나 오 년이 걸리더라도 맘을 유하게 가지고 천천히 알아보자고 여러 가지로 월희를 위로하였으며 또 도저히 여러 사람의 힘으로도 어찌할 수 없는 때에는 자기가 마지막으로 할 도리가 있다, 설령 정부의 비밀이 아무리 엄중할지라도 자기 수단으로 꼭 무쇠탈을 살려 낼 수가 있다고 무슨 별도리가 있는 것같이 말하는지라. 월희는 그 마지막 수단이란 무엇이며 왜 지금 곧 쓰지를 않느냐고 물은즉 나매신은 자기가 생각을 하여도 무서운 것처럼 몸서리를 치며

"아니, 아직은 그 수단을 쓸 준비도 아니 되었으며 지금부터 곧 준비를 시작할지라도 한 십 년은 걸릴는지도 알 수 없는 일인즉 이것은 여러 사람이 아무리 애를 써도 도저히 가망도 없게 된 뒤에나 쓸 것이며 그 대신으로 이 수단이라는 것은 무쇠탈이 어떤 감옥에 갇혀 있든지 간에 하룻밤 사이로 빼낼 수단인즉 그것은 조금도 의심하지 마오"

다만 그 수단이 너무도 무서운 수단인즉 아주 할 수 없는 때가 아니면 이야기도 할 수가 없다고 하매 월희는 반신반의로 있으면서도 원래 신통한 꾀가 많은 여자이라고 하며 더욱이 그 말이 정말 참되게 들리는지라 아마도 무슨 비상한 계책이 있나 보다 생각하여 마지막에 그러한 계책이 있는 이상에는 아직 낙담할 것은 없다고 다시 다음에 할 일은 의논하매 나매신은 위선 우리 집에 숨어 있어서 고수계에게서 무슨 소식이 있기만 기다리라고 굳이 만류하는지라. 월희는 그 지휘를 좇아서 나매신의 집에 숨어 있는 중 조용히 오 부인을 만나 보고 역시 그 상자의 잃던 일을 이야기한즉 부인은 그 사람이 필경 정부에서 보낸 사람이라 하며 그렇고 보면 무쇠탈은 오필하일시 분명한즉 자기 혼자라도 구하여 내겠다고 그전보다도 더한 열성으로 주선할 모양이었다.

월희도 그 말을 듣고는 정말 부인의 말과 같이 무쇠탈이 오필하인가 하고 생각하였으나 아직도 속맘으로는 안택승이 죽었다고는 생각할 수 없는 구석이 있어 아무렇든지 오 부인과는 이미 목적이 다른 즉 같이 일할 재미도 없고 당장 부인은 안택승의 원수인 오필하를 살려 내고자 하는데 자기도 그에 참가하기는 재미없는 일이다. 목적하는 바는 같은 무쇠탈 한 사람이라 할지라도 그것을 안택승으로 알고 살리고자 하는 것과 오필하로 알고 살리고자 하는 것은 소양지판이며 서로 불안한 생각도 있는 터이라. 월희는 다시 자기 맘을 나매신에게 고하니 나매신도 괴이치 아니하게 여기어 월희의 소원대로 하게 되었더라. 그 뒤 며칠이 지나기 전에 고수계로부터 편지가 와서

무쇠탈은 일간 대감옥으로 압송되는 줄을 알았소.

하고 기별한지라. 월희는 위선 아무렇든지 감옥을 지키는 전옥과 사귐만 같지 못하다 생각하여 나매신과 그 남편 안동익의 주선으로 대감옥 근처에 집을 구한 후 자기는 시골서 새로 올라온 유 부인이라 일컫고 고수계는 불러 올려 자기 집 하인이라고 하여 지금부터 두 달 전에 아주 그 집에서 살림을 시작하였더라. 다행히 전에도 말한 것과 같이 몸에 지닌 보석이 있으매 몇 개만 팔아도 아직 비용을 쓰기에는 군색치 아니한 터이라. 자기는 시골 부잣집 부인같이 차리고 고수계를 시켜서 활동하게 하니 고수계는 얼마 아니 되어서 대감옥에 드나드는 사람들을 위시하여 감옥 안 하인들까지도 친하게 되었으며 얼마 아니하여서 무쇠탈이 대감옥에 넘어와 있는 줄도 알게 되었다.

그뿐 아니라 그 이웃에 사는 어떤 부인은 이 근처 조그마한 재판소장으로 있는 어떤 판사의 아내로서 우연히 서로 친하게 되었으며 월희의 아리잠직한 성질은 판사 부인의 맘에 들어서 벌써 전옥의 집 만찬회에까지 같이 오게 된 것이라고 한다.

48. 만찬회

이윽고 방월희인 유 부인은 식당으로 불려 들어가 판사 부인과 같이 배 전옥의 부처를 향하여 마주 앉았으나 근본을 숨기는 몸이 되어 별로 재미있는 이야기도 생각나지 않고 배 전옥에게는 버들리 이야기를 채근 되어서 난처한 고비가 많았으나 다행히 판사 부인은 비상히 입이 걸어서 이런 이야기 저런 이야기를 꺼내 주므로 그럭저럭 한 시간가량이나 무사히 지나갔다. 이때에 바깥으로부터 누구인지 부리나케 들어오는 발자취가 들리더니 누구인가 의심을 하고 있는 동안에 벌써 방문 밖에 닥쳐와서 서슴지 않고 문을 열어젖히며

"배 전옥, 집에 있나"

하고 나무라는 말같이 묻는다. 대체 이 사람은 누구인가. 월희는 물론 알 까닭이 없지마는 매우 귀한 사람인 것 같아 배 전옥은 그 무례함을 책망하기는 고사하고 도리어 무슨 못된 일을 하다가 등시포착된 죄인같이 얼굴빛을 변하고 그 앞에 가 절을 하면서

"아, 노 총감 각하께서"

하고 황송스러이 문안을 한다. 아, 그러면 이 사람이 말로만 듣던 육군 대신 겸 경시 총감인 노붕화로구나.

다년 안택승의 미워하던 노붕화를 만남은 실로 의외이라. 월희는 그 이름만 듣고도 깜짝 놀라 얼굴빛이 흙빛으로 변하며 몸은 사시나무 떨리듯 하였으나 자기 남편을 위시하여 여러 동지들의 원수인즉 그 얼굴이나 자세히 보아 두리라고 정신을 가다듬어 그의 얼굴을 자세히 보니 당세에 유명한 대정치가 후작 노붕화는 금년 삼십이 세라는 말을 들었으나 보기에는 사십가량이나 되어 보이며 키는 그리 크지 아니하나

위아래 툭 찍은 듯한 그 튼튼한 체격은 마치 돌절구와 같다. 모질고 쌀쌀한 빛은 얼굴에 나타나며 살빛은 속속들이 검어서 마치 자줏빛이 도는 듯하매 온 얼굴에 살기와 노기를 띤 것같이 황족이고 군인이고 그 얼굴빛만 보면 곧 벌벌 떤다는 것도 괴이치 아니하다. 그러나 그보다도 더 무서운 것은 그의 눈썹이었다. 말을 할 적마다 오르내릴 뿐 아니라 미간이라는 것이 도무지 없고 시커멓게 일자가 되어 가로놓였으며 그 아래는 사람을 쏘는 듯한 날카로운 눈이 있어 팔모로 뜯어볼지라도 인정이라고는 손톱만치도 없는 무서운 얼굴이라고 할 수밖에 없다.

그뿐 아니라 그의 의복도 재상의 의복다운 얌전한 곳은 없고 아주 검소한 약복을 입어서 그의 씩씩한 모양에 더욱더욱 위엄을 더할 뿐이었다. 월희가 이와 같이 보고 있는 중에 판사 부인은 황황급급한 모양으로 그 앞에 가서 깍듯이 인사를 하고 배 전옥은 꾸지람을 기다리는 죄수와 같이 고개를 늘이고 서서 그의 말을 기다리니 그는 과연 깨진 인경과 같은 음성으로

"전옥, 이게 다 무엇이야. 중대한 직책을 버려두고 먹는 술이 맛이 있어"

전옥은 그만 움씰하면서

"아닙니다. 후작 각하, 그저―, 저어, 각하께서 오실 줄은 생각지 못하고"

"내가 아니 오면 직책을 게을리 하여도 상관없을까. 재상이란 임금을 대표하고 나라를 대표하는 직책이거든 나랏일은 한시라도 버려둘 수가 없으니까 밤중이라도 출장을 하는 것이지"

전옥, 죽어 가는 음성으로

"예, 언제 오시든지 거행은 여일히 하겠습니다"

"듣기 싫어. 지금이 꼭 죄수들의 저녁밥 때가 아닌가. 그것은 총찰하지 않고 관사에 들어앉아 술을 먹다니 그만큼은 직책을 게을리 하는 것이지. 왜 제이 호 감옥에 가서 죄수의 식사가 끝나도록 감시를 하지 못하노"

제이 호 감옥이라는 것은 무쇠탈이 갇힌 곳일지며 죄수라고 하는 것은 곧 그 사람을 이름일 것이다. 전옥은 더욱더욱 황공무지하여서

"예, 각하, 제이 호 감옥에는 지금 소관의 바로 이래 소임이 가 있습니다. 결코 실수는 없사와요. 곧 제가 보나 일반입지요"

노붕화는 자기 말에 대하여 변명하는 것은 좋아하지 않는 성질이라 더한층 소리를 높이어

"무엇이야, 아래 소임은 이편이나 일반이라고. 그럴 것 같으면 그 사람을 전옥으로 승차시키고 전옥은 면직을 시키지. 나랏일이 다사한 이때에 넉넉히 감당할 만한 하관을 두고 월급 많은 전옥을 둘 필요가 없어"

전옥은 바람에 떠는 갈잎같이 벌렁벌렁 떨면서

"황송합니다. 곧 제가 이 호 감옥에 가서 아래 소임과 교대하겠습니다"

하고 코가 땅에 닿도록 절을 하였다.

이 모양을 본 판사 부인은 이 좌석이 어떻게 가라앉을까 하고 염려를 하여 마치 오늘 저녁에 불려 온 것을 후회하는 모양으로 안절부절을 못하며 월희도 역시 일반이나 자기 맘을 남에게 보이지 않고자 하여 입술을 깨물며 눈을 내리깔고 서 있는데 이때 노붕화는 날카로운 눈으로 방 안을 돌라보다가 우적우적 그 앞으로 가까이 가는데 그 얼굴은 더한층 무서워 보이는 것 같은지라 곁에 있던 하인들까지 도망을

가고 판사 부인은 쥐구멍을 찾지 못하여 하는 것같이 방 안만 돌라보며 전옥은 자기 몸에 매가 내리는가 하여 목을 옴츠린다. 그러나 노붕화는 다만 월희의 앞으로 와서 이상한 눈으로 월희의 얼굴을 바라보고 서 있다.

49. 외나무다리에서 만난 원수

노붕화의 앞에 선 방월희는 마치 괴 앞의 쥐와 같이 움직이고자 하나 움직이지도 못하고 눈을 내리깔아 바라볼 힘도 없으나 노붕화의 눈이 자기 몸에 쏘치는 줄은 자연 전신이 옥죄이는 것으로 알 수가 있었다. 그의 눈에는 무엇이라 형용할 수 없는 힘이 있어 마치 내 눈꺼풀을 꿰뚫는 것 같으며 맘속을 들여다보는 것 같은 느낌이 있으나 이를 물리칠 도리는 없다.

아아, 우리 남편의 원수 노붕화가 지금 내 앞에 있어 내 얼굴을 바라볼 뿐 아니라 내 근본까지 알아내고자 한다. 그의 입으로써 내 이름을 물어 가지고 나를 잡아가는 것이 이제 삼 분 동안, 이 분 동안, 일 분 동안 이내에 있을 것이다. 잡겠으면 잡아 보아라. 안택승의 아내는 그렇게 만만치가 않다. 내 맘껏 꾸짖기나 하여서 안택승의 원한이 아직도 사라지지 아니함을 알게 하리라고 어림없는 생각을 하고 있음은 역시 열녀의 본색이라 할는지. 노붕화는 한참 바라본 뒤에 비스듬히 전옥을 돌아다보면서

"이 부인은 누구야"

하고 물었다. 좀 기다려도 대답이 없음을 보고 이번에는 바로 월희를 향하여

"여보, 부인, 당신이 누구요"

하고 버릇없이 물었다. 월희는 몸이 움씰하였으나 그 위엄에 숨이 막히는 듯하여 대답할 말을 알지 못하고 있다.

이 모양을 보고 있던 판사 부인은 차마 그대로 두기 어려워 있는 아양 없는 아양을 다 부리면서 노붕화의 앞으로 가까이 나가

"그런 것이 아니라 이이는 유 부인이라고 이즘 시골서 올라온 제봉부입니다. 이담이라도 잘 두호하여 주십시오"

하고 인사를 붙이니 노붕화는 말을 듣다 말고 전옥을 향하여

"자네도 아는 사람인가"

하고 묻는다. 무슨 까닭으로 이렇게 묻는지는 알 수 없으나 아무렇든지 책망거리인 듯하매 전옥은 머리를 긁적긁적하며

"아니요, 저는 초면입니다. 저는 판사 부인을 친히 아옵는데 판사

부인과는 이웃 간이라고 하기에 판사 부인을 청하는 계제에 작반하여 오시라고 한 것이여요. 대감께서 오실 줄 알았으면 청할 리가 있겠습니까마는"

노붕화는 필경 몹시 말을 할 줄만 알았더니 의외에 부드러운 말씨로

"아니, 청한 것을 나무라는 말이 아니야"

하고 다시 월희를 향하여

"당신은 참 미인이시오. 응당 점잖은 사회에 드나들어도 상관없는 신분이시겠지. 인제 나도 볼일을 보고 와서 이 자리에 참석하리다요. 여보게, 전옥, 준비를 하여 놓게"

고만 태도가 한번 변하여 아주 부드러워졌다. 목석같이 보이는 노붕화도 월희의 자태에는 좀 비위가 당긴 듯하매 전옥은 인제 소생이 된 듯하여

"예, 대감께서 이 자리에 참석을 하여 주시면 제 집에는 그런 영광이 없습니다"

하고 판사 부인은 이 모양을 보고 별안간 코가 커진 듯이 기쁨을 못 이기나 홀로 방월희는 기쁘게도 생각지 않는가, 눈을 내리깐 채로 있다.

"자아, 전옥, 어서 제이 호 감옥을 돌아보고 오세"

"예, 곧 모시고 가겠습니다"

이와 같이 말을 하며 노붕화는 벌써 전옥을 데리고 나갔다.

겁을 먹은 전옥의 아내는 어느덧 자리를 피하고 남아 있는 것은 월희와 판사 부인뿐이라. 판사 부인은 마치 희한해 하는 것처럼 월희를 향하여

"당신은 참 인복도 좋으시오. 우리나라에서도 제일가는 재상에게 곧 눈에 들게 되었으니"

월희는 비로소 꿈을 깬 것같이 고개를 들며

"에, 내가요"

"예, 부인께서는 노 후작의 눈치를 못 보셨소. 당신을 바로 보고 있을 때는 마치 암사자를 홀리는 수사자 같습디다"

월희는 힘없는 목소리로

"어쩐지 그저 무서운 눈이 내 앞에서 번쩍이는 것 같을 뿐이었어요. 나는 속이 답답하고 머리가 아파 옵니다"

"에그, 그게 무슨 말씀이오. 아무리 무서운 얼굴이라도 여자를 향할 때는 그렇게 무서운 것이 아니여요. 만일 이런 이야기가 세상에 퍼져 보시오. 당신을 부러워하는 귀부인이 얼마나 있는가. 이날 이때까지 노붕화의 입으로 그처럼 친절한 말을 들어 본 사람이 없습니다. 인제 미구에 돌아올 터이니 보시요마는 이번에는 활짝 부드러워지리다"

"에그, 또 여기로 와요"

"지금 그렇게 말하지 않았어요"

여러 가지로 이야기를 하여 주매 월희는 비로소 어찌 된 내력을 알았다. 자기 인물이 그의 맘을 움직인 모양이다.

안택승의 아내 방월희는 안택승의 원수라고 할 노붕화의 사랑을 받으려 한다. 만일 방월희로 하여금 나매신 같은 지혜와 담력이 있고 보면 이것이야말로 나의 목적을 이룰 만한 계제이라고 깊이 생각하는 바가 있으련마는 월희는 변통 없는 여자이라 지금 그러한 생각을 하지 못하고 다시 그 노붕화에게 말수받이를 하게 될까 두려워하여 그저 달아날 생각밖에 없다.

50. 그날의 감옥 문 앞 (1)

방월희의 맘에는 노붕화를 피하여 달아날 생각밖에 없다. 판사 부인은 그러한 줄도 알지 못하고

"인제 보시오. 노붕화가 때때 당신에게로 놀러 갈 터이니"

한다. 월희는 이 말을 잘 듣지 아니하고 떨리는 다리를 억지로 힘주어 일어서면서

"나는 머리가 아파 옵니다. 오늘 저녁에는 실례를 하고 돌아가겠어요"

판사 부인은 깜짝 놀라서

"에, 무슨 말씀이셔요. 이 고비판에"

"에, 한시도 있을 수가 없어요"

"한 시간이나 두 시간인데요"

"그렇게 말씀하십니다마는 그동안을 참을 수가 없어요"

"그렇지마는 이대로 돌아가 버리면 이다음 전옥이 무엇이라 할는지 알 수 없어요"

"전옥 부부에게는 당신께서 잘 말씀하여 주십시오"

"그렇지마는 노 후작이 돌아와 보고서 당신께서 안 계시면 또 얼마나 화를 낼는지 모르지요. 그야말로 전옥은 면직을 당합니다"

"아, 그만 기절할 것 같습니다. 얼핏 보내 주지 아니하면 나는 쓰러지겠어요"

정말 얼굴빛만 보아도 곧 쓰러질 것 같은지라 다시 만류를 하여도 소용없을 줄을 알고

"그러면 할 수 없습니다. 인제 노 후작이 돌아오거든 내가 잘 말하여 드리지요. 아아, 당신 하인은 문밖에 있지요"

하면서 할 수 없이 놓아 보내었다.

이윽고 대문 밖에 나서매 아주 감쪽같이 하인이 되어 버린 저 고수계는 그곳에 기다리고 있다가 곧 앞장을 서서 배행하였는데 이 관사의 문 앞은 곧 대감옥의 앞뜰이라. 저편으로 잠몃듯이 보이는 것은 곧 삼목 분일지며 어두운 밤에 보아도 까맣게 쳐다보이는 것은 무쇠탈의 갇혀 있는 제이 호 감옥을 위시하여 기타 여러 감옥들일 것이다. 대낮에 보기에도 쓸쓸한 광경이매 밤경치는 더욱 휘휘한지라. 월희는 곧 앞만 보고 걸어가고자 할 제 고수계는 사면에 인적이 고요함을 보고 월희를 집적하며

"잠깐 기다립시오"

한다. 그리고 그 귀에다 말하기를

"어쩌면 여기서 오늘 밤에 무쇠탈이 누구인지를 알 것 같습니다"

이상한 말이고 보매 월희는

"그래, 어떻게 하여서"

"그런 것이 아니라요, 대문 밖에서 기다리고 있는 동안에 가만히 살펴보고 있노란즉 오늘 밤에 오 백작 부인께서 그 근처에 와 숨어 계십니다"

월희는 더욱더욱 놀라서

"에, 오 부인이"

"예, 부인께서는 무쇠탈이 여기를 온 뒤로 몇 차례나 여기를 오셔서 문지기를 을러멘다, 하인에게 돈을 먹인다, 여러 가지로 수단을 부려서 어지간히 들어선 모양인데 오늘 밤에도 또 여기 와 계십니다"

"그렇지만 오 부인은 그 무쇠탈을 꼭 오필하로만 알고 구해 내려고 하니까 어찌 나는 맘에 재미가 없어. 요전에도 말을 하였거니와 인제 부인과는 일을 같이하지 않겠네"

"그럴 것이 무엇이여요. 맘은 어떠하든지 간에 무쇠탈을 살려 내자는 것은 일반이니까 인제는 무쇠탈이 안 백작이시든지 오필하이든지 그까짓 것은 다툴 것이 없어요. 그뿐만 아니라 오 부인도 아직까지는 꼭 오필하로 알고 있는 것도 아니어요. 그러기에 누구인가를 알려고 야단이지요. 오늘 밤에 온 것도 그 까닭일 듯합니다. 아까는 부인이 문지기와 이야기를 하고 있는데 누가 오는 듯하니까 그만 피신을 하였어요. 그런데 그 사람은 노붕화겠지요. 내 생각 같아서는 오 부인은 오늘 저녁에 노붕화가 여기 온다는 말을 듣고 이 근처에서 그를 만나서 바로 대고 물어보려는 것 같아요. 그러기에 아까 문지기한테도 노붕화가 오고 아니 온 것을 묻고 있지요"

"그래, 부인은 어디로 가셨을까"

"필경 노봉화가 돌아 나오기를 기다리느라고 이 근처 어디 숨어 있겠지요. 노봉화가 마차를 탄 뒤에는 다시 어찌할 도리가 없을 것이니까 필경 마차를 타기 전에 붙들고 묻겠지요. 부인은 무슨 생각에 골독하여지면 곧 미친 사람같이 되는 성질이니까 그만 일은 넉넉히 할 것입니다. 월희 씨께서도 저외 같이 이 근처 어디 숨어 있다가 오 부인이 어찌하는가를 보고 가지 아니하시렵니까"

월희는 노봉화를 만나기가 싫은 생각으로 도망하듯이 전옥의 집을 나온 터이며 아직 놀란 가슴도 미처 가라앉기 전이라 좌우간에 질정하여 대답을 하지 아니하매 고수계는 또 말을 이어

"오 부인이 숨어 있는 데는 대강 짐작합니다. 그리고 노봉화가 만일 우리 숨어 있는 것을 의심하는 눈치라도 있으면 곧 제가 뛰어나가서 그놈을 찔러 죽이고 오늘 밤으로 도망가 버리지요. 그 준비는 이것만 보십시오"

하며 미리 준비하여 가졌던 단도를 꺼내어 쑥 뽑아 드니 어두운 중에도 번쩍이는 칼끝은 곧 몸이 선뜩한지라. 월희는 입 안의 소리로

"아무려나"

하고 승낙을 한즉 고수계는 그 말을 알아듣고 곧 월희와 같이 한 편 구석에 가 숨어 있었다. 두 사람이 숨자마자 벌써 노봉화는 제이 감옥을 다 돌라보고 전옥과 같이 나와 부리나케 전옥의 집으로 들어감은 어서 바삐 미인의 얼굴을 보고자 함인가.

51. 그날의 감옥 문 앞 (2)

이로부터 겨우 칠팔 분쯤 지난 뒤에 노봉화는 미인이 이미 달아나고 없음을 노함인지 좋지 못한 기색으로 전옥의 집을 나오더니 등 뒤로부터 사죄하며 따라 나오는 전옥을 호령하여 들이 쫓고 홀로 마차 있는 곳을 향하여 가는지라. 월희와 고수계는 숨도 쉬지 못하고 지키노란즉 과연 그가 마차 앞을 거의 당도한 때에 곁으로부터 툭 튀어나와 그의 앞길을 막는 사람이 있었다. 어두운 밤이 되어 자세히는 보이지 아니하나 머리까지 풀어 헤친 여자인 것을 보건대 대담한 오 부인일시 분명하다. 노봉화는 의외에 놀라서 두어 걸음 뒤로 물러나며

"누구냐, 누구냐"

하고 묻는다.

"누구인 것이 아니라 저거번부터 몇 차례나 찾아갔다가 번번이

면회 사절을 당하던 오 부인이오. 자아, 이렇게 얼굴을 맞대고서야 내 말에 대답을 아니 할 수 있겠소"

노붕화는 놀란 목소리를 조롱하는 말씨로 변하여

"허허, 일국의 재상이라는 사람이 이런 데서 말을 할 수가 있을까요"

부인은 목소리를 높이어

"왜 이런 데서 말을 못 해요. 당신은 십 년 전에 루이 왕의 하인 노릇하던 일을 잊었소. 당신은 한껏 하여야 면보 장수의 아들이지요. 당신 조부는 면보를 지고 다니며 팔아서 그 돈으로 살아가던 터이지요. 면보 장수의 아들이 천행으로 서기관 부스러기나 차례 갔고 그 아들 당신은 루이 왕을 따라서 저 루이 왕이 밤마다 우리 집을 다닐 때에 당신은 두 시간이나 세 시간씩 추운 대문 밖에서 서 있던 일을 잊었소. 내가 너무 가엾어서 돈푼이나 집어 주면 감지덕지하여서 이만 일이야 어려울 것이 있습니까 하고 사방을 둘러본 후 주머니에 받아 넣던 생각을 잊어버렸소. 저 대문 밖에서 겨울밤에 맨발 벗고 서서 떨던 일을 생각하면 지금 여기서 좀 이야기를 하여도 과히 어려울 것은 없겠구려. 지금이야말로 후작이니 대신이니 하지마는 십 년 전에는 종자 노붕화가 아니오"

하고 불 퍼붓듯이 근본을 들추어내매 조금이라도 지체를 할수록 이 공연히 창피만 하겠다고 생각을 하였던지 그는 아주 화증 난 목소리로

"부인께서 하실 말씀은 무슨 말씀인가요"

"물어보지 않아도 알겠구려. 이창수를 살려 내서 내게로 돌려보내시오"

하고 명령하듯이 말을 한다. 이창수를 살려 내라는 부인의 날카로운 말은 들은 체도 아니 하고

"에, 그것은 누구 말씀인가요"

부인은 더욱더욱 성이 나서

"누구라니, 그것을 당신이 몰라서 묻는 말이오. 시치미를 떼는 것도 분수가 있지요. 당신이 그 사람을 속이지 않았소. 당신의 부하가 당신의 말을 디디어서 멀끔한 사람을 저 모양 만들었지요. 말하자면 당신이 상을 주어야 할 것인데 그것을 옥중에 집어넣고—"

"에, 부인께서는 지금 무슨 말씀을 하십니까"

"내가 모르는 줄 아시오. 조정에서 떨려 난 위인이 무슨 나라의 비밀을 알겠느냐고 업신여기는가 보마는 나는 조정에 있는 사람보다도 비밀을 더 잘 알고 있소. 모든 것을 다 알아요. 당신이 그 사람을 감옥에 집어넣었을 뿐 아니라 전에 들어 보지도 못하던 무쇠탈을 씌워서 아무에게도 얼굴을 보이지 않는다는 일까지 들었소. 자아, 당신이 그

무쇠탈을 놓아주겠소, 못 놓아주겠소"

하고 달려드니 노붕화는 무쇠탈이라는 말을 듣고 껑충 뛰며 놀라는 것은 어찌하여서 이 비밀이 새었는가를 의심함일 것이다.

그러나 부인의 눈치를 보건대 벌써 속이고자 하여도 아니 될 것은 분명한지라 그는 부득이한 일이라고 생각을 하였던지

"부인, 좀 말씀을 삼가시오. 그 죄인으로 말하면 나라의 역적이오. 부인께서 그자들과 상종하여 온당치 못한 일을 한다는 말은 나도 다 알고 있습니다마는 다만 부인의 신분을 생각하여서 아무에게도 말은 한 일이 없습니다. 명색 황족의 몸으로 역적모의에 간섭 있다는 말이 부인의 입에서 나오고 보면 그때는 후회막급 되리다. 만일 국왕의 귀에 들어가고 보면 무사치 못할걸이요"

하고 점잖게 나무람은 과연 재상의 티가 있다고 하겠다.

오 부인은 조금도 겁 하지 않고

"무사하고 않고 그까짓 것은 상관없어요. 예, 나는 역적이오. 이전에는 국왕의 사랑하던 아내였고 지금은 국왕의 원수요. 자아, 당신은 국왕의 아래에 있는 재상의 직책으로 나 같은 분명한 역적을 그대로 두지는 못하리다. 그대로 두면 직무에 태만한 것이지요. 어서 병정을 불러서 나를 잡아 가지고 그 사람과 같이 대감옥에 넣어 주시오. 그렇게 하면 그를 만나겠지. 자아, 자아, 그것이 차라리 내 소원이오"

노붕화는 제이 호 감옥을 비스듬히 바라보면서

"아니, 저 속에 있는 사람은 저 옥 속에서 일평생을 보내지요. 부인뿐 아니라 어떤 사람에게도 얼굴을 보이지 않고 그대로 죽여 버리지요"

아아, 참혹한 말도 한다. 첨부터 무쇠탈은 평생 벗지 못하리라는

말을 듣기는 들었지마는 일평생에 얼굴을 가리어 죽이느니보다도 더 참혹한 형벌을 씌우면서 서슴지 않고 그 말을 한다는 것은 참 인정 없는 위인이다.

52. 그날의 감옥 문 앞 (3)

노붕화의 인정 없는 말을 들은 오 부인은 반분이나 우는 목소리로 "그는 너무 심한 일이오. 무도한 일이오. 그가 무슨 죄가 있소. 전에 없던 흉악한 형벌을 받도록 저지른 죄가 무엇이오. 그는 그대로 방면하여도 조금도 틀릴 것이 없지요"

"아니, 부인께서 나를 그렇게 원망하시는 것은 잘못하신 생각이오. 그도 다른 동류들과 같이 죽여 버릴 것이로되 아직 죽이지 않고 목숨만이라도 붙여 두는 것이 내 은혜지요. 부인께서는 도리어 감사하다고 하실 일입니다"

"그것이 무슨 은혠가요. 동류들과 같이 죽이다니. 그는 한 사람도 동류라고는 없어요. 하기는 저 역시 결사대 틈에는 들어 있었지마는 그는 겨우 한 달인가 두 달 동안이지요. 그전에는 결사대라는 말도 못 듣던 위인이여요. 그렇던 것이 당신의 심부름으로 저 나한욱의 꼬임에 빠져서 결사대에 들어갔어요. 비밀 정탐 모양으로 들어갔어요. 그것이 어찌하니 무쇠탈을 쓰도록 중한 죄가 되나요"

이 말을 들은 때에 노붕화는 무슨 의외의 말이나 들은 것처럼 깜짝 놀라며

"예, 무엇이여요"

하고 물었으나 곧 다시 조롱하는 모양으로

"하하, 그러니까 부인께서 살려 내시려는 것은 이왕에 늘 데리고 다니던 저 얼굴 해끄무레한 이창수 말입니다그려"

"글쎄, 그래요. 그렇지 않으면 누가 애를 쓰겠소"

"하하, 그래요. 그러면 부인, 벌써 애를 쓰셔도 소용없습니다. 그 사람은 벌써 죽었습니다"

"에, 무엇이여요. 이창수가 죽었어요. 죽었어요. 아, 이창수가 죽어요. 거짓말이오. 거짓말이여요. 당신이 나를 속이려 드는구려. 죽은 것은 딴 사람이지요"

"아니, 그 이상은 직무상의 비밀이니까 더 말씀할 수 없습니다. 인제 여러 말을 하여도 소용없습니다. 용서하십시오"

하며 벌써 마차 앞을 향하고 간다.

부인은 무엇이라 할 수 없도록 낙담이 되어서 슬프게 소리를 지른다.

"그러면 더도 말고 꼭 한 가지만 내 소원을 풀어 주시오. 억지의 말은 아니 할 터이니 꼭 한 가지만이요. 그저, 무쇠탈의 모양만 좀 보여 주시오. 얼굴은 못 보아도 모양만 보면 내 맘이 풀리겠습니다"

"아니요, 국왕의 명령입니다. 아무한테도 그의 모양을 보일 수는 없어요. 그를 보는 것은 나 하나뿐입니다"

"그렇기도 하겠지마는 그렇게 심하게 구시지 말고 좀 보여 주시오. 그 대신에 나는 결사대의 내용을 다 아니 그 비밀을 당신에게 모조리 말씀하여 드리리다. 그저 일 분 동안만 나를 감옥 안에 데리고 가서 문틈으로 보게 하여 주시오"

"아니, 결사대의 비밀은 부인께 물어볼 필요도 없어요. 비밀은 전부 상자 속에 들어 있으니까 아무한테 묻지 않아도 다 알아요. 부인께서는 자기 이름이 그 속에 적혀 있지 않기나 바라시오"

조롱하는 말을 뒤에 남기고 몸을 번득여 마차를 타더니 그만 쏜살같이 달려가 버렸다.

뒤에 남은 오 부인은 잠시 동안 낙담이 된 것같이 서 있다가 언제까지 서 있을 수는 없다고 생각하였는지 노붕화가 가던 편을 향하고 구르는 것같이 달려갔다.

월희는 이러한 모양을 다 보고 나서 고수계의 손길을 꽉 잡으면서

"여보게, 고수계, 자네는 노붕화의 말을 어떻게 들었는가. 이창수는 죽었다고 하지 않던가. 그러고 보면 무쇠탈은 안 백작이 분명하지"

"아니, 노붕화의 말은 믿을 수가 없어요. 부인이 결사대의 비밀을 다 말하겠다 할 때에 노붕화는 벌써 상자가 내 수중에 들어왔으니까 그 비밀은 듣지 않아도 다 안다고 하지 않아요. 그 말도 의심나는 말입

니다. 아무렇든지 여기서는 말을 할 수가 없으니 집으로 돌아가서 상의를 하십시다"

이에 이야기를 끊고 멀지 아니한 자기 집을 돌아와 보매 이상한 일이다, 두 사람이 없는 중에 누가 찾아왔는지 문 앞에는 마차 한 채가 놓여 있더라.

고수계는 오륙 간 밖에서 벌써 알아보고

"월희 씨, 이상한 일입니다. 이 마차는 분명히 아까 보던 노붕화의 마차입니다"

월희는 깜짝 놀라서 다시 고수계는 손길을 잡으며

"여보게, 고수계, 조금도 이상할 것은 없네. 이에는 여러 가지 이야기가 있거니와 나는 인제 이 집에 있을 수가 없으니 자아, 노붕화에게 들키기 전에 어서 어디로 가세"

"가다니, 어디로 갑니까"

"나매신 집에 가서 오늘 하루만 재워 달라고 할 수밖에. 노붕화는 필경 내가 돌아오기를 기다릴 모양이니까"

"저는 어찌 된 까닭인지를 도무지 알 수 없습니다마는 그러면 우리들의 신분을 노붕화가 벌써 알았단 말씀입니까"

"아니, 그런 것이 아니야"

"글쎄요, 노붕화가 몸소 탐정을 다닐 리도 없겠는데. 점점 알 수가 없습니다그려"

"그는 차차 알 터이니 어서 따라오게. 집에는 일전에 들어온 하녀밖에 없으니까 밤새도록 기다릴 리는 없겠지. 기다리다 못하면 돌아갈 것이니까 아무렇든지 그동안에는 나매신의 집에 가 있을 수밖에 없네"

하며 월희는 까닭을 몰라 하는 고수계의 손길을 끌고 도망가는 사람같이 나매신의 집을 향하였다.

53. 천행인가 불행인가 (1)

월희에게 끌려서 나매신의 집을 향하는 고수계는 더욱더욱 까닭을 알지 못하여

'노붕화가 그 집을 찾아오는 것은 정말 알 수 없는 일인데. 만일 내가 집을 지키고 있었으면 그놈을 찔러 죽여서 마루 밑에 집어넣고 말 것을'

하면서 따라간다.

각설, 나매신의 집은 로열 거리 모퉁이에 있어 매우 굉장한 저택이며 앞으로는 훌륭한 마찻길을 내어 모든 일을 의논하러 오는 귀부인들을 드나들게 하게, 또 비밀히 다니는 사람들을 위하여는 뒤꼍으로 비밀한 협문을 내었는데 이 문으로 들어가면 수목이 우거져 있는 뒤뜰을 거쳐서 바로 나매신의 거처하는 방 앞에 가 나서게 된다. 월희와 고수계는 이왕부터 이 뒷문으로 드나들도록 약속한 터이매 위선 이 뒷문으로 들어가 이왕부터 약속하여 둔 군호를 하니 곧 안에서 대답을 하고 나오는 사람이 있었다.

이윽고 방 안에 들어가 자리를 잡고 이야기를 꺼내고자 할 제 나매신은 먼저 말을 꺼내어

"지금 방장 오 부인이 와서 노붕화에게 괄시를 받았노라고 노발

대발하는 것을 겨우 위로하여 보낸 길이오"

한다.

"예, 실상은 우리도 부인께서 노붕화와 수작하실 때에 곁에 숨어 있어 들었습니다마는 그 말만 듣고서는 도무지 분간을 할 수가 없습니다. 당신께서는 어떻게 생각하십니까"

"그 자리에서 듣지도 아니한 나더러 알아내라시는 것은 좀 무리한 말씀입니다마는 내 생각 같아서는 오필하는 죽고 안택승 씨가 무쇠탈을 쓰신 것 같습니다"

월희는 첨으로 입을 열어

"나도 그렇게 생각합니다"

한다.

나매신은 잠시 동안 두 사람의 얼굴을 바라보고 있다가

"그런데 오늘은 무슨 일로 찾으셨나요"

하고 묻는지라. 고수계는 곧 노붕화의 찾아왔던 일을 말하니 월

희는 그 뒤에 끈을 달아 오늘 저녁 전옥의 집 만찬회에서 노붕화를 만난 일과 판사 부인이 인제 노붕화가 가끔 찾아가리라고 하더란 말을 이야기하니 고수계와 나매신이 다 같이 놀랐으나 이윽고 나매신은 무슨 궁리를 한 것같이

"고수계 씨는 어떻게 생각합니까. 내 생각 같아서는 그렇게 놀랄 것이 아니라 월희 씨께서는 여전히 시골서 올라온 유 부인 행세를 하고 노붕화와 교제를 하시는 것이 좋겠다고 생각합니다마는"

"물론이지요. 첫째, 그렇게 하지 아니하면 노붕화에게 의심을 받습니다. 의심을 받고만 보면 얼마 아니 하여 본색이 탄로되어 가지고 잡히거나 죽거나 무슨 큰일이 나고 말 것이니까 매우 위태한 일은 위태한 일입니다마는 우리는 어디까지든지 시치미를 떼고 가만히 있어야 될 것입니다"

월희는 울려는 목소리로

"내 주변으로 그렇게 할 수가 있을까요. 나는 차라리 노붕화에게 본색이 탄로되어 남편과 같이 무쇠탈을 쓰고 지내기를 바랍니다"

하고 눈물이 그렁그렁한 눈을 들어 두 사람의 얼굴을 바라보았다. 나매신은 그를 위로하여

"당신이 그렇게 생각하시기도 괴이치 아니하나 지금까지 고생을 한 것은 무슨 까닭입니까. 다만 무쇠탈이 누구인지를 알아 가지고 살려 내고자 하는 것이 아닙니까. 지금 당신이 노붕화에게 발각되어 가지고 잡혀 놓고 보시오. 무쇠탈과 같은 방 안에 둘 리도 만무하고 당신은 당신대로 못 할 고생을 하게 됩니다. 그 까닭으로 하여서 무쇠탈의 고생이 좀 덜할 리도 없겠고 또 우리 일이 쉬워질 리도 없으니 이처럼 싱거운 일이 어디 있겠습니까. 그도 무쇠탈이 아주 안택승 씨가 아닌

줄로 알 것 같으면 또 좀 다르다고도 하겠지마는 지금 형편으로는 십
중팔구는 안택승 씨인 듯도 한데 당신께서 벌써 낙담을 하여 가지고
그 손에 잡혀 버리면 그야말로 죽도 밥도 아니 되고 말 것 아닙니까. 지
금 형편으로 무쇠탈의 비밀을 아는 사람은 노붕화 한 사람인즉 우리는
어떻게 하든지 그와 친분을 맺어서 이편에서 비밀을 알아내고자 하는
터인데 마침 이런 계제에 저편에서 당신을 알고자 하는 것은 천행 중
에도 천행이 아니겠소. 당신은 좀 어렵더라도 그가 놀러 올 때마다 귀
부인을 맞아들이듯이 하여서 그와 교제를 터야 됩니다"

월희는 혼잣말과 같이 한숨을 쉬며

"아아, 당신 같은 수단이 있었으면 오죽 좋으리까. 나는 얼굴빛을
변하지 않고 그 앞에 나갈 수가 없습니다"

하며 고개를 숙인다.

"그렇지만 그를 원수로 안 담에야 무슨 일은 못 한단 말씀이오.
그의 벼슬을 떼어서 욕을 뵈는 것이 안택승 씨를 위시하여 여러 사람
의 목적이 아닌가요. 안택승 씨의 목적대로 일이 되었고 보면 지금쯤
은 그를 죽였을는지도 모르겠소"

"예, 당신께서 그를 죽이라고 칼을 내주시면 나는 지금이라도 그
앞에 가서 이름을 드러내 놓고 찔러 죽이겠습니다. 설령 힘이 부쳐서
그한테 잡혀가서 도리어 죽는 일이 있을지라도 그것은 사양치 않습니
다마는 당장 남편의 원수인 줄을 알면서 웃는 낯으로 교제할 수는 없
어요"

월희의 아직 어리고 열력 없는 맘은 이 얻기 어려운 기회를 놓치
고자 한다.

54. 천행인가 불행인가 (2)

남편의 원수를 웃는 얼굴로 교제할 수는 없다고 월희가 거절을
하매 나매신은 다시 말을 이어

"그렇지마는 만일 이대로 그를 만나지 아니하고 보면 반드시 의
심을 받아서 본색이 탄로됩니다. 탄로되어도 상관없다고 할 때가 아닙
니다. 지금 탄로되어서는 만사가 와해니까 아무렇든지 이렇게 하시지
요. 오늘 밤에는 그를 따 버릴지라도 사오일 지난 뒤에는 필경 그가 또
찾아올 터이니 그때에는 판사 부인이라는 이를 칭하여서 둘이서 만나
보시오. 여자의 몸으로 단 혼자서 남자를 만나 보기가 미안하니 좀 같
이 있어 달라고 말을 하시구려. 그렇게 하여서 둘이서 만나 보시는 것
이야 상관이 있겠소. 당신은 판사 부인과 노봉화가 만나 보는 좌석에
같이 있는 셈만 치시고 그가 무슨 말을 묻거든 묻는 말만 간단히 대답
하시면 그만입니다. 이만 일이야 못할 것이 있겠어요. 원체는 내가 같
이 만나 보았으면 좋겠습니다마는 내 얼굴은 노봉화가 알아 놓으니까
안 되었어요. 판사 부인으로 말하면 정말 딴 남이니까 도리어 맘이 뇌
지요"

고수계도 옆에서

"아니, 그렇게 되면 저도 밖에서 지키고 있지요. 혹 월희 씨께 창
피한 일이라도 있으면 내가 무슨 핑계를 하든지 월희 씨를 그 자리에
서 빠져나오시도록 하든지 그자를 쫓아내든지 하겠습니다"

"그뿐 아니라 그는 바쁜 몸이니까 그리 오래 있지는 아니하여요.
아주 신익어진 뒤에는 어찌 될지는 알 수 없지마는 첨에는 대감옥을 다
녀가는 길에 잠깐잠깐 들르겠지요. 오늘은 벌써 돌아갔을 것입니다"

"그렇고말고요. 그래도 미심할 것 같으면 지금 내가 가서 있고 없는 것을 보고 와도 관계없겠습니다마는 아무렇든지 간에 지금 말씀한 것과 같이 판사 부인과 한가지로 만나 보실 생각은 하셔야 됩니다"

좌우에서 강권을 하고 보니 그도 거절하기 어려워서

"그러면 할 수 없습니다. 되나 안 되나 그렇게 하여 보지요"

하고 힘없이 대답하였다. 나매신은

"무얼이요, 그렇게 생각만 하고 보면 그리 어려울 것은 없어요. 미인에게 대하여서는 남자같이 약한 것이 없는데요"

하고 마치 판사 부인이 하던 말과 같은 말을 하며 다시 사방을 돌라본 후 목소리를 낮추어

"이렇게 작정이 되고 보니까 말씀이요마는 실상은 지금 무쇠탈이 이창수이든지 안택승 씨든지 간에 그런 걱정만 하고 있을 때가 아니라고 생각합니다. 월희 씨라든지 고수계 씨는 만일 오필하 같으면 살려 내기 싫다고 하시겠지마는 내 생각 같아서는 언제 알는지도 알

수 없는 것을 그것만 기다리고 있다가 만일 그동안에 저 무쇠탈이 다른 감옥으로 옮겨 가고 보면 낭패입니다. 이런 중대한 죄인은 때때 감옥을 옮겨서 어디 있는지를 알지 못하게 하는 것이 노봉화의 수단이니까 지금 무쇠탈이 가까운 대감옥에 있는 때를 타서 위선 살려 내는 것이 제일 아니겠소. 살려만 내고 보면 누구인지는 자연히 알 일 아니오. 그때에 만일 오필하 같고 보면 그는 당신네의 운수불길이니까 따로 원수 갚을 도리를 차리면 될 것이지요. 나로 말하면 오 부인에게 늘 신세를 지고 지내는 사람이니까 무쇠탈이 이창수라고 할지라도 살려 낼 수밖에는 없습니다. 어떠합니까, 고수계 씨, 당신은 그렇게 생각하지 않습니까"

"아니, 살려 낼 도리만 있고 보면 누구인지를 알기까지 기다릴 것은 없습니다. 위선 살려 내 놓고 보는 것이 제일이지요"

월희도 이 말에는 별로 다른 생각이 없는지 다만 잠잠히 듣고만 있을 뿐이다.

"도리라 하여도 별 신기한 것은 없소마는 저거번부터 오 부인과 내가 여러 가지로 간수들에게 길을 뚫어서 무쇠탈에게 감옥에서 도망하여 나올 만한 제구를 들여보내게 될 모양입니다. 제이 호 감옥에서부터 그 밑 개천에까지 닿을 만한 줄사다리를 고운 면주실로 꼬아서 한 줄은 되게 만들어 놓은 것도 있습니다. 그러한 제구를 들여보내만 주면 그 뒤에는 자기가 어떻게든지 하겠지요. 제이 호 감옥이라는 데는 자세히 이야기를 들으니까 점잖은 죄인만 두는 데가 되어서 도리어 도망을 하기는 낫겠다고 합디다. 그뿐 아니라 무쇠탈도 역시 그런 궁리를 하고 있는지 가끔 끙끙 앓는 소리를 한다고 합디다"

"흥, 앓는 소리를 한다는 것을 보아서는 안 백작은 아닌 것도 같

은데. 안 백작께서는 설령 악형을 당한다 할지라도 결단코 아파하는
소리를 내실 성미가 아닌데요"

하고 고수계는 의심을 하였다.

55. 천행인가 불행인가 (3)

감옥 안에서 끙끙 신음을 한다는 것은 용감한 안택승의 할 듯한
일이 아니매 고수계는 눈살을 찌푸리며 이상스럽게 여긴다. 나매신은
그것을 보고

"아니, 그 간수의 말을 들어서는 이상한 일이 또 있어요. 무쇠탈
은 가끔 오 부인을 찾으면서 '내가 이렇게 고생을 하는데 오 부인은 왜
모르는 체하고 있나. 에에, 그만 잊어버렸단 말인가' 하며 소리를 지른
다나요. 그러나 이것은 간수들의 지어낸 말이겠지요. 오 부인이 간수
에게 주기로 약속한 돈은 전옥의 일 년 월급보다도 많은 금액이니까
그 까닭으로 하여서 간수들이 오 부인을 충동이노라고 이런 말을 지어
내는가 보다 하고 나는 들은 체도 아니 했소"

고수계도 첨으로 생각난 것같이

"참 그렇겠지요. 설령 오필하이기로 그 안에서 부인의 이름이야
부르겠습니까. 아무렇든지 살려 내기만 하면 알 것이니까 그런 걱정은
할 필요가 없지요. 다만 한 가지 여쭈어 볼 말씀은 정말 그 간수의 힘으
로 무쇠탈을 살려 낼 수가 있을까요"

"필경 될 것도 같습니다. 그러니까 간수로 말하면 도망하여 나올

제구를 갖다 줄 뿐이고 그 뒤에는 무쇠탈이 자기 재주껏 하여야 될 것이지요. 그러니까 이창수 같은 변변치 못한 위인이고 보면 혹 도망질할 만한 용기가 없어 제구를 받아 가지고 도리어 주체하기에 애를 쓰는지 모르지요마는 안택승 씨 같고 보면 넉넉히"

"예, 그야 안 백작 같고 보면 바깥에서 동지들이 기다릴 생각을 하고 어떻게든지 빠져나올 것입니다. 그리고 나오는 때에는 제일 먼저 무쇠탈을 벗기고 오필하인지 안택승 씨인지 알아내는 것은 나를 시켜 주시지요"

"그래서 만일 이창수 같고 보면 오 부인을 내주지 않고 그 자리에서 행실을 내잔 말이지요. 아니, 숨겨도 소용없습니다. 당신 맘은 필경 그렇겠지요. 참, 그도 괴이치 않기는 하나 한번 부인의 몸이 되어 바꾸어 생각을 하여 보시오. 어떠하겠나. 일껏 무쇠탈을 살려 내어서 그것이 소원대로 이창수인데도 자기에게로 들어오기 전에 당신 손에 죽어 버린다고 하면 그 맘이 어떠하겠나. 오 부인은 이창수 하나로 하여서

지금까지의 신분도 잊어버리고 그가 감옥에서 나오면 곧 같이 데리고 외국으로 달아나겠다고 합니다. 그처럼 생각하는 사람을 당신에게 죽이라고 내맡겨서는 내가 오 부인에게 못 할 일을 하는 셈이지요. 그러니까 양편 일을 잘 생각하여서 작정하여야 될 것입니다. 무쇠탈이 안택승 씨 같고 보면 물론 당신과 월희 씨에게 내드릴 것이고 이창수 같고 보면 두 분께서는 일시 원망을 잊어버리고 두말없이 오 부인에게 내주어야 됩니다. 한번 오 부인에게 들어간 뒤에는 다시 원수를 갚든가 결투를 하든가 또는 오 부인이 외국으로 데리고 가면 외국에까지 쫓아가서 원수를 갚든가 그는 맘대로 하실 일이지마는 그것을 당초부터 오 부인에게로 보내지도 않겠다고 하면 일은 아니 됩니다"

고수계는 월희와 달라서 필경 무쇠탈은 오필하인 줄로 알고 있는 데다가 지금 또 옥중에서 끙끙 앓는다는 말을 듣고 더욱더욱 오필하인 것같이 생각하는 터이라 맘으로 불쾌하게 생각을 하며 오필하가 살아 있고 보면 주인 안택승은 죽은 사람이니 그를 살려 내는 이상에는 곧 찔러 죽여서 안택승의 원수를 갚아야 하겠는데 그것을 오 부인에게 돌려보내기는 정말 본정이 아니라 오히려 말다툼을 하여 볼 결심이나 오 부인의 은혜를 많이 입은 나매신의 면을 보아 더 말하기도 난처하므로 한참 생각을 한 뒤에

"월희 씨께서는 어찌 생각을 하십니까. 무쇠탈이 오필하 같고 보면 어찌하겠습니까"

"오필하 같고 보면 그까짓 것은 하여 무엇 하겠나. 자네가 나매신과 의논하여서 어떻게든지 정하게"

나매신은 그 말을 듣고

"그러면 이렇게 정합시다. 무쇠탈이 나오는 것은 몇일 날 밤이 될

는지 대강 짐작이 있을 것이니까 그날 밤에 나는 오 부인과 같이 제이 호 감옥 뒤에 가 숨어 있을 터입니다마는 두 분께서도 집 안에 들어앉 아서 소식을 기다리기는 갑갑하실 것이니까 역시 거기로 오시오. 그렇 지마는 오 부인과 마주쳐 가지고 그러니저러니 말다툼을 하여서는 재 미없은즉 두 분께서는 감옥의 바른편 개천가에서 망을 보고 계시오. 우리는 왼편에 숨어 있으리다. 그리고 무쇠탈이 나오거든 내가 제일 먼저 가서 맞아 내리다"

"아니, 설령 오필하일지라도 그대로 오 부인에게로 돌려보낸다 는 약속만 하고 보면 내가 나가도 상관없겠지요. 그것은 암만하여도 내가 나가는 것이 적당할 듯한데요. 바깥에 나올지라도 무쇠탈을 벗기 기 전에는 얼핏 누구인지를 알기 어려울 것이나 내가 옆으로 가서 '안 백작 대감' 하고 한마디만 불러 보면 곧 알게 됩니다"

나매신도 그럴 듯이 생각하였던지

"글쎄요, 그러면 혹 이창수일지라도 그대로 오 부인께 보낸다는 약속을 하시겠소"

"예, 맹세라도 하지요"

"그처럼 말씀하시니 그러면 당신께서 제일 먼저 가기로 작정하 여 둡시다"

이와 같이 의논이 작정되어 무쇠탈을 살려 내게 되었으나 과연 맘대로 될는지.

56. 일요일의 설교 (1)

무쇠탈을 빼낼 의논이 작정된 뒤에는 나매신의 지혜와 오 부인의 돈으로 모든 일이 순편하게 되어 정말 실행할 날이 돌아왔다.

오늘은 구월 달의 넷째 일요일이며 대감옥 안의 모든 죄수들은 감옥 안 설교실에 모여들어서 설교를 듣는 날이다. 대감옥의 규칙은 극히 엄중하나 일요일만은 자기 방을 나와서 두 시간가량쯤 설교를 듣게 하는 것이 옛날부터의 전례이라 어떠한 죄인이든지 이것 한 가지는 금하는 법이 없다. 그러므로 저 무쇠탈도 지금까지 일요일이 되면 제 이 호 감옥을 나와 넓은 뜰을 지나서 설교실로 가게 되나 다만 그는 다른 죄인과 달라서 나랏일에 관계되는 중대한 죄인이고 보매 그를 맡은 간수가 따로 네 사람이나 있어 두 사람씩 번차례로 그를 데리고 다니는데 오늘 그 차례를 당한 것은 이팔이와 김칠이의 두 사람이다.

이 두 사람도 물론 이름이 있으련마는 여러 해 간수질을 하는 동안에 어느덧 이름은 없이 되고 부르기 좋은 숫자를 붙여 부르게 된 것이다. 그네들 두 사람은 아침 아홉 시에 제이 호 감옥 문 앞에 와서 다른 죄인들이 다 설교실로 간 뒤까지 무슨 의논을 하고 있었다.

"아, 여보게, 무쇠탈을 씌우다니 참 이상한 죄인도 있다고 생각을 하였더니 알고 보니까 그것이 오 부인의 정부라네그려"

"그럼, 정부나 되니까 오 부인이 그렇게 조비빔을 하고 우리들에게 이런 것을 부탁하는 것이지. 그렇지만 오늘 일은 좀 어려운데. 감옥에서 달아날 제구를 무쇠탈에게 주다가 만일 전옥에게나 들켜 보게. 경은 누가 치나"

"무얼, 염려 없네. 무쇠탈은 이 층 독방에 가 혼자 들어앉아 설교를 들으니까 이 층 낭하에서 슬그머니 주면 누가 안다던가. 오고 갈 적에 다 우리뿐이니까"

하고 말을 하는 계제에 설교실 편짝에서 또 간수 두 사람이 와서 이팔이와 김칠이 있는 두어 간 앞에 서서 무쇠탈을 기다리는 두 사람과 같이 무슨 죄인을 기다리는 모양 같았다.

더욱이 이 두 사람은 이팔이 김칠이와 같이 당초부터 무쇠탈을 맡은 간수로서 오늘은 난번으로 집에 나가 쉴 날이다. 번 난 사람을 불러들이다니 그러면 우리들의 비밀이 벌써 탄로된가 하여 두 사람은 서로 얼굴을 바라보았으나 이팔이는 좀 능갈친 위인이라 시치미를 떼고 그 두 사람의 곁으로 가며

"여보게, 이 사람들, 책력이나 좀 잘 보고 다니게. 자네들은 오늘 난번이 아닌가. 어찌 들어왔나"

하고 딴 수작을 붙여서 속을 뽑으니 그중의 한 사람이 돌아다보면서

"그런 것이 아니라 이삼일 전에 무쇠탈이 또 하나 늘었다네"

이팔이는 깜짝 놀라면서

"무엇, 무쇠탈이 또 늘었어. 그럼 두 사람이 되었단 말인가"

"그래서 오늘은 우리까지 불렀다네"

이팔이는 매우 불쾌한 모양으로 돌아서는데 이때 배 전옥은 안으로부터 제이 호 감옥의 문을 열고 무쇠탈을 데리고 나왔다. 이것이 지금까지 있던 무쇠탈인지 새로 온 무쇠탈인지를 분간하지 못하여 이팔이 김칠이 두 사람은 아무리 자세하게 훑어보나 복색은 똑같은 청바지 저고리요 머리에도 똑같은 무쇠탈을 썼으매 분간할 방법이 없다. 아무렇든지 위선 이 죄인을 맡아볼까 하였으나 전옥은 특별히 난번 두 사

람을 불러서 내주었으매 어찌할 길 없다. 그러한 중에 전옥은 또 한 사람을 데리러 가는 모양으로 문을 닫치고 안으로 들어가며 먼저 죄인을 맡은 두 사람은 무쇠탈의 양편 어깨를 바싹 껴들고 설교실로 향하였다.

두 사람은 부질없이 그 뒷모양만 바라보고 있으니 이 무쇠탈은 키가 훌쩍 크고 걸음도 활발히 걸으며 모든 것이 날쌔게 보이나 다만 오래간만에 바깥에 나와 가지고도 별 빛을 못 보는 것만 섭섭히 여기는 모양으로 몇 차례나 고개를 들어 하늘을 바라보며 설교실로 끌려갔다.

그 뒤에 이팔이는 또 김칠이를 향하여

"이것 낭패 아닌가. 어떻게 하면 좋겠나"

"인제 그만둘 수밖에 없지. 일껏 위태한 것을 무릅쓰고 제구를 주었다가 딴 사람이고 보면 그 꼴이 무엇인가. 오 부인도 자기 정부를 기다리고 있는데 정작 정부는 아니 나오고 딴 사람이 나오면 화만 더 날 것 아닌가. 돈도 다 생겼지"

"그렇지마는 일껏 재수가 터졌는데 그대로 놓쳐 보내기는 섭섭한걸. 이런 계제에 돈을 잡아 가지고 간수질을 떼걸지 않으면 평생 면할 날이 있겠나"

"그도 그래. 난장 맞을 것. 틀리면 말 셈 대고 그대로 한번 하여 볼까. 우리늘은 당초부터 무쇠탈을 살려 내기지 언제 오 부인의 청는 임을 살려 내기로 하였었나. 아무렇든지 이것을 무쇠탈만 주었으면 되었지"

"둘밖에 없는 무쇠탈이니까 맞든지 안 맞든지 간에 반반은 되네 그려. 바로 들어맞으면 다시 말할 것 없지. 내 생각에는 난번을 불러들인 것은 새로 온 무쇠탈 까닭이니까 아까 가던 것이 새로 온 무쇠탈이고 이번에 나오는 것은 정작 이왕부터 있던 무쇠탈일 것 같네"

"옳은 말일세. 그뿐 아니라 혹 틀리더라도 정작 물건을 줄 때에
귀에다 대고 이것은 오 부인이 보내더라고 물어보세그려. 정작 오 부
인의 정부 같고 보면 서슴지 않고 받을 것이고 그렇지 않고 어름어름
하거든 주지 마세그려"

"옳지, 옳지, 그렇게 하면 염려 없겠네"

이와 같이 의논이 된 때에 배 전옥은 또 한 무쇠탈을 데리고 왔다.

57. 일요일의 설교 (2)

지금 나타난 무쇠탈도 아까 나왔던 무쇠탈과 같이 청바지저고리
에 무쇠탈을 썼으매 물론 어떤 것이 어떤 것인지를 구별할 수 없다. 배
전옥은 이팔이와 김칠이를 불러서

"자아, 이번에는 너희들 차례일다"

한다. 두 사람은 곧 무쇠탈의 손길을 잡고 좌우로 어깨를 끼니 이
사람은 아까 나왔던 무쇠탈보다 키도 크고 몸도 튼튼한 것 같다.

그가 만일 기운을 내어 야단을 치기로 하면 두 사람 쯤으로는 당
하지 못할 것 같으나 그는 아주 단념을 하였는지 두 사람의 손에 끌리
어 어린애같이 고분고분하다. 이팔이와 김칠이는 걸어가면서 전옥의
눈치를 슬슬 보니 그는 이왕과 일반으로 문 앞에 서서 무쇠탈의 뒷모
양을 바라보고 있다. 그러나 얼마 가지 아니하여 벌써 설교실 낭하를
검쳐 들어 아무도 보는 사람이 없이 되었으매 이 층을 올라가면서 이

팔이는 아까 의논하던 말과 같이 무쇠탈이 누구인가를 흘러보기 위하
여 그 귀에다 대고

"오 부인이 이것을 드립디다"

하였다.

무쇠탈은 귀까지도 싸매었으나 노봉화가 문초를 하기 위하여 말
은 들리도록 구멍을 뚫었으매 이 말을 알아듣고 첨에는 그 의외임에
놀라서 발을 멈추었으나 별로 이상히 여기는 모양도 없이 역시 가는
목소리로

"무엇이야, 저 오 부인이 무엇을 드렸어"

하고 또 말을 이어

"그래, 무엇이야"

하였다. 이팔이는 두근거리는 가슴을 진정할 여가도 없이

"이것이오"

하면서 자기 주머니에 들었던 것을 꺼내 주는데 김칠이는 이팔이

보다도 겁이 많은 위인이라 잠시 주저주저하다가 역시 무엇을 꺼내 주며

"이것도"

하였다. 무쇠탈은 인제 조금도 서슴지 아니하고 다만

"에그, 고마워라"

하더니 어느 틈에 자기 소맷부리로부터 게 눈 감추듯이 품속에 넣었다. 그 손 빠른 거동은 다년 이러한 일을 하던 사람 같으며 다 집어넣은 뒤에는 두 손을 툭툭 털고 여전히 끌려가고자 한다.

이 모양을 보건대 그는 혹 이러한 일이 있으려니 기다리고 있던 사람도 같다. 이팔이는 또 오 부인에게 부탁을 받은 일이 있으매 다시 무쇠탈의 귀에다 대고

"당신이 도망질하여 나갈 때에는 오 부인이 개천 밖에다 곧 같이 달아나도록 마차 준비를 하여 놓고 기다릴 터이오"

무쇠탈은 다만 가볍게 고개를 끄덕일 뿐이며 이 뒤에는 피차에 말이 없다. 이팔이와 김칠이는 자기 할 일을 무사히 치른 것만 기뻐하는 것처럼 다시 낭하를 한참 들어가 이왕부터 무쇠탈의 들어갈 좌석으로 작정되어 있는 굴 속 같은 구멍에 집어넣고 규칙에 의지하여 문을 뒤로 잠근 후 물러 나갔다.

이로부터 한 시간 반쯤 지나서 설교가 끝날 무렵에 두 사람은 또 그 문 앞에 가 기다리다가 미구에 설교가 끝나매 여러 죄인들은 차례로 각기 돌아가는데 늦게 온 사람은 역시 늦게 돌아가는 규칙이매 여러 죄인이 다 돌아가기를 기다리는 중에 첫 번에 나오던 무쇠탈은 먼저 돌아가고 정말 그네의 차례가 되었다.

근처에 사람이 없음을 보고 무쇠탈을 끌어내고자 하니 그렇게 보

아서 그러한지 그는 아까보다 훨씬 기운이 나서 걸음걸이도 활발하여졌다. 이윽고 아까 귓속 하던 곳을 당도하매 무쇠탈은 또 걸음을 멈추고 가는 목소리로 두 사람을 향하여

"오 부인은 참 어려운 일을 하여 주었소. 나는 설교를 듣는 동안에 제구를 다 살펴보고 이것저것 시간을 쳐 보니 쇠창살 세 개를 뽑아내고 바깥에 나아가도록 하려면 아무리 하여도 사흘 밤은 걸리겠습디다. 그러니까 이 달 삼십일 밤으로부터 밝는 시월 일일 새벽까지 사이에 나갈 터이니 오 부인께 이왕 힘써 주시는 계제이니 그날 수수한 의복을 준비하여 가지고 개천 밖에서 기다려 달라고 하시오"

말씨는 분명히 무사의 말씨이라. 이팔이는 부지중에 고개를 숙이면서

"예, 그리하겠습니다"

하고 대답하였으나 이로부터는 피차에 말없이 충계를 내려가 제이 호 감옥으로 들어가니 여기에서는 전옥이 기다리고 섰다가 무쇠탈을 앞세우고 감옥 안으로 들어갔다.

그 뒤에 이팔이는 만족한 모양으로 김칠이를 향하여

"인제 셈이 폐었네그려"

"글쎄, 바로 들어섰네. 인제는 그 말만 전하면 되었지"

이와 같이 말하고 두 사람은 빙그레 웃으며 갈려 나갔다.

58. 그날 밤

　일천육백칠십삼년 구월 삼십일 밤. 이는 무쇠탈이 제이 호 감옥
을 깨트리고 나오겠다 약속한 날이다.

　이날 밤은 초저녁부터 쏟아지던 비가 바람으로 돌라서 수선스럽
기 짝이 없으며 하늘에는 검정 구름이 빈틈없이 덮이어 지척을 분간치
못할 침침칠야이매 감옥을 빠져나가기에는 더 고를 수 없는 일기이라.
그는 과연 약속한 바와 같이 이날 밤까지에 쇠창살 세 개를 뽑아 놓았
던지 밤중이 지나 새로 한 시가량 된 때에 높이가 이백삼십 척이라고
하는 높은 창문으로부터 천천히 매달려 내리기 시작하였다.

　이것을 알고 또한 놀라는 것은 그 아래 집 지어 들었던 밤새들뿐
이라. 간수도 알지 못하고 전옥도 알지 못한다. 그의 몸이 공중에서 빙
빙 도는 것은 몸무게에 줄이 풀리는 까닭일지나 줄도 끊어지지 아니하
고 사람도 떨어지지 아니하며 그는 빙빙 돌면서도 줄사다리의 한 마디
한 마디를 훑어 쥐며 한 층 한 층씩 내려온다. 주사로 드린 줄은 가늘고
미끄러워 손이 버질 것같이 아플지나 그가 만일 그 손을 놓으면 이백
척 아래에 거꾸로 떨어져 그 몸이 부서지고 말 것이라. 그는 필경 아픔
을 참느라고 이를 악물고 내려올지나 그의 얼굴에는 무쇠탈이 가리어
있은즉 보이기 만무하다. 오필하인지 안택승인지 어쩌면 저렇게도 대
담하며 참을성이 많은가. 그의 허리에는 석 자가량의 쇠몽둥이를 가로
차고 있으니 그는 필경 창틀에서 뽑은 쇠몽둥이를 칼 대신으로 차고
내려와 약차하면 간수를 죽일 준비인 것 같다. 그는 거의 반 시간이나
신고를 한 후 겨우 땅바닥에 내려왔다.

　너무도 힘이 들어서 피곤한 까닭인지 그는 땅바닥에 가 퍼더버리

고 앉아서 한숨을 길게 쉬고 두 손을 비비며

"아아, 몹시도 아프다. 손바닥이 버지는 것 같구나. 만일 간수에게 들키게 되면 다시 줄을 타고 올라갈 생각을 하였더니 내려오기에도 이렇게 힘이 드니 도저히 반턱도 올라갈 수는 없을 뻔하였다"

하면서 다시 머리를 좌우로 흔들고

"아아, 어떻게 하든지 이 무쇠탈부터 벗어야 할 터인데 어떻게 하나. 참 흉악한 일을 다 보겠다. 그러나 바깥에 나가면 어떻게든지 벗겨 주겠지. 그보다는 위선 이 담 밖을 벗어나야 될 터인데 담은 높고 개천은 깊고 어떻게 하나. 전옥 관사 뒤를 돌아서 나가면 나갈 길이 있는 것도 같다마는 거기까지 가는 동안에 파수 병정에게 들키지나 아니할까. 그놈들은 총을 가지고 있으니까. 그뿐 아니라 한 사람이 소리를 치면 오십 명이 달려 나오게 되었은즉 이까짓 쇠몽둥이로는 소용이 없겠지. 역시 몰래 빠져나가야만 되겠는데. 오오, 이렇게 어름어름하고 있는 중에 파수 병정이 들어오느니라. 비나 왔으면 좋으련마는 비가 개어 놓아서 지금쯤 돌아올는지도 모르겠는걸. 아무렇든지 되나 아니 되나 나갈 도리를 하여 보자"

이와 같이 자문자답을 하며 일어서서 개천가를 끼고 전옥 관사를 향하여 가다가 집 모퉁이에 가서 저편 모퉁이를 내다본즉 마침 파수 병정 세 사람이 이편을 향하고 오는 중이라. 그는 고개를 움씰하며

"에, 인제는 할 수 없다. 안팎 해자를 건널 수밖에 없지. 이렇게 된 담에야 할 수 있나"

하며 자기가 내려오던 근처에 와서 줄사다리 끝을 잡고 비스듬히 두서너 번 흔드니 창살에 걸렸던 줄사다리는 힘 안 들고 벗어져 내려온다. 그것은 오 부인과 나매신이 특별히 주의하여 능란한 직공에 부

탁한 고로 모든 것이 공교하게 만들어져서 무엇에다 걸치고 내려올 때에는 사람의 무게에 눌리어 좀처럼 벗어지지도 아니하나 사람의 무게가 없는 때에는 좀 흔들기만 하여도 벗어지게 된 것이다. 그는 이 갈고리를 집어 들고

"되었다"

하더니 이번에는 이것은 감옥 내해자 언덕에다 걸치고 개천 바닥으로 내려가기 시작한바 아까 그 높은 데서 내려오던 생각을 하면 아주 용이한 일이매 즉시 내려가 버렸다. 대체 이 대감옥의 내해자라는 것은 몇백 년 동안에 한 번도 쳐 내지 아니한 개천으로서 먼지와 쓰레기가 점점 가라앉아 날이 가무는 때이면 물이 말라 버리는 터이나 위아래에는 바깥 외해자와 통하였고 외해자는 강물과 통한 까닭으로 비가 잦은 때에는 강물과 같이 물이 불어서 한 길가량이나 깊어지는 일이 있는바 오늘 밤에는 그처럼 되지 아니하였으나 어지간히 물이 고여서 무쇠탈의 허리에나 닿게 되었더라. 그는 위선 줄사다리를 떼어서 이것을 손에 가진 채로 물속에 가라앉아 고개만 내놓고 병정의 오고 아니 오는 것을 엿보니 병정들은 다른 데로 돌아갔는지 오는 기색이 없는지라. 그는 맘을 놓고 개천을 건너가 외해자와 내해자의 사이를 막은 돌담에 당도하였다.

59. 일각이 천추

무쇠탈은 내해자의 개천을 건너 돌담 밑을 당도하였다. 이 돌담

은 두께가 넉 자가량이요 높이가 열 길이나 되며 그 위는 펀펀한 길이 되어 파수 병정들이 돌아다니는 터인즉 줄사다리를 던져 걸 데도 없고 또 빤빤한 돌담이고 본즉 도저히 기어 올라갈 도리도 없다. 그러하고 본즉 다만 물길을 따라서 수문통으로 나갈 수밖에 없는데 무쇠탈은 잠깐 사이에 그러한 생각을 하였는지 담 밑을 끼고 물길을 따라 내려가니 물은 점점 깊어져서 수문통 근처에서는 그의 젖가슴에까지 닿게 되었다. 그러나 물길은 아주 천천하매 밀려 내려갈 염려도 없으며 이만하면 수문통을 빠져나가기도 어렵지는 아니할 것 같은지라. 위선 몸을 굽히어 수문의 형편을 살펴보니 어슷비슷하게 돌을 엇걸어서 그 사이로 물이 빠져나가게 되었으며 그중에서 대여섯이나 돌을 뽑아내기 전에는 도저히 빠져나가지 못하게 된지라. 그는 어이가 없는 모양으로 한참 서 있더니 이윽고 결심을 한 것같이 그 허리에 찼던 쇠몽둥이를 빼어 돌 틈에 끼우고 죽을힘을 다하여 비틀기 시작하였다. 첨에는 꼼짝달싹을 할 것도 같지 아니하였으나 이 수문은 몇백 년 전에 쌓은 채로 한 번도 수축하지 아니한 것이라 자연 돌도 삭고 사이에 끼운 회반석도 풀려서 여기저기 틈이 난 터이므로 그러한 틈에 철장대를 집어넣고 손이 터져 피가 흐르도록 비틀고 있노라니 거의 한 시간이나 신고를 한 뒤에 제일 작은 돌 한 개는 빠져나왔다.

이 모양으로 하다가는 자기 몸이 빠져나갈 만큼 구멍을 뚫기에는 밤이 새도록 애를 써야 될 모양이매 도저히 살아 나갈 가망이 없으나 그렇다 하여서 여기를 내놓고는 더구나 나갈 길이 없는 기막힌 형편이다. 아무렇든지 잡히기는 일반인즉 다른 데 가 잡히느니보다는 수문통의 돌이나 뽑다가 잡히리라. 혹 어찌하다가 의외에 속히 빠지고 보면 그것만 다행이라고 생각을 하였는지 그는 곁눈도 팔지 않고 쉬지도 않고 돌과 물을 적수 삼아 싸우고 있었다. 그러나 다만 한 개라도 돌이 빠지고 본즉 꼭 맞았던 돌 수문의 사개가 풀리며 두 번째에는 어지간히 큰 돌이 아까보다 속히 빠져 한 시간도 채 걸리기 전에 물에 가 떨어졌다.

이제부터 셋째 돌을 뽑고자 할 때에 별안간 물 위에 등불이 비취는지라. 그는 파수 병정이 돌아옴인 줄 알고 자기 몸을 굽히어 물속에 감춘 후 눈만 내놓고 바라보니 파수 병정은 이 모양을 알지 못한 것처럼 수문 위를 말없이 지나 제이 호 감옥의 뚫어진 창을 뒤 두고 개천의 상류를 향하여 갔다. 무쇠탈은 응당 다 죽었을 줄로 생각하였더니 대담한 그는 이윽고 불끈 솟아 올라와 여전히 일을 시작하였다.

무쇠탈이 이처럼 고생을 하고 힘을 쓰는 동안에 개천 밖에는 무쇠탈의 소식을 궁금히 생각하여 몰래 와서 기다리는 사람이 있었다. 제이 호 감옥 왼편으로 언덕 뒤에 마차를 숨기고 마차 안에서 가끔 고개를 내밀어 어두운 밤에 무쇠탈을 찾고자 하는 것은 곧 오 부인이며 이에 같이 탄 것은 나매신이다.

또 한 축은 그보다 바른편의 언덕 뒤에 가 동그마니 쪼크리고 숨어 앉은 것은 월희와 고수계 두 사람이다. 밤은 벌써 세 시가 되었으나 아무 소식이 없으므로 고수계는 월희를 향하여

"오늘 밤에는 못 나오는지도 모르겠습니다. 좀처럼 이 대감옥을 사흘이나 나흘 동안에 뚫기는 어려워요. 옛날부터 십 년이나 두고 천천히 차리다가도 필경은 잡히고 만 사람이 부지기수이며 또 그러한 중에 목숨이 짧아서 죽어 버린 사람도 많은 터인즉 오늘 나오려고 하다가도 무슨 상치가 생겨서 그렇게 하지 못하고 내일이나 나올는지도 알 수 없지요"

월희는 조금도 놀라는 기색이 없이

"내일 밤으로 밀리면 내일 밤에 또 오지마는 아무렇든지 날이 샐 때까지나 기다려 보세. 나매신의 말에는 필경 수문으로 나오기 쉽다고 하였으니까 지금쯤은 수문을 뚫고 있는지 누가 아나"

"나도 그렇게 생각을 하였습니다마는 지금 방장 파수 병정이 불을 켜 들고 수문 위로 지나갔는데 무슨 수상한 사람이 있으면 발각되었을 것 아닙니까"

"그렇지마는 아까 제이 호 감옥 근처에서 새소리가 날 때에 자네는 지금 무쇠탈이 나오는 길이라고 하지 않았나. 나는 필경 감옥 문밖에는 나와 있을 줄로 아네"

"글쎄요, 그도 그렇습니다. 아무렇든지 월희 씨 말씀대로 날이 새도록은 기다려 보지요"

이와 같이 말을 하고 도로 잠잠하게 되었으나 이 두 사람은 지난 밤에 나매신의 집에서 약속한 바와 같이 오 부인보다도 먼저 무쇠탈이

오필하인지 안택승인지를 분간하여 내기 위하여 부인 모르게 이곳에 와 숨은 것이었다.

60. 보인다, 보인다

방월희와 고수계는 오 부인보다도 먼저 무쇠탈을 맞아 누구인지를 알아내기로 약속하였으며 그뿐 아니라 고수계의 생각으로 무쇠탈을 벗기기 위하여 여러 가지 곁쇠며 손칼, 짝개붙이까지도 준비하여 가지고 왔건마는 정말 무쇠탈이 나오지 아니함은 갑갑하기 짝이 없다. 이와 같이 하여 세 시 반이 지나고 네 시가 또 지나 동편이 희엿하게 밝아 올 즈음 수문 있는 근처의 개천 물 위에 무슨 새까만 덩어리가 나타났다. 분명히는 알 수가 없으나 아까부터 컴컴한 데만 바라보고 있어 얼마큼 밝아진 고수계의 눈에는 위선 그것이 보인지라. 그는 미칠 듯이

"월희 씨, 보십시오. 저것, 보이지 않습니까"

월희는 고개를 늘이며

"아아, 보이네, 보여. 고수계, 그것이 분명히 무쇠탈일세. 어서 군호를 하여 주게"

하며 역시 미칠 듯이 날치는지라. 고수계는 곁에 놓았던 도적 등을 들어 그편을 향하여 두서너 번 비치어 주니 물 위에 있는 검정 점도 이 등불이 군호인 줄을 알았던지 천천히 이편을 향하고 건너온다. 한 걸음 한 걸음 가까이 옴을 따라 자세히 본즉 아주 의심할 것도 없이 배룡 병참소에서 보던 무쇠탈이다. 그는 어깨만 내놓고 천천히 오며 월

희와 고수계는 눈도 깜작이지 않고 바로 보고 있을 제 벌써 무쇠탈은 개천 한복판에까지 왔으나 이때에 개천 물은 졸지에 깊어졌던지 그의 머리는 마치 돌멩이 모양으로 부글부글 물속에 가라앉아 흔적도 없으며 그는 지금까지 지친 것과 무쇠탈 무게에 눌려서 떠오르지 못함인지 그의 그림자는 다시 나타나지 아니하였다.

"저것 보게"

"저것 보아"

"아아, 큰일 났습니다. 아주 빠져 버렸습니다"

무쇠탈이 물속에 가라앉은 것은 의당 그러할 일이었다. 이 해자의 한복판에는 따로이 깊은 홈이 있어 깊기가 길반이며 넓이가 세 간인데 날이 가물 때에도 이 홈통에는 강물이 들어와 마르지 않는 터인즉 더구나 개천 바닥에 물이 그득한 지금에는 깊이가 두 길 이상이나될 것이다. 그런데 그는 지금 그 홈 속에 빠진 것이다.

그러나 그 사람이 좀처럼 떠오르지 아니함은 헤엄을 칠 줄 모르는 까닭인가 혹은 수문통에서 오래 물속에 들어 있는 까닭으로 몸이곱아서 헤엄을 치지 못함인가. 때는 구월 그믐이라 대낮에는 아직 늦더위가 있으나 밤이 되면 선선한 바람이 품 안에 기어드는 형편인즉추위에 얼어 몸이 치곧지 아니하였다고도 할 수 없다. 고수계보다도방월희는 더욱 놀라서

"아아, 저것, 물에 빠졌네. 자네 좀 가서 건져 내게"

하며 위태한 줄도 알지 못하고 소리 지름은 벌써 무쇠탈이 자기남편 안택승으로만 아는 까닭일 것이다. 설령 안택승이 아니라 할지라도 이대로 버려두면 그는 강물에까지 밀려 내려가 시체도 찾을 길이없게 되며 따라서 무쇠탈의 비밀은 영구히 풀리지 아니할는지도 모르

는 일이다. 정말 어떻게든지 살려 내지 아니하면 아니 된 경우이다. 그러나 날이 차차 밝아 가는 지금에 물속에 뛰어 들어가 같이 털버덩거리다가는 필경 파수 병정에게 들키고 말 것이다.

파수 병정의 탕 하는 총소리 한 방이면 모든 일은 물거품이 되고 말지니 어찌하면 좋을까 하고 망설이는 중에 무쇠탈은 또 물 밖에 솟아올랐다. 그러나 잠깐 솟아오른 뒤에 두 번째 가라앉아 다시 흔적도 보이지 않는다. 물은 냉랭하고 바람은 쓸쓸한데 천고의 큰 비밀은 그 속에 스러지고 마는가. 고수계도 인제는 참다가 못하여 비스듬한 언덕을 타고 개천가로 기어 내려가 지금 무쇠탈이 솟아오르던 좀 하류로 뛰어들었다. 물속에 들어가 구석구석이 찾아다니나 첫 번에는 찾지 못하고 숨이 막히어 솟아올랐으며 두 번째 다시 들어간 때에는 거의 숨이 막혀 가는 때에 도리어 저편 사람에게 발목을 잡히었다.

61. 그 누구인가

두 번째 물속에 들어간 고수계는 다시 숨이 막히게 된 때에 도리어 저편 사람에게 발목을 잡히었다.

물에 빠져 허비적거리던 무쇠탈은 필경 무엇인지도 알지 못하고 손에 잡히는 것을 검쳐 잡은 것일지나 그대로 솟아오르면 그도 저절로 따라 나오게 되리라 생각을 하며 그대로 솟아 나와 숨을 쉬고자 하나 아무리 허비대어도 천 근 같은 그 사람은 따라 오르지 않는다. 더구나 발목을 잡히어 다리를 맘대로 못 쓰고 본즉 헤엄을 치고자 하나 되지 않고 잡아 뿌린 뒤에 그의 옷깃이나 허리춤을 고쳐 잡고자 하나 죽을 힘을 다 쓰는 그의 기운은 도저히 당할 수 없다. 겨우 한 길쯤은 어떻게 끌어 올렸으나 오히려 물 밖에는 나오지 않고 다시 그에게 끌려 가라앉을 형편이라. 인제는 그와 한가지로 빠져 죽을 수밖에 없으매 정말 죽을힘을 다 내어 한편 발을 뻗어 가지고 그의 몸을 닥치는 대로 차 둥글리니 단단한 구두 바닥은 그의 무쇠탈에 닿아서 딱딱 마주치는 소리가 난다. 그와 같이 힘을 쓴 뒤에 겨우 잡혔던 발을 뿌리쳐 떼고 물 위에 솟아 나와 숨을 돌린 후 세 번째 다시 들어가고자 할 때에 마침 무쇠탈의 몸은 떠올랐다.

이것이야말로 천행이라고 곧 그의 허리춤을 잡고 개천가에 끌고 나와 언덕 위에 올려놓았으나 자세히 본즉 그는 벌써 정신을 놓아 송장이 다 되었으며 귓가에 입을 대고

"안택승 씨, 안택승 씨"

불러 보았으나 아무 대답이 없다. 월희도 이 모양을 보고

"오오, 안택승 씨인가"

하며 개천가에 내려왔으나 아직 안택승인지 오필하인지는 알 수가 없는지라. 월희는 나매신과 약조한 일도 잊어버리고

"여보게, 고수계, 그대로 집에까지 업고 가서 무쇠탈을 벗기고 구원하면 살아나겠지. 자아, 어서 업게"

하며 미칠 듯이 날뛰는 것도 괴이치 아니한 일이다.

"아니, 가만히 계십시오. 여기서 탈을 벗겨야지요"

하며 자기 옷은 쥐어짤 생각도 않고 언덕 밑에 벗어 놓은 웃옷 속에서 여러 가지 제구를 꺼내어 위선 무쇠탈의 앞뒤를 살펴보니 뒤통수에 경첩같이 장식한 데가 있으며 왼편 옆으로 이 끝과 저 끝이 빈틈없이 마주 엎이었는바 그 위에 도두막한 데가 있고 그 도두막한 위에 구멍이 뚫려 있음은 열쇠 구멍인 듯하다. 이 작은 구멍에 곁쇠와 짝개붙이를 집어넣고 비튼다, 쑤신다, 여러 가지로 수단을 부리나 아직 탈이 열리기 전에 속에 있는 사람은 정신을 차렸는지 끙 하고 이상한 소리를 내었다.

고수계는 그것도 상관하지 않고 오히려 무쇠탈을 벗기기에만 애를 쓰고 있으니 월희는 고만 견디다 못하여 남편 안택승을 흔드는 것처럼 그 어깨에다 손을 대며

"여보시오, 여보시오"

하고 부르는 소리조차 크게는 못 내었다. 그러한 중에 한 십 분가량이나 신고를 하다가 고수계는

"인제 되었다"

하고 소리를 지르더니 어떻게 된 셈인지 무쇠탈은 앞뒤로 열리었다. 새벽녘이라 하지마는 아직 컴컴하여서 얼굴을 보기에는 분명치 못하매 위선 도적 등을 들어서 무쇠탈을 비추고 감옥 편짝에서는 보이지 아니하도록 몸으로 가린 후 떨리는 손끝을 진정하여 가면서 둘에 갈라진 무쇠탈을 열게 되었다.

이것이 누구일까. 안택승인가 오필하인가. 도적 등이 비추어 내는 얼굴은 정말 이 두 사람에게 대하여 사느냐 죽느냐 하는 큰 문제이매 월회와 고수계는 얼굴을 마주 대고 들여다보더니 두 사람의 얼굴은 별안간 빛이 변하였다. 두 사람은 너무도 기가 막혀 잠시 동안은 말도 하지 못하고 서로 얼굴만 바라보고 있더니 이윽고 고수계는 먼저 입을 열어

"아아, 이것은"

하고 소리를 질렀다. 그리고 또 말을 이어

"세상에 능견난사가 다 많군"

한다.

월희는 어이가 없는 것과 같이 벌벌 떨리는 손으로 고수계의 팔을 끌며

"자아, 고수계, 언제까지 있으면 무엇 하나. 다 운수소관으로 돌리고 어서 집으로 가세. 자아, 가세. 나는 정신을 차릴 수가 없네"

하며 외면을 하고 달아나고자 한다.

"그러면 이것은 이대로 둘까요"

하며 월희를 따라 일어섰으나 그는 또 무슨 생각을 하였는지

"그래도 이것은 집어다 두리라"

하고 다시 돌아서서 지금 벗겨 놓은 저 무쇠탈을 집어 가지고 그대로 뒤도 안 보고 가 버렸다.

대체 이는 누구인가. 안택승이 아닌 것은 물론이거니와 그러면 오필하일까. 아니, 그도 아닌 듯하다. 그러면 누구인가.

62. 천천만의외 (1)

월희와 고수계가 낙담을 하고 돌아간 뒤에 저 무쇠탈 아니, 인제는 무쇠탈을 벗은 누구인지 모르는 사람은 차차 정신을 차리어 혹 손을 어따 놓기도 하고 다리를 뻗어 보기도 하더니 한참 만에 간신히 일어났다. 그러나 그는 지금 자기 몸이 어디 있는지를 알지 못하는 것과 같이 부질없이 사면을 돌라보니 자기가 지금 빠져나온 제이 호 감옥은 새어 가는 동편 하늘을 막아 눈앞에 서 있고 빠져나오던 수문 역시 바로 코앞에 있으매 그는 홀로 두런거리어

"에그, 내가 어찌 이런 데를 와 있을까. 어떻게 왔을까"

하며 스스로 이상하게 여기는 중에 차차 기억이 새로워지는 모양

이다.

"아아, 옳지, 오 부인의 덕으로 대감옥을 나왔거니. 개천을 반쯤 건너오다가 깊은 골창에 가 빠지던 일은 생각이 나는데 그 뒤에 어찌 된 것은 모르겠는걸. 내가 물을 많이 켠 모양이다. 그 뒤로 얼마 지나지는 아니하였으렷다. 그러면 누가 나를 살려 낸 셈인가. 아니, 일부러 살려 낼 바에야 날이 새면 곧 파수 병정에게 발각될 이런 위태한 데다 내버려 두고 갈 리는 없는데. 정신없는 중에 허비적거리며 이편 언덕까지 건너와서 고만 기절이 되었나. 아마 그런 것이로군. 오오, 큰일 날 뻔하였지. 만일 한 시간만 여기 누워 있었더라면 어떤 봉변을 할는지도 모를 뻔하였지"

하면서 일어섰으나 그때에 치근치근한 새벽바람이 얼굴을 스치는지라 두 손을 들어 앞이마로부터 양편 뺨을 문지르다가 별안간 생각이 난 것처럼

"이것 보게, 무쇠탈이, 참 이상한 일이로고, 어느 틈에 없어졌다. 어찌 머리가 가볍다고 생각을 하였더니. 참 이상한 일이로고"

그는 마치 꿈속의 꿈을 꾸는 모양이다.

하도 어이없어 앞뒤를 돌라보고 있으나 무쇠탈은 간 곳이 없는지라. 더욱더욱 까닭을 알지 못하여

"아무렇든지 그 귀찮은 무쇠탈이 벗어진 것은 다행이라. 그런데 물에서 벗어질 리는 만무하고 누가 벗겨 주었나. 그렇지 않아도 그것을 어찌 벗을꼬 하고 제일 걱정이더니 되기는 잘 되었으나 정말 이상한 일인걸. 에그, 아무렇든지 여기서 어름대다가는 큰일 나겠다. 그는 차차 아는 날이 있겠지. 위선 은신부터 하여 놓고"

하면서 천천히 개천 둑을 넘어서 여기저기를 돌라보고 있노란즉

어디서인지 말 우는 소리가 들리는지라. 그는 귀를 기울이며

"아, 저것이 오 부인의 마차나 아닌가. 옳지, 부인이 마차를 가지고 마중 나오기가 쉽지. 옷을 갖다 달라고 간수에게 부탁을 하였으니까"

이와 같이 말을 하며 말 소리 나는 편을 바라보니 날이 이미 차차 밝아 가는 때이라 어렴풋하게 저편 언덕이 보인다.

"아아, 저 뒤에 있나 보다"

하면서 별안간 기운이 나는 것처럼 걷기 시작한바 지금 소리를 낸 것은 과연 그의 추측한 것과 같이 오 부인의 마차 말이었다.

부인은 초저녁부터 거의 일곱 시간이나 기다리다가 이제는 기다리다 못하여서 나매신과 같이 마차를 내려 가지고 언덕 뒤에 거닐면서 개천가를 바라보노라니 어렴풋한 사람의 그림자가 언덕 위에 나타나서 이편을 향하고 오는 모양이매 그만 춤을 출 것같이 반가워서

"나매신, 좀 보아 주게. 저것일세. 저것이 이창수일세"

나매신도 몸을 굽히며 비추어 보고

"아아, 정말 대감옥의 죄인 복색 같습니다"

하고 말을 하였으나 아직 경솔히 굴지 않고 천천히 그편을 향하여 걸어가노라니 그도 가까이 옴을 따라 오 부인의 모습을 알아보았던지 기뻐 못 견딜 것같이 소리를 높이 질러

"아아, 고맙습니다. 오 부인이십니까"

한다. 부인은 오히려 주저하고 있었으나 그는 또 말을 이어

"부인의 덕택으로 간신히 대감옥을 빠져나왔습니다"

하는 말을 듣고야 어찌 가만히 있으랴.

"오오, 무사히 나왔는가"

하며 두 손을 벌리고 달려드니 이번에는 저편에서 너무 대접이 친절함을 이상히 여기는 것같이 한 걸음 멈추고 있었으나 그 역시 기쁜 맘에 허둥지둥하여 견디지 못할 것같이 부인의 두 팔 사이에 몸을 싣고 푹 안기는 동시에 무릎을 땅에 꿇고

"에, 너무도 황송합니다. 이 은혜는 죽어도 잊지 않아요"

하며 목을 놓고 울기 시작한다.

63. 천천만의외 (2)

오 부인은 그 남자가 품에 안길 때까지도 이창수로만 알고 있었으나 그자의 우는 소리를 듣고 비로소 이창수가 아닌 것을 알았다. 부인은 별안간에 소리를 버럭 지르면서

"에에, 이 사람은, 여보게, 나매신, 이 사람은 이창수가 아닐세. 저 보기 싫은 텁석부리일세"

하며 벌써 밀어 내치고 네다섯 걸음이나 뒤로 물러난다. 과연 부인의 말과 같이 이창수인 줄 알았던 이 사람은 저 텁석부리의 안시제였다.

부인은 뒤로 물러가면서 성이 털끝까지 나서

"이 못된 놈, 이 흉악한 놈, 너는, 이놈, 너는"

안시제는 무슨 까닭인지를 알지 못하는 것같이

"예, 나여요. 남작 안시제입니다. 부인께서 살려 주신 은혜는 일평생 못 잊겠다 하는 말씀입니다"

"일평생 못 잊어. 이 천치 놈, 미친놈, 무엇이 어째"

"예, 부인께서 줄사다리를 보내 주시지 않으셨으면 제가 어찌 나왔겠습니까. 이 은혜를 어찌 잊겠습니까"

부인은 분한 맘에 앞뒤 체면을 잊어버리고 그 앞으로 달려들며

"너 같은 천치 놈을 살려 내려고 그 줄사다리를 들여보낸 줄 아니. 네까짓 놈을 누가 그렇게 생각하겠나 좀 생각을 하여 보고 아가리를 벌려라, 이 못된 놈"

하며 손수 때리려는 것처럼 가냘픈 주먹을 부르쥐어 그의 코앞에다 내두른다. 이러한 주책없는 거동도 지금까지 이창수를 만날 줄로만 꼭 믿고 있다가 의외에 보기도 싫은 위인을 보게 된 분풀이로는 오히려 시원치 못할 것이다.

안시제는 아직도 알아듣지 못하여

"아니, 무슨 일에 화를 내신지는 알 수 없습니다마는 간수들이 귀에다 대고 오 부인이 이것을 주시더라고 말을 하던데요"

부인은 곧 울기라도 할 것같이

"에에, 분한지고. 간수 놈들이 속였구나. 여보게, 나매신, 그 간수 놈들이 돈에 욕심이 나서 나를 속였네그려"

나매신은 조용한 말로

"아니, 속이고자 그리된 것은 아니겠지요. 무슨 까닭이 있나 봅니다"

부인은 이 말에도 귀를 기울이지 않고

"이 못된 놈아, 이창수는 어디 있니. 응, 지금 어디 있어"

"내가 그것을 어찌 압니까"

"무엇이야, 그것을 모른단 말이야. 이편에서 이창수에게 들여보내 준 그 줄사다리는 훔치고도 이창수는 모른다고 해"

"아니, 정말 모릅니다"

"네가 이창수를 죽인 것이지. 필경 그렇지. 그러고서 줄사다리를 훔쳐 가지고 나왔지. 그렇거나 만일 이창수가 살아 있고 보면 지금쯤은 줄사다리를 잃어버리고 낙담이 되어 있거나 하겠지. 사실대로 대어라. 말을 아니 하면 곧 간수를 불러 대어 다시 대감옥 구경을 시킬 터이니. 말 못 하겠니"

점점 심하게 달려드니 저 안시제는 비로소 제 정신이 났는지 정말 놀라는 모양으로

"그것은 정말 알 수 없는 말씀입니다. 설령 대감옥을 또 들어가는 한이 있을지라도 모르는 것이야 어찌합니까"

"에―, 그래도 누구를 속일 생각이지"

하며 곧 달려들고자 하는 것을 나매신이 보다 못하여 옆에서 만류하면서

"여보십시오, 부인, 이것은 필경 까닭이 있는 일입니다. 안시제가 그른 것은 아니여요. 그렇게 화를 내시지 말고 자세히 물어보시면 또 무슨 일을 알는지도 모르는 것입니다"

"그렇지만 여보게, 나매신, 화가 아니 나게 되었나"

"아무렇든지 제게 맡겨 주십시오. 제가 무엇이고 자세히 물어보겠습니다. 그렇지마는 여기서는 묻고 있을 수가 없어요. 이 모양으로 날이 밝아 오는데 만일 파수 병정들이 이것을 알고 쫓아오는 날이면 아무것도 다 틀립니다. 위선 어서 가십시다요"

"가기는 어디로 간단 말인가"

"위선 댁으로"

"자네는 무슨 소리를 하나. 이런 못된 놈을 데리고 집에를 간단 말인가. 물어보겠으면 여기서 묻게. 그렇지 않거든 간수를 불러 내주든지"

하며 부인의 화증은 좀처럼 풀릴 것 같지 아니하매 나매신을 할 수 없이

"그러면 위선 여기서 물어보지요"

하고 안시제를 마차 뒤로 데리고 가니 그는 차차 꿈속에서 깨어나는 것같이 앞뒤 관계를 알고 점점 그 눈살을 찌푸릴 뿐이다.

이윽고 나매신은 그를 향하여

"대체 당신은 무쇠탈을 쓰고 있었소"

"어째서 그것을 의심하십니까"

"당신 얼굴에 무쇠탈이 없으니까 말이지요"

안시제는 수문통을 나오던 일과 어느 틈에 무쇠탈이 간 곳 없이 된 일을 간단히 이야기하니 나매신은

"아아, 그것은 우리 친구가 당신을 개천 속에서 건져 내어 가지고 무쇠탈을 벗겨 본 뒤에 딴 사람인 듯하니까 그대로 버린 것이오"

하고 다시 말을 이어

"당신은 언제 어디서 잡혔소"

하고 물으니 이로부터 안시제는 자기가 잡히던 일과 무쇠탈을 쓴 자초지종을 이야기하게 되었다.

64. 무쇠탈은 어찌 썼나

안시제는 자기가 잡히던 이야기를 하기 시작하였다.

"나는 배롱 병참소에서 잡혔지요. 오 부인께서 브뤼셀 근처에서 마차를 결딴내고 고치시는 동안에 나는 당신과 오 부인의 지휘로 먼저 배롱을 향하고 오지 않았습니까. 도깨비골 근처를 자세히 살펴본즉 어찌 복병을 하였다가 결사대를 잡은 듯한 곳도 있고 의심스러운 일이 많기에 이것은 병참소에 가야 알 일이다, 어찌하면 병참소 안에 사로 잡혀 있는 사람도 있을 것이라고 병참소를 가 살펴보았으나 숨어 들어 갈 도리가 없어요.

그러한 중에 한 편짝을 가 본즉 그 병참소에 있는 듯한 특무정교 하나가 물가에서 낚시질을 하면서 어떤 어부 하나와 한창 도깨비골 이야기를 하는 중입디다. 이것은 참 자세히 들어야 될 일이라고 나무숲에 숨어 앉아 듣노란즉 그 어부는 예사 어부가 아니라 필경 결사대 중의 한 사람으로서 어부 모양을 하고 나 모양으로 무슨 정탐을 하는 듯

합디다. 한참 있다가 그 어부는 특무정교에게 눈치를 채여서 본색이 탄로될 것 같더니 그리된즉 그자는 별안간에 일어서면서 그 특무정교를 발길로 차서 물속에다 집어넣겠지요. 나는 정말 그 어부가 결사대의 한 사람인 줄을 알았으나 하도 몸 쓰는 것이 날쌔기에 참 시원한 꼴을 보겠다고 그 사람이 간 뒤에 그 물가에 가서 좀 들여다보고 있노란즉 마침 물속에 들어갔던 특무정교 놈이 고개를 불쑥 내밀겠지요"

이와 같이 이야기를 하다가 자기 말을 나매신이 어떻게 듣는가 하고 그 눈치를 보니 나매신은 이왕에 고수계에게 들은 말이 있는지라 안시제의 말이 틀림없는 줄도 알고 또 인제부터는 이번에 첨 듣는 이야기고 보매 매우 재미있게 듣고 있다. 안시제는 이 모양을 보고 얼마큼 기운이 나서

"그 솟아 나온 놈이 물속에서 허비적거리면서 살려 달라고 나를 부르겠지요. 이놈을 살려 두어서는 안 되겠기에 오냐, 살려 줄 터이니 이것을 붙들어라 하면서 언덕에 있던 큰 돌멩이 하나를 집어 그놈의

대가리를 겨냥하여 가지고 집어 던지니 겨냥이 바로 맞아 그놈의 정수리가 바서지겠지요. 인제는 다시 살아날 염려가 없다고 맘을 놓았더니 마침 병참소에서 순경을 돌던 병정 하나가 지나다가 보았어요. 달아나고자 하나 달아날 수도 없고 잠시 동안 다투는 중에 여러 놈들이 끓어 나와서 필경 잡혔지요. 그다음에는 병참소 안으로 끌려 들어가서 소장인 듯한 자에게 무서운 조사를 당하였으나 아무 말도 아니 하고 아무 말도 하지만 아니하면 놓여나올 줄 알았더니 못 속에서는 그 대가리 터진 송장이 떠오른다, 거기다가 밤이 되어서는 나한욱이가 병참소에 왔지요. 그자를 만나 놓고 보니 다시 숨길 수가 있어야지요. 그자는 벌써 내 속을 다 들여다본 것처럼 너는 오 부인께 맘을 두고 부인한테 가서 정부의 비밀을 말하였다는 둥 이번에도 오 부인을 따라서 결사대를 살려 내려고 도깨비골까지 마중을 왔었지 하며 족쳐 묻겠지요. 발명을 하는 것만 연문이기에 네 맘대로 알아 두라고 한즉 그자는 결사대 중의 한 사람이 남아서 그 특무정교를 물속에 집어넣은 줄은 모르고 첨에 물에다 집어넣은 것도 내 죄라고 하나 실상 그 자리에서 결사대가 무엇을 어찌하였다고 말을 한대도 내 죄가 감하여질 것도 아니고 그저 그렇다고 하였지요.

그담에 나한욱이는 간밤에 이 병참소 바람구멍을 뚫고서 마루 밑으로 숨어 들어와 비밀을 엿들은 것도 네가 아니냐고 묻는데 하하, 그러면 아까 그 어부가 간밤에는 또 그런 일을 하였구나 생각하였지요마는 그것도 발명할 필요가 없기에 그렇다고 한즉 그자는 한참 생각한 뒤에 너라서는 그러한 일을 못 할 것이다, 필경 결사대 중에서 한 사람이 살아 있지 하고 심히 족쳐 물으나 아무리 물어도 이름을 모르니까 대어 줄 수도 없고 기어이 끝끝내 내가 하였다고 뻗쳐 주었지요. 그는 정말 화가 나 가지고 그 뒤에 몇 번을 고쳐 물으나 내 대답은 언제든지 일반이지요. 결사대가 살아 있고 없는 것은 모른다 하고 잘 대답을 아니 하니까 필경은 성을 내어 가지고 그러면 할 수 없으니 노붕화에게 직접 문초를 하게 한다고 나를 무쇠탈을 씌워서 대감옥으로 보냅디다"

65. 대감옥의 종소리

안시제의 말을 듣고 있던 나매신은 또 이러한 말을 물었다.

"대감옥으로 오게 된 것은 언제쯤인가요"

"두 달 전쯤 되지요"

"그때까지는 배룡 병참소에 있었나요"

"예, 배룡 병참소에 있었어요"

"무쇠탈을 쓰고요"

"아니요, 내가 무쇠탈을 쓴 것은 이 며칠 전이여요"

"그는 무슨 까닭으로요"

"그런 것이 아니라 대감옥을 온 뒤에는 제이 호 감옥에 갇혀 있었는데 곧 노붕화의 심문이 있을 줄 알았더니 노붕화는 다른 죄인을 심문하기 바쁘다던가 하여서 한 번도 심문을 당한 일이 없어요. 한번은 오늘밤에는 노붕화가 온다고 전옥이 와서 이르기까지 한 일이 있었으나 언제든지 나 있는 방을 지나서 다른 방으로 갑디다"

나매신은 속맘으로 그 죄인이야말로 정말 무쇠탈일 것이라고 생각하였으나 입 밖에 내지는 아니하고 그의 하는 말만 듣고 있었다.

"그런데 요전에서야 노붕화가 첨으로 와서 나더러 결사대에 참예하였다는 둥 또 결사대 중에 살아 있는 사람이 있겠지 하고 나한욱이가 묻던 말과 같이 물었으나 나는 역시 나한욱에게 대답하던 말밖에 대답하지 않았지요. 그래서 그자가 화를 내었는지 이튿날 아침에 전옥이 무쇠탈을 가지고 와서 내게 씌웠어요. 그리고 그담부터는 모든 것을 엄중히 하는데 나는 너무도 분하기에 끙끙 앓는 소리도 내고 또 노붕화가 오는 때에는 그자의 부아를 건드리노라고 간수들까지도 들으라는 듯이 나는 오 부인을 위시하여 황족들 중에도 아는 사람이 많은데 이런 대접을 하는 것은 너무 심하다고 소리를 질렀지요"

그러면 저 간수들이 무쇠탈은 가끔 오 부인의 이름을 부르며 끙끙 앓는 소리를 한다 하던 것은 이 안시제의 일이던가 하고 비로소 까닭을 알게 된 나매신은

"옳지, 그러면 정말 간수들이 당신과 또 한 사람의 무쇠탈을 섞바꾼 것이오"

"혹 그런지도 모르겠습니다마는 나는 알 수 없는 일이지요. 설교를 들으러 가는 때에 간수가 내 귀에다 입을 대고 오 부인이 이것을 보냅디다 하기에 나는 나를 살려 주시는 줄만 알고 철없이 좋아하였지요"

"인제 알았습니다. 그렇지마는 당신은 당신 이외에 또 무쇠탈이 있는 줄은 알지 못하셨나요"

"알았지요. 그는 어찌 알았노 하니 내가 무쇠탈을 쓸 때에 안 쓰겠다고 거절을 하였더니 배 전옥의 말에 탈을 쓰는 것은 너뿐이 아니다, 이 옆의 방에도 벌써 반년 전부터 무쇠탈을 쓴 채로 이 감옥에 넘어

온 죄인이 있는데 그 사람은 너와 달라서 그래도 나랏일을 하다가 잡힌 사람이라 한숨 한 번 쉬는 일이 없다고 합디다"

이때까지도 오 부인은 두 사람 옆에 서서 말없이 듣고만 있더니 이 말을 듣고 펄쩍 뛰면서

"아아, 그 사람이 정말 이창수다, 이창수야"

하고 소리를 지른다. 나매신은 이창수가 그처럼 용감한 담력이 있다고는 생각지 않는지 부인의 이 말에는 귀도 기울이지 아니하고 또 안시제를 향하여

"노붕화가 가끔 신문하러 간다는 것이 그 무쇠탈이 있는 방 아니오"

"예, 그 무쇠탈을 심문하는 것이여요"

"당신은 그 모양을 본 일이 없었나요"

"예, 두 번 보았어요"

하고 오히려 그 자초지종을 말하고자 할 때에 대감옥에서는 간밤에 탈옥한 죄수가 있는 줄을 알았던지 별안간 경종을 치기 시작하였다.

안시제가 두 번이나 무쇠탈을 보았다 한즉 그는 무엇보다도 듣고 싶은 말이나 대감옥의 경종이 귓가에서 울며 파수 병정의 황황급급한 거동까지 눈앞에 보이는 듯하매 잠시를 머물러 있을 수가 없는 경우이라. 파수 병정이 쫓아오기 전에 달아나야 하겠으매 나매신은 부리나케 부인의 손을 끌어 마차에 태우고 또 안시제를 태우고자 한즉 부인은 화색이 박두한 이 급한 경우에도 이를 허락지 않는다.

"여보게, 나매신, 그 사람은 마차에 태워서 어찌할 생각인가. 나는 그러한 사람을 숨겨 둘 수 없네"

나매신은 말다툼을 할 경우가 아니매

"예, 부인께서 싫으시면 제가 숨겨 두겠습니다"

하며 이창수에게 입히기 위하여 부인이 가지고 왔던 의복을 마차에서 꺼내고 돈까지 얼마간 꺼내어 안시제를 주며

"아무렇든지 이 자리를 떠나 가지고 오늘 밤에 로열 거리 우리 집으로 오시오. 얼마간은 내가 숨겨 드릴 터이니"

한다. 안시제는 정말 감지덕지하여 백배치사를 하는 동인에 나매신은 부인과 같이 마차를 타고 파리를 향하여 쏜살같이 달려가 버렸으며 안시제도 다시 대감옥에는 들어가기가 싫은지 죄인의 복색 위에다 나매신이 주던 옷을 껴입은 후 두 주먹을 갈라 쥐고 도망하여 버렸다.

66. 방법은 저 속에

무쇠탈을 빼낼 계획은 이 모양으로 당치도 아니한 사람을 살려 내고 말았으나 여러 사람은 오히려 실망을 하지 않았는지 이날 밤에도 열한 시가량이나 된 때에 나매신의 집 뒷방에 모여 앉아 무슨 의논을 하고 있었다. 그는 누구누구인가. 오 부인은 오늘 새벽에 화나는 꼴을 본 것과 또는 하룻밤을 풀밭에 서서 밤이슬에 젖은 까닭으로 몸이 불편하던지 그대로 자기 집에 누워 있고 모여 앉은 사람은 월희와 고수계와 나매신의 세 사람이었다.

나매신은 아주 나지막한 목소리로

"아니, 제일 염려되는 것은 오 부인의 거동이어요. 부인은 황족의 몸이 되어 어떠한 일을 하든지 잡히지 아니하는 것만 믿고 요새는 조금도 비밀이란 것을 생각지 않습니다그려. 저거번 날 밤에도 아시는 바와 같이 대감옥 앞에서 노붕화를 붙들어 가지고 그 모양 하였지요. 또 간수들을 끼는 것도 아주 펴 내놓고 말을 하니 일이 잘 됩니까. 아까도 서로 작별할 때에 인제 배 전옥에게 가서 펴 내놓고 담판을 하여 가지고 정말 무쇠탈을 만나 보겠다 하는 것을 내가 얼마 말을 하여서 겨우 가라앉았습니다. 하기는 루이 왕도 옛날에 사랑하던 여자를 잡아 놓으면 그 입에서 무슨 말이 나오는지 모르니까 노붕화가 아무리 말을 한대도 부인을 잡으라고 할 리는 없겠지요. 그러기에 나한욱이가 백침대까지 만들어 낸 것이지요마는 오늘 아침에 한 일이 부인의 소위인 줄을 아는 날이면 이담 일이 정말 어렵습니다. 만일 노붕화가 정말 무쇠탈을 다른 시골로 보내는 날이면 그것을 찾기에만도 어떻게 애가 쓰이겠습니까"

고수계는 깊이 생각을 하며 듣고 있더니 겨우 고개를 들어

"그러고 보면 무쇠탈이 다른 감옥으로 넘어가기 전에 어떻게든
지 수단을 부려야 하겠는데 무슨 좋은 도리가 있어야 하지요"

하며 한숨을 길게 쉬고 다시 고개를 늘이었다.

월희도 어찌하여야 좋을지를 모르는 모양으로

"나도 하루바삐 어떻게 하여야지 여기서 오래 있을 수는 없어요"

"여기 있을 수가 없다니요. 무슨 의심을 받을까 보아 그러십니까"

"아직 의심하는 사람은 없겠지요마는 그 노붕화가"

하고 입을 다물었다.

"노붕화가 어찌하였어요. 그 뒤에 또 찾아왔던가요"

"예, 필경 대감옥에 갔다 오는 길이겠지요. 두 번이나 들른 것을
몸이 불편하다고 쫓아 보냈습니다마는 나중에 올 때에는 무례하게 선
물을 두고 갔어요. 인제 오거든 하인에게 일러서 도로 쫓아 보낼 양으
로 손도 대지 않고 두었습니다마는 그가 갈 적에 이번에는 대궐 안 전
의를 데리고 올 터이니 주인께 그렇게 여쭈라고 말하고 갔답니다. 나
는 어찌하면 좋을는지 정말 난처합니다"

나매신은 조금도 놀라지 않고

"아니, 당신께서 성미가 그러하시니까 그렇지 말하자면 그처럼
다행한 일이 없어요. 내가 말씀한 것과 같이 판사 부인을 청하여서 같
이 만나 보시고 차차 낯이 익어지고 피차 무간하게 되거든 슬슬 비밀
을 알아내면 어떠한 일을 알게 될는지도 모를 것이요 무쇠탈을 살려
낼 방법도 나설 터인데요. 첫째, 무쇠탈이 안택승 씨인지 이창수인지
를 알아내기쯤은 아주 용이할 줄 압니다. 당신께서 싫다시면 할 수 없
는 일이지요마는 별로 염려하실 것은 없어요. 만일 노붕화가 너무 질

감맞게 당신을 쫓아다니는 날이면 그때는 내가 쫓아 드리지요"

"어떻게 하여서요"

나매신은 방구석에 놓인 무슨 약장을 가리키며

"쫓아 보낼 도리는 저 속에 있습니다"

월희는 그 약장을 바라보고도 무슨 말인지를 알지 못하였으나 다만 고수계는 눈치를 알았던지 얼굴을 변하면서

"에, 독약으로요"

"예, 그런 놈을 죽이는 데 쓰지 못하면 오늘날까지 내가 위태한 것을 무릅쓰고 독약 만드는 법을 공부한 효험이 없습니다. 결사대가 맘대로 안 되는 때에는 독약을 가지고 조정의 보기 싫은 위인들을 죽여 내려는 것이 당초부터 내 목적이여요. 오 부인은 잘 아십니다. 나는 남편 안동익이 면직을 당한 때에 벌써 독약을 쓸 때가 돌아왔다고 생각하였습니다마는 그때쯤은 오히려 오 부인이 다시 루이 왕의 총애를 받을 듯한 희망이 있었던 고로 그 생각을 하여서 그만두었으나 이제는

부인도 이창수에게 맘을 기울여서 루이 왕은 잊어버리다시피 하였고 부인은 다시 조정에 들어설 가망은 없어졌으니까 다시 주저할 일은 없어요. 결사대의 여러 사람들이 피를 흘리고 눈물을 뿌리면서도 성공하지 못한 일을 나는 웃음을 띠고 성공하여 보겠습니다. 내가 오기칠을 위시하여 기타 여러 독약 만드는 선생에게 배운 방법 중에는 눈에 보이지 않는 독약도 있고 물에 흐르지 않는 것, 불에 타지 않는 것, 사람을 죽여도 독기가 사라지고 마는 것, 여러 가지 종류가 있습니다. 그중에서 제일 격렬한 약은 편지 봉투 속에 넣어 보내서 저편 사람이 그 편지를 뜯어보고 그 냄새를 맡기만 하면 그 약 기운이 허파에 들어가서 피가 차차 썩어 죽는 일도 있고 또 눈을 깜작할 새도 없이 당장 죽는 것도 있습니다. 내가 생각을 하여도 못된 것을 배웠다고 지금은 후회를 합니다마는 괴악한 것을 없이하고 옳은 것을 돕는 데에만 쓰면 상관없겠지요. 일껏 배운 것이니까 계제를 보아 가면서 쓰겠습니다"

하며 힘줄 하나 세우지도 아니하고 설명을 하니 대체 이 여자는 쓸개가 얼마나 큰가 하여 월희는 무서운 맘에 입술이 해쓱하게 되었으며 고수계 역시도 말이 없다.

67. 소위 마지막 수단 (1)

나매신은 자기가 만드는 독약의 무서운 효력을 한참 설명하다가 좀 말이 지나친 것을 자기도 뉘우치는 것같이 별안간 태도를 고쳐서

"호호"

웃으며

"아니, 그렇지마는 아직은 이것을 쓸 때가 아니 왔어요. 무쇠탈을 살려 내어서 여러분이 이 땅을 떠나실 때까지는 나도 그저 무쇠탈을 살려 내는 것만 목적입니다"

이와 같이 말을 하매 고수계는 명색 남자의 몸으로 무서운 기색 보인 것을 부끄러워하는 모양으로

"무얼이요, 칼을 가지고 국적을 죽이나 독약으로 죽이나 다 일반이지요. 쓸 만한 경우에는 언제든지 쓰십시오. 그러나 오늘 밤에는 그런 일을 의논하자는 것이 아니라 무쇠탈을 살려 낼 의논인데 이번에는 무슨 방법으로 살려 내야 되겠습니까"

월희도 비로소 정신이 나서

"당신께서 늘 말씀하시던 마지막 수단이란 것은 어떠한 것인가요. 인제 그 마지막 수단을 쓸 때가 아니겠습니까"

나매신은 아주 진정에서 나오는 말같이

"아니요, 이것은 정말 마지막 수단이니까 아무렇든지 모든 수단을 다 부려 본 뒤가 아니면 쓸 수 없어요"

"그렇더라도 그 수단을 써서 곧 나올 수만 있으며 곧 쓴대도 상관이 없지 않습니까. 한편으로는 노붕화가 월희 씨를 귀찮게 굴고 지금이 마지막 수단을 쓸 때가 아니겠습니까. 그런데 대관절 어떠한 방법인가요. 이야기나 좀 들려주시지요"

나매신은 잠깐 생각을 하고 있다가

"글쎄요, 나 혼자만 알고 있어도 소용없는 일이니까 두 분께도 말씀을 하고 의견을 잘 들어 보아야 하겠습니다마는 두 분께서는 정말 마지막 수단을 듣고 싶으십니까"

다시 물어볼 것이 무엇 있으랴. 설령 어떠한 수단을 쓰든지 하루라도 속히 살려 내고 싶은 맘뿐이매 고수계는

"물론이지요"

하고 대답하며

월희는

"예, 좀 들려주십시오"

하고 대답하니 나매신은 그러면 들어 보라는 듯이

"마지막 수단은 역시 저것이지요"

하며 또다시 독약이 들어 있다는 약장을 가리켰다.

고수계는 이상히 여기는 모양으로

"헤헤, 독약으로 간수들을 죽인 뒤에 무쇠탈을 살려 낸단 말씀인가요"

"아니요, 그 많은 간수들을 어찌 다 죽이겠습니까"

"그러면 어찌한단 말씀인가요"

"두 분께서는 응당 놀라시겠지요. 아니, 두 분께서는 도저히 그리 하겠다는 말씀을 아니 하실 것이니까 말할 것 없이 그만두겠습니다"

"말씀도 아니 하시고서 그를 어찌 아십니까. 아무렇든지 말씀이나 하십시오. 대관절 독약으로 어찌하나요"

"길을 얻어서 무쇠탈에게 들여보내지요"

"에에, 무쇠탈에게로. 하하, 무쇠탈이 그것을 가지고 거치적거리는 놈을 죽여 치워 가면서 혼자 나오게 하나요"

"그런 것이 아니라 무쇠탈에게 먹이기 위하여 독약을 들여보낸단 말이여요"

무쇠탈에게 독약을 먹이다니 무슨 당치 못한 말인가. 나매신이 별안간 미치지나 아니하였나 의심하면서 고수계는 다시 물었다.

"독약을 먹으면 무쇠탈은 죽을 터인데 당신께서는 죽이는 것이 마지막 수단이라고 하십니까"

"그렇습니다. 놀라셨습니까"

"실없이 마시고 정말 말씀하셔요"

"이 자리에서 무엇 한다고 실없는 말을 하겠습니까. 잘 생각하여 보시오. 대감옥에 갇힌 죄인을 살려 낸다는 것은 용이한 일이 아니여요. 그도 다른 때나 같으면 혹 모르겠습니다마는 벌써 무쇠탈 한 사람을 동류들이 살려 낸 끝이라 저편에서도 비상히 조심을 할 것이니 좀처럼 하여서 되겠습니까. 혹 무슨 방법이 따로 있으면 어떻게든지 하여 보시지요. 나도 힘자라는 데까지는 조력을 하겠습니다. 그렇지만 인제는 다른 수단은 없어요. 독약을 쓸 수밖에 없지요. 그렇지마는 이것은 비상한 수단이니까 나도 강권은 않습니다. 다른 수단을 부리다 못하여 다시 어찌할 수 없는 경우에 당신네가 인제 그것이라도 쓸 수밖에 없다고 말씀하시면 그때에나 쓰지요. 그때까지는 말씀도 않겠습니다"

"그렇지만 무쇠탈을 죽여 놓고는 어찌할 수 없어요"

"더 할 말이겠습니까. 그렇지마는 무쇠탈은 일평생 감옥 속에서 지내기로 작정된 것입니다. 죽기 전에는 이 세상에 나올 도리가 없겠지요"

"그러니까 지금 독약을 보내서 죽여 준단 말씀입니까"

"그렇습니다. 이대로 두면 이 뒤에 십 년이 걸릴는지 이십 년이 걸릴는지 알 수 없어요. 안택승 씨로 하든지 오필하로 하든지 아직 삼십이 못 된 터이니까 이로부터 삼사십 년은 살겠지요. 삼사십 년을 지난 뒤에 감옥 안에서 무쇠탈을 쓴 채로 죽어서 또 탈을 쓴 채로 파묻혀 버리는 것이 그네들의 앞길이여요. 그것을 당신네는 기다리시겠소. 그야말로 삼십 년이나 사십 년을 두고 그의 목숨을 조금씩 조금씩 저며 죽이는 셈이지요. 나는 그보다도 차라리 그를 한꺼번에 죽여서 그 고통을 짧게 한단 말씀입니다"

"그렇지만 그것은 그의 목숨을 빼앗는 일이지요. 살려 내는 것은 아니여요"

"그렇지마는 죽고 보면 그는 감옥 밖에 나오게 됩니다. 나와서 감옥 밖에 파묻힙니다. 시체가 되기 전에는 도저히 밖에 나올 도리가 없어요"

하며 차마 끔찍한 말을 예사로 말하고 있으니 고수계는 하도 어이가 없어 아무 말도 아니 하며 방월희는 자기 남편이 이로부터 삼사십 년 동안이나 무쇠탈을 쓴 채로 감옥에 들어 있다가 탈을 쓴 채로 죽는가 생각을 하면 새삼스러이 슬픈 생각이 나서 솟아오르는 눈물을 금치 못하고 훌쩍훌쩍 울 뿐이었다.

68. 소위 마지막 수단 (2)

나매신은 눈앞이 아득하여 눈물만 짓는 주종 두 사람의 모양을 가엾이 여기며

"그러기에 나는 마지막 수단은 시체를 만들어 가지고 빼낼 수밖에 없다는 말입니다. 시체가 되면 이편에서 빼낼 것도 없이 전옥이 관에 담아서 감옥 밖으로 내보내어 공동묘지에 파묻습니다"

고수계는 화를 내면서

"당신 생각은 우리 생각과는 다르십니다. 인제부터는 같이 일을 할 수 없어요. 당신께서는 다만 무쇠탈의 고생을 짧게 하실 경륜이시고 우리는 어떻게 하든지 살려 놓고 빼낼 생각이니 그야말로 아주 반대입니다. 하기는 무쇠탈이 안택승 씨든지 오필하이든지 간에 당신과는 딴 남이니까 당신께서는 그만한 친절밖에 나지 않기도 하겠지요"

"딴 남이라니, 정말 관계없는 사람일까요. 안택승 씨 같고 보면 같이 큰일을 의논하던 동지가 아닙니까. 일이 탄로되면 다 같이 죽을 수밖에 없는 위태한 길을 손길 마주 잡고 나오던 다시없는 친구가 아닙니까. 당신네가 안택승 씨를 소중히 생각하느니만큼은 나도 소중히 여기고 당신네가 살려 내고 싶으니만큼은 나도 살려 내고 싶습니다. 그렇기 때문에 이렇게 위태한 일을 궁리하여 가면서라도 살려 내겠다는 것이 아닙니까"

"그렇지마는 죽여 버린 담에는 그만이지요. 아무리 고생을 짧게 하기 위한다 할지라도 죽여 버리는 것이 무슨 친절이겠습니까. 정말 다시없는 친구 같고 보면 어찌 차마 독약을 먹이겠습니까. 어떻게 죽여 버리겠습니까"

"죽여 버린다고 누가 말을 하였어요"

"당신이……"

"천만에, 나는 죽여 버린다고는 아니 하였어요. 죽여 가지고 구해 낸다고 하였지요"

"아무려나 다 일반이 아닙니까"

"아니요, 대단히 틀립니다. 한 번 죽일지라도 독약으로 죽인 사람은 그 독을 푸는 반대의 독약으로 살려 낼 수가 있습니다. 그의 시체가 감옥에서 나와서 공동묘지에 묻히고 보면 그날 밤에 나는 묘지에 몰래 가서 뫼를 파고 시체를 꺼내 가지고 독기 푸는 약으로 그를 살려 냅니다"

하고 첨으로 정말 계책을 이야기하니 고수계는 깜짝 놀라 탄복을 하며 방월희는 울던 눈물을 그치었다.

독약으로 사람을 죽이고 다시 독기 푸는 약으로 살려 낸다는 것은 듣지도 못하던 말이매 고수계는 혀를 내두르며

"참, 그것은 이상한 일입니다. 그런 일이 될 수 있겠습니까"

나매신은 침착한 태도로

"못 될 것은 없지요. 당신께서는 유명한 독약 선생의 오기칠이라는 이가 연전에 대감옥 안에서 죽은 일을 아십니까"

하고 물었다. 오기칠이라 함은 독약의 종가이라고도 할 만한 이태리 사람으로서 독약을 연구하기 위하여 누거만의 재산을 다 없이하고 필경에는 독약 대왕이라고까지 말을 듣던 사람인데 연전에 불란서로 굴러 와서 왕후 귀족들과 교제를 하다가 마침내 저 유명한 프린비라 후작의 독살 사건에 간련되어 대감옥 안에서 죽게 된 것은 당시에 유명한 일이라 고수계도 물론 들어 알았다.

"예, 여러 번 들었습니다"

"자아, 그 오기칠 선생이 이 방법으로 대감옥을 빠져나왔어요"

"그러면 감옥에서 아주 죽은 것은 아닌가요"

"죽기는 왜 죽어요. 아니, 죽기는 죽었지요. 그러나 공동묘지에 나와 파묻힌 뒤에 그 제자 중의 한 사람이 파내 가지고 이왕 오기칠에게 맡아 있던 반대의 독약을 써서 그전에 먹은 독기를 풀어 버리고 훌륭하게 살아났습니다. 그 증거로는 오기칠 선생이 지금도 살아 있어요. 이태리 귀족의 황겸수 후작이라는 것이 즉 그 오기칠입니다"

"옳지, 그가 황겸수 후작이란 말은 들었습니다마는"

"말뿐이 아니여요. 나는 증거를 가지고 있습니다. 이것 보시오"

하고 편지 한 장을 내놓았다. 고수계는 무엇인가를 의심하면서 받아 들고 펴 보니 사연에 하였으되

그대의 진실한 정리로 무덤 속에서 다시 살아 나와 본국에 돌아온 일은 무엇이라 치사할 말이 없노라……

하고 끝에는 오기칠의 이름이 씌어 있는지라. 고수계는 정말 놀라서

"에에, 그 반대의 독약을 써서 이 사람을 살려 낸 제자라는 것이 당신입니까"

하고 물었다.

"예, 나여요."

하며 그때의 지난 일을 이야기하기 시작한다. 아아, 이 신기 불측한 이야기는 과연 어떠한 사실인가.

69. 소위 마지막 수단 (3)

나매신은 다시 말을 이어 대감옥 안에서 죽은 오기칠이 다시 살아나던 이야기를 한다.

"그때는 이렇게 되었어요. 그가 옥중에 있을 때에 프린비라 후작 부인의 간부 되는 구라혁과 삼 년 동안이나 같이 있어 독약 만드는 비밀한 방법을 그 구라혁에게 가르쳤답니다. 그래서 구라혁이 감옥을 나올 때에 오기칠은 그와 약속하기를 아무 달 아무 날에 내가 독약을 먹고 시체가 되어서 감옥을 나갈 터이니 그대가 공동묘지에 찾아와서 내 콧구멍에다 이 약을 불어 넣어 달라고 부탁한 후 그 약을 맡겼습니다. 구라혁은 단단상약을 하고 감옥을 나왔으나 추후로 생각하여 본즉 선생을 살려 내는 것은 어리석은 일이라, 선생이 죽은 뒤에는 내가 독약

272

대왕 노릇을 할 터인데 하고 인정 없는 그는 변심을 하였습니다. 그러나 물정에 밝은 오기칠은 옥중에 앉아서도 그 눈치를 알고 구라혁이 같은 위인은 필경 내가 죽기를 바랄 터이니까 믿을 수가 없다 하여 다시 간수들에게 돈을 먹인 후 내게로 편지와 독약을 내보냈어요. 나는 그 편지에 적힌 사연대로 약속한 시간에 공동묘지에 가서 숨어 있노란 즉 과연 대감옥에서 시체 하나를 내다 묻고 가는데 이윽고 어떤 사람이 나타나더니 무슨 소원이나 이룬 것같이 기뻐하면서 '아아, 선생이 정말 죽었구나. 자식도 듣던 말보다는 어수룩하지. 내가 살려 낼 줄로만 알고 독약을 먹었구나. 이렇게 파묻어 버린 담에는 인제 내 세상이다' 하면서 무덤을 발로 쾅쾅 다져 놓고 가겠지요. 그 사람이 곧 구라혁입니다. 나는 그가 다녀간 뒤로 산소를 파내어 시체를 집으로 갖다 놓고 선생의 지휘대로 하였더니 정말 살아났어요. 그것은 다른 데도 아니고 곧 이 방입니다"

하고 이야기하매 고수계는 나매신의 담력과 친절함을 탄복하고 월희는 저 말만 들어도 무서운 독약 대왕 오기칠이가 이 방에서 살아났는가 하매 머리끝이 주뼛주뼛하는 것 같아서 의자를 고수계의 옆으로 다가 놓는다.

나매신은 잠시 동안 두 사람의 모양을 보다가

"내가 말하던 마지막 수단이란 것은 이렇게 무서운 수단입니다. 두 분 의향은 어떠하십니까. 이것은 두 분 맘대로 하실 일이지 결코 강권하지는 않습니다"

하며 고수계의 대답을 기다리매 고수계는 월희의 의향이 어떠한지를 알지 못하여 나매신과 방월희 두 사람의 눈치만 보고 있다. 월희는 무엇이라 대답을 하려는가. 역시 말없이 생각만 하고 있더니 이윽

고 단연히 고개를 들며

"나는 당신을 믿습니다. 당신 말씀은 지금까지 틀려 본 적이 없으니까 당신 맘대로 하시기를 바랍니다"

의외에 대담스러운 이 대답에 나매신은 감복되어서

"내게 다 밀어 맡기신다면 잘 하여 보지요. 그러나 늘 말씀하는 것과 같이 이것은 마지막 수단이니까 다른 수단을 쓰다 못하여 아무리 하여도 무쇠탈은 살려 낼 수가 없다고 작정된 뒤가 아니면 나도 할 생각은 없습니다"

고수계는 인제 첨 말과는 반대로

"과연 마지막 수단은 마지막 수단이지요마는 살아나기로 하면 실상 죽이는 것이 아니라 잠깐 몽혼시키는 것이나 일반이 아닙니까"

"그렇습니다. 정말 독약에 죽은 사람은 살아나는 법이 없지요마는 허다한 독약 중에 꼭 한 가지 이러한 것이 있어요. 이것은 오기칠 선생이 발명한 것인데 먹인 대로 내버려 두면 결코 다시 살아나는 법이 없으나 그 독기를 푸는 반대의 독약을 쓰면 다시 잠들었다 깨는 사람 같이 살아나는 것입니다"

"그럴 것 같으면 다른 수단이 없어질 때까지 기다릴 것이 무어 있습니까. 그것이 제일 손쉬운 수단이니 곧 써 볼 것이지요. 그렇지 않습니까, 월희 씨"

하고 돌아다보니 월희는 당초에 말한 바와 같이

"나는 나매신 씨께 밀어 맡겼으니까 기다리든지 아니 기다리든지 그것은 나매신 씨 생각이지요"

"그러면 곧 시작하여 봅시다그려. 예, 나매신 씨"

하고 재촉을 한다.

"아니요, 곧 시작을 한다 할지라도 한 가지 난처한 일이 있습니다. 나는 그 독약이라든지 또 그 독기를 푸는 약이라든지 만드는 법을 선생에게 배워서 잘 압니다마는 조금이라도 틀리는 날이면 그야말로 낭패이니까 두 가지 약을 만든 후에 위선 그 약을 산 사람에게 먹여 보아서 정말 잘 죽는지 또 영락없이 살아나는지를 시험하여 보아야 됩니다"

"에, 산 사람에게요"

"그렇습니다. 그 시험이 끝나기 전에는 결코 무쇠탈에게 들여보낼 수가 없어요. 지금 말씀한 오기칠은 감옥 안에서 몰래 구라혁에게 먹여 가지고 이틀 밤 이틀 낮을 죽여 두었다가 이튼이튼날 아침에 살려 냈다고 합니다. 구라혁은 자기가 죽었던 일도 알지 못하고 깨어난 뒤에 웬일인지 한 일 년이나 자고 난 것 같다고 하며 또 두통이 좀 난다고 하더랍니다. 그만이나 하였으니까 오기칠은 맘을 놓고 자기가 먹은 것이지요. 그러나 그의 이야기를 들으면 그 약이 그만큼 잘 만들어지기까지에는 몇 번을 낭패하였는지 모른다고 합니다. 그중에는 목숨만

은 붙어서 살아났으나 일평생 천치가 되어서 말도 잘 못하게 된 사람이 있답니다. 일껏 무쇠탈을 살려 내어 가지고 그 모양이 되면 낭패이니까 나는 인제 약을 만들어 가지고 잘 시험을 하여 보아야 될 터인데 다른 일과 달라서 약차하면 생사람을 죽이는 일이니까 위선 사람 하나를 죽일 셈 하지 않으면 시험할 수가 없고 또 약을 먹을 사람도 죽을 결심을 하고 달려들지 아니하면 아니 됩니다"

하고 과연 좀처럼 착수할 수 없는 까닭을 말하매 고수계도 이 말에는 깜짝 놀라서 잠잠히 앉았더니 이윽고 결심을 한 것같이

"그러면 내가 그 약을 먹어 보지요"

하고 말하였다.

70. 원수가 심복

독약을 시험하기 위하여 스스로 이것을 마시겠다 함은 목숨을 내놓고 하는 말이매 나매신도 이에는 놀라서

"아니, 당신의 열심은 탄복할 수밖에 없소마는 독약을 시험하다가 지금 당신이 불행하고 보면 누가 월희 씨를 돕겠소. 당신이 아무리 말씀을 하신대도 우리 동지에게 시험을 할 수 없어요. 내 생각으로는 노붕화나 나한욱 같은 자를 먹여 가지고 시험하고 싶습니다. 설령 시험이 아닐지라도 아까도 말씀한 것과 같이 그자들은 도저히 그대로 둘 수가 없는 위인이여요"

"그것은 물론 나도 찬성입니다마는 아주 이렇게 하기로 작정이

된 담에는 그대로 시기가 오기만 기다릴 수는 없으니까 나라도 먹어 보겠다는 말이지요. 먹을지라도 필경 틀림없이 살아나겠지요"

"영락없이 살아날 것 같으면 먹어 볼 필요도 없겠지요. 그러나 그 것이 미심한 까닭으로 시험을 하는 것인즉 잘못하다가 죽어도 상관없 을 사람이 아니면 아니 됩니다. 그뿐 아니라 두 분께서는 아무리 바쁜 실지라도 약을 만드는 동안과 기타 여러 가지 준비를 하기에는 자연 시일이 걸릴 것인즉 아무렇든지 이 일은 내게 맡겨 버리시지요. 나 혼 자 맘대로 만들어 가지고 또 실컷 시험을 하여 본 뒤에 당신께도 다시 상의를 할 터이여요"

한다. 이 말에는 여러 말을 할 수가 없으므로 고수계도 겨우 승낙 을 하였다. 마침 이때에 뒷문에서 무슨 소리가 들리며 누구인지 문을 두드리는 소리가 나는지라. 고수계는 귀를 기울이며

"에그, 누구일까"

하니 나매신은 기다리고 있던 것처럼

"그는 남작 안시제여요"

하고 대답한다. 안시제라는 이름은 들은 듯하나 분명히 생각나지 아니하매

"에, 안시제가 누구여요"

"오늘 아침에 살려 낸 무쇠탈입니다"

고수계는 좀 눈살을 찌푸리며

"아아, 그자입니까"

할 뿐이었으나 월희는 그보다도 불평한 모양으로

"그런 자가 댁에를 어찌 오나요"

하고 물었다.

이는 괴이치 아니한 일이다. 월희는 저 안시제가 이왕 안택승에게 시비를 걸어 가지고 불란 보검이라나 하는 무서운 칼로 안택승을 해치던 일이 눈앞에 역력한 터이라. 오늘 아침에 그의 얼굴을 보고 두말없이 일어선 것도 역시 그 까닭이며 그는 지금까지도 노붕화의 수하로만 알고 있는 것이다. 나매신은 그러한 줄을 알고

"아니, 그처럼 미워하실 것은 없어요. 그가 안택승 씨를 해쳤단 말은 나도 들었습니다마는 무사들끼리 결투를 하는 것은 예상사일 뿐 아니라 이편에서 다치지 않았으면 저편에서 다쳤을 것이니까 지난 뒤에 다시 혐의 쓸 것은 없는 일입니다"

"그렇지만 그때는 예사의 결투가 아니라 노붕화의 심부름으로 안택승을 죽이러 온 것이여요"

"그렇다고 하겠지요마는 그는 그 후에 맘을 고쳐서 우리 편으로 돌라붙었습니다. 그러면 또 우리 편의 비밀을 정탐하러 왔다고 말씀하시겠지요마는 그는 결코 나한욱이같이 악독한 위인은 아닙니다. 다만

장사 패의 두목으로서 아무 데도 맨 곳이 없으니까 누구에게든지 팔려 다닐 따름입니다. 아무렇든지 그러한 사람이니까 우리 편에 붙여 두면 반드시 소용될 때도 있을 것이지요. 두 분께서 싫어하신다면 나는 남편 안동익에게 보내서 숨겨 둘 터이니 두 분께서는 모르는 체만 하여 두십시오"

하고 자세한 설명을 하니 월희는 나매신을 깊이 믿는 까닭으로

"아니, 그처럼 말씀하시면 지난 일은 잊어버리겠습니다마는"

하는데 고수계는 아직도 뿌루퉁한 얼굴로

"무쇠탈을 살려 내려는 계책도 그자 까닭으로 하여서 다 틀린 생각을 하면 화가 나서 못 견디겠습니다"

"아니, 고수계 씨는 그를 원망할 수 없는 까닭이 있습니다. 그가 무쇠탈을 쓴 것도 당신의 대명을 간 셈이니까 그가 당신의 대명을 가기 때문에 우리 일이 틀린 것입니다"

"에, 그것은 또 무슨 말씀이여요"

"그런 것이 아니라요, 그는 배룡 병참소 앞에서 병정을 죽였다는 혐의로 잡혔답니다"

고수계는 인제 알았다는 듯이 무릎을 탁 치며

"아아, 옳지, 옳지, 아침부터 언제 본 듯한 얼굴이라고 아무리 생각을 하여도 알 수가 없더니 인제 생각하니까 그때 보던 사람이로군. 그래, 그가 나 대신에 잡혔단 말씀입니까. 참 우스운 일이 다 많군"

하며 그만 맘이 풀려서 껄껄 웃어 버렸다.

나매신은 이 계제를 타서

"그뿐만 아니라 그는 당신의 죄를 떠맡아 가지고 오늘날까지 당신의 일은 말을 않고 내려왔답니다. 그러한 것을 보면 그래도 사내다

운 구석이 있지 않습니까. 또 그는 감옥 안에서 정말 무쇠탈을 보았다고 합니다. 그것이 제일 반가운 소식이기에 나는 그 모양을 자세히 물어보고자 하였으나 마침 그때에 대감옥에서 종소리가 요란하기로 그만 작별을 하고 오늘 밤에 자세히 듣기 위하여 여기로 오라고 이른 것입니다"

"오오, 그럴 것 같으면 어서 불러들입시다. 감옥 안의 형편이며 기타 알아 둘 만한 이야기가 많겠지요"

하며 도리어 기뻐하였다.

71. 이것이 무슨 말

이때에 다시 문을 두드리는 소리가 들리매 나매신은 몸소 문을 열고 나가서 그 텁석부리를 데리고 들어왔다. 그의 얼굴은 아침에 보던 것과 다름이 없으나 의복은 넝마전에서 사 입은 듯한 것을 갈아입었으며 허리에 칼을 차지 못한 것은 그의 맘에 섭섭할 것 같았다. 그는 고수계를 보고 반가운 모양으로

"오오, 배룡 병참소 앞에서 보던 쾌남자로군. 아무리 보아도 예사 어부는 아니라고 하였더니 정말 결사대의 한 사람일세"

하며 그 옆으로 가까이 가다가 또 월희의 얼굴을 보고 다시 한 걸음 물러나니 나매신은 눈치 빠르게 중간에 들어 간단히 이것저것을 설명한 후 피차에 인사를 붙였다.

나매신은 여러 말을 다 제쳐 놓고 위선 그를 향하여

"아까 당신께서 두 번이나 무쇠탈을 보았다고 하셨지요. 우리가 살려 내려고 지금까지 애쓴 것은 당신이 아니라 정말 그 무쇠탈입니다. 그런데 간수들이 잘못하여서 당신께 그 제구를 들이기 때문에 당신은 이 모양으로 살아 나오고 정작 살리려던 무쇠탈은 살아날 길이 막혔으니 당신도 대신 살아 나온 생각을 하여서 그 무쇠탈을 살려 내도록 힘써 주시오"

그는 조금도 서슴지 않고

"그 다 이를 말씀입니까. 나도 오늘 아침에 남의 덕에 의외에 살아난 줄을 알고서 그 대신으로는 오 부인과 당신께서 살려 내고자 하시는 무쇠탈을 살려 내야 하겠다고 생각하였습니다. 예, 내 힘 자라는 데까지는 무슨 일이든지 하지요. 다만 그 무쇠탈이 대감옥에서 나와서 어떤 감옥으로 갔는지 그것만 알아 주시면 나는 지금부터 곧이라도 가서 그를 살려 내 드리겠습니다"

하고 이상한 말을 하는지라. 나매신은 깜짝 놀라

"에, 그 무쇠탈이 벌써 대감옥에서 다른 데로 갔단 말입니까"

"예, 내가 감옥에서 줄사다리를 받던 일요일의 그 이튿날 밤에 그는 분명히 다른 데로 옮겨 갔습니다"

다른 감옥으로 옮기고 보면 간 곳을 찾을 도리가 없으므로 여러 사람은 제일 그것을 염려하여 오늘 저녁에도 위선 다른 데로 옮겨 가기 전에 살려 내야 된다고 걱정들을 하고 있는 터인데 벌써 무쇠탈이 다른 데로 갔다는 것은 운수가 다하였다 할까. 다만 이 말 한마디에 여러 사람은 그만 낙담이 되어서 정신없이 앉았다.

지금까지에도 낙담한 일은 여러 번이었으나 이처럼 낙담이 된 일은 없었다. 무쇠탈이 대감옥에서 나갔다고 하면 물론 다른 감옥으로 옮겨 간 것이니 그것을 찾아낸다는 것은 생의도 못할 일이다. 각처 병참소에는 으레 딸린 감옥이 있어서 비밀한 국사범을 숨겨 두고 그 이름은 물론이거니와 수효까지도 비밀에 붙이던 이 시절이고 보매 대감옥을 떠나는 날은 곧 이 세상을 떠나는 날이라. 지금까지에도 이러한 전례가 가끔 있어서 정부가 숨긴 죄인을 그 가족과 친구들이 찾아내고자 한 일도 많으나 정말 찾아낸 일은 한 번도 없었다. 당초부터도 그것이 무서운 까닭으로 고수계를 배롱 병참소에 수직군으로 두고 무쇠탈의 거취를 지키게 한 결과에 겨우 대감옥으로 넘어온 줄을 알게 되었는데 지금 또 불시에 다른 감옥으로 옮기고 보았으면 정말 아주 가망도 없이 된 것이다.

무슨 재주로 그 간 곳을 알며 무슨 재주로 살려 내랴. 고수계와 방월희는 기가 막혀서 고개만 숙이고 있으나 홀로 나매신은 하다못해 그때의 모양이라도 알려는 듯이 다시 안시제를 향하여

"그 무쇠탈이 다른 감옥으로 간 줄은 당신이 어찌 아셨소"

하고 물었다.

"나가는 것을 보았지요. 일요일에 나는 빠져나올 제구를 받아 가지고 곧 그날 밤부터 쇠창살을 뽑기 시작하였습니다. 이튿날 밤에도 저녁밥을 먹은 뒤에 인제는 전옥이 다시 오지 않을 터이니까 염려 없겠다고 천천히 창살을 뽑고 있노란즉 밤 열한 시가량이나 되어서 여러 사람이 제이 호 감옥으로 올라오는 모양입디다. 아차, 나 하는 일을 벌써 알았나 보다고 나는 그 제구를 침대 밑에다 감춘 후 자는 체하고 누워 있노란즉 발자취 소리가 점점 가까이 와서 내 방문 앞에까지 왔으나 내 방에는 아니 들어오고 그 무쇠탈이 들어 있는 옆의 방으로 들어가는 모양입디다. 나는 적이 맘을 놓고 가만히 엿보고 있노란즉 전옥이 앞에 서고 그 뒤에는 간수들이 들것을 들고 따라가는데 그 간수라는 것은 그전 일요일에 무쇠탈을 데리고 설교실로 가던 간수입디다. 그리고 그 들것이란 것은 내가 배룡 병참소에서 대감옥으로 넘어올 때에 실려 오던 것과 똑같은 것입디다. 그래서 아마 저 죄인이 다른 감옥으로 넘어가나 보다 하고 보고 있노란즉 과연 그 방에서 시끌벅적하고 떠드는 소리가 나요. 아마 그 무쇠탈이 싫다고 하는 것을 억지로 붙들어서 들것에 처담는 모양입디다"

"그러면 당신이 있던 방과 그 방과는 서로 붙은 방인가요"

"아주 붙어 달리지는 않았어도 두어 방 건너서쯤 되겠지요. 예사이 하는 말은 안 들려도 좀 크게 하는 말은 대강 들릴 만합니다. 그날 밤에도 무쇠탈이 하던 말은 어지간히 들리던데요"

무쇠탈의 말을 들었다. 그러면 혹 그 무쇠탈이 누구인지도 알 수가 있을 듯하다.

72. 다만 한 가지 방법

무쇠탈의 말소리를 들었으면 그가 누구인지를 분간할 수가 있겠으므로 월희와 고수계는 고개를 들었다. 나매신도 역시 그렇게 생각을 하였는지

"에, 무엇이라고 하는 말을 들었어요"

"자세히는 듣지 못하였어도 노붕화, 노붕회 하는 소리가 두서너 번 들리더니 나중에는 어떤 감옥으로 보내든지 계제만 있으면 뚫고 나올 터이니까 그때에는 무쇠탈을 벗고 회사를 가마고 노붕화에게 일러라 하는 소리가 들립디다"

월희는 곧 자기 남편의 씩씩한 음성을 듣는 것 같아서

"에, 그런 말을 하였어요. 그러면 인제 안 백작인 것은 분명합니다"

고수계도 곁에서

"아아, 오필하로는 그런 말은 못 합니다"

하였다.

안시제도 역시

"그렇습니다. 나는 이왕 나한욱에게 이창수를 위시하여 기타 여러 사람에게 무쇠탈을 씌운다고 말을 들었기에 첨에 무쇠탈 씌운 죄인을 보고 이창수인가 하였으나 평일에 조용히 있는 용기로 하든지 그날 저녁에 전옥을 나무라던 의기로 하든지 이창수는 아닐 줄 압니다"

"당신은 안택승의 음성을 아실 터인데 그 목소리 같지 않던가요"

"안택승이라니요. 저 결사대장 말이지요"

"그렇습니다. 당신과 브뤼셀에서 결투하던 무사 말이여요"

안시제는 고개를 기울이며

"글쎄요, 혹 그 사람일는지도 모르지요. 그러나 그의 음성도 잘 기억하지는 못하니까 질정하여 말씀할 수는 없어요"

"그담에는 어찌 되었나요"

"그담에는 입을 다시 봉하였는지 아무 말 없었습니다. 아무렇든지 그 무쇠탈이라는 것은 공교히 만든 것이여요. 입에 댄 뚜껑을 덮으면 그 안에 손가락 같은 가로쇠가 위아래로 있어서 입술을 꼭 눌러 가지고 입을 봉하여 버립니다"

고수계는 아까 벗겨 간 무쇠탈을 자기가 써 본 모양이었다.

"그렇고말고요. 위아래 입술을 꽉 눌러서 앞으로 좀 나오게 된 데다가 가로쇠를 대어서 꼭 집어 놓으니까 그것을 쓰고는 말을 못 할 뿐 아니라 오래 있으면 입술이 아프겠습디다"

한다. 나매신은 그러한 말을 들은 체도 않고

"그담에 무쇠탈은 어찌 되었나요"

"얼마 아니 되어서 들것에 실어 가지고 내 방 앞을 지나갔는데 얼

마 있다가 내가 다시 창살을 뽑기 시작하노란즉 감옥 뒷문이 열리며 개천에다 다리를 걸쳐 놓고 기병들이 보호하여 가지고 어디로 나갑디다. 내가 본 것은 이뿐입니다마는 아무렇든지 무쇠탈이 대감옥에 있지 않는 것은 분명합니다. 그 이튿날 즉 어저께부터는 전옥이 순회를 할 때에도 제이 호 감옥에 와서는 내 방에만 다녀가고 조석도 내 방에밖에 나르는 기색이 없었습니다"

나매신은 말을 듣고 나서 한숨을 쉬면서

"그러면 아주 비밀하게 밤중에 실어 내어서 어디로 옮긴 모양입니다그려"

월희는 애를 쓰다 못하여

"어떻게 하든지 그 간 곳을 알 수 없을까요"

안시제는 이 말에 대답하는 것처럼

"알지 못하게 하기 위하여 밤중에 보내는 것이니까 도저히 알 수 없지요"

하며 나매신은 무슨 생각을 하면서

"그 들것을 메고 가는 사람에게 물으면 대강 알 수가 있건마는 그 사람들은 감옥 간수로서 무쇠탈과 한가지로 다른 감옥에 전근이 되고 마니까 다시는 도리가 없지요"

"그렇다고 다시 무쇠탈의 간 곳을 찾아보지도 아니할 수는 없어요. 십 년이고 이십 년이고 우리 목숨이 붙어 있는 동안에는 찾아보아야지요"

"무슨 좋은 도리가 없을까요"

"이렇게 된 담에는 꼭 한 가지 방법이 있습니다. 매우 어렵기는 합니다마는"

하며 월희의 얼굴을 보니 월희는 그 방법을 듣고자 하여 부지중에 무릎을 다가앉으며

"무슨 방법인가요. 여간 어려운 것은 결코 사념하지 않습니다"

"당신께서 그것을 사념하지 않는다 하면 말씀하지요. 다른 것이 아니라 노붕화를 잘 사귀어 가지고 그 입으로 토설을 하게 하든지 그의 수첩을 훔쳐 내든지 이 두 가지 방법밖에 없습니다"

월희는 움씰하고 몸을 빼었으나 이윽고 굳게 결심한 모양으로

"그러면 자세한 지휘를 받아 가지고 될 수 있는 데까지는 힘써 보지요"

하고 대답한다.

정말 월희는 안시제의 말을 듣고 더욱더욱 무쇠탈이 안택승인 줄을 믿은 까닭으로 이제는 아무것도 두려워하지 않는 것이다.

73. 거지청의 초저녁 (1)

월희는 비로소 노붕화와 교제하기를 승낙하였으나 노붕화는 남편 안택승을 위시하여 여러 동지들의 원수이라. 칼날을 둘러서 그를 찔러 죽이는 것은 오히려 쉬우려니와 안택승의 아내가 된 뒤로부터 세상 남자에게 웃는 낯을 보이는 것도 재미없게 여기어 남복을 갈아입고 천군만마 사이에 안택승을 좇던 몸으로서 원수 노붕화와 교제를 하기는 정말 못 할 일이다. 다만 가련한 무쇠탈을 남편 안택승인 줄 믿는 고로 그의 간 곳을 찾기 위하여 할 수 없이 승낙을 하였으나 만일 무쇠탈

이 안택승이 아니면 어찌할까.

안시제의 이야기를 듣든지 기타 모든 일을 모아 생각하면 무쇠탈은 안택승인 것이 분명하다. 그 행동의 용감한 것이 오필하라고는 생각할 수 없으나 처음부터 지나던 일을 자세히 살펴보면 첫째 괴상한 것은 요하네 교당 뒤에서 비밀한 상자를 훔쳐 가던 일이다. 무쇠탈이 안택승 같고 보면 상자의 감춘 곳을 입 밖에 낼 리가 만무한데 그 상자를 훔쳐 간 사람이 있고 본즉 이는 오필하가 사로잡힌 증거가 아닌가. 대장이 두 사람 중에서 한 사람은 죽고 한 사람은 잡혔다 하니 사로잡힌 것이 오필하이고 죽은 것이 안택승인가. 무쇠탈이 이 두 사람 중에 하나인 것은 의심할 수 없다. 도깨비골에서 사로잡혀 가지고 곧 무쇠탈을 쓴 것은 이미 월희와 고수계가 배룡 병참소에서 목도한 일이 아닌가.

또 한 가지 괴이한 일은 그 상자가 이미 발각되고 보았은즉 그 성명 성책에 적혀 있는 동지들도 차차 잡힐 듯한 일인데 결사대가 몰사된 뒤로는 한 사람도 잡혔단 말이 없으며 동지 중의 중요한 사람인 나매신 같은 이도 지금까지 아무 일이 없다. 혹 정부에서 이 일을 들추어내고자 아니 하여 다만 비밀히 감시만 하고 있나. 이러한 의심은 가끔 월희의 가슴을 어지럽게 하여 고수계와 나매신에게 물어본 일이 있으나 두 사람 역시 어떻다고 질정하여 말하지 못하고 인제 차차 알 날이 있을 것이라고만 한다.

그는 아직 덮어 두기로 하고, 요새 파리 바닥을 방황하는 거지 중에는 검정 수건을 가리어 남에게 얼굴을 뵈지 않는 자가 있었다. 이자는 바이올린에 능란하고 노래도 잘하여서 잡가나 동요 같은 것은 물론이요 상류 사회에 유행하는 고상한 노래까지도 못하는 것이 없음은 필경 노래 선생의 퇴물인 듯하며 얼굴을 가리었으므로 나이는 알 수가 없으나 음성으로 듣기에는 아직 나이도 많지는 아니한 듯하다.

여기는 바람재 병문의 거지청인데 초저녁부터 모여든 여러 거지들은 주제와 같이 상스러운 이야기를 하고 있다.

"요새는 세상이 영악한 까닭인지 점점 벌이가 없어지네그려. 거지질도 무슨 한 가지 재주가 없이는 못 해 먹겠어"

"글쎄 말이지. 그 검정 보자기 모양으로 바이올린이나 켤 줄 알았으면 좀 벌이가 있으련만"

"쓸데없는 소리 말게. 그따위 병신이 되어서 무엇을 하겠나. 어제까지 이 주일 동안이나 죽는 시늉을 하고 자빠져서 인제 낫거든 갚아 주마고 돈을 얼마나 꾸어 갔게. 내가 말을 안 해 주면 여기서도 벌써 쫓겨났을 것일세. 오늘은 어지간히 몸이 낫다고 하기에 바이올린을 찾아 주었더니 아직까지 오지 않는 것 보니까 또 어떤 처마 끝에 가 쓰러져 버린 것이지"

"그렇지만 그 자식은 어찌 밤낮 얼굴을 가리고 있나. 앓아누워서도 보자기는 고집히 쓰고 있으니 필경 무슨 까닭이 단단히 있는 것이야"

"무슨 까닭이 있는지는 모르지마는 우리들에게까지 숨길 것이야 무엇 있나. 밖에 나갈 때에만 가리고 나간다면 모르거니와 벌써 석 달이나 같이 있으며 한 번도 얼굴을 내놓은 적이 없으니"

"그중에 또 귀족의 자식이거나 무슨 그런 까닭으로 남이 부끄럽다고 그러는지도 모르지"

"아니, 그런 것이 아니야. 현상을 하고 찾는 유명한 죄인일세. 얼굴을 내놓았다가는 돈에 팔려서 우리가 고발이나 할 줄 아는 것이지"

"옳지, 그럴는지도 모르지. 아무렇든지 무슨 까닭은 있는 작자야. 첫째, 말씨부터 점잖거든"

"그렇고말고. 그뿐 아니라 되지못하게 거만하지 않던가. 일전에도 내가 돈 재촉을 하니까 인제 큰돈이 생길 터이니 잠깐만 참아 달라고 하며 제법 큰소리를 하던데"

"무엇이라고"

그 이상한 거지는 무슨 말을 하였나.

74. 거지청의 초저녁 (2)

거지는 다시 말을 이었다.

"무슨 나랏일에 관계되는 중대한 일을 알고 있으니까 그것을 노붕화에게 팔아먹으면 일평생을 편안히 지낼 수가 있다고 하며 그 외에 도 무슨 대신이니 무슨 귀족이니 하며 여러 사람의 이름을 주워섬기는 품은 미구에 제가 곧 귀족이나 될 것같이 떠들데마는 나는 다 잊어버렸네"

"그러면 현상을 하고 잡으려는 죄인도 아니구먼. 그렇지만 그런 중대한 일을 알고 있으면 왜 거지 짓을 하고 있단 말인가. 어서 노붕화에게 말하고 상급을 받지"

"나도 그렇게 말하니까 또 대답이 그럴듯하지. 거의 다 알기는 알았지마는 아직 좀 미심한 구석이 있으니까 그것을 다 알아내 가지고 말을 한다나"

"여보게, 자네가 속았네"

"아니, 그렇다고만도 할 수 없어. 어쩌면 우리들도 같이 힘을 써 주어야 하겠다고 하던데"

"아무렇든지 그 자식은 정말 이상한 작자야. 나는 그 보자기를 벗기고 얼굴을 좀 보려네. 여보게, 우리 둘이서 억지로 붙들고 벗겨 보지 않으려는가"

"그것도 좋지. 인제 오거든 누워 잘 적에 꼭 붙들고 벗겨 보세. 애, 너도 조력하여라"

하고 옆에 있는 또 한 거지를 바라보니 그는 얼굴을 찌푸리며

"애, 그만들 두어라. 나는 벌써 자는 새 보았다"

"무어, 벌써 보았어"

"보고서 후회를 하였다. 정말 안 보았더라면 좋을 것을 공연히 보았어"

"애, 남의 얼굴을 보고 후회하는 놈이 어디 있단 말이냐"

"사람의 얼굴 같으면 누가 후회를 할꼬. 나는 문둥이도 퍽 보았지만 그따위로 무서운 상판은 본 적이 없다. 지금 생각을 하여도 속이 뒤집히는걸"

"사람의 얼굴이 아니면 무엇이란 말이냐"

"무어, 어떻다고 말을 할 수 있는 상판 같으면이야 누가 후회를 할꼬"

"에, 그러면 문둥이로군. 그래서 수건을 쓰고 다니는 것이지"

"아니, 문둥이도 아니야. 그림에 걸린 도깨비 탈도 그보다는 났겠지. 여러 말 할 것 없이 백골이야. 코가 문드러져서 세모진 구멍만 남고 눈꺼풀은 없이 눈방울만 걸려 있고 입술은 없이 말 이 같은 이빨만 드러나고"

"정말 그런가. 그러면 이야기도 말게. 꿈에 뵐까 무서워"

"그러니까 우리들한테도 안 뵐 수밖에"

하며 서로 몸서리를 치는 중에 왼편에는 깨져 가는 바이올린을 끼고 바른편에는 지팡이를 짚은 검정 수건은 들어왔다.

들어오는 그의 모양을 본즉 과연 앓고 난 나머지의 피곤함을 못 이기는 것같이 숨조차 헐떡인다. 지금까지 그의 말을 하고 있던 거지들은 그의 얼굴이 무섭단 말을 듣고 진저리를 치던 터이라 도깨비라도 만난 것같이 제가끔 등 뒤를 돌라보며 말없이 서로 다가드는데 그는 그러한 줄도 알지 못하고 여러 사람 옆으로 가서

"여보, 여러분, 오늘 저녁에 내 무슨 일을 좀 할 터인데 다 같이 힘 좀 써 주시구려. 이왕부터 이야기하던 돈 생길 구멍이 정말 생겼으니"

하며 부탁하는 말은 거지답지도 않게 인사성스럽다.

이 목소리를 들어서는 그의 얼굴이 그렇게 무서울 것 같지도 아

니하므로 거지 중의 하나

"돈이 생길 일 같으면 어려울 것도 없는 일이지마는 대관절 어찌 된 일이나 알아야지"

"아니, 그것은 말을 한대도 모를 일이야. 덮어놓고 내가 하여 달라는 대로만 하면 될 것이니까"

"맞돈 받고 하는 일과 달라서 돈이 생길는지 안 생길는지도 모르는 일에 누가 덮어놓고 나선담. 그렇지 않은가, 이 사람들"

"그렇고말고. 또 그 나라의 비밀이라나 하는 것이겠지. 그 모양을 하고 가서는 좀처럼 노 대신에게 대접을 받을 것도 같지 않은걸"

이 말을 들은 검정 수건은 분하게 생각을 하였는지 옆에 꼈던 바이올린을 툭 떨어트리며

"여러분은 나를 그렇게도 업신여기시오. 이래 보여도 이왕 시절에는 나도 허리에 칼을 차고 다니던 사람이오"

"지금은 칼 대신에 지팡이를 짚었군"

"그렇게 업신여기지 마시오. 몸만 튼튼하고 보면 여러분에게 신세를 질 까닭도 없겠지마는 원체 이 모양으로 걸음조차 임의로 못 걸어 놓으니까 이렇게 사정을 하는 것이오. 여보, 여러분, 아니, 누구시든지 한 분만 속는 셈 치시고 좀 힘써 주시오. 그것도 거저 해 달라는 것은 아니오. 돈이 생기면 꼭 노나 드리지요. 아아, 이처럼 청을 하여도 들어주는 이가 없는가. 이번에 놓치면 또 좀처럼 얻어 만날 기회가 없는데"

하고 한숨을 쉬는 모양은 정말 무슨 까닭이 있는 듯도 하다.

75. 뒤따르는 사람

그 검정 수건의 간절히 탄식하는 모양을 본 거지(두 번째 거지—편자 주)는 아까 얼굴이 흉악하다는 이야기도 잊어버린 것같이

"그다지 낭패가 되면 내 좀 보아주겠네마는 그 대신 돈이 생기면 똑같이 노나 먹어야 되네"

"그것은 두 번 할 말인가"

"그렇지만 힘 드는 일 같으면 그만두겠네. 뼛골이 빠져 놓으면 내일 동냥도 못 가게"

"무얼, 자네같이 튼튼한 몸에 지치도록 힘들 일은 아닐세. 걸음만 좀 걸으면 될 일인데 자세한 일은 걸어가면서 이야기할 터이니 자아, 그러면 곧 따라나서게"

하며 바이올린은 걸상 위에 놓고 또 지팡이에 의지하여 문밖을 나가는지라. 거지는 따라 일어나다가 다른 거지들을 웃고 돌아보면서

"아무렇든지 따라가 보자"

하더니 검정 수건의 뒤를 따라나섰다. 검정 수건은 무거운 몸을 끌고 천천히 걸어가면서

"다른 것이 아니라 어떤 여자의 집을 알아내면 될 일이야"

"무엇이야, 그러면 정탐일세그려"

"응, 그렇다고 하겠지마는 정탐이라도 그렇게 어려운 정탐은 아닐세"

"그래도 무슨 빙거 모가 있어야지"

"있고말고. 오늘 밤에 그 여자가 로열 거리 어떤 집에 있으니까 그가 돌아갈 때를 기다려서 뒤를 따라가기만 하면 곧 알 것일세"

"겨우 그뿐이야"

"그러기에 내가 몸만 성하고 보면 나 혼자서 하여도 넉넉할 일이지마는"

"그러면 돈은 어디서 나오나"

"응, 오늘 밤으로 곧 생길 것은 아니지마는 내일이라도 내가 찾아가서"

"그 여자를 찾아보고 협박을 하나"

"그렇지. 지금 변성명을 하고 숨어 있는 여자이니까 협박을 하여도 돈이 생길 것이고 또 그 여자를 찾는 사람에게 가르쳐 주어도 돈이 생길 것이니까 아무렇든지 돈은 생기는 조건이지"

"그건 참 재미있는 벌이인걸"

"또 그뿐인가. 그렇게 해서 돈이 좀 생겨 가지고 의복이나 깨끗이 차리게 되면 나는 황족의 집이고 귀부인의 집을 찾아가서 자네들 두 사람이나 세 사람쯤은 편하게 먹여 줌세. 그렇지마는 원체 이 모양이

되고 보니까 첫째, 문지기 등쌀에 주인을 만나 볼 수도 없고 거기다가 얼굴이 또 옛날과는"

다르다고 하려다가 깜짝 놀라서 말을 돌리며

"아무렇든지 위선 돈이 좀 생겨서 어떤 집에든지 찾아갈 만한 치장부터 차려야지"

"외복만 생기면 우리와는 만나 볼 일 없겠네그려"

"아니, 그런 것이 아니야. 아아, 이야기를 하는 동안에 벌써 로열거리를 왔구나"

하며 걸음을 멈추었다. 이때 밤은 이미 깊어서 길가에 행인이 끊겼으매 검정 수건은 맘을 놓은 모양으로 한 편짝 모퉁이에 있는 집을 가리키며

"저 집에서 인제 나올 터일세"

"그 집은 나매신이라 하는 유명한 점쟁이 집이 아닌가"

"왜 아니야"

"언제 나올는지는 모르지마는 이렇게 서서 기다리지"

"아아, 자네는 거기 서 있게. 나는 저편으로 가서 그 여자가 나올 때에 얼굴을 자세히 볼 터이니. 아까 들어가는 것을 보고 틀림없다 생각은 하였지마는 바로 정면에 서서 또 한 번 보기 전에는 장담은 할 수 없어. 그래서 만일 틀렸고 보면 나는 곧 여기로 돌아올 것이고 정말 그 여자 같고 보면 나는 시치미 뚝 떼고 저편으로 갈 터이니 자네는 그 뒤를 쫓게"

"그래서 그가 어느 골목 몇 번지에 사는 것만 알고 집으로 돌아가면 될 것일세그려"

"옳지, 옳지"

하며 그는 만족한 모양으로 저편을 향하고 갔다.

대체 검정 수건이 누구인지는 알 수가 없지마는 그자의 뒤쫓는 여자가 방월희인 줄은 이미 짐작할 바이나 홀로 월희는 이를 알지 못하고 고수계와 같이 나매신에게서 여러 가지 훈수를 받은 후 다시 만날 날을 약속하고 그 뒷문으로 나와 어둠침침한 장명등 앞을 지나고자 한즉 그곳에 거지 하나가 있어 지팡이를 끌며 월희 앞으로 가까이 오는지라. 이는 흔히 있는 일이매 돈을 달라고 함인가 하여 월희는 자기 주머니에서 돈을 꺼내 가지고 던져 주다가 본즉 아아, 이것이 웬일인가. 그가 검정 수건을 쓴 모양은 이왕에 요하네 교당 뒤에서 비밀한 상자를 훔쳐 가던 그 괴물과 똑같으매 월희는 움찔하고 놀라는데 그동안에 검정 수건은 돈을 집어 가지고 어디로 가 버렸더라.

뒤따르던 고수계는 월희가 놀람을 보고

"왜 그러십니까. 어찌 그리 놀라셔요"

하고 물으나 설마 그때 보던 괴물과 지금 보던 검정 수건이 같은

사람이라고 생각할 수는 없으므로

"아니, 거지의 검정 수건이 이상하게 보이기에 잠시 놀란 것일세"

하며 그리 깊이 생각도 하여 보지 않고 자기 집을 향하여 돌아가 보니 노붕화에게서 편지 한 장이 와 있어 내일 밤에는 의사를 데리고 문병을 가겠노라 하였으므로 월희는 정말 인제부터 어려운 구실을 치르게 될 것이라고 위선 가슴부터 두근거리었다.

76. '말하여 보아라'

저 수상한 거지가 월희의 주소를 알고자 하던 이튿이튿날 오후 다섯 시가량의 일이었다. 평일에 저렇듯 검소한 육군 대신 노붕화는 수염을 깎고 머리를 쓰다듬어 훨씬 모양을 낸 후 마차를 타고 자기 사저를 나왔다. 가는 곳은 어디인지 알 수 없으나 그 얼굴빛까지도 평일의 엄숙한 기운은 간 곳 없고 무섭기로 유명한 그 얼굴에 은연히 웃음을 띤 것은 응당 떳떳한 정치상의 볼일이 아니라 자기 사사의 한가한 심방일 것이다. 또 그와 같이한 노인은 몸이 부대하고 얼굴이 유들유들하며 이야기 잘하고 웃기 잘하여 연해 노붕화의 비위를 맞추는데 그의 친구인가 하면 친구로는 말씨가 너무 공손하고 또 문객이나 하인붙이인가 하면 그렇지도 아니한 모양이다. 그러나 만일 파리 왕궁에 드나드는 사람으로 하여금 보게 하면 이것은 궐내의 전의로서 병 집맥보다는 면상육갑을 잘하는 태전의인 줄을 알 것이다.

마차는 이윽고 문밖을 나서 대감옥 편짝을 향하고 달리기 시작하

니 태전의는 웃는 얼굴로 노붕화를 바라보면서

"대감께서 몸소 저를 데리고 문병을 가시기는 참 의외입니다. 병인이 누구인가요. 대감께서 끔찍이 아끼시는 사람인가 봅니다그려. 만일 일가 댁 같고 보면 이렇게 같이 가시지 않더라도 어디 이러저러한 데라고 가르쳐만 주시면 곧 가서 집맥을 하고 올 것인데 이것은 참 아무리 생각하여도 모르겠는걸이요. 대감, 이것은 필경 새로 친하신 무엇이지요"

노붕화는 그 깨진 인경 같은 음성으로

"응, 그래"

"가만히 점을 쳐 보니까 필경 미인인 듯한데요"

하면서 그의 모양낸 거동을 한번 훑어보더니 속맘으로는 '이 장작개비 같은 몰풍치한 정치가가 여배우한테라도 반하였나 보다' 하고 웃는 모양 같았다.

"하하, 태전의가 그래도 다르군그래. 무엇을 보고 알았나"

태전의는 더욱더욱 웃으면서

"남의 뱃속까지 들여다보는 힘이 없고야 의원질이나 대신 노릇을 하겠습니까"

"하하하, 그도 그렇지"

"아아, 대감께서도 그 머리 아픈 사무에만 너무 맘을 쓰시면 신상에 해롭습니다. 더러 미인들과도 상종을 하시고 가끔 소풍도 좀 하셔야지요. 만일 그리하실 생각만 계시면 저라도 더러 힘써 드리겠습니다"

다른 때 같으면 자기 행동에 대하여서 좌우간 이러니저러니 하는 것을 용서하는 성미가 아니건마는 오늘은 도리어 그를 좋아하는 것같이

"응, 자네도 쓸 데가 많으네그려"

"아니요, 무엇이든지 시키는 일은 다 합지요. 그런데 그 새로 아셨다는 미인은 어떤 사람인가요"

"무얼, 요즘에 시골서 올라온 여자야. 다소 정부에도 유공한 사람의 내상인데 요전에 상부를 하고 좀 볼일이 있어 파리를 올라왔네그려. 그런데 그 정상이 가긍하기로 좀 보아주려는 것일세"

하고 그럴듯한 핑계를 하나 의사는 속맘으로

'웬 수작인고. 뉘 집 과부에게 홀려 가지고 정상이 가긍은 다 무엇이야'

하면서 몇 마디 이야기에 벌써 눈치를 다 알아본 모양이다. 이로부터 이런 일 저런 일을 이야기하는 중에 벌써 방월희의 집을 당도하게 되었는데 이때 창문 밖에서 이상한 소리가 들리는지라. 노붕화는 무슨 일인가 의심하여 바깥을 내다본즉 건장하게 생긴 거지 하나가 말고삐에 매달려 마차를 멈추고자 어자와 다투는 중이며 또 마차 옆에는 검정 수건으로 얼굴을 가린 거지 하나가 서 있는지라. 노붕화는

"이거, 웬 놈들이니"

하고 호령을 한즉 검정 수건을 쓴 자는 가까이 나오면서

"대감과 국왕을 위하여서 나라의 큰 비밀을 말씀하려고 합니다"

마차를 붙들고 호소하는 일은 가끔 있는 일이나 채용할 만한 값이 있는 것은 좀처럼 없으며 귀담아들을 만한 값어치도 없는 일이 많으매 '나라의 큰 비밀'이라는 말을 듣고도 노붕화는 그리 대단히 여기지를 아니할 뿐 아니라 도리어 자기의 갈 길을 방해함이 분한 것같이

"애, 어자야, 이놈들을 어서 쫓아 버려라"

검정 수건은 이 말에도 겁내지 아니하고

"아니, 지금 아니 들으면 이담 후회할 날이 있지요. 나라의 큰 비밀입니다"

"애, 어자야, 어서 몰아내라"

"대감의 무서운 원수가"

"몰아내라"

"변성명을 하고 이 파리에"

"네 이놈들을 채찍으로 후두들겨라"

"미구에 무슨 변을 내리려고 음모를 하고 있습니다"

"옳지, 옳지, 막 후두들겨라. 까닭 없이 남의 마차에 매달리는 놈들은"

"대감은 내 이름을 모르니까 그리하시는 것이지요마는 나도 예사 거지는 아니오. 대감께서도 이름을 아실 만한 훌륭한 무사요"

이 말이 첨으로 노붕화의 귀에 들어갔던지

"무엇이야, 나도 이름을 알리라고"

"예, 필경 대감 수첩에도 적혀 있으리다"

"수첩에도 적혔어. 누구야. 그래, 누구야"

"예, 내 성명은"

하고 성명을 대고자 하였으나 지금 성명을 대었다가는 도리어 자기가 잡힐는지도 알 수가 없다고 생각하였던지 별안간 말을 바꾸어

"아니, 내 이름보다도 그 일이 더 중대합니다"

"내가 알 사람 같고 보면 수건을 벗고 얼굴을 보여라"

"얼굴을 보아서는 모릅니다. 이러한 열심만 보아도 알 것 아닙니까. 나라의 비밀을 안 것이 아니면 왜 위험을 무릅쓰고 대감 마차를 정지시키겠습니까"

노붕화는 그럴 듯이 생각을 하였던지

"그러면 그 비밀이란 무엇인지 어디 말하여 보아라"

아아, 이 거지가 비밀을 말한 결과는 어찌 될 것인가.

77. 첫 번의 악수

노붕화가 '어디 들어 보자' 한다고 덮어놓고 다 말을 하여 버리면 팔려던 물건을 거저 내주나 일반이라. 먼저 상급을 작정하기 전에는 함부로 말할 수 없는 형편이매 검정 수건은 또 주저주저하고 있으니 노붕화는 벌써 소용없다고 생각을 하였는지

"자아, 어자, 어서 가자"

하고 한마디 신칙하매 어자는 채찍을 들어 두 거지를 한번 단단

히 때린 후 깜짝 놀라서 물러나는 동안에 다시 말 등에다 채찍을 더하여 바로 쏜살같이 달려가니 거지는 않고 난 몸으로 무거운 다리를 질질 끌고 뒤쫓아 가면서

"대감은 도깨비골 일을 잊어버렸소. 방월희라는 여자의 이름을 못 들었소. 결사대 중에 살아 있는 사람이 있는 것을 알지 못하시오"

하고 소리를 질렀다.

아아, 이 말을 노붕화가 들었으면 월희를 위시하여 여러 사람의 앞길은 어찌 될까.

만일 이 소리가 노붕화의 귀에만 들어갔으면 그는 다만 갈 길을 재촉하지 아니하였을 뿐 아니라 이 거지를 마차 안에 들어앉히고 자세히 물어볼 것이건마는 이러한 말은 귀에 들어가지 않았으며 더욱이 오늘은 그러한 일을 들으러 다니는 길이 아니매 정말 상급 푼이나 바라는 거지들이 쓸데없는 말을 지어내서 자기를 속이려는 줄로만 알고 그대로 방월희의 집을 향하여 달려갔다. 뒤에 남은 두 거지는 자기 목적이 아주 틀린 것을 보고 어자에게 맞은 채찍 자리를 쓱쓱 비비면서 어디로인지 가 버렸다.

각설, 방월희의 일시 들어 있는 집은 본래 왕후 귀족을 맞기 위하여 지은 집이 아니매 그리 훌륭하다 할 수 없으나 이 층에 객실이 있어 전에 들었던 사람이 매우 얌전하게 꾸며 놓은지라 날마다 화려한 집안에서 거처하던 노붕화의 눈에는 도리어 아담하게 보일 것이다. 그는 지금까지 여러 차례를 방문하였다가 번번이 거절을 당하였으나 오늘은 전과 달라서 매우 정중한 영접을 받아 가지고 이 이 층 객실에 들어왔다.

이윽고 들어오는 방월희인 유 부인은 과연 앓고 난 사람같이 신

관이 좀 해쓱하였으나 타고난 고운 인물은 이로 인하여 덜리지 아니하였으며 이슬에 휘진 꽃과 같아서 도리어 운치가 있으매 태전의는 속맘으로

'이런 똑딴 인물이 어찌 지금까지 파묻혀 있었나'

하고 의심하는 것같이 연해 유 부인의 얼굴만 바라보고 또 평일에 저렇듯이 거만하던 노붕화는 무슨 말을 먼저 꺼낼까 하여 도리어 수줍은 듯이 머뭇머뭇한다. 그의 삼십 년래의 정치상 교제는 미인과 수작하는 교제를 그에게 가르치지 아니한 모양이다. 그러나 그보다도 더욱 난감한 것은 방월희이라. 그의 모양을 볼 때에 벌써 독사를 보는 것 같아서 그대로 달아나고 싶었으나 지금이 고비판이라고 생각한 고로 정신을 가다듬어 전에 나매신에게 배운 대로

"누추한 이 집을 여러 번 찾아 주신 후의는 감사합니다"

하고 그 가냘픈 손길을 내미니 노붕화는 반가이 잡으면서

"아니, 이 집을 찾은 것이 아니라 부인을 찾은 것입니다"

하고 뒤를 잇대어 달라는 듯이 태전의를 돌아다보니 그 역시 오늘 저녁 하룻밤의 공로가 국왕의 곁에서 일평생을 애쓰느니보다도 출세의 첩경이라고 생각하였으매 계제를 놓치지 아니하고

"참, 이런 부인이 계신 댁이면 비록 어떠한 곳이든지 대신이 찾아와서 부끄러울 것은 없습니다"

하고 곁쐐기를 집어넣는다. 이 동안에 노봉화는 다음 할 말을 생각하여

"요전부터 편찮으시단 말씀을 들었기에 오늘은 궐내의 전의로 있는 이 태의사를 청하여 가지고 왔습니다. 이 사람이 그 태의사입니다"

"아, 그러십니까"

하며 태전의에게도 손길을 주니 그는 공손히 손길을 잡고

"궐내에서는 늘 한가한 몸이니까 이담에라도 가끔 와 뵈옵겠습니다"

하였다.

78. '이것으로'

이때 방월희의 몸은 실로 여왕보다도 귀한 셈이다. 몇 해 동안이나 여자에게 향하여 숙여 본 일 없는 노봉화의 뻣뻣한 고개를 숙이게 하였고 궐내의 전의로서 '언제든지 와 뵈옵겠습니다' 하는 말을 하게 되니 세상에 이만한 대접을 받을 사람이 다시 있을까. 월희가 만일 보

통 여자 같고 보면 이 비길 데 없는 호강에 맘이 취하여 무쇠탈도 없고 여러 동지들도 잊었으련마는 월희는 다만 어떻게 하면 이 면회를 짧게 할까 하는 걱정뿐이었다.

"아니, 고마운 말씀입니다마는 신병은 거의 다 나았습니다"

"부인의 병환은 젊으신 부인네의 예증이라고 하올는지 필경 신경성의 피로증이시겠지요. 그렇지만 병환이 나으셨고 보면 인제 자주 뵈올 기회도 있겠습니다"

노붕화도 운을 달아

"아무렴, 파리에는 보실 만한 데도 많고 교제 사회도 넓으니까 인제부터 내가 잘 인도하여 드리지요"

"아아, 이 대감께서 소개를 하시면 파리 안 귀족, 황족의 집에서는 모두 문을 열어 놓고 오시기를 기다리게 됩니다. 더욱이 인물이 저렇게 고우시니까 불과 두서너 달이면 온통 교제 사회를 휩쓸게 되시겠지요. 그보다도 지금까지 부인께서 숨어 계신 것이 참 별일입니다"

"예, 나는 이 앞으로도 그리 교제는 않겠습니다"

월희는 모든 것이 나매신이 부탁한 것보다도 냉담하게 대접을 하나 미인의 냉담은 실례 중에도 들지 않는 것이라. 이러한 여자일 것 같으면 더군다나 사랑할 만한 값이 있다고 노붕화는 점점 열심을 더하는 것같이 이로부터 이런 이야기 저런 이야기를 하게 되었다. 혹 좀 더 번화한 데로 이사를 하라고 권하기도 하며 혹은 친한 사람 중에서 벼슬 길로 나서고자 하는 사람이 있으면 어디까지 보아주마고 하여 자기가 대신이라는 권세를 자랑하며 월희의 맘을 끌고자 하였으나 월희는 점점 싫증을 느낄 뿐이었다.

그러나 이 사람과 친하게 되어 이 사람의 입으로 듣지 못하면 무쇠탈의 간 곳을 마침내 알 길이 없음을 생각하매 그의 말을 괄시할 수도 없어 다만 색책으로만 대답을 하노란즉 거의 한 시간이나 된 때에 노붕화는 첫 번 심방에 너무 오래 앉는 것도 재미없다고 생각하였는지 또 오기를 약속하고 이날 밤은 돌아갔으나 이 뒤로부터는 사흘 혹 나흘 만에 반드시 찾아와서 한 시간 혹은 두 시간씩 이야기를 한다. 그러한 중에는 이러한 일 저러한 일에 여러 가지 이야기가 나건마는 무쇠탈의 일을 물어볼 계제는 없는지라. 월희는 맘만 조급하여 나매신에게 하소연하나 나매신은 조급히 굴다가 의심을 받느니보다 천천히 그 기회가 돌아오기를 기다리라 할 뿐이요 별로 지휘도 하는 일이 없었다. 그러한 중에도 노붕화의 열심은 점점 더하여져서 이로부터 두 달을 지난 뒤에는 마주 앉아 이야기를 하기도 위험할 지경이 되었으매 월희도 깊이 생각을 하여 이 모양으로 쓸데없이 오래 끄느니보다는 설령 그의 의심을 받을지라도 무쇠탈의 간 곳을 물어보리라, 만일 물어볼 수가 없으면 고만 이 땅을 떠나 가지고 각처의 감옥을 차례차례 돌아서 십 년 이십 년이 걸리더라도 무쇠탈을 찾아내리라, 언제까지든지 맘에도 없는 아양을 부리며 남편의 원수에게 웃는 낯을 보일 수가 있으랴고 위선 그 연유를 고수계에게 말하니 고수계 역시 그렇게 생각을 하였는지 두말없이 찬성을 한 후 다시 말을 이어

"나도 첨부터 이 일을 달근달근하게 생각하지는 않았으나 어찌하지 못하여 눈물을 머금고 참아 왔습니다. 인제 그와 만나 보지 않기로 작정하면 그대로 사절만 할 것이 아닙니다. 그를 죽여 버리십시오. 월희 씨 신상으로 한대도 그를 죽여서 내 몸의 조촐한 것을 표적 하지 않으면 안 백작께 뵈올 낯이 없겠지요. 설령 백작을 위하여 한 일이라고 할지라도 그러한 놈을 몇 차례나 만나 보시고 단둘이 이야기를 하

시면서 당초의 목적도 못 이루고 오히려 그를 살려 둔다 하면 이다음 백작께서 들으시고 월희 씨의 행동을 무엇이라고 하겠습니까. 자아, 그 준비로 이것을 드리지요"

하며 한 낱의 단도를 내놓으니 월희는 그 이상한 말에 생각나는 일이 있어 별안간 눈물을 머금고 야속한 듯이 고수계의 얼굴을 바라보면서

"자네는 무슨 말을 하는가. 지금까지 나의 행동에 안 백작께 대하여서 발명할 수 없는 무슨 불미한 일이 있었나. 너무도 내 속을 몰라주네. 노붕화와 단둘이 마주 앉아 이야기를 할지라도 안택승 씨는 고사하고 남의 앞에서 부끄러운 말은 입 밖에 낸 적이 없네"

하며 땅에 엎드려 목맺혀 운다.

79. 심기 일변의 방월희

고수계의 애매한 책망에 방월희는 땅에 엎드려 울었다. 그러나 고수계는 오히려 늠름한 태도로

"아니, 불미한 일이 있다는 말은 아닙니다. 월희 씨의 결백한 맘을 누가 의심하겠습니까마는 다만 목적을 이루지 못하는 날에는 무슨 까닭으로 면회를 하였는지 정말 할 말이 없이 됩니다. 만일 목적을 이룬다고 하면 설령 몸을 더럽힌대도 상관이 없어요. 월희 씨께서 정조를 더럽힌다 할지라도 그 대신으로 그만큼 목적을 이룬다고 하면 정말 열녀시라고 하겠지요. 정조도 더럽히지 않고 목적도 못 이룬 담에야 그를 죽이지 않고 무엇이라고 발명을 하시겠습니까. 만일 월희 씨께서 죽이지를 못하면 내가 죽이겠습니다"

이것은 월희를 격동하는 말인가, 정말 그렇게 생각함인가. 월희는 과연 그러하다 생각하여 눈물을 거두고 고개를 들며 그 단도를 집어 품 안에 지닌 후

"그렇게까지는 나는 생각하지 못하였네. 과연 그를 죽이기 전에는 발명할 말이 없지. 이담에 만일 알아내지 못하면 그를 죽이거나 그것도 못 하면 내 몸으로라도 발명될 만한 일은 하여 놓음세"

하는 말은 자살이라도 한다는 뜻인가. 고수계는 못 알아듣는 것 같이

"예, 정조를 깨뜨리더라도 목적을 이루거나 정조를 지키고 그를 죽이거나. 그렇지만 목적을 이루는 것이 더 필요합니다"

하며 돌연히 자리를 떠났다. 이때에 만일 그의 얼굴을 바로 본 사람이 있었으면 그의 두 뺨에는 주줄이 흐르는 눈물이 이편 월희보다도

더함을 알았을 것이다.

　고수계가 나간 뒤에 월희는 얼마 동안 까부라져서 울 뿐이었으나 또다시 생각을 하여 보매 고수계의 한 말에는 정말 한량없는 깊은 뜻이 있다. 과연 자기 몸이 몇 차례나 저 노봉화를 만나 보면서도 아직 목적을 이루지 못한 것은 저 고수계나 나매신의 눈으로 볼 때에 얼마나 갑갑하였으랴. 이것으로 말한대도 내 몸의 열심이 부족하여 다만 나매신의 지휘만 지키면 일이 될 줄로 알고 만들어 옷 입힌 각시와 같이 있는 까닭이다. 이미 원수인 줄을 아는 노봉화와 교제를 하는 이상에는 이것만 하여도 안택승에게 볼 낯이 없는 몸이라. 이 위에 교제가 좀 더 깊고 옅은 것이야 무슨 관계이랴. 아무렇게 하든지 목적을 이루지 못하면 내 몸의 더러운 것을 씻을 도리가 없다. 고수계의 한 말은 이러한 뜻일 것이다. 인제부터는 그러한 결심을 가지고 저 노봉화를 속여 보며 달래도 보자. 필경은 무쇠탈의 간 곳을 알아내는 것이 내 몸을 결백하게 하는 외곬의 방법인즉 아무리 어렵고 아무리 부끄러운 일이 있을지라도 저 노봉화를 줌 안에 넣어서 나라의 비밀을 말하게 하리라. 지금까지 나지 못하던 용기를 내어서 눈물을 씻고 일어서니 덜그럭하고 방바닥에 떨어지는 것은 고수계의 주던 단도였다.

　'목적을 이루지 못하거든 이것으로 노봉화를 죽여 버리라'

　그렇다, 그렇다. 찔러 죽이리라. 그렇지 못하면 스스로 죽으리라 하며 집어 들고 바라보니 이는 안택승의 사랑하던 단도로서 언제인가 상급으로 고수계를 주었다는 물건이라. 지금까지 약하게 굴던 자기 맘을 남편이 나무라는 듯하여 고쳐 품 안에 지니고 자기 침실로 들어갔으나 이로부터 월희는 이튿날 아침까지 그 방 안에 들어 있어 혹 울기도 하며 혹 성내기도 하고 하룻밤을 번민 중에 새었는지 이튿날 일어

나온 때에는 그의 두 눈이 부어오른 것을 보겠더라.

그러나 월희는 이 하룻밤 사이에 딴사람이 되었다. 다시는 지금까지의 이슬에 울고 바람에 놀라는 어린 여자가 아니며 목적을 위하여서는 몸을 버리고 사람이라도 죽이겠다는 늠름한 여장부가 되었다. 고수계에게 대하여서도 어제까지의 태도와 달라서 그의 가슴을 측량할 수 없는 웃는 낯으로 마치 대장의 지휘와 같이

"언제 이 집을 떠날는지 모르니 그 준비를 하여 두게"

하며 간단히 이른 후 자기는 다시 뜰에 내려가 옛날 안택승에게 들어 배운 개선가의 곡조를 나지막이 부르며 나무 사이로 거닌다. 이윽고 오후 다섯 시가량에 이왕에 보아 알던 노붕화의 마차 어자가 편지 한 장을 전하는지라. 월희는 손수 받아 들고 펴 보니

일전에 약속한 바와 같이 금정관 요리점에서 만찬을 같이하며 한가히 말씀코자 하오니 곧 왕림하시기를 바라노라.

는 뜻의 사연이 적혀 있었다. 옳지, 인제 생각을 한즉 노붕화는 두 번이나 이러한 말을 한 것 같다. 다만 그때에는 무례한 말이라고 생각하였으나 이제는 무례를 무례로 생각지 않고 도리어 지루하던 원수의 교제가 이제에 끝날 것을 기꺼하는지 월희는 지금까지에 보인 일이 없는 아양스러운 웃음을 상긋 띠며

"곧 가겠습니다고 가서 여쭙게"

하여 어자를 돌려보낸 후 자기는 불현듯이 집 안으로 들어가 단장을 차린 뒤에 한들한들 걸어 나오는 그의 모양을 보니 수박빛 비단 외투에 가벼운 모자를 눌러쓰고 모자 옆에는 지금 뜰에서 꺾은 흰 장

미 한 송이를 넌짓 꽂았다. 얼굴에는 연지까지 발랐는지 평일의 해쓱한 얼굴빛이 두 뺨에 볼그레한 도화색을 나타내니 물론 그때 시절의 칙칙한 것을 세우는 시체와는 달라서 아주 산뜻한 차림차림이나 월희의 태도에 빈틈없이 얼리는 모양은 무엇이라고 형용할 수가 없어 월궁의 선녀라도 이러하리라고는 생각할 수 없었다. 만일 이 모양을 파리 궁중에 내다 놓으면 삼천 궁녀는 얼굴빛을 잃을지요 파리의 시체는 하룻밤에 변하였을 것이다.

80. 지옥이냐 성공이냐

방월희의 비길 데 없는 고운 태도도 다만 월희 자기는 알지를 못하는 듯이 치마허리 한번을 돌라보는 일이 없이 몸이 가볍게 걸어 나왔으나 층계 위에 걸려 있는 체경 앞을 지날 때에 잠깐 그 앞에 서서 자기 맵시를 한번 훑어본 후 다시 상긋 웃을 뿐이었다. 발도 멈추지 않고 내려가는 층계는 내 몸을 결딴내는 지옥의 길인가 또는 목적을 이루게 하는 사다리인가. 새삼스러이 목숨을 아낄 것도 없고 눈물은 간밤에 다 흘렸으매 슬프지도 않고 겁날 것도 없다. 다만 염려를 하면서 아래서 기다리던 고수계는 도리어 월희의 결심이 철석같이 굳음을 보고 격동시키던 자기가 도리어 싱겁던 것같이

"혼자 가셔도 상관없겠습니까"

하고 묻는다. 월희는 태연한 모양으로 자기 주머니를 가리키며

"염려 말게. 여기 가졌네"

하는 것은 그 단도를 가졌다는 말일 것이다. 고수계도 자기 한 말을 이처럼 소중히 여기는가 생각하면 솟아오르는 눈물을 감출 길이 없어 한 방울 두 방울 흘러내리니 월희도 그의 가슴을 살핌이던지

"그처럼 염려가 되거든 따라오게나"

하며 그 얼굴을 돌린 채로 아무렇지 않게 걸어 나가는 뒤를 고수계 역시 따라나섰다.

이윽고 금정관에 당도하여 고수계는 문간에서 기다리게 하고 이 층 넓은 방으로 찾아가 보니 노붕화의 그림자는 간 곳이 없다. 아, 그러면 무엇이 상치되었나 하고 주저주저하는 계제에 보이 하나가 앞으로 나오며

"부인께서는 저, 유 부인이 아니십니까"

하고 묻더니 월희가 가볍게 고개를 끄떡이매

"먼저 오신 어른께서는 여기서 기다리십니다"

하고 한 편짝 조용한 방으로 인도한다. 이 동안에도 넓은 방 안에

있던 여러 사람들은 월희의 고운 태도를 보고 정신이 황홀하여 뒷모양
만 바라보고 있으나 월희는 상관하지 않고 인도하는 보이를 따라 한편
구석의 조용한 방을 당도하매 보이는

"이 방입니다"

하고 가르쳐 준 뒤에 돌아가 버렸다. 월희는 새삼스러이 주저할
것도 없이 그 방을 들어서니 노봉화는 이미 와서 기다리고 있었다. 역
시 평복을 입었으나 첨에 배 전옥의 집에서 볼 때와는 아주 달라서 검
소하던 옷은 아주 사치한 의복이 되고 속인의 눈을 속이는 금줄붙이도
가슴에 번쩍였다.

그가 지금까지에는 검소한 정치가로 이름을 얻어 당시의 사치한
중에 한 이채가 되어 있더니 판사 부인의 하던 말과 같이 미인의 앞에
서는 한없이 약하던지 월희에게 맘을 둔 뒤로부터는 아주 딴사람같이
의복에 맘을 쓰게 된 것은 이상한 일이었다. 더욱이 이날의 월희의 고
운 태도는 목석이 아니고야 맘을 움직이지 아니할 사람이 없을 지경이
매 그는 한번 바라보고 이미 정신이 황홀하여 넋을 잃은 것같이

"아아, 이야말로 천하일색이로구나"

하며 발길의 놓이는 곳도 알지 못하는 듯이 꿈속같이 일어서 오
더니

"아아, 잘 오셨습니다"

하며 저 월희를 안아 자기 앉았던 옆자리에 앉히는지라. 월희는
그를 돌아다보면서

"어찌 오라셨어요"

하고 어수룩하게 물으니 그는 마치 야속하다는 듯이

"그것을 몰라서 물으시오"

하고 월희를 바라보는데 그의 입술과 그의 손끝은 그윽이 떨리는 모양이며 그의 맘은 월희에게 삼킨 바가 되어 평일의 담력과 평일의 거만하던 버릇을 잃어버렸다. 그는 이제 방월희의 노예가 되어 버린 것이다.

평일에 거만한 사람 중에는 도리어 이러한 일이 많다고 한다. 이는 사람과 사람과의 전기 싸움인즉 이기는 사람은 더욱더욱 기운이 더하여 침착하여지고 지는 사람은 더욱더욱 약하게 되어 필경 한편은 노예가 되며 한편은 군주와 같이 되는 것이다. 당초에 월희가 배 전옥의 집에서 노붕화를 만나 가지고 고개도 들지 못한 것은 역시 이와 같은 이치이니 그때는 월희의 전기가 약하여서 강한 노붕화의 전기를 못 당하였으나 그 뒤 여러 차례 만나게 됨을 따라 월희는 원망하는 맘으로 강하게 되고 노붕화는 사랑하는 생각에 약하게 되어 필경 당초의 관계와는 정반대가 되어 노붕화는 월희가 당초에 섰던 약한 지위에 선 고로 거만하기 짝이 없다는 노붕화도 다만 월희의 한 번 마시고 한 번 쉬

는 호흡을 따라 벌벌 떨게 되었으니 이는 실로 월희의 공로이며 다만 이것만으로도 벌써 여러 사람의 원수를 갚았다 할 것이다.

81. 가로인가 세로인가

월희는 똑바로 쳐다보는 노붕화의 눈을 피하고자 아니 하고 마주 들여다보니 그는 도리어 눈이 부신 듯이 잠깐 내리깔았다가 무색한 모양으로 다시 들었다. 월희는 두 뺨에 웃음을 띠면서

"대감 생각을 내가 어찌 알겠습니까"

하고 대답하니 그는 다시 할 말을 알지 못하여 움씰한 채로 앉아 있을 뿐이다. 이때 그의 가슴은 얼마나 두근거렸으랴. 이리할까 저리할까, 겁과 용기가 서로 싸우되 이것을 외면에 나타내지도 못함은 이야

말로 연애의 노예라고 할 것이다. 그는 월희의 눈앞에서 움씰한 채로 정신을 놓았는지 방 안은 별안간 조용하기 무인공산의 무덤 속 같다.

　방 안이 한껏 조용한 때에 그는 깜짝 놀란 사람과 같이 몸을 움직이며 월희의 손길을 덥석 잡았다. 그의 손길은 불같이 뜨거우나 월희는 오히려 놀라지 않고

　"에그, 이게 웬일이십니까"

　하며 조용히 그 손을 뿌리치니 그는 다시 진정할 수 없는 것같이 몸을 벌렁벌렁 떨면서

　"부인—"

　"예"

　"여자에게도 인정이란 것이 있나요"

　이것이 죽을힘을 다하여 한 말이다. 월희는 또 웃으면서

　"우스운 말씀을 다 물으십니다그려"

　"우스운 말이여요. 진정으로 묻습니다"

　하고 한 마디 한 마디씩 가쁘게 말을 함은 열심이 과도하여 소리가 나오지 않는 까닭이다.

　"그야 있겠지요. 하느님이 모든 인간에게 다 같이 내리신 인정이니까요"

　"그러나, 그러나"

　"그러나 어때요"

　"그러나 그 인정을 부인께서는 느끼지 못하는 것같이 보입니다"

　이렇게까지 말이 나오고 보매 미리 결심을 하였던 월희 역시도 잠깐 얼굴빛을 변하였으나 이제 월희의 눈에는 노붕화가 어린애같이 보이는 터이라 다만 어린애의 실없는 말을 듣는 것같이 이것을 들으며

실없는 말과 같이 대꾸를 한다.

"예, 참되지 못한 사랑이 어떻게 참된 여자를 느끼게 하겠습니까"

예사 나오는 말이건마는 노붕화는 자기 의향을 뜨개질하는 말로 생각하였던지 아주 비상한 열심을 나타내며

"참 무정한 말씀을 하십니다. 나더러 참되지 못한 사랑이라고 하십니까. 불같이 뜨거운 맘으로 일시도 잊지 못하고 부인을 사랑하는데"

하며 곧 치마끈에 목을 맬 형편이다.

월희는 그를 두려워하지 아니하매 억지로 떼치고자 아니 하나 한갓 놀라는 모양을 보이며

"에그, 대감이 나를이요"

"그것이 의심스럽습니까"

"호호, 그러기에 참되지 않다는 말씀이지요. 지금 하신 말씀같이 참되지 못한 말씀이 어디 있습니까"

"지금 한 말이 참되지 않다고요. 참 기막힌 말씀입니다. 참 기막힌 말씀도 하십니다. 참으로 사랑하는 맘이 없으면 나이 사십이 되도록 여자라고는 거들떠보지도 않던 노붕화가 사흘이 멀다고 댁에를 찾아가겠습니까. 정말 사랑이 아니면 이렇게 속에 있는 말을 토파할까요"

하면서 한번 말을 꺼낸 뒤로는 겁이 변하여 용기가 되었는지 곧 끈을 달아 퍼붓고자 한다. 월희는 속맘으로 이 이상의 말을 더 하여도 상관이 없을는지가 의심스러워 잠깐 잠자코 있노라니 그는 인제 정신을 차리지 못하게 되어 월희의 앞에 무릎을 꿇으며

"여보시오, 부인, 꼭 한 마디만 사랑한다고 말씀을 하여 주서요. 내 아내가 되겠다고. 여보시오, 부인, 꼭 한 마디만 대답을 하면 당신은

318

곧 나의 여왕이요 나의 상전이요 이 나라 안에는 당신과 어깨를 겨눌 부인이 없지요. 모르면 모르되 온 구라파 안에 하나가 될 것입니다. 부귀영화는 소원대로 할 것이요 황족이니 귀족이니 하는 부인들도 부인 앞에는 고개를 숙일 것입니다. 여보시오, 부인"

부인, 부인 하고 애가 말라서 애걸을 한다. 과연 이 말과 같이 꼭 한 마디 대답으로 월희는 온 구라파에 하나 되는 여자가 될 수 있다. 월희는 이제 몸을 더럽히고 그의 아내가 되어서 무쇠탈의 비밀을 알아내고자 하는가. 그렇지 아니하면 따로이 무슨 도리가 있는가. 지금 월희 운명은 그의 고개를 흔드느냐 끄덕이느냐 하는 두 가지 중에 달렸다고 할 것이다.

82. 목적은 한 걸음 앞에

맘에도 없는 사랑을 꾸며 가지고 부질없이 남자를 농락함은 이것을 요녀라고 한다. 요녀의 행동은 숙녀의 할 바가 아니로되 이제 월희의 하는 일은 물론 요녀의 행동이 아닐다. 맘에 없는 사랑을 꾸며서 남자를 농락함이 아니라 이편은 사랑을 꾸미지 아니하되 저편에서 끌려올 따름이다. 설령 얼마간 요녀의 행동과 같은 데가 있을지라도 이는 만만 부득이한 경우이라. 죽을 몸이 죽지 않고 이러한 고생까지 차마 하는 그의 가슴을 생각하면 조금도 나무랄 수가 없을 뿐 아니라 실상 고금에 없는 열녀임을 알 것이다. 물론 이런 것 저런 것 다 생각하고 기나긴 밤을 눈물로 새어 가며 결심한 바이고 보매 월희는 노봉화의 이

열심을 보고도 오히려 태연한 태도로

"대감이 말씀으로만 그렇게 하신다고 진정인 여부를 어떻게 알겠습니까"

이 말을 들은 노봉화는 타오르는 불이 바람을 만난 것같이 더한층 날뛰었다.

"이처럼 말을 하는데 정성이 없다니요. 여보시오, 부인, 속에도 없는 말을 늘어놓아 가지고 여자를 속이려는 사람으로 아십니까. 진정이지요. 진정이여요. 그래, 이렇게 말을 하여도 모른다 말씀이오. 여보시오, 부인, 어떻게 하면 내 맘을 알겠소. 어떻게 하면이요"

"예, 증거를 보이면 알지요"

"에, 증거요. 어떠한 증거라도 보여 드리지요. 어떻게 하면 증거가 되겠습니까. 총리대신을 내놓으리까. 부인과 같이 시골로 내려갈까요. 부인을 위하여서는 부귀영화도 소용없고 세상만사가 다 시들합니다. 지금 내게는 부인같이 소중한 것이 없은즉 부인을 위하여서는 무슨 일이라도 하지요. 이렇게 하여도 아직 못 믿으시겠습니까"

"진정인지도 모르지요. 그렇지마는 입으로 말을 하면 그것이 증거라고 할까요"

"예, 알았습니다. 입으로만 말을 할 것이 아니라 실지로 그렇게 하여 보이지요. 지금 곧 총리대신의 지위를 내놓고 후작의 작위를 사퇴하고 평민 노봉화가 되어 가지고 부인 앞에 무릎을 꿇으면 그것을 증거로 알고 사랑을 허락하시겠습니까"

하고 얼굴에 결심한 빛을 나타내며 뒤를 다진다. 그는 정말 한번 결심한 일은 어떠한 곤란을 당하든지 이루지 않고는 말지 못하는 성질인즉 월희의 대답을 따라서는 그 지위를 내놓기도 주저하지 아니할 것

같다.

　더욱이 사람의 일생 중에 한 번은 반드시 사랑을 위하여 모든 것을 잊어버리는 경우가 있는 것이라. 다만 이르냐 늦으냐 하는 구별이 있을 뿐이며 이른 자는 가볍게 변화하게 다만 젊은 때의 허물로 돌리고 지나갈지나 늦은 자는 지각과 분별이 다 나 가지고 하는 일이라 몸을 망치고도 그치지 못하는 일이 있다. 하물며 그는 사십이 불원한 이날 이때까지 다만 부귀공명에 맘이 팔리어 사랑이 얼마나 귀중한지를 알지 못하고 한갓 무정하게 한갓 강박하게 남을 밀어내고 앞으로 나갈 줄밖에 모르며 그 밖에는 인정도 모르고 돋아 오르는 사랑의 싹을 지긋지긋 눌러 가면서 이날 이때까지 내려온 터인즉 사랑은 가슴 한편에 모여 있어 사십 년 동안의 저축한 맘으로 계제만 있으면 터져 나오고자 하던 즘에 월희와 같이 세상에 드문 인물을 보매 지금까지 눌렸던 사랑이 시위 풀린 활쌀같이 기운차게 뒤터져 나온 것이다. 지금 그는 정말 월희의 한 말을 듣기 위하여 작위도 맘에 없고 부귀영화도 꿈속

같을 것이다.

이 일을 생각하면 그의 이 모양이 월희를 위하여 무서운 화근이다. 그러나 이러한 지경에 이르지 아니하면 목적도 이루기 어려운 터이매 새삼스러이 놀랄 것 없이 지녔던 칼을 슬그머니 만져 본 뒤에 오히려 자기 무릎에 매달리는 그의 손길을 뿌리치지 않고

"대감이 벼슬을 내놓기로 내게 고마운 일이 무엇이겠소"

"그러면 어떻게 할까요. 어떻게 하면 증거가 될까요"

"글쎄요, 어떻게 하면 증거가 되는지요. 그렇게 물으시면 나도 대답하기가 좀 어렵습니다마는 무엇이든지 대감의 지금 한 말이 거짓말인 줄을 아는 때에는 그 증거를 가지고 대감께 분풀이를 할 만한 일이라야만 증거가 되겠지요"

노붕화는 이 한마디에 별안간 깨달은 것같이

"옳지, 알겠습니다. 더 할 것 없이 내 말이 거짓말인 줄을 아는 때에는 그 거짓말을 책망할 만한 증서를 써 놓으란 말씀입니다그려"

월희는 또 웃으면서

"누가 돈거래를 하던가요. 증서는 하여서 무엇을 하겠습니까"

"아니, 그야 그렇지요. 무슨 돈 여수와 같이 수표를 써 놓는다는 것이 아니라 내가 만일 실신을 하는 때에는 부인께서 나를 책망할 만한 길을 터놓으면 된단 말씀이지요"

"예, 나는 이렇게 오괴한 성미가 되어서 여간 책망만이나 하는 것으로는 맘을 놓을 수가 없어요. 아주 결딴이라도 낼 만한 것이 아니면 대감이 무슨 말씀을 하신대도 나는 믿을 수 없어요"

월희는 지금 한 걸음 한 걸음씩 목적한 곳으로 다가간다. 그러나 하회는 어찌 될는지.

83. 목숨을 잡히고

만일 실신을 하는 때에는 그 증거를 가지고 그대를 결딴내어 분풀이를 할 만한 증거를 보이라 하매 노붕화는 인제 도리가 있다고 맘을 놓은 것처럼 손바닥으로 그 이마의 땀을 씻으며

"옳은 말씀이오. 내가 실신을 하는 때에는 나를 결딴낼 만한 도리, 옳지, 그것은 정말 증거가 되겠지요. 그러면 그런 증거를 보여 드리겠습니다. 물론 거짓말이 아닌 이상에야 그보다 더 쉬운 일이 어디 있어요. 얼마든지 나를 못살게 구실 만한 제구를 다 드리지요. 그러면 되겠지요"

"예, 그렇게만 하여 주시면—"

"그렇게 하시지요. 아무리 무서운 제구를 부인께 맡긴대도 내가 형벌을 당하도록 맘만 변하지 않았으면 그만이니까 부인께서 만족하시도록 하여 드리지요. 그러나 그것을 어떻게 하면 될꼬"

"무엇이든지 대감께 난감한 일일수록이 좋습니다"

"아무렴이요. 내게 난감한 일이 아니면 무슨 책망할 제구가 되나요. 자아, 그렇게 되고 본즉 내 몸에 제일 관계되는 것은 직무상의 비밀입니다만 이것은 말씀한대도 부인께서 잘 모르실 것이고. 그렇지마는 이것은 말씀하여 두면 내 목숨과 내 명예를 부인이 수중에 가지고 있으나 일반입니다"

월희가 지금까지 고심한 것은 다만 그 직무상의 비밀을 듣고자 함이라. 이때를 당하여서는 웃고자 하나 웃음도 나오지 아니하여

"예, 그러한 일이고 보면 그야말로 훌륭한 증거가 되지요. 직무상의 비밀까지 토파를 하신 이상에야 다시 의심할 것이 있겠습니까"

"그러면 말씀하지요. 그렇지만 여러 가지가 있는데"

"그러면 그중에서 제일 경한 것을 말씀하실 생각이란 말이지요. 그러실 것 같으면"

하고 애초에 들을 필요도 없다는 말을 하고자 하매 그는 깜짝 놀라며

"아니요, 천만의 말씀입니다. 나는 결코 그렇게 무심한 사람이 아니지요. 정말 그중에서 제일 중한 것을 말하리다. 이것은 정말 다른 사람의 귀에만 들어가면 큰일 날 일이니까 부인도 그런 줄을 알고 들어 주셔야 합니다"

"그 대신 만일 대감이 거짓말을 하신 줄 아는 날에는 말을 냅니다"

"그야 물론이지요. 그때에는 큰길 네거리에 나서서 외친대도 좋습니다. 그런데 그는 무엇인고 하니요"

하다가 목소리를 별안간 낮추면서

"황족 광덕 공작과 또 충린 공작에게 관계되는 일인데 이것은 정말 비밀 중의 비밀입니다. 부인은 두 공작의 이름을 아십니까"

하나는 황실의 지친이요 하나는 무훈이 혁혁한 불란서의 육군 대원수이라. 월희가 어찌 그 이름을 알지 못하랴.

다만 이름만 알 뿐이 아니라 남편 안택승이 결사대를 조직한 것도 이 두 공작의 명령을 디디어 한 것이며 안택승이 이왕 도깨비골에서 월희의 귀에다 입을 대고 성명 성책에 적히지 아니한 대장군의 이름을 아는 것은 다만 나와 그대뿐이라 하던 그 대장군이 곧 이 두 사람인즉 지금 노붕화의 말하고자 하는 큰 비밀은 곧 무쇠탈의 비밀이다. 월희는 다만 그 말만 듣고도 지금까지 태연하던 가슴이 두근거리기 시작한다.

약차하면 이렇게 하리라는 결심은 고수계의 주던 단도와 같이 월희의 가슴속에 있거니 무엇을 놀라며 무엇을 무서워하랴. 월희의 맘은 다 타고 남은 재와 같아서 아무리 불을 질러도 다시 타지도 아니하며 휘저어 놓아도 다시 까부라질 뿐이다. 다만 노붕화가 광덕, 충린 두 공작에게 관계되는 일이라 하고 무쇠탈의 비밀을 말하고자 할 때에 잠깐 맘을 움직였으나 곧 스스로 진정하고 다시 눈치도 보이지 않는다.

"에, 두 공작이요. 이왕부터 말씀은 많이 들었습니다. 그런 어른에게 관계되는 비밀이면 정말 증거가 되겠지요"

노붕화는 이 말만 듣고도 하늘이 도우신 것같이 기뻐하면서

"그러면 말씀하지요. 어찌 된 일인고 하니요, 지금 루이 왕이 퇴위를 하고 보면 그다음에 등극을 할 사람은 두 공작 중의 한 사람이 될 터인 까닭으로 두 공작은 지금 세력이 굉장합니다"

하고 꺼내는 이야기가 어찌 무쇠탈과는 관계가 없는 것 같으므로

월희는 다른 일이나 아닌가 하고 염려를 하였으나 오히려 잠자코 듣노라니 그는 월희가 만족히 여김만 다행히 생각하여

"그런데 루이 왕의 앞에는 항상 내가 있어서 심복이 되고 보니까 두 공작은 이왕부터도 나를 꺼려서 계제만 있으면 몰아내려고 하는 중이고 또 나도 역 두 공작의 세력을 꺾지 아니하면 루이 왕께도 좋지 못하고 따라서 내 직분으로도 가만히 있을 수가 없는 형편인즉 어떻게 하든지 두 공작을 몰아내고자 피차에 맘을 먹고 본즉 자연 서로 원수가 되었지요. 일이 년 동안의 형편으로는 내가 두 공작을 몰아내지 못하면 두 공작이 나를 몰아내게끔 되어서 나도 애를 많이 썼으나 아무렇든지 무슨 핑계거리를 얻어야 되겠기에 그 뒤부터는 두 공작에게 탐정을 붙여 놓았더니 과연 비상한 비밀을 알아냈어요"

이 비밀이 곧 무쇠탈인가 보다 하고 월희는 귀를 기울였다.

84. 야아, 공든 탑을

이 비밀이라는 것이 무쇠탈의 일이나 아닌가 하고 월희가 의심하는 중에 그는 말을 계속하였다.

"그런데 두 공작은 어떤 불평객의 군인 하나를 시켜 가지고 역적 모의를 하고 있겠지요"

인제 정말 무쇠탈인 듯하다.

"물론 이 일로 말하면 평일에 서로 혐의가 없을지라도 내 직무상 그대로 둘 수는 없는 일이지요. 그것을 자세히 조사하려면 그 군인을

잡아 가지고 문초를 받는 것이 제일이나 증거를 들기 전에는 잡아도 소용이 없겠기로 정탐을 많이 붙여서 그 군인의 가는 곳마다 감시를 하여 가지고 확실한 증거가 나서기를 기다렸습니다. 그러나 그 군인 역시도 범연치 아니한 인물이라 두 공작과 서로 왕복한 편지이며 기타 동류들의 성명 성책을 비밀한 상자에 담아서 어디다 감추었는데 그 것을 아무리 하여도 알 수가 없습니다그려. 그러나 아무렇든지 역적모의를 한 것은 분명한 사실인 것이 벌써 지나간 봄에 그 군인은 각처의 무뢰지배를 꾀어서 열다섯 명의 결사대를 모아 가지고 루이 왕을 해칠 생각으로 파리에까지 오려고 하였습니다. 그만하면 증거가 충분할 뿐 아니라 인제는 더 내버려 두고 볼 수가 없는 경우이므로 이편에서도 중간에 복병을 하고 있다가 그 열다섯 사람을 몰수이 사로잡기로 하였지요"

하며 자세히 이야기를 하여 온다.

혹 노붕화가 나를 그중의 한 사람으로 짐작하고 이렇게 말하여서 눈치를 보려는 것이 아닌가 하고 월희는 도리어 의심을 할 지경이었으나 그가 지금까지 하여 오던 행동을 살피면 결코 그럴 리가 만무한 터이므로 다시 맘을 진정하여 가지고 계속하여 듣는다.

"그런데 그 복병한 군사들이 지휘를 잘못 알아듣고 그 열다섯 명 중에서 열네 사람까지는 죽여 버리고 겨우 한 사람만 사로잡았습니다그려"

그 한 사람이란 것이 지금 말하던 군인이냐고 물어보고 싶은 생각은 간절하나 지금 물었다가는 의심 받을 염려가 있다 하여 자기 입으로 말할 때까지 기다려 보리라고 월희는 꾹 참고 기다렸다.

"죽여 버려서는 아무 소용이 없습니다. 내 목적은 아무렇든지 두 공작이 그 일에 관계된 증거를 들어 가지고 그네들을 몰아내자는 것이니까 사로잡아 가지고 문초를 받아야만 될 것입니다. 그러나 다행히 한 사람은 사로잡았으니까 이제는 그자의 얼굴에 탈을 씌워서 남모르게 가두어 놓고 문초를 받는 중입니다. 아직 두 공작이 그 일의 두목이라는 것까지는 알지 못하였으나 그것도 차차 알게 되겠지요. 아무렇든지 이것이 내게는 제일 큰 비밀입니다. 첫째는 지금 만일 내가 두 공작을 몰아내기 위하여서 이렇게 애쓰는 줄을 알면 위선 나부터 죄를 당할 것이요 둘째로는 그런 죄인이 내 수중에 있어 문초를 받는 중인 줄 알면 두 공작은 어떻게든지 수단을 부려서 그 죄인을 죽여 버리거나 빼내고 말 것입니다. 그러니까 이 비밀은 정말 내 목숨이나 다름없는 것입니다마는 한갓 내 사랑이 거짓말 아닌 증거로 부인께만 말씀을 합니다"

장황한 이야기를 듣고 났으나 월희에게는 아무 소득이 없다.

무쇠탈이 누구인지 지금 어떤 감옥에 있는지를 알 수 없기는 역시 일반이매 월희는 도리어 낙담을 하며 아까 한 사람만 사로잡았다고 할 때에 왜 이름을 묻지 못하였나 하고 후회를 하였으나 이미 소용이 없는 일이다. 더욱이 그는 그만하면 월희의 승낙을 받았다고 생각을 함인지

"자아, 이만하면 거짓말이 아닌 증거는 분명하지요"

하며 첨과는 태도가 달라져서 얼마큼 대담한 빛을 나타내며 월희의 손길을 잡고 그의 허리를 끌어안고자 한다. 이 자리를 당하여 월희는 어찌할 것인가. 고수계의 주던 단도를 쓸 것인가. 아니, 일이 열에 아홉이나 되어 가는 때에 나머지 하나를 단도 끝에 하소연한다는 것은 아홉 층의 공든 탑을 무너 버리나 일반이다. 어떻게 하든지 무쇠탈의

이름과 있는 곳은 알아야 될 것이라고 월희는 급급한 중에도 무슨 생각이 돌았던지 노붕화를 밀치고 한편으로 물러앉으며 야속히 여기는 모양으로 그의 얼굴을 바라본다. 아아, 범의 굴에 들어간 월희는 범의 새끼를 꺼내는가, 꺼내지도 못하고 도리어 목숨을 잃는가?

85. 무쇠탈의 이름은

한편으로 물러앉으며 야속한 모양으로 그를 바라보던 방월희는 다시 입을 열었다.

"나를 아무것도 모르는 어리보기로만 아시고 그런 거짓말을 하십니까"

노붕화는 펄쩍 뛰면서

"에에, 무엇이여요. 그래도 나를 의심하십니까"

"공작이니 군인이니 하고 그럴듯한 말만 하시면 내가 곧이를 들을 줄 알고 엉터리도 없는 거짓말을 그렇게 지어내십니까"

"참 기가 막히는구려. 목이 달아나도 하지 못할 말을 다 하고 나니까 그래도 지어낸 말이라고요"

"지어낸 말은 아니라고 할지라도 지어낸 말이나 다름없지요. 설령 내가 그런 말을 한다고 할지라도 증거 없는 말을 누가 믿겠습니까. 대감이 그런 일 없다고 한마디만 하면 그만 될 것 아닌가요. 빙거도 없는 이런 이야기가 무슨 증거가 되나요"

"그러면 부인, 얼마든지 자세히 말을 할 터이니 부인께서 빙거 될 만한 구석을 일일이 캐어물으시오. 이렇게까지 말을 한 담에야 다른 것은 숨긴대도 쓸데없는 일이니까 무엇이든지 말씀하리다. 자아, 물으시오"

이렇게까지 된 것은 정말 월희의 큰 성공이다. 의외에 잘된 일이라 할 것이다.

"그처럼 말을 하십니다마는 대감은 그 사로잡힌 사람의 이름도 대지 않고 어디다가 감추어 두었다는 말도 없지 않습니까. 그것이 지어낸 말의 증거이지요"

"그것만 말씀하면 만족하겠습니까"

하였으나 그는 별안간 이 두 가지 질문이 뼈에 저리는 듯하여 낯빛을 싹 변하며 월희의 얼굴을 바라보는지라. 지금이 정작 생사의 갈라지는 때라고 생각한 방월희는 아주 죽을힘을 다하여

"그것 보시오. 정말 확실한 대답은 못 하지 않습니까. 나는 그렇게 듣고 싶지도 않아요. 그만두시지요. 그만하면 대감 맘은 다 알았습

니다. 아무것도 모르는 시골 여자이라고 맘대로 놀려 먹으시지요”

하며 토라진 모양을 뵈고 일어서 가고자 하는데 이때 방월희의
태도는 정말 채색으로도 그릴 수 없고 글로도 적을 수가 없는지라. 그
렇지 아니하여도 여광여취한 노붕화의 가슴은 더욱더욱 삼거웃같이
흐트러져 황황겁겁한 모양으로 월희를 만류하며

“여보시오, 부인, 지금 말하리다. 지금 곧 말을 해요. 그 사람은 지
금 무쇠탈을 씌워 있는데 그 무쇠탈의 본이름은”

“그 무쇠탈의 본이름은”

“예, 두 가지가 있는데 하나는—”

하나는 무엇이라 하는가. 마침 이때에 별안간 문밖에서 아이들의
음성으로

“영감께 지금 급히 뵈옵자는 손님이 계십니다”

하며 문을 열고 들어왔다. 노붕화는 불같이 화를 내며

“손님은 그만두고 상감마마가 온대도 내 말이 있기 전에는 들이

지 못한다. 쫓아 보내라, 쫓아 보내”

하고 호령하는 소리가 끝나기 전에

“상감마마가 아니라 납니다, 나여요”

하고 들어오는 사람이 있다. 이 무례한 손은 누구인가. 눈을 들어 바로 본즉 이는 다른 사람이 아니라 회계 총장의 나한욱이었다.

월희는 원래 나한욱의 얼굴을 아는 터이다. 첨에는 남편 안택승이 안시제와 결투할 때에 주막에서 보았고 그다음에는 배룡 병참소에서 무쇠탈을 조사할 때에 엿보아 알았으며 그의 영리한 얼굴은 몇 해가 지날지라도 월희의 눈에서 사라지지 아니할 지경이다. 월희는 이 아슬아슬한 고비판에 나한욱이가 들어옴을 보고 곧 천당에서 지옥으로 떨어진 것같이 느꼈다. 이번에야말로 가슴에 품은 단도를 쓸 때가 돌아왔다고 다시 한 번 어루만졌으나 월희의 생각에는 오히려 실낱같은 희망이 있다. 나는 나한욱을 알지마는 나한욱은 나를 알아보는지, 한 번 보기는 보았다 할지라도 그때에는 자기가 남복을 한 때이며 더욱이 그때에는 눈이 결투에 팔려서 다른 것을 자세히 볼 여가도 없은즉 제아무리 눈이 밝고 기억이 좋다 하나 설마 지금까지 기억을 하였으랴. 월희는 순식간에 생각을 돌렸으매 단도에는 손을 대었으나 오히려 빼어 들지 않고 다만 얼굴빛을 변하지 않도록 죽을힘을 다하여 주의하고 있었다. 그러나 그의 얼굴빛은 자기가 생각함과 같이 평탄치 못하여 별안간 파랗게 변하였으며 눈은 떴으나 얼빠진 사람같이 뜨고만 있을 뿐이었다.

아아, 기구한 방월희의 신수는 이제 또 어찌 되려 하는가.

낱말 풀이

ㄱ

가긍(可矜): 불쌍하고 가엾음.

가닥가닥: 물기나 풀기가 있는 물체의 거죽이 거의 말라서 빳빳한 상태.

가로쇠: 무엇을 막거나 움직이지 못하게 하기 위하여 가로로 댄 쇠.

가로차다: 가로채다.

가마아득하다: '가마득하다'의 본딧말.

가상(嘉賞): 칭찬하여 기림.

가석(可惜): 몹시 아까움.

가속(家屬): '아내'의 낮춤말.

가인(佳人): 용모가 아름다운 여자. 재덕(才德)이 뛰어난 사람.

각거(各居): 가족 관계에 있는 사람들이 각기 따로 떨어져 삶.

각설(却說): 이제까지 다루던 내용을 그만두고 화제를 다른 쪽으로 돌림. 화제를
돌려 다른 이야기를 꺼낼 때 앞서 이야기하던 내용을 그만둔다는 뜻으로 다
음 이야기의 첫머리에 쓰는 말. 차설(且說). 화설(話說).

간(諫)하다: 웃어른이나 임금에게 옳지 못하거나 잘못된 일을 고치도록 말하다.

간도(間道): 샛길.

간련(干連): 남의 범죄에 관련됨.

간수법: 물건 따위를 잘 거두어 보호하거나 보관하는 방법.

간특(奸慝): 간사하고 악독함.

감옥서(監獄署): 1894년 갑오개혁 때 고려ㆍ조선 시대의 '전옥서(典獄署)'를 개칭
하여 경무청(警務廳) 아래에 편성한 관청. 1907년 내부(內部)에서 법부(法
部)로 이관되면서 '감옥'으로 개칭되었다.

감장(監葬): 장사(葬事) 지내는 일을 돌봄.

강(講): 학문이나 기술의 일정한 내용을 체계적으로 설명하여 가르침. 강의(講義).

강권(强勸): 내키지 아니한 것을 억지로 권함.

강짜: 상대방이 다른 이성을 좋아하는 것을 지나치게 시기함. 강샘. 질투(嫉妬). 투기(妬忌).

객고(客苦): 객지에서 고생을 겪음. 또는 그 고생.

갈쭉하다: 보기 좋을 정도로 조금 길다.

거거익심(去去益甚): 갈수록 더욱 심함.

거금(距今): 지금을 기준으로 지나간 어느 때까지 거슬러 올라가서.

거동(擧動): 임금의 나들이. 거가(車駕). '거둥'의 본딧말.

거래(去來): 사람이 찾아오거나 사선이 일어나는 대로 아랫사람이 윗사람에게 알리는 일.

거무하(居無何): 시간상으로 있은 지 얼마 안 됨.

거미구(居未久)에: 오래지 않아.

거미줄(을) 늘이다: 피의자나 죄인을 잡기 위하여 여러 방면에 수사망을 널리 펴 놓다.

거우르다: 안에 든 것이 쏟아지도록 기울어지게 하다.

거운거운: 거의거의.

거지청(廳): 거지들이 모여들어 살거나 잠을 자기 위하여 만든 집.

거치다: 무엇에 걸리거나 막히다. 마음에 거리끼거나 꺼리다.

걸다: 말씨나 솜씨가 거리낌이 없고 푸지다.

걸다: 불, 볕, 바람 따위에 거칠어지고 빛이 짙어지다.

걸어앉다: 높은 곳에 궁둥이를 대고 두 다리를 늘어뜨려 앉다.

검불: 가느다란 마른 나뭇가지나 마른 풀, 낙엽 따위.

검안(檢案): 뒤에 남은 흔적이나 상황을 조사하고 따짐.

검잡다: 손으로 휘감아 잡다. '거머잡다'의 준말.

검치다: 모서리를 중심으로 두 면에 걸치도록 하여 접거나 휘어 붙이다. 한 물체의 두 곳이나 두 물체를 맞대고 걸쳐서 붙이다.

경둥대다: 침착하지 못하고 치신없이 경솔하게 행동하다. 경둥거리다.

경성드뭇하다: 많은 수효가 듬성듬성 흩어져 있다.

게두덜게두덜: 굵고 거친 목소리로 자꾸 불평하는 모양.

격동(激動): 감정 따위가 몹시 흥분하여 충동을 느끼거나 그렇게 되게 함. 정세 따위가 급격하게 움직이거나 그렇게 되게 함.

결곡하다: 얼굴 생김새나 마음씨가 깨끗하고 여무져서 빈틈이 없다.

결기: 못마땅한 것을 참지 못하고 성을 내거나 왈칵 행동하는 성미. 결.

결딴: 어떤 일이나 물건 따위가 아주 망가져서 도무지 손을 쓸 수 없게 된 상태. 살림이 망하여 거덜 난 상태.

결딴나다: 어떤 일이나 물건 따위가 아주 망가져서 도무지 손을 쓸 수 없는 상태가 되다. 살림이 망하여 거덜 나다.

경동(驚動): 놀라서 움직임.

경력(經歷): 여러 가지 일을 겪어 지내 옴. 겪어 지내 온 여러 가지 일. 열력(閱歷). 월력(越歷).

경륜(經綸): 일정한 포부를 가지고 일을 조직적으로 계획함. 또는 그 계획이나 포부.

경보(輕寶): 몸에 지니고 다니기에 편한 가벼운 보배.

경시(警視): 대한 제국 때 경시청(警視廳)과 각 도(道)의 관찰부(觀察府)에 속한 경찰 고등관(高等官). 또는 오늘날의 총경(總警)에 해당하는 식민지 시대 경찰관의 계급.

경시청(警視廳): 대한 제국 때 한성부(漢城府)와 경기도의 경찰 및 소방 업무를 맡아보던 관청. 한성부 안의 경찰 및 감옥 업무를 맡아보던 경무청(警務廳)을 전신으로 하여 내부(內部) 아래 두다가 1910년에 폐지되었다.

경시 총감(警視總監): 경시청(警視廳)의 우두머리.

경위(警衞): 경계하여 호위함.

경위(涇渭): 사리의 옳고 그름이나 이러하고 저러함에 대한 분별.

경위병(警衞兵): 임금을 경위(警衞)하는 병사.

경절(慶節): 온 국민이 기념하는 경사스러운 날.

경종(警鐘): 위급한 일이나 비상사태를 알리는 종이나 사이렌 따위의 신호.

경천위지(經天緯地): 온 천하를 온 천하를 조직적으로 잘 계획하여 다스림.

경첩(輕捷): 움직임이 가뿐하고 날쌤. 차림새가 단출하고 홀가분함.

곁 둘레를 치다: 곧바로 말하지 않고 말을 이리저리 굼때거나 슬쩍 둘러치다.

곁쇠: 원래 열쇠가 아니면서 자물쇠를 여는 데 대신 쓰는 열쇠.

곁쐐기: 쐐기 곁에 덧보태어 박는 작은 쐐기.

곁쐐기(를) 박다: 딴 사람의 말에 곁들여 말을 걸어 넣다. 말을 거들어 주다. 부연
하여 설명하다.

계제(階梯): 어떤 일을 할 수 있게 된 형편이나 기회.

고갱이: 풀이나 나무의 줄기 한가운데에 있는 연한 심. 사물의 중심이 되는 부분.

고대: 이제 막. 바로 곧.

고동: 물렛가락의 윗몸에 끼워서 고정한 두 개의 매듭 같은 물건. 그 사이에 물렛
줄이 걸려서 돈다.

고비판: 가장 중요한 단계나 대목 가운데에서도 가장 아슬아슬한 때나 형세.

고빙(雇聘): 학식이나 기술이 뛰어난 사람에게 어떤 일을 맡기려고 예의를 갖추
어 모셔 옴.

고심참담(苦心慘憺): 몹시 마음을 태우며 애를 쓰면서 걱정을 함.

고임돌: 물건이 기울어지거나 쓰러지지 않도록 아래를 받쳐 괴는 돌. 굄돌. 받침돌.

고총(古塚): 오래된 무덤.

곡경(曲境): 몹시 힘들고 어려운 처지. 곤경(困境). 난경(難境).

곤쟁이: 곤쟁잇과의 털곤쟁이, 까막곤쟁이, 민곤쟁이 따위를 통틀어 이르는 말.
노하(滷蝦). 자하(紫蝦).

곧아오르다: 얼거나 마비되어 꼿꼿해지거나 뻣뻣해지다.

골독(汩篤)하다: 한 가지 일에 온 정신을 쏟아 딴생각이 없다. '골똘하다' 의 본딧말.

골(을) 켜다: 통나무를 세로로 켜서 골을 만들다.

골창: 폭이 좁고 깊은 고랑. '고랑창' 의 준말.

곬: 한쪽으로 트여 나가는 방향이나 길. 물고기 떼가 늘 몰려다니는 일정한 길. 사
물의 유래.

곱다: 손가락이나 발가락이 얼어서 감각이 없고 놀리기가 어렵다.

곱살스럽다: 얼굴이나 성미가 예쁘장하고 얌전한 데가 있다.

공교(工巧): 솜씨나 꾀 따위가 재치가 있고 교묘함. 생각지 않았거나 뜻하지 않았
던 사실이나 사건과 우연히 마주치는 것이 매우 기이함.

공자(公子): 지체가 높은 집안의 나이 어린 아들.

공치사(功致辭): 남을 위하여 수고한 것을 생색내며 스스로 자랑함. 남의 공을 칭
찬함.

공함(公函, 公緘): 공사(公事)에 관하여 왕래하는 문서나 편지.

과수(寡守): 홀어미. 과부(寡婦).

관곡(款曲): 매우 정답고 친절함.

관내(管內): 어떤 기관이 관할하는 구역의 안.

관병식(觀兵式): 지휘관이 군대를 사열(査閱)하는 열병식(閱兵式)과 분열식(分列式)의 의식.

관저(官邸): 장관급 이상의 고관들이 살도록 정부에서 제공하는 집. 공저(公邸).

관찰사(觀察使): 각 도의 경찰권과 사법권, 징세권 따위의 행정상 절대적인 권한을 갖는 으뜸 벼슬. 조선 시대의 종이품 벼슬이다. 감사(監司). 관찰(觀察). 도백(道伯). 도신(道臣). 방백(方伯).

괴: '고양이'의 옛말.

괴괴하다: 쓸쓸한 느낌이 들 정도로 아주 고요하다.

괴악(怪惡): 말이나 행동이 이상야릇하고 흉악함.

괴탄(怪歎, 怪嘆): 괴상하게 여겨 탄식함.

구드러지다: 마르거나 굳어서 뻣뻣하게 되다.

구라파(歐羅巴): '유럽(Europe)'을 음역(音譯)한 이름.

구변(口辯): 말을 잘하는 재주나 솜씨. 언변(言辯).

구쓰(靴, くつ): 가죽으로 만든 서양식 신을 가리키는 일본 말. 구두.

구적(舊跡, 舊蹟): 역사적인 사건이나 사물의 자취가 남아 있는 곳.

구지부득(求之不得): 구하려고 하여도 얻지 못함.

구척장신(九尺長身): 아홉 자나 되는 아주 큰 키. 또는 그런 사람.

국사범(國事犯): 국가나 국가 권력을 침해하는 범죄를 저지른 사람.

국적(國賊): 나라를 어지럽히는 역적. 나라에 해를 끼치는 자.

군용금(軍用金): 군자금(軍資金).

군정(軍丁): 군적(軍籍)에 있는 지방의 장정(壯丁). 병역과 노역(勞役)의 의무가 있는 일정 연령의 정남(丁男).

군호(軍號): 서로 눈짓이나 말 따위로 몰래 연락하는 신호.

궁내부(宮內府): 왕실에 관한 모든 일을 맡아보는 관청. 1894년에 설치되어 1910년에 폐지되었다.

궁벽(窮僻): 매우 후미지고 으슥함.

궁장(宮牆, 宮墻): 궁성(宮城). 궁궐(宮闕).

굿은비: 끄느름하게 오랫동안 내리는 비.

궐자(厥者): 그 사람. 그자. 궐(厥).

귀인성(貴人性): 신분이나 지위가 높고 귀하게 될 타고난 바탕이나 성질.

귀정(歸正): 그릇되었던 일이 바른길로 돌아옴.

귀축축하다: 구질구질하고 축축하다.

극흉(極凶): 몹시 흉악함. 지흉(至凶).

근사(勤事): 일에 공들임. 공들인 일.

근시(近侍): 웃어른을 가까이 모심. 임금을 가까이에서 모시던 신하. 근신(近臣).

금침(衾枕): 이부자리와 베개. 침구(寢具).

급기(及其): 마침내.

급사(急使): 급한 심부름이나 용무로 보내는 사람. 주사(走使).

급살(急煞): 갑자기 닥쳐오는 재액(災厄).

급살(을) 맞다: 갑자기 죽다.

기간(其間): 어느 때부터 다른 어느 때까지의 동안.

기꺼하다: 기꺼워하다.

기망(欺罔): 남을 속여 넘김. 기만(欺瞞).

기승(氣勝): 성미가 억척스럽고 굳세어 좀처럼 굽히지 않음. 기운이나 힘 따위가 누그러들지 않음.

기외(其外): 그 밖의 나머지.

기이다: 어떤 일을 숨기고 바른대로 말하지 않다.

기착(氣着): '차렷'에 해당하는 구령(口令). 기척.

길반: 한 길하고 반.

까라지다: 기운이 빠져 축 늘어지다. 분노나 항거 따위의 기운이 사라지다.

까부라지다: 기운이 빠져 몸이 고부라지거나 생기가 없이 나른해지다.

깔붙다: 몸을 바짝 낮추어 아래쪽으로 다가붙다.

깨두드리다: 단단한 물체를 두드리어 깨뜨리다.

끈(을) 달다: 연달아 잇다. 어떤 현상이나 일들이 잇따라 일어나다.

끌끌하다: 마음이 맑고 바르고 깨끗하다.

ㄴ

나들다: 드나들다.

나마(羅馬): '로마(Roma)'를 음역(音譯)한 이름.

나부죽이: 납작하게 찬찬히 엎드리는 모양.

나쁘: 좋지 않게. 낮추.

나사(羅紗): 양털 또는 양털에 무명, 명주, 인조 견사 따위를 섞어서 짠 모직물. 보
온성이 풍부하여 겨울용 양복감이나 코트감으로 쓰인다. 포르투갈 어 '라
사(raxa)'를 음역(音譯)한 말이다.

나슬나슬: 가늘고 짧은 털이나 풀 따위가 보드랍고 성긴 모양. 짧고 연한 풀이나
털 따위가 늘어져 약하게 자꾸 흔들리는 모양.

나파륜(拿破崙): '나폴레옹(Napoléon: 1769~1821)'을 음역(音譯)한 이름.

낙명(落名): 명성이나 명예가 떨어짐.

낙상(落傷): 떨어지거나 넘어져서 다침.

낙역부절(絡繹不絕): 왕래가 잦아 소식이 끊이지 아니함. 연락부절(連落不絕).

난번: 숙직(宿直) 따위의 근무를 정해진 순서에 따라 마치고 쉬는 차례 혹은 쉬는
차례가 된 사람.

난봉: 허랑방탕한 짓. 그런 짓을 일삼는 사람. 난봉꾼.

난장(亂杖): 몰매.

난장(을) 맞다: 마구 얻어맞다. 난장(亂杖)을 맞을 만하다는 뜻의 '난장(을) 맞을'
의 꼴로 써서 어떤 일이 몹시 못마땅하여 저주하는 말로 쓴다.

남복(男服): 여자가 남자의 옷을 입음.

남중일색(男中一色): 남자의 얼굴이 썩 뛰어나게 잘생김. 또는 그런 사람.

납촉(蠟燭): 밀랍으로 만든 초.

낭하(廊下): 복도(複道).

낮후: 한낮이 지난 뒤.

내리쉬다: 크게 들이마신 숨을 길게 내뱉다

내상(內相): 집안을 잘 다스리는 아내.

내월(來月): 이달의 바로 다음 달. 내달. 새달. 후월(後月). 훗달.

내응(內應): 내부에서 몰래 적과 통하거나 적의 내부에서 몰래 아군과 통함.

내평: 속내. 속내평. 이허(裏許).

내해자(內垓子): 경계선의 안에 있는 해자.

넌짓: 드러나지 않게 가만히. '넌지시'의 준말.

널문: 널빤지로 만든 문.

노느다: 여러 몫으로 갈라 나누다.

노르망디(Normandie): 프랑스 북서부에 있는 지방. 동쪽으로 센(Seine) 강이 흐르
고, 서쪽으로는 코탕탱(Cotentin) 반도가 영국 해협에 돌출해 있다.

노비(路費): 먼 길을 떠나 오가는 데 드는 비용. 노수(路需). 노자(路資).

노주간(奴主間): 종과 주인 사이.

노트르담(Notre Dame) 교당(敎堂): 노트르담 대성당(大聖堂). 프랑스 파리(Paris)
중앙부를 흐르는 센(Seine) 강 가운데의 시테(Cité) 섬에 있는 사원이다. 프
랑스의 고딕 건축을 대표하는 가톨릭 성당으로 1163년에 착공하여 1245년
에 완성되었다. '노트르담'은 '우리들의 귀부인' 즉 '성모 마리아'를 뜻한
다.

뇌다: '놓이다'의 준말.

뇌충혈(腦充血): 과로, 정신 흥분, 알코올 의존 따위에 의한 뇌혈관 비대가 원인이
되어 뇌수의 혈관이 충혈됨으로써 일어나는 병. 두통, 구토, 경련, 의식 장애
따위의 증상이 나타난다.

누거만(累巨萬): 여러 거만(巨萬). 매우 많음.

누누(纍纍): 겹겹이 쌓임.

누누중총(纍纍衆塚): 다닥다닥 잇닿아 있는 많은 무덤들.

누룩머리 → 돈이 누룩머리를 앓다.

눈귀: 눈초리.

눈에 익다: 여러 번 보아서 익숙하다.

눈치레: 겉만 보기 좋게 꾸미어 드러냄. 겉치레.

능갈치다: 교묘하게 잘 둘러대는 재주가 있다. 아주 능청스럽다.

능견난사(能見難思): 눈으로 볼 수 있지만 이치를 알기가 어려운 일.

능소능대(能小能大): 모든 일에 두루 능함.

능지(凌遲, 陵遲): 대역죄를 범한 죄인을 죽인 뒤 시신의 머리, 몸, 팔, 다리를 토막
쳐서 각지에 돌려 보이는 형벌. 능지처참(陵遲處斬).

ㄷ

다사(多事): 일이 많음.

다정다한(多情多恨): 애틋한 정도 많고 한스러운 일도 많음.

다좇다: 다급히 좇다.

다좇다: 일이나 말을 섣불리 하지 아니하도록 매우 단단히 주의를 주다. 일이나 말을 매우 바짝 재촉하다. '다좇치다'의 준말.

단근질: 불에 달군 쇠로 몸을 지지는 일.

단단상약(斷斷相約): 서로 굳게 약속함.

단독일신(單獨一身): 가족이나 친척이 없는 홀몸.

단출하다: 식구나 구성원이 많지 않아서 홀가분하다. 일이나 차림차림이 간편하다.

닫치다: 열린 문짝, 뚜껑, 서랍 따위를 꼭꼭 또는 세게 닫다. 입을 굳게 다물다.

달근달근하다: 재미가 있고 마음에 들다.

달포: 한 달이 조금 넘는 기간. 월여(月餘).

대례복(大禮服): 나라의 중대한 의식이 있을 때에 벼슬아치가 입던 예복.

대명(代命): 횡액(橫厄)에 걸려 남의 죽음을 대신함.

대사(大赦): 죄의 종류를 정하여 그에 해당하는 모든 죄인에 대하여 형을 사면(赦免)하는 일. 일반 사면(一般赦免).

대역부도(大逆不道): 임금이나 나라에 큰 죄를 지어 도리에 크게 어긋남. 또는 그런 짓. 대역무도(大逆無道).

대통: 쪼개지 않고 짧게 자른 대나무의 토막.

댁사람: 큰 살림집에 친밀하게 자주 드나드는 사람.

더듬적더듬적: 무엇을 찾거나 알아보려고 느릿느릿하게 손으로 이리저리 자꾸 만지는 모양. 말을 하거나 글을 읽을 때 느릿느릿하게 자꾸 더듬는 모양.

덧거칠다: 일이 순조롭지 못하고 까탈이 많다.

덧들다: 선잠이 깬 채 다시 잠이 잘 들지 아니하다.

도두막하다: 무엇이 도드라난 것처럼 가운데 부분이 볼록하다. 도두룩하다.

도르다: 일이나 물건, 돈 따위를 이리저리 형편에 맞추어 돌라대다.

도섭스럽다: 주책없이 능청맞고 수선스럽게 변덕을 부리는 태도가 있다.

도스르다: 무슨 일을 하려고 별러서 마음을 다잡아 가지다.

도적 등(燈): 가지고 다닐 수 있는 작은 전등. 전지를 넣으면 불이 들어오게 되어
　　있다. 손등. 손전등. 손전지. 회중전등(懷中電燈). 플래시. 도둑 등(燈).

도화색(桃花色): 복숭아꽃의 빛깔과 같이 붉은 색. 도홍색(桃紅色).

독자갈: 자갈.

돈이 누룩머리를 앓다: 어따 써야 될지 모를 정도로 돈이 많다.

돈절(頓絶): 소식이나 편지 등이 딱 끊어짐. 두절(杜絶).

돌돌하다: 똑똑하고 영리하다. '똘똘하다'의 여린말.

돌부리를 차면 발부리만 아프다: 성이 난다고 하여 당치도 않은 자리에서 함부로
　　화를 내면 저만 해롭다.

돌라보다: '둘러보다'의 작은말.

돌라붙다: 기회나 형편을 살펴 이로운 쪽으로 붙어 따르다.

돌려내다: 한패에 넣지 않고 따돌리다. 남을 그럴듯한 말로 꾀어 있는 곳에서 빼
　　돌려 내다.

돌비: 돌로 만든 비석.

동그맣다: 외따로 오똑하다.

동독(董督): 감시하며 독촉하고 격려함.

동록(銅綠): 구리의 거죽에 슨 푸른 녹. 동청(銅靑). 녹(綠).

동류(同類): 같은 종류나 부류. 같은 무리.

동심합력(同心合力): 마음을 같이하여 힘을 합침. 동심동력(同心同力).

동옷: 남자가 겹것이나 솜을 두어 만든 핫것으로 입는 저고리.

동이다: 끈이나 실 따위로 감거나 둘러 묶다.

동풍(動風): 병으로 몸의 전체 또는 일부분에 일어나는 경련.

동풍(凍風): 얼음처럼 차가운 바람.

되작되작: 물건들을 요리조리 들추며 자꾸 뒤지는 모양. '뒤적뒤적'의 작은말.

되채다: 혀를 제대로 놀려 말을 또렷하게 하다.

두견(杜鵑)이: 두견(杜鵑)과의 새. 스스로 집을 짓지 않고 휘파람새의 둥지에 알을
　　낳아 휘파람새가 새끼를 키우게 하는 여름새. 두견(杜鵑). 두견(杜鵑)새. 불
　　여귀(不如歸). 그 밖에도 귀촉도(歸蜀道), 두백(杜魄), 두우(杜宇), 두혼(杜魂),
　　망제(望帝), 사귀조(思歸鳥), 시조(時鳥), 자규(子規), 주각제금(住刻啼禽), 주연
　　(周燕), 촉백(蜀魄), 촉조(蜀鳥), 촉혼(蜀魂), 촉혼조(蜀魂鳥) 등의 여러 이름이

있다.

두루뭉수리: 말이나 행동이 분명하지 아니한 상태. 말이나 행동이 변변하지 못한 사람.

두류(逗留, 逗遛): 객지에서 오랫동안 머물러 묵음. 체류(滯留).

두호(斗護): 남을 두둔하여 보호함.

둥그리다: '뒹굴게 하다'의 옛말.

뒤구르다: 반동 때문에 뒤로 움직이거나 물러나다.

뒤굴리다: 함부로 마구 굴리다.

뒤다: 뒤지다.

뒤를 다지다: 뒷일이 걱정하여 잘못되지 않도록 미리 다짐 받다. 뒤를 누르다.

뒤를 풀다: 맺힌 감정을 누그러지게 하거나 없어지게 하다.

뒤채: 가마나 상여 따위에 달린 채의 뒷부분.

뒤치다꺼리: 일이 끝난 뒤에 뒤끝을 정리하는 일. 뒤에서 일을 보살펴서 도와주는 일. 뒷바라지. 뒷수쇄(收刷). 뒷수습(收拾). 치다꺼리.

뒷배: 겉으로 나서지 않고 뒤에서 보살펴 주는 일.

뒷수쇄(收刷): 일이 끝난 뒤에 뒤끝을 정리하는 일. 뒤에서 일을 보살펴서 도와주는 일. 뒤치다꺼리. 뒷바라지. 뒷수습(收拾). 치다꺼리.

드리다: 여러 가닥의 실이나 끈을 하나로 땋거나 꼬다.

득달(得達): 목적한 곳에 도달함. 목적을 이룸.

듣보다: 듣기도 하고 보기도 하며 알아보거나 살피다.

들뜨리다: 안쪽으로 아무렇게나 막 집어넣다. '들이뜨리다'의 준말.

들먹들먹: 어깨나 엉덩이 따위가 자꾸 들렸다 놓였다 하는 모양.

들부수다: 닥치는 대로 마구 부수다. '들이부수다'의 준말.

등대(等對): 같은 자격으로 마주 대함.

등더리: '등'의 사투리.

등속(等屬): 앞에 나열한 사물과 같은 종류의 것들을 몰아서 이르는 말.

등시포착(登時捕捉): 죄를 저지른 그때 그 자리에서 곧 잡음.

따개꾼: 소매치기.

따다: 찾아온 사람을 핑계를 대고 만나지 않다. 싫거나 미운 사람을 돌려내어 일에 관계되지 않게 하다. 뒤따르는 것을 딴 데로 떼어 버리다. 따돌리다.

땅기다: 몹시 켕기어지다.

떠대다: 어떤 사실의 물음에 대하여 거짓으로 꾸며 대답하다.

떠들다: 가리거나 덮인 물건의 한 부분을 걷어 젖히거나 쳐들다.

뗴걸다: 관계하던 일을 그만두다.

똑따다: 꼭 맞아 떨어지게 알맞다.

뜨개질: 남의 마음속을 떠보는 일.

마구(馬廐): 마구간(馬廐間).

마루청: 마룻바닥에 깔아 놓은 널조각. 마루판. 마룻널. 마룻장.

마장: 오 리나 십 리가 못 되는 거리를 이르는 단위.

마주잡이: 두 사람이 앞뒤에서 메는 일. 또는 그런 상여나 들것.

막처(幕處): 막을 친 곳. 또는 막을 치고 거처하는 곳.

만고풍상(萬古風霜): 아주 오랜 세월 동안 겪어 온 많은 고생. 만고풍설(萬古風雪).

만부부당(萬夫不當): 수많은 장부(丈夫)로도 능히 당할 수 없음.

만조백관(滿朝百官): 조정의 모든 벼슬아치.

말세: 말하는 기세나 태도.

말수받이: 다른 사람이 하는 말을 받는 일. 말받이.

망계(妄計): 분수없는 그릇된 꾀와 방법.

망연(茫然): 매우 넓고 멀어서 아득함. 아무 생각이 없이 멍함.

맞돈: 현찰(現札).

맞방망이: 서로 마주 앉아 무엇을 두드리거나 박거나 다듬을 때 쓰는 방망이.《무
　　쇠탈》에서는 '맞방망이질' 즉 가슴이나 심장 따위가 몹시 두근거림을 빗대
　　어 이르는 말로 쓰였다.

매몰스럽다: 보기에 인정이나 싹싹한 맛이 없고 쌀쌀맞은 데가 있다.

매몰하다: 인정이나 싹싹한 맛이 없고 쌀쌀맞다. 풍치가 없이 쓸쓸하다. 매몰차다.

맹랑(孟浪): 생각하던 바와 달리 허망함. 처리하기가 매우 어렵고 묘함. 하는 짓이
　　만만히 볼 수 없을 만큼 똘똘하고 깜찍함.

매에 아니 맞는 장사 없다: 아무리 장사라도 달아매 놓고 치는 데는 안 맞을 재간이 없다. 아무리 강한 사람도 여럿이 함께 몰아대면 당할 수 없다. 달고 치는 데 안 맞는 장사가 있나.

먹새: 나무발발잇과의 새. 굴뚝새.《무쇠탈》에서는 '검정 새' 라는 뜻으로 쓰였다.

먼촌: 멀리 외따로 떨어져 있는 시골.

메붙이다: 어깨 너머로 둘러메어 바닥에 힘껏 내리치다. '메어붙이다' 의 준말.

면례(緬禮): 무덤을 옮겨서 다시 장사를 지냄.

면보: 빵. 포르투갈 어인 '팡(pão)' 의 중국식 역어(譯語)를 한자 독음(讀音)대로 읽은 '면포(麵麭)' 가 변형된 말.

면분(面分): 얼굴이나 알 정도로 사귄 교분.

면상육갑(面上六甲): 얼굴만 보고 나이를 짐작함.

면소(面所): 면의 행정 사무를 맡아보는 기관. 면사무소(面事務所).

면주(綿紬): 명주(明紬).

명부(名簿): 어떤 일에 관련된 사람의 이름과 그 밖의 신상에 관한 사항을 적어 놓은 장부.

모계(謀計): 계교를 꾸밈. 또는 그 계교.

모군(募軍): 공사판 따위에서 삯을 받고 일하는 사람. 모군꾼.

모막이: 직육면체로 된 기구의 위와 아래를 막는 널조각.

모사(謀士): 꾀를 써서 일이 잘 이루어지게 하는 사람. 남을 도와 꾀를 내는 사람.

모주(母酒): 밑술이나 재강. 약주를 뜨고 남은 찌끼술이나 술을 거르고 남은 찌끼.

모주 병정(母酒兵丁): 여기저기 기웃거리며 공술이나 얻어먹으면서 병정 노릇을 하는 사람. 하는 일 없이 전체하며 거들먹거리는 사람을 빗대는 말. → 병정(兵丁).

목맸히다: 목메다.

목도(目睹): 눈으로 직접 봄. 목격(目擊).

몰방(沒放): 총포나 폭발물 따위를 한곳을 향하여 한꺼번에 쏘거나 터뜨림.

몰수(沒數)이: 있는 수효대로 모두 다.

몰풍치(沒風致): 경치가 아름답지 못하고 운치가 없음.

몸단속(몸團束): 위험에 처하거나 병에 걸리지 않도록 미리 조심함. 옷차림을 제대로 함. 몸닦달.

몹시굴다: 학대(虐待)하다.

몽조(夢兆): 꿈에 나타나는 길흉의 징조.

몽혼(朦昏): 독물이나 약물에 의하여 감각을 잃고 자극에 반응할 수 없게 됨. 마취
(痲醉).

뫼: 사람의 무덤. 묘(墓).

무간(無間): 서로 허물없이 가까움. 무관(無關).

무느다: 쌓여 있는 것을 흩어지게 하다.

무뢰지배(無賴之輩): 무뢰한(無賴漢)의 무리. 성품이 막되어 예의와 염치를 모르며
일정한 소속이나 직업이 없이 불량한 짓을 하며 돌아다니는 사람의 무리.
무뢰배(無賴輩).

무비(無非): 그러하지 않은 것이 없이 모두.

무색(無色): 겸연쩍고 부끄러움. 본래의 특색을 드러내지 못하고 보잘것없음.

무시(無時)로: 특별히 정한 때가 없이 아무 때나.

무쌍(無雙): 서로 견줄 만한 것이 없을 정도로 뛰어남.

무인공산(無人空山): 사람이 살지 않는 산.

무지러지다: 물건의 끝이 몹시 닳거나 잘려 없어지다. 중간이 끊어져서 두 동강이
나다.

무지르다: 한 부분을 잘라 버리다. 말을 중간에서 끊다. 가로질러 가다.

묵새기다: 별로 하는 일 없이 한곳에서 오래 묵으며 날을 보내다.

문객(門客): 세력 있는 집에 머물면서 밥을 얻어먹고 지내는 사람. 또는 덕을 볼까
하고 수시로 그 집에 드나드는 사람.

문창(門窓): 문과 창문.

문초(問招): 죄나 잘못을 따져 묻거나 심문(審問)함.

문칫문칫: 일을 결단성 있게 하지 못하고 자꾸 어물어물 끌어가기만 하는 모양.
문치적문치적.

물계: 어떤 일의 처지나 속내.

물 찬 제비: 물을 차고 날아오른 제비처럼 몸매가 아주 매끈하여 보기 좋은 사람.
동작이 민첩하고 깔끔하여 보기 좋은 행동을 하는 사람.

뭉키다: 여럿이 한데 뭉쳐 한 덩어리가 되다.

미구(未久): 얼마 오래지 아니함.

미구불원(未久不遠): 앞으로 얼마 오래지 아니하고 가까움.

미묘(美妙): 아름답고 묘함.

미상불(未嘗不): 아닌 게 아니라 과연. 미상비(未嘗非).

미욱하다: 하는 짓이나 됨됨이가 매우 어리석고 미련하다.

민요(民擾): 포악한 정치 따위에 반대하여 백성들이 일으킨 폭동이나 소요. 민란 (民亂).

민활(敏活): 날쌔고 활발함.

ㅂ

바람벽: 방이나 칸살의 옆을 둘러막은 둘레의 벽.

바서지다: '부서지다'의 작은말.

바스러지다: 얼굴이 마르고 쪼그라지다.

바스티유(Bastille): 프랑스 파리(Paris)의 동쪽 교외에 있는 요새. 원래는 백 년 전 쟁(1337~1453) 때 파리의 방어를 위하여 쌓은 성이었으나 루이 십삼세 (Louis XIII: 1601~1643)가 감옥으로 개조하여 정치범을 가두었다.

바탈: 바탕.

박두(迫頭): 기일이나 시기가 가까이 닥쳐옴. 당두(當頭). 당박(當迫).

박이다: 버릇이나 생각, 태도 따위가 깊이 배다.

박차(拍車): 말을 탈 때에 신는 구두의 뒤축에 달아 말의 배를 찰 수 있게 만든 톱 니바퀴 모양의 쇠로 된 물건.

반분(半分): 절반 정도의 분량. 절반으로 나눔.

반열(班列): 품계나 신분, 등급의 차례. 반차(班次).

반월형(半月形): 반달같이 생긴 모양. 반달꼴. 반달형.

반(을) 타다: 반으로 나누다. 쪼개어 절반으로 가르다.

반정(反正): 본래의 바른 상태로 돌아가거나 그 상태로 돌아가게 함. 난리를 진압 하여 태평한 세상을 만듦. 옳지 못한 임금을 폐위하고 새 임금을 세워 나라 를 바로잡거나 그런 일.

반턱: 반가량.

발그림자: 찾아가거나 찾아오는 일.

발맘발맘: 한 발씩 또는 한 걸음씩 길이나 거리를 재는 모양. 자국을 살펴 가며 천천히 쫓아가는 모양.

발명(發明): 변명(辨明).

발바투: 발 앞에 바짝 닥치는 모양. 때를 놓치지 않고 재빠르게.

발발(勃勃): 기운이나 기세가 끓어오를 듯이 성함.

발씨: 길을 걸을 때 발걸음을 옮겨 놓는 모습.

방그죽이: 닫혀 있던 입이나 문 따위가 소리 없이 살그머니 열리는 모양. 방긋이.

빙색(防塞): 들어오지 못하게 막음. 틀어막거나 가려서 막음. 무엇을 하지 못하게 막음. 남의 청(請)을 받아들이지 않고 막음. 방알(防遏).

방세간붙이: 방 안에 갖추어 놓고 살림하는 데 쓰는 갖가지 물건. 방세간.

방약무인(傍若無人): 곁에 사람이 없는 것처럼 아무 거리낌 없이 함부로 말하고 행동하는 태도가 있음.

방장(方壯): 바야흐로 한창임.

방장(房帳): 방문이나 창문에 치거나 두르는 휘장.

방조(傍助): 곁에서 도와줌.

배알: '속마음'의 낮은말.

배종(陪從): 임금이나 높은 사람을 모시고 따라가는 사람.

배행(陪行): 윗사람을 모시고 따라 감. 떠나는 사람을 일정한 곳까지 따라 감.

백배치사(百拜致謝): 거듭 절을 하며 고맙다는 뜻을 나타냄. 백배사례(百拜謝禮).

백사(百事): 여러 가지의 일. 모든 일.

백이의(白耳義): '벨기에(België)'를 음역(音譯)한 이름.

백이의 국(白耳義國): '벨기에(België)'를 음역(音譯)한 이름.

백차일(白遮日): 햇볕을 가리려고 치는 하얀 빛깔의 포장(布帳).

백차일(白遮日) 치듯: 흰옷 입은 사람들이 매우 많이 모인 모양.

백판(白板): 아무것도 없는 형편이나 모르는 상태. 전혀 생소하게.

버슷하다: 두 사람의 사이가 서로 잘 어울리지 않다.

버지다: 칼이나 날카로운 물건에 베이거나 조금 긁히다.

번(番)을 나다: 번(番)을 치르고 나오다.

번고(煩苦): 번민하여 괴로워함.

번차례(番次例): 돌아가며 갈마드는 차례.

번하다: 어두운 가운데 빛이 비치어 조금 훤하다.

벌다: 몸피가 한 주먹이나 한 아름에 들 정도보다 조금 더 크다.

벌인춤: 이미 시작하여 중간에 그만둘 수 없는 것.

범연(泛然): 차근차근한 맛이 없이 데면데면함.

범절(凡節): 법도에 맞는 모든 질서나 절차.

베돌다: 가까이 가지 아니하고 피하여 딴 데로 돌다.

베르사유(Versailles) 궁(宮): 프랑스 베르사유에 있는 궁전. 루이 십사세(Louis X
    Ⅳ: 1638~1715)가 1664년부터 1715년에 걸쳐 완성한 바로크(baroque) 양
    식의 건물로 호화롭고 장려하기로 유명하다.

벽창호: 고집이 세며 완고하고 우둔하여 말이 도무지 통하지 아니하는 무뚝뚝한
    사람.

변복(變服): 남이 알아보지 못하도록 평소와 다르게 옷을 차려입음. 또는 그런 옷
    차림.

변성명(變姓名): 성과 이름을 다른 것으로 고침. 또는 그렇게 고친 성과 이름.

별은전(別恩典): 나라에서 특별히 내리는 혜택이나 대우.

병구원(病救援): 앓는 사람을 잘 돌보아 줌. '병구완'의 본딧말.

병문(屛門): 골목 어귀의 길가.

병정(兵丁): 오입판에서 조방꾸니 노릇으로 돈 있는 사람을 따라다니며 잔시중을
    들고 공술이나 얻어먹는 사람을 빗대는 말. → 모주 병정(母酒兵丁).

병참소(兵站所): 군사 작전에 필요한 인원과 물자를 관리·보급·지원하는 곳.

보짱: 마음속에 품은 꿋꿋한 생각이나 요량.

복색(服色): 신분이나 직업에 따라서 다르게 맞추어서 차려 입는 옷의 꾸밈새와
    빛깔.

본정(本情): 본디부터 변함없이 그대로 가지고 있는 마음. 꾸밈이나 거짓이 없는
    참마음. 본뜻. 본마음. 본심(本心). 본의(本意).

본치: 남의 눈에 띄는 태도나 겉모양.

볼치: 볼따구니.

부대(富大): 몸뚱이가 뚱뚱하고 큼.

부대끼다: 사람이나 일에 시달려 크게 괴로움을 겪다.

부동(符同): 그른 일에 어울려 한통속이 됨.

부령(副領): 오늘날의 '중령(中領)'에 해당하는, 대한 제국 때의 영관 계급.

부르쥐다: 주먹을 힘을 들여 쥐다.

부지(扶持, 扶支): 상당히 어렵게 보존하거나 유지하여 나감.

부지거처(不知去處): 간 곳을 모름.

부지불각(不知不覺): 자신도 모르는 결.

부지중(不知中): 알지 못하는 동안.

부지하세월(不知何歲月): 언제 이루어질지 그 기한을 알 수 없음.

분네: '분'을 덜 친근하게 이르는 말. 또는 둘 이상의 사람을 높여 이르는 말.

분돋움: 남의 분한 마음을 돋우는 일.

분전(分傳): 물건이나 서류, 편지 따위를 여러 곳에 나누어 전함.

불가불(不可不): 하지 아니할 수 없어. 마음이 내키지 아니하나 마지못하여. 부득불(不得不).

불감(不敢): 감히 할 수 없음. 남의 대접을 받아들이기가 어렵고 황송함.

불계(不計): 옳고 그른 것이나 이롭고 해로운 것 따위의 사정을 가려 따지지 아니함.

불고(不顧): 돌아보지 아니함.

불공대천(不共戴天): 하늘을 함께 이지 못함, 즉 이 세상에서 같이 살 수 없을 만큼 큰 원한을 가짐. 불구대천(不俱戴天).

불란서(佛蘭西): '프랑스(France)'를 음역(音譯)한 이름.

불령지배(不逞之輩): 원한, 불만, 불평 따위를 품고서 어떠한 구속도 받지 아니하고 제 마음대로 행동하는 무리.

불여귀(不如歸): 두견(杜鵑)과의 새. 스스로 집을 짓지 않고 휘파람새의 둥지에 알을 낳아 휘파람새가 새끼를 키우게 하는 여름새. 두견(杜鵑). 두견(杜鵑)새. 두견(杜鵑)이. 그 밖에도 귀촉도(歸蜀道), 두백(杜魄), 두우(杜宇), 두혼(杜魂), 망제(望帝), 사귀조(思歸鳥), 시조(時鳥), 자규(子規), 주각제금(住刻啼禽), 주연(周燕), 촉백(蜀魄), 촉조(蜀鳥), 촉혼(蜀魂), 촉혼조(蜀魂鳥) 등의 여러 이름이 있다.

불원(不遠): 거리가 멀지 않음. 시일이 오래지 않음. 오래지 않아. 머지않아. 미구(未久). 불구(不久).

불측(不測): 미루어 헤아릴 수 없음.

붕어(崩御): 임금이 세상을 떠남.

붙접: 가까이하거나 붙따라 기대는 일.

뷔걷다: 비틀비틀 걷다.

브뤼셀(Brussel): 벨기에(België)의 중앙부에 있는 도시. 브라반트(Brabant) 주의
주도(州都)이며, 1830년 이래 벨기에의 수도다.

비녀울: 이탈리아의 '피네롤로(Pinerolo)'를 음역(音譯)한 이름. → 피네롤로.

비복(婢僕): 계집종과 사내종.

비색(否塞): 운수가 꽉 막힘. 불행해짐.

비쓸거리다: 힘없이 자꾸 비틀거리다. '비슬거리다'의 센말.

비쓸비쓸: 힘없이 자꾸 비틀거리는 모양. '비슬비슬'의 센말.

비조(飛鳥): 날아다니는 새.

빌밋하다: 얼추 비슷하다. 뚜렷하지 않고 흐릿하거나 희미하다.

빌붙다: 남의 호감이나 환심을 사기 위하여 곁에서 아첨하고 알랑거리다.

빗들다: 마음이나 생각 따위가 잘못 들다.

빙거(憑據): 사실을 증명할 근거를 댐. 또는 그 근거.

ㅅ

사개: 모퉁이를 끼워 맞추기 위하여 서로 맞물리는 끝을 들쭉날쭉하게 파낸 부분.

사관(士官): 장교(將校).

사관(私館, 舍館): 일정한 방세와 식비를 내고 남의 집에 머물면서 숙식하는 집. 하
숙(下宿).

사념(思念): 근심하고 염려하는 따위의 여러 가지 생각.

사두마차(四頭馬車): 네 마리의 말이 끄는 마차.

사랑(舍廊): 집의 안채와 떨어져 있어서 바깥주인이 거처하며 손님을 접대하는
곳. 객당(客堂). 외당(外堂).

사령(使令): 관아(官衙)에서 심부름하는 사람.

사로자다: 염려가 되어 마음을 놓지 못하고 조바심하며 자다.

사사(私事): 개인의 사사로운 일. 사삿일.

사삿집: 개인이 살림하는 집. 개인 소유의 집. 사가(私家). 사갓집.

사시장철: 사철 중 어느 때나 늘.

사은(謝恩): 받은 은혜에 대하여 감사히 여겨 사례함.

사저(私邸): 개인의 저택. 또는 정부 고관(高官)이 사사로이 거주하는 개인 소유의 집을 관저(官邸)에 상대하여 이르는 말. 사관(舍館).

사졸(士卒): 군사(軍士).

사진(仕進): 벼슬아치가 규정된 시간에 근무지로 출근함.

사체(事體): 사리(事理)와 체면(體面).

산모롱이: 산모퉁이의 휘어 들어간 곳.

삼거웃: 삼 껍질의 끝을 다듬을 때에 긁혀 떨어진 검불. 찰흙으로 사람의 형상을 만들 때 흙에 넣어 버무려 쓴다.

삼척장검(三尺長劍): 길고 큰 칼.

상고(詳考): 꼼꼼하게 따져서 검토하거나 참고함.

상급(賞給): 상으로 줌. 상으로 주는 돈이나 물건.

상부(喪夫): 남편의 죽음을 당함.

상성(喪性): 본래의 성질을 잃어버리고 전혀 다른 사람처럼 됨.

상약(相約): 서로 약속함. 또는 그 약속.

상치(相馳): 일이나 뜻이 서로 어긋남. 공교로이 어그러짐.

상판: '얼굴'을 속되게 이르는 말. 상판대기.

새벽참: 새벽녘.

새알심: 찹쌀가루나 수수 가루로 동글동글하게 만들어 팥죽 속에 넣어 먹는 새알만 한 덩이.

색책(塞責): 책임을 면하기 위하여 겉으로만 둘러대어 꾸밈.

생맥(生脈): 힘차게 뛰는 맥.

생의(生意): 어떤 일을 하려고 마음을 먹음. 생심(生心).

생화: 장사를 함. 먹고살아 가는 데 도움이 되는 벌이나 직업.

서껀: '~이랑 함께'의 뜻을 나타내는 보조사.

서반아(西班牙): '에스파냐(España)'를 음역(音譯)한 이름.

서슴다: 결단을 내리거나 선뜻 결정하지 못하고 머뭇거리며 망설이다.

서어(鉏鋙, 齟齬): 뜻이 잘 맞지 않아 좀 서름서름하고 서먹함.

서판(書板): 글씨를 쓸 때 종이 밑에 받치는 널조각.

석삭다: 속으로 녹으며 삭아 없어지다.

섞바꾸다: 서로 번갈아 차례를 바꾸다.

선불: 급소에 바로 맞지 아니한 총알.

선불(을) 맞다: 어설픈 타격을 받다.

선성(先聲): 전부터 알려져 있는 명성.

선술집: 술청 앞에 선 채로 간단하게 술을 마실 수 있는 술집.

선지: 짐승을 잡아서 받은 피. 다쳐서 쏟아져 나오는 피. 생생한 피. 선지피. 선혈
(鮮血).

설다루다: 불충분하게 처리하거나 섣불리 다루다.

설시(設始): 처음으로 설비(設備)를 베풂.

섬약(纖弱): 가냘프고 약함.

섭산적: 쇠고기를 잘게 다져 갖은 양념을 하고 반대기를 지어서 구운 적(炙).

성근(誠勤): 성실하고 부지런함.

성기 상응(聲氣相應): 목소리와 기운이 서로 응하거나 어울림, 즉 소식이나 기맥이
서로 통함. 또는 마음과 뜻이 서로 통함. 성기상통(聲氣相通).

성명(盛名, 聲名): 떨치는 이름. 세상에 널리 퍼져 평판 높은 이름. 명성(名聲). 성문
(聲聞). 성칭(聲稱). 홍명(鴻名).

성복 후 약방문(成服後藥方文): 초상이 나서 이미 상복을 입은 후의 약방문, 즉 뒤
늦게 이러니저러니 다시 말함.

성분(成墳): 흙을 둥글게 쌓아 올려서 무덤을 만듦. 봉분(封墳).

성성이: 사람과 비슷한데 몸은 개와 같으며 주홍색의 긴 털이 나 있는 상상 속의
짐승. 사람의 말을 이해하고 술을 좋아한다. 성성(猩猩).

성책(成册): 책으로 됨. 또는 책을 만듦.

성탄제일(聖誕祭日): 성탄제(聖誕祭). 성탄절(聖誕節).

성화(成火)를 바치다: 일 따위가 뜻대로 되지 아니하여 답답하고 애가 타다. 자꾸
몹시 귀찮게 굴어 속 타게 하다. 성화를 먹이다. 성화를 시키다.

세도(勢道): 정치상의 권세. 또는 그 권세를 마구 휘두르는 일.

세도재상(勢道宰相): 정치상의 권세를 쥐고 나라의 대권을 마음대로 움직이는 재상.

세쇄(細瑣): 시시하고 자질구레함.

세전(貰錢): 남의 물건이나 건물을 빌려 쓰고 그 값으로 주는 돈. 셋돈.

소경력(所經歷): 겪어 지내 온 일. 소경사(所經事).

소양지판(霄壤之判): 하늘과 땅 사이의 차이, 즉 사물들이 서로 엄청나게 다름. 소
　　양지차(霄壤之差).

소임(所任): 소규모 단체 따위에서 아래 급의 임원.

소치(所致): 어떤 까닭으로 생긴 일.

소향무적(所向無敵): 어디를 가든지 대적할 만한 사람이 없음.

속심: 속마음.

속(을) 뽑다: 일부러 남의 마음을 떠보고 그 속내를 드러나게 하다.

손궤: 손으로 들고 다니기 좋게 만든 작은 궤.

손치다: 물건을 매만져 바로잡다.

솔발(摔鈸): 군령이나 경고 신호로 쓰는, 놋쇠로 만든 종 모양의 큰 방울. 위에 짧
　　은 쇠자루가 있고 안에 작은 쇠뭉치가 달려 있다. 요령(鐃鈴, 搖鈴)

솔발(摔鈸)을 치다: 자기가 발견한 것을 여러 사람에게 외쳐 알리다.

쇠경(衰境): 늙어 버린 판. 늙바탕.

수라장(修羅場): 싸움이나 그 밖의 다른 일로 큰 혼란에 빠진 곳. 또는 그런 상태.
　　수라도장(修羅道場). 아수라장(阿修羅場).

수문통(水門桶, 水門筩): 성(城)이나 방죽 따위의 수문에서 물이 빠져나오는 통.

수죄(數罪): 범죄 행위를 들추어 세어 냄.

수중고혼(水中孤魂): 물에 빠져 죽은 사람의 외로운 넋.

수직(守直)군: 수직 임무를 맡아 수행하는 사람. '수직원(守直員)'을 낮잡아 이르
　　는 말.

수축(修築): 집이나 방죽 등 건축물을 고쳐 짓거나 고쳐 쌓음.

숙수(熟手): 음식 만드는 일을 직업으로 하는 사람.

순경(巡警): 여러 곳을 돌아다니며 사정을 살핌. 순찰(巡察).

순편(順便): 마음이나 일의 진행 따위가 거침새가 없고 편함.

술청: 선술집에서 술잔을 놓기 위해 널빤지로 좁고 기다랗게 만든 상. 목로(木壚).

숫접다: 순박하고 진실하다.

숲정이: 마을 근처에 있는 수풀.

스스럽다: 서로 사귀는 정분이 두텁지 않아 조심스럽다. 수줍고 부끄러운 느낌이

있다.

승정(僧正): 승단(僧團)을 이끌어 가면서 중의 행동을 바로잡는 승직(僧職).

승차(陞差): 한 관청 안에서 윗자리의 벼슬로 오름.

시비(侍婢): 곁에서 시중을 드는 계집종.

시위대(侍衛隊): 왕을 호위하는 군대.

시진(澌盡): 기운이 아주 쏙 빠져 없어짐.

시체(時體): 그 시대의 풍습이나 유행을 따르거나 지식 따위를 받음. 또는 그런 풍
　습이나 유행.

시틋하다: 마음이 내키지 아니하여 시들하다. 어떤 일에 물리거나 지루해져서 조
　금 싫증이 난 기색이 있다.

신고(辛苦): 어려운 일을 당하여 몹시 애씀. 또는 그런 고생.

신관: '얼굴'의 높임말.

신문(訊問): 알고 있는 사실을 캐어물음. 법원이나 기타 국가 기관이 어떤 사건에
　관하여 증인, 당사자, 피고인 등에게 말로 물어 조사하는 일.

신병(身病): 몸에 생긴 병. 신양(身恙).

신산(辛酸): 세상살이가 힘들고 고생스러움. 신고(辛苦).

신수(身數): 한 사람의 운수.

신수 소관(身數所關): 모든 일이 운수에 달려 있어 사람의 힘으로는 어찌할 수 없
　음. 기수소관(氣數所關). 운수소관(運數所關).

신신부탁(申申付託): 거듭하여 간곡히 하는 부탁. 신신당부(申申當付).

신열(身熱): 병으로 인하여 오르는 몸의 열.

신(神)익다: 일에 경험이 많아서 어떤 일에도 익숙하다.

신칙(申飭): 단단히 타일러서 경계함.

신풍스럽다: 근심 걱정이 너무 많아서 사소한 일을 돌아볼 여유가 없다. 사물이
　너무 적거나 모자라서 마음에 차지 아니하다. 신청부같다.

실긋거리다: 물체가 자꾸 한쪽으로 비뚤어지거나 기울어지다. 또는 그렇게 되게
　하다.

실신(失身): 절개를 지키지 못함. 실절(失節). 실정(失貞).

실쭉하다: 어떤 감정을 나타내면서 입이나 눈이 한쪽으로 약간 실그러지게 움직
　이다. 마음에 차지 않아서 약간 고까워하는 마음이 있다.

심기 일변(心機一變): 어떤 동기가 있어 이제까지 가졌던 마음가짐을 버리고 완전히 달라짐. 심기일전(心機一轉).

심문(審問): 자세히 따져서 물음. 법원이 당사자나 그 밖에 이해관계가 있는 사람에게 서면이나 구두로 개별적으로 진술할 기회를 주는 일.

심방(尋訪): 방문하여 찾아봄.

심복(心腹): 마음 놓고 부리거나 일을 맡길 수 있는 사람. 심복지인(心腹之人).

심복지신(心腹之臣): 마음 놓고 부리거나 일을 맡길 만한 신하.

심복지인(心腹之人): 마음 놓고 부리거나 일을 맡길 수 있는 사람. 심복(心腹).

심천(深淺): 깊음과 얕음.

ㅇ

아름아름: 말이나 행동을 분명히 하지 못하고 우물쭈물하는 모양. 일을 적당히 하고 눈을 속여 넘기는 모양.

아름이 벌다: 두 팔을 벌려 껴안은 둘레의 길이에 넘치다.

아리잠직하다: 키가 작고 모습이 얌전하며 어린 티가 있다. 온화하고 솔직하다.

아지 못게라: 알 수 없어라.

악전고투(惡戰苦鬪): 매우 어려운 조건을 무릅쓰고 힘을 다하여 고생스럽게 싸움. 고전악투(苦戰惡鬪).

안청: 집의 안채에 있는 대청(大廳). 안대청.

안표(眼標): 나중에 보아도 알 수 있게 해 둔 표.

알은체: 어떤 일에 관심을 가지는 듯한 태도를 보임. 사람을 보고 인사하는 표정을 지음. 알은척.

알조: 알 만한 일. 알괘.

암범: 범의 암컷.

압송(押送): 피고인이나 죄인을 어느 한 곳에서 다른 곳으로 호송하는 일.

앙살: 엄살을 부리며 버티고 겨루는 짓.

앙화(殃禍): 어떤 일로 인하여 생기는 재난. 지은 죄의 앙갚음으로 받는 재앙. 앙구(殃咎). 앙얼(殃孽).

야순(夜巡): 밤에 경계(警戒)를 위하여 순찰함.

야즐이: 말이나 행동을 밉살스럽게 이리저리 빈정대듯이.

약력(藥力): 약의 효력.

약방문(藥方文): 약을 짓기 위해 약 이름과 약의 분량을 적은 종이. 방문(方文).

약복(略服): 정식이 아닌 약식의 복장.

약약하다: 싫증이 나서 귀찮고 괴롭다.

약차(若此)하다: 이렇다.

양기(揚氣): 의기가 솟음.

양단간(兩端間): 이렇게 되든지 저렇게 되든지 두 가지 가운데.

어거(馭車): 수레를 메운 소나 말을 부려 모는 일.

어룰하다: 말을 유창하게 하지 못하고 떠듬떠듬하는 면이 있다. 어눌하다.

어리보기: 말이나 행동이 다부지지 못하고 어리석은 사람을 낮잡아 이르는 말. 머
　　　저리.

어림없다: 도저히 될 가망이 없다. 너무 많거나 커서 대강 짐작조차 할 수 없다. 분
　　　수가 없다.

어마뜩하다: 갑작스럽게 놀라 얼떨떨하다.

어슷비슷: 큰 차이가 없이 서로 비슷비슷한 모양. 이리저리 쏠리어 가지런하지 아
　　　니한 모양.

어이: 짐승의 어미.

어자(御者, 馭者): 마차를 부리는 사람. 사람이 탄 말을 부리는 사람.

어자대(馭者臺): 마차를 부리는 사람이 앉는 자리.

어한(禦寒): 추위를 막거나 추위에 언 몸을 녹임.

억병: 술을 한량없이 마신 상태.

언감생심(焉敢生心): 감히 그런 마음을 품을 수 없음.

얼리다: '어울리다'의 준말.

얼찐: 조금 큰 것이 눈앞에 빠르게 잠깐 보이는 모양. 얼씬.

엄불리다: 말이나 일을 분간하여 분명하게 하지 못하다.

엄습(掩襲): 뜻하지 아니하는 사이에 습격함. 감정, 생각, 감각 따위가 갑작스럽게
　　　들이닥치거나 덮침.

엉터리: 대강의 윤곽.

엉터리없다: 정도나 내용이 전혀 이치에 맞지 않다.

엎드러지다: 잘못하여 앞으로 넘어지다. 무릎을 구부리고 상반신을 바닥에 대다.

엎칠뒤칠: 엎치락뒤치락.

여관(女官): 궁중에서 품계(品階)를 받아 왕과 왕비를 가까이 모시는 내명부(內命婦)를 통틀어 이르는 말. 나인. 시녀(侍女).

여광여취(如狂如醉): 너무 기쁘거나 감격하여 미친 듯도 하고 취한 듯도 함, 즉 이성을 잃은 상태.

여당(餘黨): 쳐 없애고 남은 무리. 대부분이 패망하고 조금 남아 있는 무리. 잔당(殘黨).

여류(如流): 마치 물 흐르듯 빠름.

여반장(如反掌): 손바닥을 뒤집듯이 일이 매우 쉬움.

여수(與受): 주고받음.

여의(如意): 일이 마음먹은 대로 됨.

여일(如一): 처음부터 끝까지 한결같음.

여합부절(如合符節): 사물이 꼭 들어맞음.

역군(役軍): 공사장에서 삯일을 하는 사람.

역말: 역참(驛站)이 있는 마을. 역마을.

역사(役事): 토목이나 건축 따위의 공사.

연갑세(年甲歲): 비슷한 또래의 나이. 또는 그런 사람. 연갑(年甲). 연배(年輩).

연기(年紀): 대강의 나이.

연래(年來): 지나간 몇 해. 여러 해 전부터.

연명부(連名簿, 聯名簿): 어떤 일에 관련된 여러 사람의 이름과 그 밖의 신상에 관한 사항을 한곳에 죽 잇따라 적어 놓은 장부.

연문(衍文): 글 가운데에 쓸데없이 들어간 군더더기 글귀.

연천(年淺): 나이가 아직 적음. 시작한 지 오래되지 아니함.

열력(閱歷): 여러 가지 일을 겪어 지내 옴. 겪어 지내 온 여러 가지 일. 경력(經歷). 월력(越歷).

염습(殮襲): 죽은 사람의 몸을 씻긴 뒤에 옷을 입히고 염포(殮布)로 묶는 일.

영검: 사람의 기원대로 되는 신기한 징험.

영결(永訣): 죽은 사람과 산 사람이 서로 영원히 헤어짐.

영락(零落): 세력이나 살림이 줄어들어 보잘것없이 됨. 영체(零替).

영전(榮轉): 전보다 더 좋은 자리나 직위로 옮김.

영절스럽다: 아주 그럴듯하다.

예상사(例常事): 보통 있는 일. 상사(常事). 예사(例事).

예증(例症): 평소에 늘 앓는 병.

오괴(迂怪): 물정에 어둡고 괴상함.

오국(墺國): '오스트리아(Austria)'를 음역(音譯)한 이름인 오지리(墺地利)를 줄여 부른 말.

오금: 무릎의 구부러지는 오목한 안쪽 부분. 곡추(曲腿). 다리오금. 뒷무릎.

오금(을) 박다: 큰소리치며 장담하던 사람이 그와 반대되는 말이나 행동을 할 때에, 장담하던 말을 빌미로 삼아 몹시 논박하다. 다른 사람에게 함부로 말이나 행동을 하지 못하게 단단히 이르거나 으르다.

오장(伍長): 군대에서 한 오(伍)의 우두머리. '오'는 다섯 명씩 편성한 한 조를 가리킨다.

오지리(墺地利): '오스트리아(Austria)'를 음역(音譯)한 이름.

옥안(玉顏): 임금의 얼굴을 높여 이르는 말. 용안(龍顏).

옥중고혼(獄中孤魂): 감옥에서 외롭게 죽은 사람의 넋이나 혼령.

옥중살이: 감옥에 갇히어 지내는 생활. 감옥살이. 옥살이.

올무: 새나 짐승을 잡기 위하여 만든 올가미. 사람을 유인하는 잔꾀. 덫. 함정(陷穽, 檻穽).

완구(完久): 어떤 상태가 완전하여 오래 견디거나 오래갈 수 있음.

왕림(枉臨): 남이 자기 있는 곳으로 찾아옴을 높여 이르는 말. 내림(來臨).

외곬: 단 하나의 방법이나 방향. 단 한곳으로만 트인 길. 외통.

외원대(外援隊): 구원이나 원조를 위해 외부에서 일으키는 군대.

외해자(外垓子): 경계선의 밖에 있는 해자.

요녀(妖女): 요사스러운 계집. 요부(妖婦). 요희(妖姬).

요량(料量): 앞일을 잘 헤아려 생각함. 또는 그런 생각.

요요(寥寥): 고요하고 쓸쓸함.

요정(了定): 결판을 내어 끝마침.

요하네(Yohannes): '요한'의 헤브라이(Hebrew)어 이름. 일본어에서도 '요하네

(크ハㅊ)'로 불렸으며, 라틴 어로는 '요하네스'라 한다.

요해처(要害處): 생명과 직접적인 연관을 맺고 있는 몸의 중요한 부분.

용신(容身): 방이나 장소가 비좁아 겨우 무릎이나 움직일 수 있음. 이 세상에 겨우
　　몸을 붙이고 살아감. 용슬(容膝).

용춤: 남이 추어올리는 바람에 좋아서 하라는 대로 행동을 하는 짓.

우연만하다: 정도나 형편이 표준에 가깝거나 그보다 약간 낫다. 허용되는 범위에
　　서 크게 벗어나지 아니한 상태에 있다. '웬만하다'의 본딧말.

우쩍: 갑자기 힘을 쓰거나 기세나 기운 따위가 갑자기 솟아나는 모양.

욱여들다: 주위에서 중심 쪽으로 모여들다.

운수소관(運數所關): 모든 일이 운수에 달려 있어 사람의 힘으로는 어찌할 수 없
　　음. 기수소관(氣數所關). 신수 소관(身數所關).

움씰: 깜짝 놀라서 몸을 뒤로 움츠리는 모양.

웃덮기: '웃기' 즉 떡이나 포, 과일 따위를 괸 위에 모양을 내기 위해 얹는 주악,
　　화전 따위의 재료. 《무쇠탈》에서는 매복하기 위해 파 놓은 참호를 흙이나
　　나뭇가지, 풀 등으로 위장한 것을 가리킨다.

월궁(月宮): 달 속에 있다는 전설 속의 궁전. 월궁전(月宮殿).

월봉(月俸): 월급(月給).

월여(月餘): 한 달이 조금 넘는 기간. 달포.

월전(月前): 달포 전.

위명(威名): 위세를 떨치는 이름.

위석(委席): 몸져누워서 일어나지 못함.

위선(爲先): 우선(于先).

유공(有功): 공로가 있음.

유루(遺漏): 빠져 나가거나 새어 나감. 빠짐.

유산(遊山): 산으로 놀러 다님.

유여(裕餘): 모자라지 않고 넉넉함.

육혈포(六穴砲): 탄알을 재는 구멍이 여섯 개 있는 회전식 연발 권총. 리볼버
　　(revolver).

은급(恩給): 식민지 시대에 정부 기관에서 일정한 연한(年限)을 일하고 퇴직한 사
　　람에게 주던 연금(年金).

은병(銀瓶): 은으로 만든 병.

을러메다: 위협적인 언동으로 을러서 남을 억누르다. 을러대다.

의지가지없다: 의지할 만한 대상이 없다. 다른 방도가 없다.

의취(意趣): 어떤 일의 근본이 되는 목적이나 긴요한 뜻. 취의(趣意).

이면경계(裏面境界): 일의 내용의 옳고 그름.

이면 불고(裏面不顧): 경위 없이 굶. 또는 그런 사람. 이면부지(裏面不知).

이무기: 뿔이 없는 용. 전설상의 동물 가운데 하나로 어떤 저주에 의하여 용이 되지 못하고 물속에 사는 여러 해 묵은 큰 구렁이를 이른다. 이룡(螭龍).

이야기장: 여러 사람이 모여서 이야기를 하는 자리.

이약: 그토록 대단한 ~(누구)도. 일본어의 'さすがの~も'를 옮긴 말이다.

이태리(伊太利): '이탈리아(Italia)'를 음역(音譯)한 이름.

인경: 밤에 통행금지를 알리기 위해 치는 종. 인정(人定). 파루(罷漏).

인마(人馬): 사람과 말.

인발: 도장을 찍은 형적. 인문(印文). 인영(印影). 인장(印章). 인형(印形). 판인(判印).

인사정신(人事精神): 신상에 벌어지는 일을 살피거나 예절을 차릴 수 있는 제정신.

인해(人海): 사람의 바다, 즉 수없이 많이 모인 사람. 인산(人山).

인후-(咽喉)목: 인후와 목의 사이. '인후'는 식도와 기도를 통하는 입 속 깊숙한 곳, 즉 '목구멍'을 가리킨다.

일면(一面): 어떤 범위의 지면이나 바닥.

일문(一門): 한 가문이나 문중.

일변(一變): 아주 달라짐.

일봉서간(一封書簡): 봉투에 넣어서 봉한 한 통의 편지.

일색(一色): 견줄 데 없이 빼어나게 아름다운 여자. 뛰어난 미인. 절색(絶色).

일언반사(一言半辭): 한 마디 말과 반 구절, 즉 아주 짧은 말. 일언반구(一言半句).

일위(一位): 한 사람. 한 분.

일호(一毫): 한 가닥의 털, 즉 극히 작은 정도. 일호반점(一毫半點). 일호 반분(一毫半分).

입귀: 입의 양쪽 구석. 입아귀.

입문(入聞): 어떤 사실이나 소문 따위가 윗사람의 귀에 들어감.

입찬소리: 자기의 지위나 능력을 믿고 지나치게 장담하는 말. 입찬말.

ㅈ

자세(藉勢): 어떤 권력이나 세력 또는 특수한 조건을 믿고 세도를 부림.

자심(滋甚): 더욱 심함.

자취지화(自取之禍): 제 스스로 불러들인 재앙.

작(爵): 벼슬의 위계. 공(公), 후(侯), 백(伯), 자(子), 남(男)의 다섯 등급으로 나눈
　　귀족의 계급.

작반(作伴): 동행자나 동무로 삼음.

작회(作戱): 남의 일에 훼방을 놓음. 작얼(作孼).

잔약(孱弱): 가냘프고 약함.

장골(壯骨): 기운이 세고 큼직하게 생긴 뼈대. 또는 그런 뼈대를 가진 사람.

장력(壯力): 씩씩하고 굳센 힘.

장막(帳幕): 한데에서 볕 또는 비바람을 피할 수 있도록 둘러치는 막.

장맞이: 길목을 지키고 기다리다가 사람을 만나려는 것.

장명등(長明燈): 대문 밖이나 처마 끝에 달아 두고 밤에 불을 켜는 등.

장본(張本): 어떤 일이 크게 벌어지게 되는 근원. 어떤 일을 꾀하여 일으킨 바로
　　그 사람. 장본인(張本人).

장식(葬式): 장례식(葬禮式).

장의자(長椅子): 여러 사람이 앉을 수 있게 가로로 길게 만든 의자. 장교의(長交椅).

재변(災變): 재앙으로 인하여 생긴 변고.

저거번(去番): 저번(這番). 지난번.

적공(積功): 공을 쌓음. 많은 힘을 들여 애를 씀.

전갈(傳喝): 사람을 시켜 말을 전하거나 안부를 물음. 또는 전하는 말이나 안부.

전기(前記): 어떤 대목을 기준으로 하여 그 앞부분에 씀. 또는 그런 기록.

전단(戰端): 전쟁을 벌이게 된 실마리. 또는 전쟁의 시작.

전동(箭筒): 화살을 담아 두는 통.

전령(傳令): 명령이나 훈령, 고시 따위를 전하여 보내거나 그 명령이나 훈령, 고시.
　　또는 이를 전하는 사람.

전례(典例): 전거(典據)가 되는 선례(先例).

전목(全木): 두꺼운 널빤지.

전생차생(前生此生): 전생과 차생.

전옥(典獄): 교도소의 우두머리.

전의(典醫): 왕의 질병과 왕실의 의무(醫務)를 맡아보던 궁내부(宮內府) 태의원(太
醫院) 소속의 주임(奏任) 관직.

전임(轉任): 다른 관직이나 임무로 옮김. 이임(移任). 천임(遷任).

전정(前程): 앞길.

전쾌(全快): 병이 완전히 나음. 완쾌(完快).

절벽(絶壁): 앞을 가릴 수 없을 만큼 깜깜하고 어두운 상태를 빗대어 이르는 말.

정감(廷監): 궁궐 문 옆에서 숙직(宿直)하고 호위하는 일을 맡아보던 무사. 무감(武
監). 무예별감(武藝別監).

정렬(貞烈): 여자의 지조나 절개가 곧고 굳음.

정리(情理): 인정과 도리.

정부(情夫): 남편 이외에 정을 두고 깊이 사귀는 남자.

정사(情死): 서로 사랑하는 남녀가 그 뜻을 이루지 못하여 함께 자살하는 일.

정상(情狀): 있는 그대로의 사정과 형편. 딱하거나 가엾은 상태.

정위(正尉): 오늘날의 '대위(大尉)'에 해당하는, 대한 제국 때의 위관 계급.

제구(諸具): 여러 가지의 기구.

제르맹(Germain) 궁(宮): 생제르맹(Saint Germain) 궁전. 프랑스 파리(Paris) 서쪽
의 센(Seine) 강가에 있는 도시 생제르맹앙레(Saint Germain en Laye)에 세워
진 르네상스 시기의 대표적인 왕궁이다.

제잡담(除雜談): 일절 말을 하지 않음.

제후(諸侯): 봉건 시대에 일정한 영토를 가지고 그 영내의 백성을 지배하는 권력
을 가진 사람. 군공(君公). 번봉(藩封). 열후(列侯). 공후(公侯).

조급증(躁急症): 조급해 하는 버릇이나 마음.

조기다: 마구 두들기거나 패다. 써서 없애 치우거나 또는 사정없이 들이다.

조비비다: 잘 비벼지지 않는 조를 비비듯이 마음만 조급하고 초조해 하다. 마음을
몹시 졸이거나 조바심을 내다.

조산(造山): 뜰이나 공원 등에 인공으로 쌓아 만든 산.

조지다: 짜임새가 느슨하지 않도록 단단히 맞추어서 박다. 일이나 말이 허술하게
되지 않도록 단단히 단속하다.

조촐하다: 행동이나 행실 따위가 깔끔하고 얌전하다. 외모나 모습 따위가 말쑥하고 맵시가 있다.

조칙(詔勅): 임금의 명령을 일반에게 알릴 목적으로 적은 문서. 조서(詔書).

족치다: 견디지 못하도록 매우 볶아치다.

존가(尊駕): 지위가 높고 귀한 사람의 탈것, 즉 지위가 높고 귀한 사람의 행차.

졸경(卒更): 한동안 남에게 모진 괴로움을 당함. 원래는 순라군이 도둑이나 화재 따위를 경계하느라고 도성 안을 돌아다니는 일을 가리키는데, 통행금지 시간을 어겨 벌을 받는다는 뜻의 '졸경(을) 치르다'는 말에서 비롯되었다.

졸연(猝然): 쉬움. 쉽게 할 수 있는 상태에 있음.

졸중풍(卒中風): 뇌에 혈액 공급이 제대로 되지 않아 손발의 마비, 언어 장애, 호흡 곤란 따위를 일으키는 증상. 뇌졸중(腦卒中).

졸지(猝地): 갑작스러운 판국.

종가(宗家): 족보로 보아 한 문중(門中)에서 맏이로만 이어 온 큰집. 정적(正嫡). 종갓집.

종시(終是): 끝내.

종자(從者): 남에게 종속되어 따라다니는 사람.

종작: 대중으로 헤아려 잡은 짐작.

종주먹: 쥐어지르며 을러댈 때의 주먹. 단단히 쥔 주먹.

주막거리: 주막(酒幕)이 있는 길거리.

주밀(周密): 허술한 구석이 없고 세밀함.

주변: 일을 주선하거나 변통함. 또는 그런 재주. 두름손.

주사(紬絲): 명주실.

주어박다: 이것저것 되는대로 써넣다.

주적대다: 주책없이 잘난 체하며 자꾸 떠들다. 주적거리다.

주줄이: 줄지어 죽 늘어선 모양.

죽은 말 지키듯 하다: 소용없는 짓인 줄 알면서도 다 틀어진 일을 놓고 안타까워하다.

준신(遵信): 그대로 좇아서 믿음.

줌: '주먹'의 준말.

중로(中路): 오가는 길의 중간.

지근덕거리다: 성가실 정도로 끈덕지게 자꾸 귀찮게 굴다. 지근덕대다.

지기(志氣): 의지와 기개.

지지리: 아주 몹시. 지긋지긋하게.

지친(至親): 매우 친함. 아버지와 아들, 언니와 아우 사이와 같이 매우 가까운 친족. 주친(周親). 지정(至情).

지필묵(紙筆墨): 종이와 붓과 먹.

지함(地陷): 땅을 파서 굴과 같이 만든 큰 구덩이. 땅굴.

진가(眞假): 진짜와 가짜. 진부(眞否). 진위(眞僞).

진솔: 옷이나 버선 따위가 한 번도 빨지 않은 새것 그대로인 것. 진솔옷. 빨래하여 이제 막 입은 옷. 새물.

진솔로 있다: 옷을 빨아 다렸더라도 마구 드러내지 않고 진솔로 그대로 가지고 있다는 뜻으로, 언제나 본래 모습을 잃지 말고 순수함을 지킨다는 것을 빗대어 이르는 말.

질감맞다: 견디기 매우 지루한 데가 있다. 지루감스럽다. 질감스럽다.

질겁하다: 뜻밖의 일에 자지러질 정도로 깜짝 놀라다.

질정(質定): 갈피를 잡아서 분명하게 정함.

집맥(執脈): 병을 진찰하기 위하여 손목의 맥을 짚어 보는 일. 진맥(診脈).

집적하다: 집적거리다. 집적대다. 집적이다.

짓다: '지우다'를 예스럽게 이르는 말.

짝개붙이: 집게나 '핀셋(pincette)'과 같이 끝이 두 가닥으로 갈라져 물건을 집는 데 쓰는 기구.

쪼크리다: '쪼그리다'의 센말.

찌부러지다: 기운이나 형세 따위가 꺾이어 매우 약해지다.

찍어매다: 실이나 노끈 따위로 대강 꿰매다.

ㅊ

차가다: 무엇을 날쌔게 빼앗거나 움켜 가지고 가다.

차꼬: 죄수를 가두어 둘 때 쓰던 형구(刑具). 두 개의 기다란 나무토막을 맞대어

그 사이에 구멍을 파서 죄인의 두 발목을 넣고 자물쇠를 채우게 되어 있다.

차림차림: 차림새의 이모저모. 여럿의 차림새.

차자(次子): 둘째 아들. 차남(次男).

차치(且置): 내버려 두고 문제 삼지 아니함. 차치물론(且置勿論).

참령(參領): 오늘날의 '소령(少領)'에 해당하는, 대한 제국 때의 영관 계급.

참예(參預): 참여(參與).

참위(參尉): 오늘날의 '소위(少尉)'에 해당하는, 대한 제국 때의 위관 계급.

창황(愴惶, 惝怳): 놀라거나 다급하여 어찌할 바를 모름.

채근(採根): 어떤 일의 내용, 원인, 근원 따위를 캐어 알아냄.

채롱: 껍질을 벗긴 싸릿개비나 버들가지 따위의 오리를 결어서 함(函) 모양으로 만든 채그릇.

책력(册曆): 일 년 동안의 월일, 해와 달의 운행, 월식과 일식, 절기, 특별한 기상 변동 따위를 날의 순서에 따라 적은 책.

책(責)잡다: 남의 잘못을 들어 나무라다.

처시하(妻侍下): 아내에게 눌려 지내는 사람.

처싣다: 함부로 잔뜩 싣다.

천개(天蓋): 관(棺)의 뚜껑.

천거(薦擧): 어떤 일을 맡아 할 수 있는 사람을 그 자리에 쓰도록 소개하거나 추천함.

천고(千古): 아주 먼 옛적. 아주 오랜 세월 동안. 오랜 세월을 통하여 그 종류가 드문 일.

천군만마(千軍萬馬): 천 명의 군사와 만 마리의 군마, 즉 아주 많은 수의 군사와 군마, 즉 아주 많은 수의 군사와 군마. 천병만마(千兵萬馬).

천금(天衾): 송장을 관에 넣고서 덮는 이불.

천 냥 판: '놀음놀이판'을 빗대어 이르는 말. 돈이 무더기로 생기는 아주 호화로운 판. 《무쇠탈》에서는 앞의 뜻으로 쓰였다. 천 냥 만 냥 판.

천정(天定): 하늘이 미리 정함.

천추(千秋): 오래고 긴 세월. 또는 먼 미래.

철석(鐵石): 쇠와 돌. 매우 굳고 단단한 것.

철석간장(鐵石肝腸): 쇠나 돌같이 굳고 단단한 마음. 굳센 의지나 지조가 있는 마음. 철석심장(鐵石心臟).

철장(鐵杖): 쇠로 만든 막대기나 지팡이.

철장대: 쇠로 만든 장대.

철천지한(徹天之恨): 하늘에 사무치는 크나큰 원한. 철지지원(徹地之冤). 철천지원
　　(徹天之冤).

철필촉(鐵筆鏃): 철필(鐵筆) 즉 펜(pen)의 뾰족한 끝. 펜촉.

첩경(捷徑): 지름길.

첩지(帖紙): 관에서 구실아치나 노비를 고용할 때 쓰던 사령장(辭令狀). 체지(帖
　　紙).

첩첩(喋喋): 말을 거침없이 잘하여 수다스러운 모양이나 그런 소리.

첩첩이구(喋喋利口): 거침없고 능란한 말솜씨.

청바지저고리: 감옥에 갇혀 있는 미결수(未決囚)를 가리키는 말. 식민지 시대에
　　아직 판결을 받지 않은 수인(囚人)들이 푸른색의 바지저고리를 입은 데서
　　비롯한 말이다.

청지기: 양반집 수청방(守廳房)에서 잡일을 맡아보거나 시중을 드는 사람. 청직
　　(廳直).

청처짐하다: 동작이나 상태가 바싹 조이는 맛이 없이 조금 느슨하다.

체경(體鏡): 몸 전체를 비추어 볼 수 있는 큰 거울. 몸거울.

체소(體小): 몸집이 작음.

쳇불: 쳇바퀴에 메워 액체나 가루 따위를 거르는 그물 모양의 물건. 말총, 명주실,
　　철사 따위로 짜서 만든다.

초(草): 글의 초안을 잡음. 기초(起草).

초군(樵軍): 나무꾼.

초로(草露): 풀잎에 맺힌 이슬.

촌보(寸步): 몇 발짝 안 되는 걸음. 아주 가까운 거리.

총감(總監): 일정한 분야의 사무를 총체적으로 감독하고 관리하는 직위. 또는 그
　　런 직위에 있는 사람.

총망(悤忙): 매우 급하고 바쁨.

총찰(總察): 모든 일을 맡아 총괄하여 살핌.

추근추근: 성질이나 태도가 검질기고 끈덕진 모양.

추수(秋水): 가을철의 맑은 물처럼 번쩍이는 칼 빛.

추추(啾啾): 벌레나 새 등이 우짖는 소리가 가늘고 구슬픔.

축(縮)가다: 일정한 수나 양에서 모자람이 생기다. 축(縮)나다.

축골동(蓄骨洞): 유골을 쌓아 둔 동굴, 즉 시체를 한데 모아 둔 곳이라는 뜻.

충동(衝動)이다: 흥분할 만큼 강한 자극을 주다. 어떤 일을 하도록 남을 부추기다.

충복(忠僕): 주인을 충심으로 섬기는 사내종. 어떤 사람을 충직하게 받드는 사람.

충천(衝天): 하늘을 찌를 듯이 공중으로 높이 솟아오름. 분하거나 의로운 기개, 기세 따위가 북받쳐 오름. 탱천(撑天).

충충하다: 물이나 빛깔이 맑거나 산뜻하지 않아 흐리고 침침하다.

취체(取締): 규칙이나 법령, 명령 따위를 지키도록 통제함.

측량(測量)없다: 한이나 끝이 없다.

치곧다: 추위가 몸의 아래쪽에서 위쪽으로 치밀어 오르다. 치곧아오르다.

치사(致謝): 고맙고 감사하다는 뜻을 표시함.

치살리다: 지나치게 치켜세우다.

치쉬다: 숨을 크게 들이마시다.

칠(漆): 옷. 옻칠. 검은 칠.

칠칠하다: 나무나 풀, 머리털 따위가 잘 자라서 알차고 길다.

침침칠야(沈沈漆夜): 아주 가까운 거리도 분간할 수 없을 정도로 아주 어두운 밤.

칭탁(稱託): 사정이 어떠하다고 핑계를 댐.

ㅋ

칸통: 넓이의 단위. 한 칸통은 집의 몇 칸쯤 되는 넓이다.

켕기다: 단단하고 팽팽하게 되다. 맞당기어 팽팽하게 만들다. 마주 버티다.

쾌남자(快男子): 시원스럽고 호쾌한 남자. 쾌남아(快男兒). 쾌한(快漢).

ㅌ

탁지(度支): 국가 전반의 재정(財政)을 맡아보는 중앙 관청. 탁지부(度支部).

탕패(蕩敗): 재물 따위를 다 써서 없앰. 탕진(蕩盡).

태의사(太醫師): 궁궐 안에서 임금이나 왕족의 병을 치료하는 의원. 어의(御醫). 태
　　의(太醫).

태전의(太典醫): 궁궐 안에서 임금이나 왕족의 병을 치료하는 의원. 어의(御醫). 태
　　의(太醫).

탱중(撑中): 화나 욕심 따위가 가슴속에 가득 차 있음.

토설(吐說): 숨겼던 사실을 비로소 밝히어 말함.

토이기(土耳其): '터키(Turkey)'를 음역(音譯)한 이름.

토파(吐破): 마음에 품고 있던 사실을 다 털어 내어 말함.

통기(通寄): 기별을 보내 알게 함. 통지(通知).

통리(通理): 사물의 이치에 통달함.

퇴축(退縮): 움츠리고 물러남. 축퇴(縮退).

특무정교(特務正校): 오늘날의 부사관 계급 가운데 최고 지위인 '원사(元士)' 혹은
　　준사관 계급인 '준위(准尉)'에 해당하는, 대한 제국 때의 부사관 계급.

특사(特赦): 형(刑)의 선고를 받은 특정인에 대하여 형의 집행을 면제하거나 유죄
　　선고의 효력을 상실하게 하는 사면(赦免) 조치. 특별 사면(特別赦免).

ㅍ

파란(波蘭): '폴란드(Poland)'를 음역(音譯)한 이름.

파르마(Parma): 이탈리아 중북부의 에밀리아로마냐(Emillia-Romagna) 주에 있는
　　도시.

판장(板牆): 널빤지로 친 울타리. 널판장.

판장문(板牆門): 널빤지로 만든 문. 널문.

팔모: 여러 방면. 여러 측면.

팔밀이: 마땅히 자기가 하여야 할 일을 남에게 미룸.

패(牌): 어떤 사물의 이름, 성분, 특징 따위를 알리기 위하여 그림을 그리거나 글씨를 쓰거나 새긴 종이나 나무, 쇠붙이 따위의 조그마한 조각. 어떤 표적으로 만든 쇠붙이. 주로 좋지 못한 일로 인하여 붙게 되는 별명.

퍼더버리다: 팔다리를 아무렇게나 편하게 뻗다. 퍼지르다.

편시(片時): 잠시(暫時).

편짝: 상대하는 두 편 가운데 어느 한 편.

평복(平服): 제복이나 관복이 아닌 보통의 옷. 평상복(平常服).

폐다: '펴이다'의 준말.

포승(捕繩): 죄인을 잡아 묶는 노끈.

표적(表迹): 겉으로 드러난 자취. 표(表).

푼푼하다: 모자람이 없이 넉넉하다.

풀솜: 실을 켤 수 없는 허드레 고치를 삶아서 늘여 만든 솜. 빛깔이 하얗고 광택이 나며 가볍고 따뜻하다. 명주(明紬)솜. 설면자(雪綿子).

풍기(風氣): 풍도(風度)와 기상(氣像).

풍마우세(風磨雨洗): 바람에 갈리고 비에 씻김. 비바람에 갈리고 씻김.

풍비박산(風飛雹散): 사방으로 날아 흩어짐. 풍산(風散).

풍상(風霜): 바람과 서리, 즉 많이 겪은 세상의 어려움과 고생.

풍양(風陽): 바람과 볕.

피네롤로(Pinerolo): 이탈리아 북서부 피에몬테(Piemonte) 지방의 토리노(Torino) 남서쪽, 알프스 산맥의 기슭과 키소네(Chisone) 계곡 입구에 있는 도시.

필묵(筆墨): 붓과 먹.

핑핑하다: 줄 따위가 잔뜩 켕기어 튀기는 힘이 있다. 남거나 모자람이 없이 매우 빠듯하다. 둘의 힘 따위가 서로 엇비슷하다.

ㅎ

하회(下回): 어떤 일이 있은 다음에 벌어지는 일의 형태나 결과.

한동아리: 떼를 지어 행동하는 무리. 동속(同屬). 떼관음보살.

한모: 일의 중요한 한 측면.

한전(寒戰): 오한이 심하여 몸이 떨림.

함혐(含嫌): 싫어하거나 미워하는 마음을 가짐. 또는 그 마음.

합수(合水)치다: 여러 갈래의 물이 한데 모여 세차게 흐르다.

합창(合瘡): 종기나 상처에 새살이 돋아나서 아묾.

해로동혈(偕老同穴): 살아서는 같이 늙고 죽어서는 한 무덤에 묻힘, 즉 생사를 같
　　이하자는 부부의 굳은 맹세.

해자(垓子): 성 주위에 둘러 판 못.

해전: 해가 지기 전. 해가 떠 있는 동안. 해안.

핵실(覈實): 일의 실상을 조사함.

행내기: 만만하게 여길 만큼 평범한 사람. 보통내기.

행세바치: 행세꾼. 행세(行世)하기를 좋아하거나 잘하는 사람을 낮잡아 이르는 말.

행실(行實)을 내다: 사람으로 행하여야 할 마땅한 도리를 가르치기 위하여 잘못
　　한 사람을 징계하여 본(本)이 되게 하다. 본보기를 내다.

행장(行裝): 여행할 때 쓰는 물건과 차림.

허섭스레기: 좋은 것이 빠지고 난 뒤에 남은 허름한 물건.

허시(許施): 요청하는 대로 베풂. 허급(許給).

허행(虛行): 헛걸음.

헌수(獻酬): 잔을 올림.

험: '흠(欠)'의 변한말.

헛가게: 때에 따라 벌였다 걷었다 하는 가게.

헤다: 물속에 몸을 뜨게 하고 팔다리를 놀려 물을 헤치고 앞으로 나아가다. 어려
　　운 상태에서 벗어나려고 애쓰다.

헤다: 빨거나 씻은 것을 다시 맑은 물에 넣어 흔들어 씻다. 헹구다.

헤번쩍거리다: 흰자위가 많이 보일 정도로 자꾸 눈알을 재빨리 굴리다.

현상(懸賞): 무엇을 모집하거나 구하거나 사람을 찾는 일 따위에 현금이나 물품
　　따위를 내걺.

현황(眩慌): 정신이 어지럽고 황홀함.

혈기지용(血氣之勇): 혈기 때문에 일어나는 한때의 용맹.

혈혈(孑孑): 의지할 곳이 없이 외로움.

혐의(嫌疑): 꺼리고 미워함.

협문(夾門): 대문이나 정문 옆에 있는 작은 문.

협착(狹窄): 차지하고 있는 자리가 매우 좁음. 처하여 있는 사정이나 형편이 매우
　　어려움.

형구(刑具): 형벌을 가하거나 고문을 하는 데에 쓰는 여러 가지 기구. 형기(刑器).

호기(豪氣): 꺼드럭거리며 뽐내는 면이 있는 모양.

혼도(昏倒): 정신이 어지러워 쓰러짐.

화란(和蘭): '네덜란드(Netherlands)'를 음역(音譯)한 이름.

화란 국(和蘭國): '네덜란드(Netherlands)'를 음역(音譯)한 이름.

화문석(花紋席): 꽃의 모양을 놓아 짠 돗자리. 꽃돗자리.

화색(禍色): 재앙이 일어나는 징조.

화젓가락: 화로에 꽂아 두고 불덩이를 집거나 불을 헤치는 데 쓰는 쇠로 만든 젓
　　가락. 부젓가락. 화저(火箸).

화족(華族): 지체가 높은 사람이나 나라에 공훈이 있는 사람의 집안이나 자손들.

활개: 사람의 어깨에서 팔까지 또는 궁둥이에서 다리까지의 양쪽 부분.

활싹: 썩 넓게 벌어지거나 열린 모양.

활짱: 활의 몸체.

황겁(惶怯): 겁이 나서 얼떨떨함.

황공무지(惶恐無地): 위엄이나 지위 따위에 눌리어 두려워서 몸 둘 데가 없음. 황
　　송무지(惶悚無地).

황족(皇族): 황제의 가까운 친족. 황친(皇親).

황황(遑遑): 갈팡질팡 어쩔 줄 모르게 급함.

황황겁겁(惶惶怯怯): 매우 두렵고 겁이 남.

회계장(會計帳): 어떤 기관이나 단체의 경리(經理) 부서에서 물자 관리나 금전 출
　　납 따위의 사무를 맡아보는 사람.

회반(灰盤): 뭉쳐 굳어진 석회 조각.

회사(回謝): 사례하는 뜻을 표함.

횡액(橫厄): 뜻밖에 닥쳐오는 불행. 횡래지액(橫來之厄).

효용(驍勇, 梟勇): 사납고 날쌤. 효무(驍武).

후두들기다: 함부로 막 두드리다.

후락(朽落): 낡고 썩어서 못 쓰게 됨. 오래되어서 빛깔이 바래고 구지레하게 됨.

후무리다: 남의 물건을 슬그머니 훔쳐 가지다.

훈수(訓手): 바둑이나 장기 따위를 둘 때에 구경하던 사람이 끼어들어 수를 가르쳐 줌. 남의 일에 끼어들어 이래라저래라 하는 말.

훔켜잡다: 세게 움켜잡다.

훗훗하다: 약간 갑갑할 정도로 훈훈하게 덥다. 마음을 부드럽게 녹여 주는 듯한 훈훈한 기운이 있다. 온온(溫溫)하다.

휘넓다: 탁 트인 듯이 아주 넓다.

휘어들다: 강하였던 의지나 주장 따위가 약하여지다. 남의 손아귀에 들다.

휘지다: 무엇에 시달려 기운이 빠지고 쇠하여지다.

휘휘하다: 무서운 느낌이 들 정도로 고요하고 쓸쓸하다. 휘하다.

흉업다: 말이나 행동이 불쾌할 정도로 흉하다.

흔단(釁端): 서로 사이가 벌어져서 틈이 생기게 되는 실마리. 서로 다르게 되는 시초.

흔뎅거리다: 큰 물체가 위태롭게 매달려 자꾸 흔들리다. 또는 그렇게 되게 하다. 흔뎅대다. 흔뎅흔뎅하다.

흔뎅이다: 큰 물체가 위태롭게 매달려 흔들리다. 또는 그렇게 되게 하다.

흘러보다: 남의 속을 슬그머니 떠보다.

흥감: 넌덕스러운 말로 실지보다 지나치게 떠벌리는 짓.

흥감스럽다: 넌덕스러운 말로 실지보다 지나치게 떠벌리는 태도가 있다.

흥와조산(興訛造訕): 있는 말 없는 말을 지어내어 남을 비방함. 흥와주산(興訛做訕).

희옃하다: 빛깔이 조금 흰 듯하다.

힐난(詰難): 트집을 잡아 거북할 만큼 따지고 듦.

힘겻다: '힘이 되다'라는 뜻의 옛말.

《무쇠탈》 연재 예고

《무쇠탈》
원본(原本) 불국(佛國) 명작(名作)
민우보(閔牛步) 역(譯)
유례(類例)를 파(破)한 신소설(新小說)
일월 일일부터 게재(揭載)

　세상에 많은 환영을 받던 〈동아일보〉의 소설 《붉은 실》이 부득이한 사정으로 인하여 중지된 이래로 다시 적당한 소설을 얻어 독자 제씨에게 소개하고자 여러 가지로 고심한 결과 이번에 훌륭한 소설을 얻어서 일월 일일부터 시작하기로 결정하였습니다.

　이 소설은 《무쇠탈》이라 하는 이름만 들어도 결단코 심상한 것이 아닌 줄은 누구든지 아시려니와 그 내용으로 말하여도 종래 우리에게 소개된 소설과는 투철히 다른 것으로 누구든지 처음 한 번만 보기 시작하면 종말까지 보지 않고는 견딜 수 없을 만큼 재미있고 날마다 날마다 마음이 졸이도록 궁금할 것이올시다.

　이 소설은 본래 불국에서 유명한 것인데 서양 각국의 가정에서는 거의 그 이름을 모르는 이가 적다 합니다. 혁명당의 무서운 운동에 대하여 정부의 흉악한 압박을 주장삼아 가지고 그 무대에 여러 가지 인물이 활동하는 모양은 탐정 연극의 활동사진과 세계에 유명한 혁명 역사를 아울러 보는 재미가 있을 뿐 아니라 우리에게 주는 교훈이 또한 깊고 많을 것이 더욱 반가운 일이올시다.

　이같이 진기한 소설을 번역하신 이는 작년 〈동아일보〉에《부평초(浮萍草)》를 소개하여 그 고운 붓끝과 아름다운 글귀가 세상의 큰 칭찬을 받은 민우보(閔牛步) 씨이올시다. 재미있는 사실과 아름다운 문장이 서로 합한 이 소설은 긴긴밤 밝은 등잔 아래에 가정의 즐거움을 돕기에 가장 적당하다 믿으며 처음부터 사랑하시기를 바라나이다.

— 〈동아일보〉, 1921년 12월 29~30일, 3면.

《무쇠탈》 단행본 서문

민태원

　　파란곡절이 많은 이《무쇠탈》의 사실은 불란서에서 실지로 있은 일을 그 뒤의 역사 소설가 보아고베 씨가 호기심에 번득이는 놀라운 눈을 가지고 다년 조사한 결과 자신 있는 재료를 모아 들고 그 유려한 붓을 두른 정사 실적의 일대 기록이라. 이와 같이 근거 있는 기록을 조선 풍속에 맞도록 번역한 것은 비록 일반 독자의 편의를 위함이라 할지라도 정사 실적을 소개하는 본의가 아닌지라. 이 책을 출판함에 낭하여 비록 역사상 근거를 일일이 기록하지 못하나 그중 중요한 인물에 한하여 역사상의 본이름과 대조하여 보고자 하노라.

　　백작 안택승은 로렌 주의 귀족으로서 모리스 마티에르 드 알모이스라 하는 사람이요 방월희 본명은 방다이며 오 부인은 오린부, 왕비 한씨는 발리에르, 노붕화는 루부아, 나한욱은 나로.

　　이와 같이 이 기록 중에 있는 인물은 실지로 역사상에 나타난 인물인 것을 소개하며 동시에 이 장황한 일대 기록을 세상에 항다반 있는 정탐 소설과 같이 보지 않기를 희망하노라.

역자.

—《무쇠탈》, 동아일보사 출판부, 1923.

《무쇠탈》 단행본 광고

1

《무쇠탈》
〈동아일보〉 연재, 민우보 역
불국 혁명이 산출한 정사 실적(正史實蹟)의 정탐 소설(偵探小說)

〈동아일보〉의 독자치고야 누구가 《무쇠탈》을 모를 이 있으리오!
차서(此書)는 일찍이 만천하 독자 제씨의 열렬한 환영을 박(博)하
였을 뿐 아니라 역필(譯筆)의 유려(流麗)함은 그야말로 추수(秋水)를 의
(疑)할지라. 어찌 심상 일반(尋常一般)의 번역서에 비할 바이리오. 폐사
(弊社)에서 이에 차서를 상재(上梓)함은 오로지 아(我) 독자 제씨의 갈
앙(渴仰)에 부(副)코자 함이라.

1. 파격의 염가(廉價)   2. 선명한 인쇄
3. 견인(堅靭)한 지질(紙質)   4. 참신한 장정(裝幀)

등은 실지로 비교하면 알려니와 결코 보통 출판계의 기급(企及)
치 못할 바이라. 이 또한 총애(寵愛) 중의 《무쇠탈》로 하여금 일층 광채
를 가(加)케 함이요 폐사의 특색임을 자랑하여 두고자 한다.

장정(裝幀) 참신(斬新) 미려(美麗) 고상(高尙)

사륙판(四六版), 473혈(頁)

정가 일 원 삼십 전, 송료 육 전, 삼 책 이하 요(要) 선금(先金)

발행소 동아일보사 출판부, 경성 화동(花洞) 138, 진체(振替) 경성 355

분매소(分賣所) 경향 각 서포(書鋪)

—〈동아일보〉, 1923년 9~11월. 1면 및 4면 하단.

2

《무쇠탈》

민우보 역

미본(美本) 사륙판, 473혈(頁), 정가 일 원 삼십 전, 송료 육 전, 삼 책 이하 선금

보라! 정사 실적(正史實蹟)인 인류사상 일대 경이(驚異)를!

의기남아(義氣男兒) 안택승(安宅昇)과 절대가인(絶代佳人) 방월희(方月姬)의 백열적(白熱的) 연애는 노도(怒濤)가 뛰고 흑운(黑雲)이 소용도는 불국 혁명을 배경 삼아 발전되었다! 그네의 연애 생활은 첨부터

끝까지 불꽃의 연속이며 선혈(鮮血)의 자취거니와 이에 거듭 영롱한 나매신(羅梅信)의 책략(策略)과 종횡(縱橫)한 나한욱(羅漢旭)의 간지(奸智)가 얽히고 완명(頑冥)한 노붕화(盧鵬化)의 무압(武壓)과 철저(徹底)한 불평당(不平黨)의 반항이 충돌되어 층생첩출(層生疊出)한 삼십 년 간의 파란곡절은 실로 인류사상의 일대 경이가 될 것이다.

홀연(忽然) 판장(版將) 진(盡)

일찍이 본지에 연재하여 비상한 환영을 받던 본서는 출판 이래로 주문이 답지(踏至)하여 유한한 일판이 홀연 다 되었으니 강호의 독서가는 기회를 잃지 말고 당일 주문하시오.

본서의 특색

총 포인트 오호 활자로의 473혈(頁)은 재래 소설의 총 700혈분의 내용을 가졌은즉 가격의 저렴은 실로 공전(空前)의 사(事)이며 인쇄의 선명은 물론이거니와 지질의 선택과 장정의 미려도 유례(類例)에 없음을 확신합니다.

발행소 경성 화동(花洞) 138, 진체(振替) 경성 355, 동아일보사 출판부

분매소(分賣所) 경향 각 서포(書鋪)

—〈동아일보〉, 1923년 11월 20일, 1면 하단.

3

《무쇠탈》

〈동아일보〉연재, 민우보 역

불국 혁명이 산출한 정사 실적(正史實蹟)의 정탐소설

독서계 호평의 초점, 중판 우(又) 중판

장정 참신 미려 고상

사륙판, 473혈(頁)

정가 일 원 삼십 전, 송료 육전, 삼 책 이하 요 선금

〈동아일보〉의 독자치고야 누구가《무쇠탈》을 모를 이 있으리오! 차서는 일찍이 만천하 독자 제씨의 열렬한 환영을 박하였을 뿐 아니라 역필의 유려함은 그야말로 추수를 의할지라. 어찌 심상 일반의 번역서에 비할 바이리오. 폐사에서 이에 차서를 상재함은 오로지 아 독자 제씨의 갈앙에 부코자 함이라.

　　사실(事實)은 무엇보다 웅변(雄辯)이다! 본서가 세상에 난 지 미기(未幾)에 중판에 중판을 거듭하여 발행을 보게 됨은 본서가 일반 독서계에서 얼마나 알뜰한 총애를 받았으며 또 그같이 총애 받는 본서의 내용이 얼마나 충실한가를 가장 웅변으로 설명하는 것이다. 폭풍우 몰아드는 그믐밤같이 혁명 기분(氣分)이 검푸른 불국 천지에서 전광(電光)같이 방산(放散)되는 백열(白熱)의 연애와 귀화(鬼火)같이 명멸하는 음모의 계책이 얽히고 감긴 불가사의의 정사 실적은 유려(流麗) 정치

(精緻)한 붓끝에 생동하여 독자의 안목을 휘황(輝煌)케 하는도다! 아아, 독서가 제군이여, 보라, 지금 즉시 이를 보라!

파격의 염가   선명한 인쇄
견인한 지질   참신한 장정

등은 실지로 비교하면 알려니와 결코 보통 출판계의 기급치 못할 바이라. 이 또한 총애 중의《무쇠탈》로 하여금 일층 광채를 가케 함이요 폐사의 특색임을 자랑하여 두고자 한다.

발행소 경성부 화동(花洞) 138번지, 동아일보사 출판부
총 발매소 경성부 봉래정(蓬萊町) 1정목(丁目) 88, 진체(振替) 경성 2023번, 박문 서관(博文書館)

— 〈동아일보〉, 1924년 2월 10일, 3면 하단.

《철가면(鐵假面)》 서문

구로이와 루이코(黑巖淚香)

다음의 해제는 《철가면》이 얼마나 불가사의한 것인지 이해하지 못하는 우리나라(일본―편자 주) 사람들에 대해서는 생략하기 어렵다.

이 같은 정사 실전(正史實傳)을 일본식으로 역술하는 것은 본의가 아닌 일이지만 지금까지의 예에 따라 모두 일본 이름으로 고치고 본명은 매번 맨 앞에 적어 놓겠다. 그리고 삼십 년에 걸친 긴 이야기라서 불필요한 부분은 거의 생략할 생각이지만 그래도 다소 지루한 부분이 있는 것은 역사에 근거하기 때문이라고 생각하고 용서해 주기를 바란다.

―《철가면(鐵假面)》, 후쇼샤(扶桑社), 1893; 1920(개정 30판).

《철가면(鐵假面)》 해제

포르튀네 뒤 보아고베(Fortuné du Boisgobey)

1

삼십 년이라는 긴 세월 동안 철가면으로 얼굴을 가리고 보냈다 하면 누가 진실이라고 믿을지. 그렇지만 실제로 그런 사람이 있었다. 그것도 단지 삼십 년을 살아간 것이 아니라 세계에서 가장 무서운 대감옥, 프랑스의 바스티유 속에 갇혀 살아 간 것이다. 가면을 쓴 채 병을 앓다가 가면을 쓴 채로 감옥 속에서 죽었기 때문에 그가 누구인지는 아무도 모른다. 이것이 거짓이 아닌 증거로 여기에 당시의 간수 잔크 라는 사람의 수첩 가운데서 일부를 발췌해 둔다. 1703년 11월 19일 (월요일) 부분에

> 항상 검정 가면을 써서 누구인지 알 수 없는 그 죄수는 일요일인 어제도 종전처럼 설교를 들었는데 그 후에 곧바로 병이 생겼다. 그다지 위독해 보이지는 않았지만 밤 열 시경에 이르러 가면을 쓴 채 죽었다.
> 장로 기로도 씨는 그 병상에 임석하여 여러 가지로 그 사람을 위로했다. 죽음에 가까워진 그가 일신의 이야기를 장로에게 털어 놓았는지 그렇지 않았는지는 모른다, 운운. 이 죄수는 전옥 생 마르 씨가 마거릿에서 데려온 자다, 운운.

그리고 그 뒷부분에

누구인지 알 수 없는 그 죄수는 20일 오후 네 시에 생폴 사원의 공동묘지에 매장되었다. 사원의 과거장(過去帳)에는 소좌 로살르지 씨와 의사 레일 씨가 죄수의 이름을 적었다. 그 이름이 무엇인지 몰랐는데 나중에 듣고 보니 마셜이라 한다. 매장 비용은 40루블이었다.

200년 가까이 지난 지금까지도 철가면의 평판이 여전히 전해지고 있다. 세상 사람들이 의심하는 것도 무리는 아니다. 소설에도 없을 법한 이 같은 불가사의한 죄수가 실제로 바스티유에 존재했다는 것은 앞의 증거로도 분명하다. 게다가 이 죄수가 언제 대감옥에 갇혔는지 알아보니 같은 사람의 수첩에서 앞 인용 부분보다 오 년 전의 페이지에

이번에 마거릿에서 전임하여 처음으로 이 감옥장이 된 생 마르 씨는 1698년(지금부터 194년 전) 11월 18일에 부임했는데 가마에 실린 한 명의 불가사의한 죄수를 데리고 왔다. 이 죄수는 훨씬 오래전에 씨가 피네롤로에 근무했을 때부터 데리고 있었다는 이야기가 있는데 이름도 알 수 없고 얼굴을 철가면으로 쌌기 때문에 얼굴의 생김새도 볼 길이 없었다. 나는 감옥소 내에 있는 파시닐 탑의 가장 좋은 방을 청소해 놓고 기다렸다. 이 죄수가 도착하는 것과 동시에 곧바로 그를 이 방에 가두어 넣었는데 밤 아홉 시가 되어 그는 바드듀 탑의 남쪽 방으로 옮겼다. 이 방은 이미 그를

받아들이기 위해 특별히 최상급으로 치장을 해 놓은 방이다. 이 죄수에게는 처음부터 군조(나중에 소좌가 됨)로살르지 씨가 시중을 들었고 무슨 일이든지 돌보았다. 단지 그 비용은 모두 전옥 생 마르 씨가 부담했다, 운운.

이를 보면 이 희대의 죄수가 바스티유에 존재했던 것은 만 오 년 정도지만 피네롤로에서 마거릿으로 이감되어 거기로부터 중앙 대감옥에 수감되었던 것 등을 합하면 잡혀 있던 햇수는 모두 30년이라 한다. 그동안에 철가면을 벗지 못했기 때문에 이 사람의 생애는 생전이나 사후나 둘 다 큰 불가사의이며, 아무도 정체를 알 수 없다.

그렇다고 그 신분을 알아보지 않았기 때문에 알 수 없는 것은 아니다. 이 사람이 죽은 후에 조사란 조사는 모조리 다 했다. 아무래도 불가사의한 일이어서 꼭 깊은 사정이 있으리라고 여겨서 훗날 대감옥이 파괴되었을 때(1789년 7월 14일) 프랑스의 역사가, 소설가, 문학사들이 철가면에 관한 실전(實傳)이 있으리라 짐작되는 대감옥의 일지를 뒤지기 시작했다. 그가 잡혔던 사정으로부터 그 사람이 누구인지, 그의 죄목의 자세한 점까지 모두 적혀 있음에 틀림없다고 생각해서 재빨리 찾아가서 그 일지를 찾아냈고 위원들을 선출하여 충분히 다 검토했다. 그렇지만 애석하게도 철가면이 수감된 당일 부분과 그가 죽었던 날의 일지는 깨끗이 뜯겨 있어 흔적도 찾아볼 수 없었다. 그러므로 철가면이 그저 범상한 죄수가 아니라 당시 정부로서는 큰 비밀이었음은 명백하다. 그렇지만 비밀을 파헤치는 길은 완전히 사라졌다. 당시의 정부는 천 년 후에 이르러도 이 비밀이 탄로되지 않도록 그 채비의 일환으로 일지를 뜯어낸 것이라는 생각이 든다.

2

무엇 때문에 철가면을 썼는지, 그가 누구인지, 죄목이 무엇인지 등등 갖가지 의문에 따라 온갖 추측이 나왔지만 대부분은 조사가 진행되면서 모두 잘못된 것으로 밝혀졌다. 여기에 이 추정들 가운데 겹치는 것들을 들어 보자.

세상에서 가장 화제가 되었던 것은 유명한 문학자 볼테르가 주장한 가설이다. 이 사람은 가장 미묘한 생각으로 불가사의한 취향을 안출하여 철가면은 전 국왕 루이 13세의 황후인 안 여왕이 낳은 사생아(베르망두아 백작)든가 그렇지 않으면 루이 14세와 왕후인 발리에르 양 사이에서 태어난 사생아라고 했다. 이 견해는 아직 취향이 묘할 뿐이며 역사상의 증거가 충분하지 않다. 실제로 베르망두아 백작은 철가면보다 십 년 전에 마르세유에서 죽었다.

다음으로 영국의 찰스 2세가 낳은 사생아이며 몬머스 후작이라 불린 사람이라고도 하는데, 이 후작은 1685년 7월 16일에 참수되었기 때문에 1703년 11월 19일에 죽은 철가면이 아니다.

또 블롱드 후작이야말로 철가면이라고 주장하는 사람들이 많은데 이 후작은 1669년 6월 26일에 간자 전쟁터에서 전사했다. 즉 철가면이 잡히기 전에 이 세상을 떴다.

어떤 사람은 루이 14세의 재상이며 대장 대신(大藏大臣)을 겸무하여 대단한 권위를 떨친 푸케라고도 하는데, 푸케는 단지 철가면과 같은 시기에 피네롤로에 수감되었을 뿐이며 파리의 대감옥으로는 이감되지 않았고 피네롤로 감옥에서 1680년 3월 20일에 사망했다.

유명한 역사가 시스몬다이 씨의 견해에 따르면, 앞에서 말한 안

여왕(루이 14세의 모친)이 쌍둥이를 낳았는데 그중 한 아이가 왕위에 올라 루이 14세가 되었기 때문에 왕위를 둘러싼 분쟁이 생길까 두려워하여 나머지 한 아이에게 가면을 씌워 평생을 옥중에서 보내게 했다고 한다. 쌍둥이다 보니 루이 14세와 얼굴이 똑같으므로 가면을 씌울 수밖에 없었다는 것이다(이 매력적인 이야기는 발상이 재치 있고 흥미로워서 유명한 작가 플르니에 및 아놀드 등이 연극으로 만들어 1831년 오데온 극장에서 공연한 일도 있다). 또 소설가 알렉상드르 뒤마도 이 설을 재탕하여 《브라질론 자작》이라는 제목의 소설을 만들었다. 그러나 이 가설은 여러 가지 전기를 만들어서 이름을 날린 스라피라고 하는 사람이 자신의 상상을 토대로 만들어 낸 것일 뿐 그 밖에는 증거가 없다.

이들 외에 또 다른 견해가 하나 더 있다. 이는 사실에 대한 탐색에서 이름이 있는 대가들이 가장 동의하는 바이며 특히 메리야 도빈 씨 같은 경우는 그 고증을 모아 책 하나를 내놓기도 했다. 그 가정에 따르면 프랑스의 루이 14세가 사보이의 군주와 평화 조약을 맺고 카살레 지방을 자신의 영토로 받으려고 협의했을 때 그 자리에 입회한 만토바 후작의 시종인 이탈리아 인 마티올리라 한다.

과연 마티올리는 가공할 만한 음모가인데, 이 조약을 맺을 때 루이 왕에게 뇌물을 받으면서 오히려 루이 왕의 비밀을 적에게 팔아 넘겨 이중의 모반을 도모했기 때문에 1679년에 철가면과 함께 피네롤로 감옥으로 수감되어 그 후에도 철가면과 마찬가지로 마거릿으로 이감되어 철가면과 마찬가지로 생 마르 씨의 감독하에 있었다.

이 주장은 가장 사실에 바탕을 두고 있고 누구도 이의를 주장하는 사람도 없어 한때는 거의 확실한 것으로 굳어지기도 했다. 그런데 조세국 관리였던 잔크라는 사람이 이것을 의심하여 백 년 전의 여러 가지 기록에서 조사를 시작하여 당시 대신 루부아와 철가면의 감독자 생 마르 간에 주고받은 비밀 서류, 기타의 밀서, 공문 등을 이것저것 검사하여 끝내 이 주장의 잘못을 발견했다. 마티올리는 확실히 철가면보다 몇 년 전에 마거릿 감옥에서 죽었음에 틀림없다.

이것으로 그때까지의 가설들이 모두 잘못인 것이 밝혀졌지만 철가면의 정체만은 끝내 알 수가 없었다. 그 감독자 생 마르라는 사람은 고금을 통틀어 미증유의 엄혹한 간수다. 단지 자신의 출세만을 바라고 상사로부터 명령 받은 일이라면 목숨을 바쳐서라도 이를 지키며 아랫사람에게 대해서는 한 점의 자비심도 없다. 그래서 측은히 여겨야 할 이 죄수에게 삼십 년간이나 철가면을 씌워 놓아 누구도 그 얼굴을 볼 수 없도록 했으며, 결국 국가의 비밀을 끝까지 지켜 냈다는 것을 알 수 있다. 다만 알 수 없는 것은 철가면뿐이다. 나는 종전부터 이 불행한 죄수의 신상을 탐색하기로 결심하여 통신부를 찾느라고 정부 문서를 조사했는데, 대충 정부에 관련된 사항은 이 시대(루이 14세 시절)만큼 기록이 분명하게 정비된 시기가 없었다. 그러나 또 민간에 관련된 사항은 이 시대만큼 알 수 없는 시기도 없다. 그런데 적어도 정부에 관련된 서류에 이 사건을 적어 놓지 않았다는 것은 당시 국왕 및 대신들이 중요한 비밀이라면 서기관에게조차 알리지 않았기 때문임에 틀림없다. 나는 이렇게 보아서 방향을 바꿔 가장 알기 어려운 민간의 사문서를 조사하기 시작했는데 이제 철가면이 누구인지, 그 죄목이 무엇인지를 분명히 찾아냈다. 이는 실로 기기괴괴한 사실이기 때문에 나는 당시의 역사와 대조하면서 되도록 널리 세상에 알리기 위해 소설로 써서 공개하기로 했다.

끈기 있게 이 책을 다 읽고 난 뒤에 비로소 철가면이 누구인지를 알 수 있으리라. 철가면의 본명은 이 책의 맨 마지막 쪽에 있다.

파리에서
보아고베 씀.

—《철가면(鐵假面)》, 후쇼샤(扶桑社), 1893; 1920(개정 30판).

《철가면(鐵假面)》 발문

구로이와 루이코(黑巖淚香)

아루모 모리오(有藻守雄)는 당시의 귀족 연감을 찾아보니 로렌 주의 명가 출신이며 본명은 모리스 마티에르 드 알모이스라고 한다. 간수 센토(仙頭)가 오비리야(帶理谷)의 시신에 마티에르라고 이름을 붙여 사원에 보낸 것도 이 이름에서 뽑아 온 것인데, 조정에 대해서는 어디까지나 아루모 모리오로 해 놓았기 때문일 것이다. 그런데 지금까지도 폴 사원에 남아 있는 과거장(過去帳)에는 마티에르를 마티올리로 적어 놓았다.

'르'와 '리'의 차이는 사소한 것이지만 이 때문에 역사 탐색가들은 철가면을 쓴 죄수를 만토바 후작의 시종인 이탈리아 인 마티올리일 것이라고 생각하기에 이르렀다. 과연 마티에르와 마티올리는 비슷한 발음이지만 마티올리가 철가면보다 먼저 죽었다는 사실에 대해서는 충분한 증거가 있다.

철가면은 모리스 마티에르 드 알모이스이며 센토의 생각으로 히리프토리(도리이 타쓰오, 鳥居立夫)와 바꿔 치기한 것임은 다툴 것도 없다. 도리이 타쓰오는 도저히 세상에 내놓을 수 없는 얼굴이기 때문에 철가면으로 얼굴을 싸는 것도 할 수 없다며 체념했던 것이다.

어쨌든 이 책에 적은 바는 프랑스 역사가가 최근에 조사한 내용에 바탕을 둔 것이다. 앞으로 어떤 조사를 실시한다 해도 철가면의 실력(實歷)은 이 책에 적은 바 외에 없을 것이니 독자들은 가공의 소설과 동일시하지 말 일이다. 긴 시간 동안 이 책을 다 읽으신 것에 대해서는 저자(역자) 역시 깊이 감사하는 바이다.

—《철가면(鐵假面)》, 후쇼샤(扶桑社), 1893; 1920(개정 30판).

《철가면의 비밀》 머리말

정비석(鄭飛石)

    《철가면》은 불란서의 어떤 역사상 사실을 근거로 한 모험 소설이다. 지금부터 이백육십여 년 전 루이 십사세 때에 불란서의 바스티유 감옥에 괴상한 죄수 한 사람이 있었다. 그 죄수는 피네롤로라는 성(城)에서 붙잡혀 나중에 바스티유라는 감옥으로 옮겨 왔는데, 처음 붙잡힌 그때부터 옥중에서 죽기까지 국왕의 명령으로 줄곧 검은 비로드의 복면을 쓰고 있어서 옥지기들조차 그의 본얼굴을 본 사람이 없었고 이름조차 몰랐다고 한다. 그런 죄수가 있었다는 사실은 그 당시의 바스티유 감옥의 공무 일지(公務日誌)에 분명히 기록되어 있는 것으로 보아 결코 누가 꾸며 낸 이야기는 아닌 것이다.

    어느 나라에나 수수께끼 같은 역사적 사실이 흔히 있는 법이지만 이 소설의 주인공인 '복면의 죄수'도 불란서의 역사상 가장 괴상한 수수께끼로서 매우 유명한 사건이다. 그렇게까지 해서 죄수의 얼굴을 숨겨야 하는 데는 깊은 사정이 있었을 것은 물론이다. 그 죄수에게 복면을 씌운 것은 그의 이름이 세상에 알려져서는 국왕이나 정부의 입장이 대단히 곤란했기 때문이었겠지만 그렇다고 간단히 죽여 버릴 수도 없는 데 무슨 깊고 깊은 비밀이 있었을 것이다.

    이 역사상 기묘한 수수께끼는 불란서 본국만 아니라 나중에는 전 세계의 흥미의 초점이 되었다. 그리하여 역사가라든가 문학자라든가

각 방면의 사람들이 그 기묘한 사건을 재료로 가지가지 상상담을 만들어 발표하게 되었다.

그 죄수는 국왕 루이 십사세의 이복(異服)동생으로 형제간에 사이가 나빴기 때문에 그런 무시무시한 형벌을 내렸다는 설도 있고 또는 루이 십사세와 쌍둥이였다는 둥 국왕의 노여움을 산 총리대신 푸케였다는 둥 혹은 어느 공작이었다는 둥 무슨 승정(僧正)이었다는 둥 또 혹은 이태리 사람이었다는 둥 별의별 억설이 많았으나 그러나 모두가 분명치 않아서 수수께끼는 어디까지나 수수께끼로 남아 있게 되었다.

사실은 복면이라는 것도 검정 비로드의 두건(頭巾)이었었는데 그것이 어느새 '철가면'이라고 불리어지게 되어 이 이야기에 나오는 것과 같이 무쇠로 만든 탈을 쓰고 있었던 것처럼 되고 말았다.

철가면의 수수께끼는 그처럼 뭐라고 말할 수 없는 기괴한 흥미가 있어서 불란서의 유명한 소설가 볼테르라든가 위고라든가 뒤마라든가 그 밖에도 많은 사람들이 그 사실을 재료로 소설을 썼는데, 그중에도 보아고베라는 소설가가 쓴 이 작품《철가면》이 재미있다는 점에서 가장 유명하게 되었다.

작자인 포르튀네 뒤 보아고베는 지금부터 육십여 년 전에 죽은 불란서의 유명한 탐정 소설가다.

이 책은 상당히 긴 원작을 누구나 가장 재미있게 읽을 수 있도록 간추려 옮긴 것이다.

—《철가면의 비밀》, 정음사, 1954.